KB147183

눈빛

한 · 중 · 일 · 러시아의
이토 히로부미 저격을 둘러싼 미스터리

눈빛

김제철 장편소설

| 차례 |

| 프롤로그 |

1-1

사람의 삶엔 더러 논리적으로 설명되지 않는 일들이 있다. 즉, 현상은 있으되 그 원인 규명이 명쾌할 수 없는 것. 이를테면 다나카 세이치로[田中淸次郎]의 경우가 그랬다.

1909년 10월 26일 아침, 청국淸國 하얼빈역에서 일본의 추밀원의장이자 전 한국통감인 이토 히로부미[伊藤博文]가 한국의 안중근安重根의 저격으로 피살된 사건과 관련하여 모리 야스지로[森泰二郎]는 저격자의 인상에 대해 다음과 같이 진술했다.

– 쓰러진 이토 공작을 부축하다가 고개를 쳐드는 순간 그의 모습이 눈에 들어왔습니다. 그도 또한 내 쪽을 보고 있었습니다. 그때 그가 무서운 표정을 짓고 있었던 것을 지금도 기억합니다.

사건 발생 직후의 진술이어서 모리의 기억은 일정 부분 사실과 부합하는 데가 없지 않았을 것이다. 그리고 죽음이 연출되던 느닷없는 공포의 순간을 되새기는 진술이어서 그의 그런 기억은 당연하고 어쩌면 자연스러운 것일 수도 있었다.

그러나 모리와 함께 같은 현장에 있었던 다나카 세이치로의 진술은 달랐다. 예기치 못한 사건에 경황없이 주위를 둘러보다가 문득 가까이에서 있는 안중근을 발견했는데 그때 그의 표표하고 의연한 모습은 인격의 고매함을 그대로 드러내고 있어 참으로 자신의 생애를 통틀어 보아온 것 중에서 최고의 아름다운 자태였다고 했다.

— 비범한 사람은 한순간의 짧은 조우로도 알 수 있다. 대체로 인간의 깊이란 오랜 세월을 통해서도 잘 알 수 없는 것이지만, 순간적으로 느끼게 되는 경우도 있는 것이다. 안중근이 이토 공을 향해 던진 눈길에는 뭐라고 형언할 수 없는 청량감 같은 게 깃들어 있었다. 순간 나는 '이 자는 예사 사람이 아니다' 라는 생각이 들었다. 묘한 얘기지만, 나는 총에 맞은 아픔보다도 몸 전체로 전해져 오는 전율과 함께 안중근의 눈빛에 온통 정신을 빼앗기고 있었다. 사건 현장에서 안중근을 보았던 것은 겨우 2, 3분에 불과했겠지만 그 짧은 순간에도 나는 그의 비범한 인물됨에 완전히 감복하고 말았던 것이다.

유약한 시인과 유능한 경제인의 시각의 차이로만 이해하기엔 동일한 인물에 대한 상반된 인상의 편차는 컸다. 노년의 궁내대신 비서관 모리는 이토의 한시漢詩 선생이기도 했다. 그리고 37세의 다나카는 마쓰이[三井] 물산物産 나가사키[長崎] 지점장 출신으로 만철滿鐵(남만주철도주식회사)의 수석이사였다.

물론, 모리의 진술이 사건 직후의 것이었던 것에 비해 다나카의 회고는 그로부터 한참 시간이 지난 시점에서 이루어진 것이었다. 따라서, 다나카의 회고는 사건 당시의 기억뿐만 아니라 그후의 소회—이를테면, 안중근의 옥중생활에 대한 증언이나 혹은 그가 쓴 「동양평화론」 등에 대한 감상—까지도 보태어져 발전된 것일 수도 있었다. 그러나, 그렇다고 하더라도 특별한 체험을 통한 다나카의 안중근에 대한 인식은 각별한 것이라 하지 않을 수 없었다.

모리와 다나카, 두 사람은 다같이 이토를 저격한 안중근의 총에 부상을 당했다. 모리는 왼쪽 팔에 관통상을 입었고 다나카는 왼쪽 발꿈치의 바깥뼈가 부셔졌다. 그러나 모리의 관통상은 1개월간의 치료로 별다른 후유증을 남기지 않았지만 다나카는 그때의 부상으로 인해 이후로 보행에 약간의 불편을 겪어야했다. 말하자면, 다나카의 불편한 보행은 젊은 시절 하얼빈역에서 얻은 별로 상서롭지 못한 훈장 같은 것이었다.

그 다나카가 오랜 세월이 흐른 후, '당신이 지금까지 만난 세계의 여러 사람 가운데 일본인을 포함해서 누가 가장 위대하다고 생각합니까' 란 한 후배 경제인의 질문에 '그것은 안중근이다' 라고 간단없이 대답했다.

– 그가 총을 쏘고 나서 의연히 서 있는 모습을 본 순간 나는 신神이 서 있는 느낌이 들었다. 그것은 음산한 신이 아니라 광명처럼 밝은 신이었다. 그는 참으로 태연하고 늠름했다. 나는 그같이 훌륭한 인물을 일찍이 본 적이 없었다.

다나카가 안중근의 모습을 신에 비유한 것은 인간적 양심과 일본인으로서의 죄의식의 발로에서였을 수도 있겠지만 그는 대답을 하면서 '유감스럽게도' 라는 말을 두 번씩이나 되뇌었다. 아마도 그 유감이란 말 속엔 그의 복잡한 심경이 담겨 있을 터였다.

이토의 인맥에 속해 있진 않았지만 같은 야마구치[山口] 현縣 출신으로 다나카는 이토의 총애를 받았던 인물이었다. 그러므로, 이토를 직접 수행하고 그가 살해되던 현장을 몸소 겪은 다나카의 그런 술회는 후배 경제인의 평균적인 상식과 안이한 발상을 한참 뛰어넘는 것이었다. 거기에 대한 그의 설명은 오히려 소박했다.

– 그것은 안중근의 눈빛이 내게 준 인스피레이션, 즉 영감에 의한 놀라운 각성이야.

후배 경제인이 보기에 선배는 하얼빈에서의 체험을 몹시 소중하게 여기면서 그때의 기억을 차라리 감미롭게 음미하는 듯했다.

그러나, 다나카에게 소중한 기억으로 남아 있는 그런 각성의 체험이 그에겐 정말 유감스러운 일이지만 초유의 것이 아니었다.

1-2

1897년 11월 21일. 그날 이른 시각에 다카하시 마사오[高橋政雄]는 대한제국大韓帝國의 수도인 한성의 운종가雲從街(종로)에 나와 있었다. 2년 전인 을미년에 시해된 명성황후明成皇后의 장례행렬을 보기 위해서였다. 그날은 명성황후의 인산일因山日이었다.

이날 인시寅時(새벽 4시경)에 황제와 황태자는 빈전에 나아가 해사제解謝祭를 지냈다. 그리고 황후의 영가靈駕(상여)는 장지인 홍릉洪陵을 향해 경운궁慶運宮(덕수궁)을 떠났다.

경운궁을 출발한 장례행렬의 움직임은 몹시 더뎠다. 경운궁 앞에 운집했던 사람들이 장례행렬을 따라 이동하는데다가 지난밤부터 운종가로 이어지는 연도에 나와 있던 인파가 보태져 거리는 극도로 혼잡스러웠다. 수만에 이르는 인파는 한성사람들뿐만 아니라 이날의 장례행렬을 보기 위해 전국 각지에서 올라온 지방 사람들도 상당수 포함되어 있었다. 마사오도 그중의 한 명이었다. 마사오는 보름 전 부산포를 출발해서 한성으로 올라왔다. 그는 그해 봄에 일본에서 부산포로 나왔었다.

11월 하순의 새벽은 옷 속을 파고드는 바람이 칼같이 매섭고 차가웠다. 단발령이 거두어진 탓인지 대부분의 사람들이 아직 상투를 틀거나 갓을 쓰고 있었고 지방에서 올라온 사람들은 거의가 흰색 두루마기 차림이었다.

장례행렬이 운종가로 진입했을 때에도 날은 아직 어두웠다. 대여가 지나가자 연도의 이곳저곳에서 흐느낌이 일더니 곧 곡성으로 이어졌다. 누가 시킨 것도 아닌데 일제히 터져 나온 곡성이 어두운 하늘을 뒤흔들었다.

오열하는 사람들 틈에 서서 대여를 지켜보는 마사오의 마음은 착잡했다. 어느 정도 예상되기는 했었지만 그 이상으로 그는 복잡한 감정에 휩싸였다. 그것은 단순히 죄의식이라는 말만으로는 설명될 수 없는 묘한 감정이었다. 뭔가 자신의 삶과 의식체계가 근본적으로 잘못되었다는 당혹감 같은 게 그를 혼란스럽게 했다.

노제를 지내기 위해 종묘 앞에서 멈추었던 장례행렬이 다시 출발했다. 그때쯤 해서 날은 완전히 밝았다.

몇 차례 노제를 지내면서 동관왕묘東關王廟, 보제원普濟院 앞, 한천교寒川橋 등을 거쳐 장례행렬이 장지인 홍릉에 도착한 것은 정오 무렵이었다. 경운궁을 출발한 지 약 8시간이 지난 시각이었다.

묘역이 정해진 후 10개월여에 걸친 산릉 공역이 진행되었지만 장지의 공간은 그다지 넉넉하지 않았다. 접근이 금지된 묘역 바깥으로는 장례행렬을 따라온 사람들로 발 디딜 틈이 없었다. 마사오는 사람들 속에서 장례 준비에 분주한 묘역쪽을 바라보다가 돌아섰다. 내일 하관식을 보지 않더라도 충분히 볼 만큼 보았다는 생각이었다.

그때였다. 마사오는 3, 4미터쯤 옆에서 자신처럼 사람들 틈을 빠져 나오는 한 남자와 우연히 눈이 마주쳤다. 그 순간 뭐라고 할 수 없는 이상한 기분에 휩싸였다. 남자는 자신과 비슷한 스무 살 가량 되어 보였다.

눈이 마주쳤다고 하지만 딱히 그 남자가 마사오를 쳐다보았던 것은 아니었다. 굳이 말하자면 쌍방간에 무의식적으로 잠시 시선이 얽혔을 뿐이었다. 그런데도 그 짧은 순간 마주친 남자의 눈빛이 마사오는 예사롭지가 않았다. 그렇다고 자신에게 특별한 감정을 품고 있는 것 같지는 않았다. 그렇지만 분명 그냥 지나치는 눈길이라기엔 어떤 의미가 담겨 있었다. 혹시라도 여느 한국인들과 달리 자신의 눈에 비쳤을지도 모를 무심의 빛을 느꼈던 걸까.

그러나 마주친 눈길에서 심상찮은 빛을 느꼈던 것은 오히려 마사오 쪽이었다. 남자는 마사오가 보아온 흔한 한국인 중의 한 명에 불과했다. 그런데 왜 유독 그가 강하게 뇌리에 와 박힌 걸까. 남자의 복장이 다소 시선을 끌 만한 데가 있기는 했다. 남자는 주로 흰옷을 입은 다른 사람들과 달리 솜을 넣어 누빈 짙은 색의 작업복 비슷한 차림이었다. 어쩌면 사냥꾼 복장 같기도 했다. 하지만 마사오가 남자에게서 특별한 인상을 받았던 것은 분명 옷차림 때문이 아니었다.

남자의 두 눈에 서려 있는 건 일종의 비장감 같은 것이었다. 그 역시 장례행렬을 따라오는 동안 한국인들에게서 숱하게 보아온 것이었다. 그러나 마사오가 본 남자의 눈빛은 그윽하면서도 깊었다. 그리고 그 눈빛엔 슬픈 듯하면서도 위엄 같은 게 있었다. 그 눈빛에서 마사오는 스스로 위축되는 자신을 깨달았다. 그러면서도 알 수 없는 안도감 같은 게 느껴졌다.

짧은 순간, 한 차례 눈길을 교환한 후 남자는 먼저 앞쪽으로 걸어 내려갔다. 남자의 모습이 시야에서 사라질 때쯤 해서 마사오도 걸음을 내딛기 시작했다. 마사오는 왠지 오래도록 그 남자의 눈빛을 잊지 못하고 기억하게 될 것 같았다. 그건 정말 이상한 예감이었다.

그 예감은 그대로 맞아 떨어져 이후로 마사오는 생의 의미 있는 순간마다 그때 보았던 그 남자의 눈빛을 떠올렸다. 그리고 12년이 지나서 다시 그 눈빛과 맞닥뜨리게 되었다. 그 순간 그는 비로소 깨달았다. 그의 깊고 그윽한 눈빛의 실체를.

그날은 1909년 10월 25일이었다.

1-3

그러나, 안중근의 눈빛을 보다 정확하게 이해한 건 이강李剛이었다.

안중근과 2년 가까이 동지로 지낸 기간을 포함해서 40여 년간을 그는 일본 제국주의와 투쟁하며 독립운동에 매진했다. 그리고 조국이 해방된 후로는 86세를 일기로 생을 마감하기까지 교육자로서 육영사업을 하며 여생을 보냈다.

그런 그가 80대 중반에 접어들어 마침내 기력이 다해 물리적 삶이 한계에 다다랐다고 느껴졌을 때 자신의 지나온 생애의 한 시기를 기록해 두고자 했다. 육신이 쇠잔하고 정신마저 이따금 혼미했으므로 그는 기나긴 삶의 여정을 모두 세세히 기록할 수는 없었다. 그렇지만 자신의 생애에 있어 불꽃처럼 광휘光輝를 발했던 한 시기만큼은 반드시 기록으로 남겨두고 싶었다. 그것은 한 인간이 이 세상에 왔다 간다는 작은 흔적으로서 그 자신을 위한 것일 수도 있었지만, 그 기록이 개인사를 넘어서는 각별한 의미를 지닌 것이라고 여겨졌기 때문이었다.

이강에게 있어 평생을 통틀어 가장 소중한 기억은 안중근과의 만남이었다. 84세의 나이로 그는 54년 전, 안중근을 만났던 일을 회상하며 떨리는 손으로 그때의 기억을 적어 내려갔다.

– 그 고상한 인품과 빛나는 눈으로부터 나는 그에게 비범한 첫인상을 받았다.

54년 전인 1908년 3월, 러시아령 블라디보스토크 한인거리에 소재한 한 허름한 건물 사무실에서 이강은 자신을 찾아온 안중근을 처음 만났다.

안중근과의 첫 만남에서 이강이 우선 인상 깊었던 것은 그의 아름다운 눈빛이었다. 그는 그 아름다움의 실체를 보다 정확하게 감지할 수 있었다. 그것은 청량감이나 비장감 혹은 위엄으로 인한 것일 수도 있었지만 그는 다르게 보았다.

안중근을 만나기 전에 이미 이강은 여러 사람들로부터 그의 인물됨에 대해 듣고 있었다. 그러나 직접 만난 안중근은 듣던 것 이상으로 그 눈빛이 인간적 기품을 느끼게 하면서도 아름다웠다.

저 아름다움은…….

그 아름다움의 실체에 대한 깨달음은 어쩌면 그 자신 기독교 신자였고, 또 안중근이 독실한 천주교도란 소리를 들었기 때문에 가능했던 것일 수도 있었겠지만 이강은 일순 숨을 멈췄다. 안중근의 두 눈에 서린 빛의 아름다움은 오랜 고뇌와 번민의 시간을 거쳐 형성된 고요에서 오는 것이었다. 그리고 그 고요 속에는 평화를 갈구하는 자의 대속代贖과 구원의 의지가 가득 흐르고 있었다.

그런 눈빛을 이강은 그 이전에 본 적이 없었고 그후로도 다시 만나지 못했다. 그가 신앙하는 기독의 세계를 제외하곤.

제1부

1 블라디보스토크

1-1

그 사나이가 편집실로 들어섰을 때 이강은 자신도 모르게 벌떡 자리에서 일어났다.

1908년 3월 21일 늦은 오후.

지난밤부터 내리던 눈은 정오 무렵 그쳤지만 여전히 낮게 드리워진 구름으로 해조신문사海朝新聞社 편집실 안에는 여느 때보다 일찍 어스름이 깃들고 있었다.

편집실 한쪽에 앉아 이강은 최근 신문들을 뒤적이며 상념에 빠져 있었다. 그때 출입문이 열리며 한 사나이가 들어왔다.

검은 외투 차림의 사나이가 몇 걸음을 옮겨 바로 앞에 멈춰섰을 때 자리에서 일어선 이강은 어스름에 희미하던 주변 사물들의 윤곽이 선명하게 되살아나며 한순간 사무실 안이 환하게 밝아지는 걸 느꼈다.

그 알 수 없는 현상에 이강은 잠시 멍해졌다. 방금 그가 쓴 글을 읽으면서 생각에 골몰해 있었던 탓일까.

"아, 안 대장 동지……?"

이강은 곧바로 정신을 수습하고 사나이를 향해 먼저 입을 열었다.

"그렇습니다. 이강 선생이시지요?"

가볍게 목례를 보내는 사나이의 목소리는 낮으면서도 굵고 울림이 있었다.

"반갑소, 안 대장 동지!"

이강이 손을 내밀어 사나이의 손을 잡았다.

"안중근이라고 합니다. 여기선 안응칠이라고도 부르지요."

다시 편집실 안으로 어스름이 되돌아오면서 안중근의 얼굴에는 옅은 음영이 드리워졌다. 그런데도 어스름 속에서 두 눈은 깊고 투명한 빛을 발하고 있었다. 마치 상대를 부드럽게 빨아들이기라도 할 듯이.

"그러잖아도 방금 안 대장 동지의 글을 읽고 이런 저런 생각을 하고 있었습니다."

안 대장이란 14년 전 겨울, 만 15세의 나이로 소수의 초모군招募軍을 이끌고 도적떼가 된 동학농민군의 잔당을 패퇴시킨 바 있는 안중근의 별칭임을 이강은 안창호安昌浩로부터 들어 알고 있었다.

"제 글을요?"

"곧 정식 출근하게 되어 미리 신문을 들춰보고 있던 중이었습니다."

"예, 그러셨군요."

해조신문의 편집원 겸 논설기자로 초빙된 이강은 3월 24일 즉, 사흘 후부터 정식근무를 하기로 돼 있었다. 이강은 중근에게 옆에 있는 의자를 권했다.

"그랬는데 안 대장 동지가 나타나시니 깜짝 놀랐습니다."

"공교롭게 됐군요."

"글을 읽는 동안 안 대장 동지의 진심이 절절하게 느껴졌습니다."

"과찬의 말씀입니다. 일전에 정순만 위원님의 부탁을 받고 썼던 거지만 부끄럽습니다."

그러나 이강의 말은 진심이었다. 오늘 21일자 신문에 안중근의 글이 실려 있었다. 「인심결합론人心結合論」이라는 제목의 글은 동포들끼리 겸손과 양보로써 인화단결하여 국권을 회복하자는 내용으로 표현이 쉽고 소박했지만 일체의 수사를 배제한 그 점이 오히려 글쓴이의 진정을 느끼게 했다.

"그보다, 국내 사정은 어떻습니까?"

화제를 돌리려는 듯 중근이 물었다.

"글쎄요. 저도 안 대장 동지께서 떠나시고 얼마 후 이쪽으로 옮겨오는 바람에 자세히는 알지 못합니다만 이토 히로부미가 한국 병합을 위한 계획을 단계적으로 진행시키고 있겠지요."

이강의 얼굴이 살짝 어두워졌다.

작년 7월 19일, 헤이그 밀사 사건을 빌미 삼아 이완용李完用과 송병준宋秉畯 등을 앞세워 대한제국 황제를 퇴위시킨 한국통감 이토 히로부미는 이어 24일 이른바 정미조약丁未七條約으로도 불리는 한일신협약韓日新協約을 통해 을사늑약 때 강탈한 외교권에다가 내정권까지 장악함으로써 사실상 한국의 제왕이나 다름없는 존재가 되었다. 그리고 8월 1일, 서울서부터 군대해산을 결행하였다.

그러나, 시위대 제1연대 1대대장 박승환朴星煥 참령이 군대해산에 반발하면서 칼로 자신의 배를 찔러 자살하자 제2연대 1대대까지 가세해 양 대대 병사들이 무기고를 깨뜨리고 무장한 후 일본군과 전투를 벌였다.

아침부터 억수 같은 장대비가 내리던 그날, 남대문 밖 제중원濟衆院에 묵고 있던 중근도 안창호와 함께 시가전에 뛰어들어 50여 명의 한국군 부상자를 구출해 입원시켰다. 그동안 중근은 청일전쟁과 러일전쟁 혹은 명성황후 인산因山과 만민공동회 개최 등 나라에 중요한 일이 있을 때마다 서울에 올라가 사람들을 만났다. 특히 작년엔 국채보상운동國債報償運動에 관여하면서 연초부터 자주 상경했었고 7월 초 헤이그 밀사 사건이 불거져 황제가 이토로부터 압박을 받고 있다는 소식이 전해지자 뭔가 조만간 일이 터질 것 같아 줄곧 서울에 머물고 있었다.

군대해산과 한국군의 항전은 중근에게 커다란 전환점이 되었다. 그때까지 중근은 의병투쟁을 자제하고 있었다. 을미지변乙未之變 직후 김창수金昌洙[1]가 의병 제의를 했을 때에도 그랬고 을사늑약으로 도처에서 의병이 창궐했을 때에도 그랬다. 어차피 의병이란 게 일본군을 포함한 정부군과 싸울 수밖에 없다면 그것은 결과적으로 허약한 정부를 더욱 곤경에 몰아넣는 일이라 생각되었기 때문이었다. 그래서 투쟁 대신 진남포에서 학교를 인수하고 교육사업에 매진해오고 있던 터였다. 그렇지만 한국 군대가 없어진 마당에는 사정이 달랐다.

중근은 숙고 끝에 안창호와 작별하고 진남포로 돌아왔다. 그리고 비장한 마음으로 만주를 향해 떠났다. 아직, 지방에선 군대해산에 따른 항전이 계속되고 있었지만 장기적인 투쟁을 위한 힘을 모으려면 국내에선 불가능하다고 판단했던 것이다.

"그럼 이 선생께서 블라디보스토크에 오신 게……?"

---

1) 동학농민군 팔봉접주였던 김창수는 1895년 말 같은 동학농민군 잔당 이동엽(李東燁)에게 패퇴한 후 중근의 부친 안태훈(安泰勳)에게 1년 가량 의탁한 적이 있었다. 그 기간에 북쪽 지방을 여행하고 돌아와서 안태훈에게 의병 궐기를 제의했다가 거절당했다. 그후 김창수는 김구(金九)로 개명하고 나중에 상해임시정부 주석이 되었다.

"지난 1월 7일에 왔습니다. 공립협회 일로요."

"원동위원으로 오실 거란 얘긴 들었습니다. 안창호 선생으로부터."

작년 8월, 서울에서 헤어질 때 안창호가 말했다. 이강이 미국에서 돌아오면 공립협회 지회를 설치하기 위해 연해주로 파견될 거라고.

공립협회共立協會는 1902년 미국으로 건너간 안창호가 샌프란시스코에서 교포 노동자들의 동족상애와 항일운동을 목표로 1905년에 조직한 일종의 정치단체로 이강도 발기인 중 한 명이었다. 을사늑약이 강제로 체결되었다는 소식이 전해지면서 공립협회는 미주 서해안 일대에 9개 지회가 설립되었고 회원수도 8백 명이 넘었다.

안창호는 공립협회를 바탕으로 국내외의 동포들을 규합하여 효율적인 국권회복운동을 펼치기 위해 작년 2월 귀국했다. 그리고 해체된 독립협회 청년회원들을 중심으로 비밀결사단체인 신민회新民會를 조직했다. 이강도 안창호에 이어 8월 말에 한국으로 입국해서 신민회 조직을 마무리 짓고 다시 공립협회 원동위원 역할을 수행하고자 블라디보스토크로 온 것이었다.

"안 대장 동지, 나가시지요. 어디 가서 저녁이라도 들면서 말씀 나누십시다."

"그러시지요."

이강이 보던 신문을 정리하고 먼저 자리에서 일어섰다.

신문사를 나온 중근과 이강은 시내 방향을 향해 걸어 올라갔다. 모색暮色이 서린 거리로 3월의 쌀쌀한 바람이 칼을 휘두르듯 춤을 추며 지나갔다. 3월에도 연해주의 날씨는 영상과 영하를 오르내렸다. 마을 뒤편으로 숲을 이루고 있는 헐벗은 자작나무의 흰 몸뚱이가 저녁 어스름에 잠기고 있었다.

신문사가 있는, 개척리開拓里라고 불리는 카레이스카야 슬라보드카[韓人村]는 블라디보스토크 중심가에서 서북쪽으로 10여 킬로미터 떨어진 구릉진 해안마을이었다. 앞바다가 선박 정박항인 개척리의 한인거리는 물자 교역의 중심지로 시장을 형성하고 있어 한인들이 수시로 모여 소식을 나누고 필요한 물품을 공동구매하는 곳이었다.

작년 10월 말, 블라디보스토크에 도착한 후로 한동안 머물면서 중근은 이곳을 중심으로 해서 창의倡義 유세활동을 펼쳤다. 열정적인 중근의 유세에 다수의 한인 청년들이 독립전쟁에 참가할 것을 결심하고 의병에 지원했으며 더러는 병기를 내놓고 자금을 지원해 도우기도 했다.

원래 중국 땅이던 연해주는 50년 전인 1858년 아이훈[愛琿] 조약條約으로 러시아와 공동관리에 들어갔고 2년 뒤인 1860년 북경조약北京條約으로 러시아령이 되었다. 삼정 문란과 흉년 등으로 기근에 허덕이던 조선인들이 두만강을 넘으면 황무지를 개척하여 살 수 있다는 생각으로 월경越境을 시작한 것도 그 무렵이었다. 그리고 러일전쟁 전후로 이주민이 급증해서 연해주의 한인은 4만 7천여 명에 이르렀으며 그중 1만여 명이 블라디보스토크에 거주하고 있었다.

두 사람은 한 음식점으로 들어가 된장찌개를 곁들어 저녁을 들었다.

"연추에서도 가끔 듭니다만 맛은 역시 여기가 제대로군요."

수저로 찌개 국물을 뜨며 중근이 이강을 향해 가볍게 웃었다.

블라디보스토크에 머무르던 중근은 한국과 가까운 국경지대인 연추烟秋(얀치혜)로 이동해서 의병을 모집하는 한편 군사훈련을 실시해오고 있었다. 그러다가 잠시 블라디보스토크로 나온 참이었다.

이강은 수천 석을 거두는 지주의 아들이었던 중근이 된장찌개 하나로 흡족해하는 모습을 보면서 가슴이 아렸다. 이강이 술을 청하려고 하자 중근이 사양했다.

"술을 잘 하신다고 들었는데……?"

"끊었습니다."

"언제부터……?"

"작년 8월, 대한제국 군대해산을 보면서 결심을 했습니다."

"그렇지만 이곳에선 술 없이 지내시기가 힘드실 텐데요?"

말은 그렇게 했지만 개신교 신자인 이강 역시 술은 입에도 대지 않았다.

"나라의 안위가 경각에 달렸는데 그깟 작은 불편쯤 못 견디겠습니까."

"아무튼 대단하십니다."

이강은 말로만 들어 왔던 이 사나이가 조금씩 좋아지기 시작했다.

1-2

"그런데 수염이 참 잘 어울리십니다."

어느 정도 식사가 진행되자 이강이 이목구비가 단정한 중근의 콧수염을 보며 말했다.

"최 도헌님께서 권유하셔서 길러 보고 있습니다만 글쎄요."

중근이 멋쩍은 표정을 지었다.

최 도헌都憲이란 연추 지역에 기반을 둔 연해주 한인사회의 최고 실력자인 최재형崔才亨으로 중근을 돕고 있었다. 도헌은 러시아 정부가 임명한 지역 관리였다.

"잘 어울립니다. 계속 길러보십시오."

"그렇습니까? 그런데 어떻게 절 알아보셨습니까? 수염도 길렀는데……."

"눈빛을 보고 알았습니다."

"눈빛을요? 제 눈빛이 어때서요?"

"도산 선생이 그랬습니다. 안 대장 동지는 깊은 눈빛이 비범해보여서 금방 알 수 있다고요."

그 말에 중근이 쓴웃음을 웃었다.

"글쎄, 눈빛이 깊다면 제가 비범해서가 아니라 그동안 슬픔과 분노를 삭이며 숱하게 험한 꼴을 지켜보다 보니 눈도 지쳤기 때문이겠지요."

"지치시다니요. 안 대장 동지의 열정은 이곳에서도 소문이 자자하던데요."

"아닙니다. 나라가 위태로운데도 그동안 전 마냥 지켜보기만 했을 뿐 안창호 선생이나 이 선생과 달리 나서서 한 일이 아무 것도 없습니다. 그 점 부끄럽게 생각하고 있습니다."

사실이 그랬다. 그동안 중근은 러시아나 일본이 나약한 한국정부를 끊임없이 압박하는 걸 아픈 마음으로 지켜보면서도 아무런 행동도 하지 못했다. 그것은 물론 그가 안창호나 이강처럼 개신교 신자가 아닌 천주교 신자인 탓도 있었다. 한국의 정치적 현안에 적극적으로 대처해 온 개신교에 비해 초기 선교 과정에서 엄청난 박해를 받은 바 있는 천주교는 가급적 대응을 자제하는 입장을 취해왔던 것이다. 그런 사정으로 안창호나 이강 등 개신교 인사들이 국내에서 정치 활동을 벌이고 미국을 오가며 독립 방안을 모색할 때에도 중근으로선 수시로 서울에 올라가 정세를 살핀 게 고작이었다.

게다가 중근의 집안은 황해도의 한 지역을 대표하는 양반가이자 지주였다. 그러다보니 지방 관리들의 가렴주구로부터 집안의 소작인을 포함한 인근 농민들을 보호하는 데 앞장서지 않을 수 없었고 중앙에서의 정치 활동은 엄두도 내지 못했다. 허약한 정부는 외국으로부터 각종 이권을 빼앗기면서도 힘없는 백성들을 수탈하는 데엔 전혀 주저하지 않았던 것이다. 그리고 중근은 곤경에 처한 주변의 힘없는 백성을 외면할 수 없었다.

"그보다 안 대장 동지!"

이강이 나직한 어조로 중근을 불렀다.

"예, 말씀하십시오."

"연추에서의 일은 잘 진행되고 있습니까?"

이강이 물은 연추에서의 일이란 국내진공國內進攻을 위한 군대 양성을 뜻했다.

"많은 분들이 도와주시는 덕분에 꽤 진척이 있습니다."

그때 음식점 안으로 찬바람이 쏟아져 들어왔다. 중근이 고개를 돌리니 열린 문으로 두 명의 남자가 들어오고 있었다. 두 남자를 보며 이강이 자리에서 일어섰다. 앞선 사람은 바로 정순만鄭淳萬이었고 그 뒤를 김학만金學滿이 따라 들어오고 있었다.

"정 위원으로부터 안 선생이 오신다는 얘길 듣고 신문사로 갔다가 다시 이리로 오는 길이오."

네 사람이 좌정을 하자 중근의 앞자리에 앉은 김학만이 입을 열었다.

"따로 연락을 드리지 못해 죄송합니다."

"아니오, 아니오."

김학만이 서둘러 손을 저었다.

연추를 출발하면서 중근은 정순만에게 전보를 쳤었다.

충북 청원淸原 출신인 정순만은 1902년 미국으로 건너가 재미 동포의 독립사상 고취에 힘썼으며, 1905년 을사늑약이 체결되자 만주滿洲로 망명하여 북간도北間道 연길현延吉縣 용정촌龍井村에서 이상설李相卨, 이동녕李東寧 등과 힘을 합쳐 서전서숙瑞甸書塾을 설립, 항일민족교육과 독립군 양성에 주력하였다.

정순만이 다시 블라디보스토크로 온 것은 작년 4월 3일경으로 헤이그에 밀사로 가게 된 이상설과 이준李儁이 연해주를 방문할 때 동행하면서였다. 블라디보스토크로 돌아온 그는 곧 양성춘揚成春 등 민회民會 간부들과 친교를 맺는 한편 김학만과 함께 헤이그 밀사의 경비로 2만원을 모금해 이준 등에게 전달했다. 그는 그의 항일 경력을 높이 산 블라디보스토크 한인들로부터 신임을 얻었고 특히, 부호 최봉준崔鳳俊과 가까워졌다. 그리고 최봉준의 도움으로 해조신문을 창간하는 데 주도적인 역할을 하게 되었던 것이다.

"제가 처음 이곳에 왔을 때 여러모로 배려해 주신 데 대해서 늘 고맙게 생각하고 있습니다."

중근이 머리를 숙이며 인사하자 김학만이 가볍게 고개를 저었다.

"별 말씀을. 그보다 안 선생께서 연추에서 고생이 많으시다는 얘긴 여러 경로로 전해 듣고 있소."

서울에서 군대해산을 목격하고 진남포로 돌아온 중근이 다시 집을 떠나 두만강을 건넌 것은 작년 8월 16일이었다. 그는 북간도 지역에서 의병투쟁을 전개할 생각을 갖고 있었다. 그러나, 북간도 용정에 당도했을 때 이미 그곳에는 일본군이 진출하여 통감부 파출소를 설치한 상태여서 행동이 자유롭지 못했다. 그는 북간도의 여러 지역을 돌며 현지 사정을 살피다가 결국 러시아로 이동하기로 했다.

국경지대인 연추를 거쳐 중근이 블라디보스토크에 도착한 것은 10월 20일이었다. 그는 만민공동회萬民共同會 때 도총무부장으로 활동하던 정순만의 소개로 김학만과 인사를 나눴다. 김학만은 중근을 민회 산하의 청년회에 가입하게 하고 임시사찰로 일하도록 했다. 한편으로 중근은 잠시 학교에서 학생들을 가르쳤다. 진남포에서 학교를 운영한 바 있던 그가 맡은 과목은 만국역사였다. 그러다가 의병들의 교육을 위해 다시 연추로 돌아갔다.

"여기 민회분들께서 도와주셔서 연추로선 큰 힘이 되고 있습니다."

"그렇게 생각해 주신다면 고마운 일이오. 아무튼, 드러내놓고 의병운동을 지원할 수가 없는 민회의 분위기를 헤아려주시오."

"예, 충분히 이해하고 있습니다."

러시아는 러일전쟁에 패배한 이후 일본에 대한 강한 적개심을 가지고 있었다. 그래서 한인들의 의병운동 움직임을 바라보는 러시아인들의 시각도 대체로 호의적이었다. 그러나 그것은 개인 차원의 것일 뿐 러시아 당국의 공식적인 입장은 그럴 수가 없었다.

그 점은 이곳 한인사회를 이끌어가는 민회 지도부도 마찬가지였다. 일본과의 관계를 의식하며 한인들의 의병운동 움직임을 마냥 방관할 수만은 없는 러시아 당국의 입장을 고려해야했던 것이다. 따라서, 일반 회원들과 달리 민회 지도부로선 모든 게 조심스러울 수밖에 없었다.

"실제로, 지금 러시아 당국의 입장은 상당히 곤혹스러운 것으로 알고 있소. 일본 영사관에서 우리의 움직임에 대한 정보를 러시아 관헌에게 넘겨주고 단속을 요청하며 압박을 가하고 있기 때문이오. 이곳 일본 영사관이 친일파 한인 첩자를 양성하는 본거지라는 것은 공공연한 사실 아니오?"

"저도 그렇게 들었습니다."

작년 9월 일본은 블라디보스토크 주재 무역사무관을 폐쇄하고 새로이 영사관을 두었다.

"아직까진 러시아 당국은 일단 지켜보고 있는 입장 같소. 아마 그들도 내심으론 우리의 움직임에 동조하고 있을지도 모르오. 그렇지만 일본과의 정치적 이해득실에 따라 상황이 변하면 그들의 태도도 어떻게 바뀔지 알 수 없소."

"당연히 그렇겠지요."

"그렇다고 노야께서 의병운동을 마냥 외면하고 계시는 건 아니오. 그러니 안 동지도 너무 섭섭해하지 마시오."

정순만이 김학만을 거들며 작은 가방 하나를 중근에게 내밀었다.

"이건……?"

중근이 의아해하자 김학만이 민망한 표정을 지었다.

"안 선생께서 연추에 가 계시는 동안 틈틈이 모았던 것이오. 약소하지만 군자금에 조금이라도 보탬이 됐으면 해서요."

"이렇게까지 수고를 아끼지 않으시니 뭐라 드릴 말씀이 없습니다."

"아니오. 큰 보탬이 되지 못 해서 미안하기 그지없소."

"그나저나 연추 쪽 일은 어떻게 돼 가고 있소?"

정순만이 물었다. 역시 그는 그게 제일 궁금한 듯했다.

"내달 정식으로 부대를 창설할 예정입니다."

"내달요?"

"예. 이위종 씨가 도착하는 대로 발기인 대회를 열기로 했습니다."

"이위종 씨가 도착한다고 했소?"

정순만이 희색을 띠며 반문했다.

"페테르부르크를 떠난다는 연락을 얼마 전에 받았습니다. 아마 내달 초면 연추에 도착할 것 같습니다. 제가 오늘 여기 온 것도 이런 사실들을 알려드리기 위해섭니다."

"이위종 씨가 온다는 것은 우리 입장으로선 대단히 고무적인 일이오."

김학만이 지긋한 눈으로 허공을 바라보며 천천히 고개를 끄덕였다.

이상설, 이준과 함께 헤이그 밀사로 파견된 바 있는 이위종李瑋鍾의 부친은 전 러시아 공사 이범진李範晋이었다. 그 이범진이 아들을 연추로 보냈다는 것은 연해주 한인들에겐 대단히 든든한 일이 아닐 수 없었다. 비록 현직에서 물러났지만 이범진은 차르와 선이 닿고 있었고, 그래서 러시아 당국도 그의 존재를 쉽게 무시하지는 못했던 것이다.

"그렇습니다. 이범진 대감께서 당신의 아들인 이위종 씨를 연추로 보냈다는 것은 의병운동 쪽에 무게를 실어주는 것입니다. 그런 만큼 블라디보스토크에서도 힘을 보태야지요."

김학만의 말에 정순만이 못을 박듯 덧붙였다.

"당연한 말씀이오. 하지만 어차피 이곳에서의 역할이란 게 한계가……."

김학만의 얼굴에 깊은 고뇌가 드러났다.

"물론 그렇긴 하지요. 그러니까 제 말씀은 이쪽에서 의병운동에 직접 나서지 못하는 대신 지원이라도 더욱 적극적으로 해야하지 않겠느냐는 겁니다. 그리고 신문을 통해 의병운동을 격려도 하고요."

"그렇소. 지금 상황으로선 지원을 강화하는 방도를 찾아보는 게 좋을 것 같소. 말하자면, 연추 쪽을 국내진공의 전진기지로 삼고 이쪽은 후면에서 지원하는 식으로 역할을 분담해서 말이오."

"블라디보스토크에서 지원을 강화해주신다면 연추 쪽으로선 더욱 힘을 얻을 수 있을 겁니다. 마음을 써주셔서 감사합니다."

중근이 김학만에게 다시 살짝 고개를 숙이며 고마움을 표시했다.

"감사는 무슨. 이게 어디 남의 일이오. 오히려 직접 나서지 못해 미안하기 짝이 없소."

그런 말 하지 말라는 듯 김학만이 손사래를 쳤다.

1-3

"그런데 참, 얼마 전에 서울에서 온 사람으로부터 들은 얘긴데……. 작년엔가 서울서 누군가 이등박문을 죽이려다가 실패하고 자살한 사건이 있었다던데 혹시 아시는 바가 없소?"

김학만이 문득 생각난 듯 화제를 바꾸며 중근과 이강 쪽을 쳐다보았다.

"그 일에 대해선 제가 도산 선생으로부터 조금 들은 게 있습니다."

그때까지 잠자코 있던 이강이 입을 열었다.

"그래요? 자세한 내막이 어떻게 된 거요?"

"제가 미국서 귀국하기 달포 전인 6월 말이었습니다. 장동 농상소에서 박영효 대감의 귀국을 축하하는 환영회가 열렸습니다. 박영효 대감은 그보다 얼마 전인 6월 중순경에 12년 만에 귀국을 했었지요. 그런데 정작 환영회의 주인공인 박영효 대감은 병을 핑계로 그날 나오지 않았습니다."

"그래서요?"

"그런데 그날 정재홍이란 사람이 이등박문이 참석할 것으로 생각하고 권총을 준비하고 나왔다가 이등박문이 나타나지 않자 권총으로 자신의 배를 쏘아 중상을 입고 병원에 이송된 후 숨졌답니다."

"그래요? 그 정재홍이란 사람은 어떤 인물이오?"

"예. 남산 밑 남소동에 살던 사람으로 상업에 종사했으며 문장을 약간 알아 인명의숙이란 조그만 학교도 운영했다고 합니다."

"의인이로군. 그렇지만, 이등박문이 참석하지 않는 걸 알았다면 후일을 기약할 일이지 아까운 생목숨을 끊다니……."

김학만이 안타까운 표정을 짓자

"아마도 이등박문을 사살하든 못하든 스스로 몸을 던짐으로써 비분의 심정을 펼쳐보이려 했던 것 같습니다. 을사늑약 이후로 그렇게 스스로 목숨을 버린 사람이 한둘이 아니었잖습니까."

이강이 나직한 소리로 대답했다.

"참으로 애석한 일이오."

김학만이 한숨을 뱉으며 잠시 생각에 잠기다가 중근에게 물었다.

"안 선생께선 그 일에 대해 어떻게 생각하시오?"

"어떤 뜻으로 하문하시는 건지……?"

"이를테면, 그런 식의 행동이 국권회복을 위한 투쟁방식으로써 유효할까 어떨까 안 선생의 생각을 여쭙는 거요."

"이등은 침략의 원흉입니다. 그 자를 제거할 수만 있다면 망설일 이유가 없지요. 지금 이등을 제거하고 싶어하는 사람이 한국에만 해도 수도 없이 많을 겁니다."

중근이 미처 대답하기도 전에 정순만이 나섰다.

"아니오, 그렇게 간단하게 생각할 문제만은 아니오."

"간단하게 생각할 문제가 아니라뇨?"

"우선은 이등 하나를 제거하는 게 일본의 국권 침탈에 대한 근본적인 해결방식이 될 수 있는가 하는 점을 생각해봐야 하오. 그리고 또 하나 고려해야 하는 것은 그런 방식으로 그 자를 제거하는 게 국제적으로 지지를 받을 수 있을까 하는 점이오. 그래서 연추에서 무력투쟁을 준비하고 계시는 안 선생의 의견을 들어보고자 하는 것이오. 안 선생 생각은 어떻소?"

김학만의 거듭된 물음에 중근이 약간 사이를 두며 머뭇거리다가 대답했다.

"개인적 차원에서 이등을 제거하는 건 천주의 가르침과 배치되는 일입니다. 그것은 어쨌건 살인 행위가 되기 때문입니다."

"그런 일을 굳이 천주교와 결부시킬 것까진 없잖소?"

정순만이 이의를 제기했다. 그러자 김학만이 고개를 가로저었다.

"아니오. 안 선생 말씀도 일리가 있소. 천주교를 단순히 종교 차원에서만 생각해선 안 되오. 천주교는 유럽의 여러 국가와 관계가 깊잖소? 그런 만큼 천주교 쪽도 무시할 순 없잖겠소?"

"글쎄, 그렇긴 하지만……."

"저도 안 동지와 비슷한 생각입니다. 안 동지께서도 개인적인 이등 제거는 살인 행위라고 하셨지만 그것은 자칫 야만적인 테러 행위로 폄하될 수도 있습니다. 따라서 그 자를 제거하려면 보다 정당한 명분을 찾아야 합니다."

이강이 조심스럽게 의견을 내놓았다. 김학만이 고개를 끄덕였다.

"그렇소. 나도 그 점을 우려하고 있소."

"거참, 침략의 원흉을 제거하는 데에도 명분을 찾아야하다니……."

정순만이 툴툴댔다. 그런 정순만을 보며 중근이 입가에 가벼운 미소를 지었다.

"그 점에 대해선 저는 크게 걱정하지 않습니다."

"그래요? 안 동지에게 좋은 생각이 있소?"

"아시다시피 이등은 통감으로 부임하면서 한국에 주둔하고 있는 일본

군대에 대한 지휘권을 요구하여 부여 받았습니다."

"나도 그렇게 들었소."

재작년 한국통감으로 부임하기에 앞서 이토는 한국 주둔 일본군에 대한 지휘권을 내각에 요구했다. 당연히 일본 군부는 문관에게 군대 지휘권을 준 적이 없는 전례를 들어 반대했다. 사실 일본의 군대는 천황 직속으로 다른 문민의 지휘를 받은 일이 없었다. 그리고, 천황의 참모인 참모총장이 실제로 군대를 움직이지만 이 역시 칙명을 받는 형식을 취하고 있었다. 그러나 이토는 한국에서의 군대 지휘권을 갖지 못한다면 통감에 부임할 수 없다고 맞섰다. 결국 내각은 이 일을 천황에게 상주할 수밖에 없었고, 이토를 신임하는 천황은 군대 통수권의 일부를 문관 통감에게 위임한다는 이례적인 조치를 통해 총리의 주청을 윤허했다.

"따라서, 이등은 일본군의 대원수인 천황에 의해 원수의 자격으로 한국통감에 임명된 거라고 할 수도 있습니다."

"군대 통수권 측면에서 보자면 그렇게 생각할 수도 있겠지요."

"그렇습니다. 이등은 통감이라는 관리이자 한국 주둔 일본군의 원수인 군인입니다. 그런 만큼, 이쪽도 군인의 신분이면 이등의 제거는 정당한 행위가 됩니다. 그것은 군인끼리 벌이는 전투의 한 행위에 불과하니까요."

"허어, 안 동지께서 만국공법을 공부하셨다는 게 빈말이 아니었구려. 생각하는 게 과연 다르시오."

정순만이 상床을 치며 소리를 높였다.

"별 말씀을요. 하지만 이제 곧 연추에서 의병대가 조직되면 대원 모두가 군인의 신분으로 떳떳하고 당당하게 이등을 제거할 수 있을 겁니다."

"결국은 다시 군대 얘기로 돌아오는군……."

김학만이 혼잣말처럼 중얼거리다가 중근을 향해 정색을 하고 말을 이었다.

"아무튼 좋소. 말씀드린 대로 직접 의병운동에 나서진 못하는 대신 이곳 블라디보스토크에서도 최대한 도울 방도를 찾아보겠소."

"연추 쪽에서도 블라디보스토크 쪽의 사정은 잘 이해하고 있습니다."

"어쨌거나, 지금 사정이 모두 나설 수 없다면 형편이 되는 대로라도 해야하지 않겠소. 그리고 이강 위원께서 지회 설립을 추진하고 계시지만 미국의 공립협회 등과도 연계해서 투쟁을 더욱 다각화하는 것도 중요한 일이오."

"노야님 말씀이 옳습니다."

이강이 김학만의 말에 동감을 표했다.

"이곳 지회 설립 추진 상황은 어떻게 되어가고 있소?"

"미국 쪽과는 자주 연락이 되오?"

"예. 정재관 동지가 그쪽 상황을 자주 전해주고 있습니다."

"그쪽은 활동이 활발하지요?"

"예. 정재관 동지가 앞장서서 열심히 하고 있습니다. 금년 여름에 미국에 거주하는 동지들은 물론 세계 각국에 있는 동지들을 초빙하여 애국자 대회를 개최할 거라는 소식도 들었습니다. 지금 미국에 계시는 이상설 대감도 연해주 대표로 참석하실 거라고 하더군요."

"그래요. 우리도 미국 쪽에 뒤지지 않게 분발해야하오."

김학만이 흡족함과 결연함이 뒤섞인 표정으로 이강을 보며 고개를 끄덕였다.

네 사람이 정담鼎談을 나누는 동안 밤은 점점 깊어만 갔다.

2 희망을 쏘다

2-1

중근이 블라디보스토크에서 이강과 더불어 정순만과 김학만을 만나 모처럼 의기투합한 가운데 자리를 옮겨가며 자정을 훨씬 넘긴 시각까지 한국의 독립을 화제로 정담을 나누는 동안, 태평양 너머 미국 동부 도시 샌프란시스코에선 정재관鄭在寬이 치밀어 오르는 분노를 가까스로 참고 있었다. 그는 취재진에 둘러싸여 인터뷰를 하고 있는 한국 외교고문 스티븐스를 지켜보는 중이었다.

3월 21일.

스티븐스를 태우고 인천에서 출발한 니혼마루[日本丸]가 요코하마[橫濱]를 거쳐 이날 이른 아침 샌프란시스코 항에 입항했다. 스티븐스가 귀국할 거라는 소문은 얼마 전부터 있었다. 그의 귀국 소문은 정재관을 비롯한 한국인들의 신경을 곤두서게 했다. 그럴 수밖에 없었던 것이 미국인 스티븐스는 한국 외교고문 신분이면서도 줄곧 한국의 이익에 반하는 행동을 해 온 인물이기 때문이었다. 그런 만큼 그의 이번 귀국 목적도 뭔가 한국에 불리한 공작을 하기 위한 것일 거라는 전망이 지배적이었다. 이를테면, 한국의 외교권을 강탈한 일본이 본격적으로 한국을 병합하기에 앞서 미국에서 한국 사정을 오도하며 사전정지작업을 하려는 게 아닌가 하는. 그래서 그의 귀국회견장엔 샌프란시스코 주재 일본공사를 비롯한 다수의 일본인들이 모여들어 북새통을 이루었다. 정재관은 인터뷰를 자세히 듣기 위해 스티븐스를 둘러싸고 있는 일본인들 틈을 파고들어 그의 옆쪽으로 다가갔다. 스티븐스의 앞쪽으로는 정재관이 아는 한국인들 몇몇도 보였다. 그들은 항만에서 일하는 노동자였다.

아니나 다를까, 배에서 내린 스티븐스는 그를 둘러싼 취재진들에게 처음부터 한국과 한국인을 심하게 왜곡하는 발언을 했다. 그리고는 한국을 미개국으로 매도하는 한편으로 축사畜舍 같은 데서 살면서 기아에 허덕이고 있는 대다수의 한국인들이 일본의 지배를 원한다고 주장했다.

스티븐스가 고국의 동포들이 살고 있는 집을 축사라고 비유한 순간 정재관은 목구멍까지 차오르는 분노로 턱이 다 떨릴 지경이었다.

스티븐스의 인터뷰가 끝나고 환영 인파가 흩어지는 동안 회견장에 있던 한국인들이 정재관을 발견하고 다가왔다.

"어떡해야지요?"

한국인 무리에 섞여 있던 전명운田明雲이 정재관에게 물었다. 그도 분노를 채 삭이지 못한 얼굴이었다.

"글쎄, 일단 오후 신문 기사를 확인하고 나서 대책을 마련해야하지 않을까 싶은데……."

몰려든 인파의 소음 때문에 제대로 듣지 못한 부분도 있었고 또 신문엔 기사가 어떻게 날지 알 수가 없었던 것이다.

"예, 그럴 수밖에 없겠지요."

"그럼 일단 흩어졌다가 저녁에 회관에서 보세."

전명운 등과 헤어져 협회 사무실로 돌아온 정재관은 초조한 마음으로 오후가 되기를 기다렸다. 그리고 석간이 나오는 시간에 맞춰 신문사로 사람을 보냈다. 앉아서 신문이 배달되는 것을 기다리기보다 조금이라도 빨리 기사를 확인하고 싶어서였다.

그런데 기사는 역시 우려했던 대로였다. 신문에 실린 인터뷰 내용은 스티븐스의 현장 발언보다 약간 순화되긴 했으나 터무니없는 것이기는 매한가지였다. 신문을 탁자에 내려놓으며 정재관은 두 손으로 얼굴을 쓸어내렸다.

어떻게 할 것인가.

한국의 실상을 심하게 왜곡한 스티븐스의 인터뷰는 결코 묵과할 수만은 없는 것이었다. 어떤 식으로든 대응이 필요했다. 그렇지만 어떻게 대응해야할지에 대해선 선뜻 묘안이 떠오르지 않았다.

그는 이곳 샌프란시스코와 인근 지역에 거주하고 있는 한국인들의 단체인 공립협회의 부회장이었다. 그리고 회장인 안창호가 작년에 귀국한 이래 실질적으로 협회를 이끌어오고 있었다.

그는 이순기를 불렀다. 이순기는 협회 일을 돕고 있는 청년이었다.

"우선 간부들을 저녁에 모이도록 하고 지회支會 사람들에게 연락을 취해 보게. 아마 신문을 봤을 테니까 가능한 사람은 올 걸세."

"예."

"그리고 대동보국회 쪽에도 연락하게."

"대동보국회에도요?"

대동보국회大同保國會는 규모면에서는 공립협회와 비교가 되지 않지만 샌프란시스코에 본부를 둔 또 하나의 한국인 단체였다.

"그래. 이 문제는 그쪽과도 함께 의논을 해야 할 것 같아."

"예, 알겠습니다."

이순기를 내보내고 나서 정재관은 펜을 들었다. 저녁에 사람들이 모이기 전까지 우선 기사에 대한 반박문을 써놓기 위해서였다. 가능할지 어떨지 모르지만 신문사에 찾아가서 실어달라고 할 작정이었다.

반박문 작성을 마치고 6시가 넘어 간부진과 지회 사람들, 그리고 대동보국회 간부 몇 명이 모이자 그는 그들의 의견을 들었다. 그러나 사안이 중요한 만큼 어떻게 해야할지 쉽게 단안을 내릴 수 없었고 내일 중으로 캘리포니아 전역에 있는 회원들에게 연락을 해서 더 많은 사람들이 모인 가운데 결정을 하자는 쪽으로 대충 의견이 모아졌다. 그렇지만 정재관을 비롯해 참석자 모두가 신문에 실린 인터뷰 내용에 대해 분개하고 우려하는 마음은 한결같았다.

2-2

이튿날 샌프란시스코 퍼시픽 애브뉴.

오후 6시가 넘으면서부터 퍼시픽 애브뉴의 한 건물로 사람들이 모여들고 있었다. 그리고 7시가 되면서 150명 가량의 사람들이 모였다. 건물은 샌프란시스코 한국인 단체인 공립협회의 본부 건물 공립회관이었고 모인 사람들은 공립협회 사람들과 대동보국회 사람들이었다. 그러나 공립협회 사람들이 대부분이었고 대동보국회 사람은 서른 명 남짓했다.

공립협회 부회장 정재관은 일층 회의실에 빼곡히 들어찬 회원들 사이를 뚫고 단상에 올라서서 회의를 주재했다.

"어젯밤, 나는 몇몇 분들과 이 문제에 대해 의논을 하였소. 그 결과 어제 『샌프란시스코 클로니클』 기사는 명백히 사실에 반하는 것으로 시정

조치를 해야 한다는 데 의견을 모았소. 그래서 일차적으로 신문사에 우리의 입장을 밝히는 글을 전달했소."

"그렇지만 그것만으론 충분하지 못하오."

단상 앞 의자에 앉은 문양목文讓穆이 말했다. 어젯밤 회의에 참석하지 못했던 문양목은 대동보국회의 중심인물로 그쪽 기관지 『대동공보大同公報』의 사장을 맡고 있었다.

"나도 그렇게 생각하오. 그래서 지금 의견을 구하는 거요. 어떡했으면 좋겠소?"

몇 사람의 의견이 오간 후 스티븐스를 방문하여 신문에 보도된 망언에 대한 해명과 정정을 요구하기로 결론이 지어졌다.

"그 자가 순순히 응하겠소?"

정재관이 문양목을 향해 걱정스레 묻자

"어쨌거나, 일단 만나서 우리의 뜻을 전달하는 게 순서 아니겠소."

문양목도 장담할 수는 없다는 투로 대꾸했다.

"만약에 듣지 않는다면?"

"그건 그때 가서 생각할 일이오. 시간이 별로 없소."

문양목이 서둘렀다. 정재관도 동감이었다.

출발에 앞서 대표를 뽑기로 했다. 공립협회에서는 정재관과 최정익崔庭益이, 그리고 대동보국회에서는 문양목과 이학현李學鉉이 대표로 선정되었다.

네 명의 대표는 곧바로 유니언 스퀘어의 페어몬트 호텔을 향해 출발했다. 그런데 호텔 로비로 들어섰을 때 정재관은 뜻밖에 오전에 신문사를 방문했을 때 만났던 『샌프란시스코 크로니클』의 기자와 맞닥뜨렸다.

"여긴 어쩐 일이십니까?"

악수를 나눈 후 정재관이 물었다.

"취재차 나와 있습니다."

순간 정재관에게 하나의 기발한 생각이 떠올랐다.

"지금 우리를 좀 도와줄 수 없을까요?"

"말씀하십시오. 가능한 것이라면 얼마든지."

"지금 우리는 스티븐스를 만나러 왔습니다. 신문 인터뷰에 대한 해명을 듣고 정정을 요구하기 위해서요."

"그렇습니까."

"그런데 우리를 만나줄지 알 수 없습니다."

"그렇겠지요. 그러니까 제가 어떻게 도와드리면 되겠습니까?"

"지금 여기서 우리를 인터뷰할 예정인데 그 전에 직접 한번 만나보는 게 어떻겠냐고 스티븐스에게 전해주실 수 없겠습니까?"

"그거 좋은 생각입니다. 잠깐만 기다리십시오."

기자가 의미심장하게 웃어 보이며 프런트 데스크 쪽으로 걸어갔다. 정재관 일행은 프런트 데스크에서 전화 통화를 하는 기자를 초조하게 지켜보았다. 이윽고 기자가 돌아왔다.

"잘 됐습니다. 제가 그랬습니다. 제가 미스터 정을 곧바로 인터뷰하는 것보다 당신을 만나고 난 뒤에 인터뷰하는 게 당신에게 유리할 거라고 말입니다."

"고맙습니다."

정재관이 고개를 숙이자 기자가 양손을 들어 보이며 스티븐스의 룸 넘버를 가르쳐 주었다.

"지금 올라가시면 됩니다."

"기자님은?"

"제가 있으면 불편한 모양입니다. 그래서 전 배석하지 않기로 약속했습니다."

"알겠습니다."

정재관은 기자에게 목례를 하고 일행과 엘리베이터 쪽으로 걸음을 옮겼다.

2-3

스티븐스가 투숙하고 있는 객실 문은 열려 있었다.

보랏빛 계통의 실크로 된 실내가운 차림의 스티븐스는 소파에 앉은 채 정재관 일행을 맞았다.

"나를 만나려는 용무가 뭐요?"

손님에게 자리도 권하지 않고 스티븐스가 단도직입적으로 물었다. 그의 표정은 거만하면서도 애써 상대를 멸시하려는 빛이 역력했다.

"우리는 이곳에 이민 온 한국인입니다. 어제 귀하께서 이곳 언론사와 인터뷰한 내용을 보았는데 동의할 수 없었습니다. 그것은 사실과 많이 다르기 때문입니다. 그래서 거기에 대한 귀하의 해명과 더불어 정정을 요청하러 왔습니다."

정재관이 화장대 앞에 있는 간의의자를 스티븐스 앞으로 당겨 앉은 후 또렷한 어조로 대답했다. 그 순간 스티븐스의 눈언저리가 살짝 흔들렸다. 기자가 만나보라던 한국인들이 기껏해야 이곳 노동자쯤일 것으로 예상했었는데 의외로 모두 말쑥한 정장차림인데다가 특히 대표인 듯 앞으로 나선 사내의 영어 구사력이 뜻밖에 탁월해서인 듯했다.

"난 있는 대로의 사실만 얘기했소. 내 말에 사실이 아닌 부분은 없소."

스티븐스는 고개를 빳빳이 쳐들고 말했다.

"그럼 귀하는 일본이 한국을 보호국화한 게 정당하단 말씀입니까?"

정재관이 감정을 억누른 채 낮은 어조로 물었다.

"그렇소."

스티븐스는 짧게 대답했다. 마치 길게 말할 필요성을 느끼지 않는다는 듯이.

"을사늑약이 강압적으로 이루어진 것인데 어떻게 정당하지요?"

"그건 태황제께서 윤허하시고 대신들이 협의하여 정식으로 체결된 거니까……."

태황제란 헤이그 밀사 사건으로 물러난 고종을 말했다. 그때의 황태자가 지금 황제였다.

"그러나 모든 한국인들이 반대한 조약입니다."

"한국의 보호국화는 한국인을 위한 당연한 조치요."

"그걸 말씀이라고 하십니까?"

"사실이오. 그동안 한국 황실과 정부는 무분별하게 청국과 러시아 등을 끌어들여 한국을 외세의 각축장으로 만듦으로써 전쟁을 유발시켰고 한국인들을 힘들게 했소. 그래서 외교에 대한 일본의 가르침이 필요했던 거지."

정재관의 태도가 예상했던 것보다 정중하자 스티븐스는 상대를 가르치려 들려 했다.

"한국은 일본의 가르침을 원하지 않습니다."

"그건 객기에 지나지 않아. 한국에 대한 일본의 가르침은 원하고 원하지 않고의 문제가 아니거든. 동양 평화가 걸린 문제니까. 만약에 한국을 대신해서 벌였던 지난 전쟁에서 일본이 승리하지 않았다면 지금쯤 한국은 러시아의 수중에 들어갔을 거요. 그럴 때 동아시아의 평화가 위협받는 건 불 보듯 뻔한 일이 아니오?"

"왜 일본의 침략 의도에 대해선 솔직하게 말하지 않는 겁니까?"

"일본은 한국에 대한 침략 의도가 없소. 오히려 청국과 러시아와 벌인 두 차례의 전쟁을 통해 한국을 구해줬지. 한국인들이 일본에 감사하고 있는 것도 그래서고."

여유를 찾은 탓인지 스티븐스는 처음 가졌던 약간의 긴장감마저 털어버리고 다리를 꼬며 등을 소파에 깊숙이 묻었다.

"을사늑약으로 민영환 공 등 아까운 인사들이 자결을 하고 도처에서 의병이 끊이지 않는 걸 알면서도 그런 헛된 소릴 하는 거요?"

정재관이 미간을 좁히며 살짝 목소리를 높였다. 자연 말투도 조금 거칠어졌다. 그러자 스티븐스가 허리를 곧추세우고는 입가에 애매한 웃음을 띠며 한 손으로 콧수염을 만지작거렸다.

"의병이라……. 정부의 명을 거스르는 약간의 폭도가 있다는 점은 인정하겠소. 어느 일에나 반대자는 있는 법이니까. 그렇지만 사실은 사실대로 솔직히 인정해야지. 당신들도 잘 알잖소? 한국 황실은 부패하고 정부는 무능하다는 걸. 그리고 그들이 일반 국민은 안중에도 없고 자기 이익에만 혈안이 돼 있다는 걸. 그래서 일부 반대자를 제외하면 한국인 대다수가 일본에 감사해하고 있는 것도."

"침략자를 고마워할 한국인은 없소."

"허, 아직 내 말을 잘 이해하지 못한 것 같은데……. 일본이 한국을 보호국화한 건 국제법에 따른 조약 체결의 결과요. 그런데도 그걸 수긍하지 못한다는 것은 아직 국제법에 대한 한국인들의 이해가 부족하다는 걸 증명하는 것이지. 일본의 가르침도 그래서 더욱 필요한 거지만. 그러나 나는 한국의 장래를 비관하지 않소. 왜냐하면, 한국엔 이완용 같은 충신이 있고 이토 히로부미 공작 같은 통감이 계시기 때문이오. 그것은 한국의 행복이자 동양의 축복이지."

"궤변을 늘어 놓지 마시오!"

정재관 뒤쪽에 서 있던 문양목이 소리쳤다. 그러나 그 외침은 스티븐스의 콧수염 한 올도 흔들지 못했다. 정재관이 정색을 했다.

"긴 말 하지 맙시다. 무슨 말을 어떻게 하건 지금 귀하는 한국의 실상과 한국인의 뜻을 왜곡하고 있소. 그러니, 어제 했던 인터뷰를 정정하는 성명을 발표해주시오."

"나는 내가 한 말을 수정하거나 번복할 생각이 없소. 일본의 보호에 감사하고 안도하고 있는 한국인을 두고 수정이나 번복은 가당치도 않은 일이지. 거듭 말하거니와 한국은 일본의 보호를 원하고 있단 말이오."

"한국인은 독립을 원합니다."

"독립? 독립이라고 했소?"

스티븐스가 코웃음을 치며 반문했다.

"그렇소."

"천만의 말씀. 한국은 결코 독립할 수 없소."

"어째서요?"

"스스로 독립을 하기에 한국인은 무지하고 우매한 민족이니까."

"말조심하시오!"

정재관이 스티븐스를 쏘아보며 격하게 외쳤다. 그러자 스티븐스가 싸늘하게 내뱉었다.

"나라도 없는 것들이 남의 나라에 와서 겁 없이 날뛰는군."

그러나, 스티븐스의 그 말이 채 끝나기도 전에 그의 턱이 옆으로 돌아갔다. 동시에 그의 몸이 소파에서 굴러 저만치 떨어져 나갔다. 얌전한 자세로 앉아 있던 정재관이 언제 일어섰는지 주먹으로 스티븐스의 턱을 세차게 갈겼던 것이다. 샌님 같은 평소의 정재관으로선 상상도 할 수 없던 행동이었다.

"갓 뎀!"

바닥에 쓰러졌던 스티븐스가 일어서면서 독기 어린 얼굴로 소리를 질렀다. 그리고 벽에 세워두었던 스틱을 집어들고는 정재관 쪽으로 달려와 세차게 내리쳤다. 정재관이 고개를 숙이며 슬쩍 옆으로 몸을 비키자 스틱은 둔탁한 소리를 내며 의자 등받이를 강타했다. 스티븐스는 다시 정재관 뒤에 서 있던 문양목 등을 향해 스틱을 휘둘렀다. 문양옥과 이학현이 뒤로 물러나는 사이 옆으로 빠졌던 최정익이 의자를 들어 스틱을 막았다. 그러자 스틱이 반동에 의해 스티븐스의 손에서 튕겨져 나갔다. 동시에 최정익이 들고 있던 의자로 스티븐스의 머리를 가격했다. 스티븐스가 픽 쓰러지며 벽쪽으로 가 처박혔다.

그때 호텔 보이가 놀란 표정으로 열려 있는 문을 통해 달려들어 왔다. 스티븐스가 만약의 사태를 대비하여 대기시켜 놓은 듯했다.

"겨, 경찰을……. 경찰을 불러."

바닥에 엎어진 채 가쁜 숨을 몰아쉬며 스티븐스가 보이를 향해 중얼거렸다. 그러나 문밖으로 나가려던 보이는 이학현에 의해 제지되었다. 정재관이 의자를 집어 스티븐스 앞에 끌어다 놓고 앉았다.

"경찰을 부르는 건 우리도 바라는 바요. 경찰에 체포되어 조서를 꾸미게 되면 우리의 주장도 제대로 밝힐 수 있지 않겠소. 아마도 이 일의 자초지종과 우리의 주장은 밑에 와 있는 기자분에게도 좋은 기사감이 될 거요. 그래서 기자분을 모셔온 거니까. 어떻소? 보이를 보내 경찰을 부를까요?”

정재관이 느릿느릿하면서도 또렷하게 말했다. 그 말투엔 빈정거림이 짙게 배어 있었다. 그러나 스티븐스는 아무런 대꾸가 없었다.

쥐약 먹은 개처럼 입에 거품을 물며 헐떡거리고 있는 스티븐스를 차갑게 내려다보던 정재관이 의자에서 일어섰다.

“동지들, 그만 갑시다. 저 자에게선 더 이상 기대할 게 없을 것 같소.”

정재관의 말에 문양목 등 세 사람도 같은 생각이라는 듯 고개를 끄덕였다.

2-4

상지상上之上.

상지하上之下.

하지상下之上.

하지하下之下.

3월 23일, 날이 밝았다.

여러 가지 경우를 생각하며 간밤을 뜬눈으로 꼬박 새운 24세의 한국인 청년 전명운은 7시 조금 넘어 숙소를 나섰다. 그리고 아침이 열리는 샌프란시스코 시내를 배회하다가 페리부두가 내려다 뵈는 언덕에 다다르자 그곳에서 한참을 앉아 있었다.

그는 모종의 행동을 감행하려하고 있었다. 그는 자신이 감행하려고 하는 행동의 의로움을 믿었고 그것이 반드시 결행해야할 일이라는 생각에 추호의 흔들림이 없었다. 그것은 스티븐스를 처단하는 일이었다.

그의 목적은 스티븐스의 처단 그 자체에도 있었지만 그보다는 그것을 통해 한국의 실상과 한국인의 분노를 만천하에 알리고 싶었다.

이미 오래전부터 그는 스티븐스의 행적에 대해 알고 있었다. 그러던 차 스티븐스가 샌프란시스코로 들어온다는 소식을 듣고 그저께 샌프란시스코 항으로 갔었다. 그러나 샌프란시스코 항에 도착한 스티븐스가 기자들을 상대로 망언을 늘어놓을 때만 해도 그는 극단적인 행동을 취할 생각은 없었다. 그래서 그날 오후 스티븐스의 인터뷰 기사가 실린 신문을 보면서도 애써 분노를 삭였다. 대신 직접 스티븐스를 직접 만나 정식으로 항의를 해야겠다고 마음먹었다.

하지만 어제 낮 스티븐스로부터 면담 요청을 거절당하자 그는 자신이 너무 순진했다는 새삼스러운 자각과 함께 생각을 달리하기 시작했다. 어떠한 경우에도 스티븐스는 한국과 한국인에 대한 왜곡을 번복하거나 시정하지 않으리라는 판단을 했던 것이다. 그 길로 그는 차이나타운 암시장으로 가서 권총을 입수했다. 그러면서도 그는 행여 하는 마음으로 어젯밤 공립협회 회의에 참석한 후 스티븐스를 만나러 간 정재관 등이 돌아오길 기다렸다. 개인이 아닌 단체의 대표단이 가서 스티븐스를 만났다면 작으나마 어쩜 뜻밖의 성과가 있을 수도 있지 않을까 하는 일말의 기대를 하면서.

그러나, 그 기대가 실망으로 바뀌자 그의 마음속에 잠재워두었던 분노가 포효하면서 고개를 쳐들었다. 그리고 공립협회에서 숙소로 돌아와 결심을 굳혔다. 마침 페어몬트 호텔에 근무하는 중국인 친구 모지룡毛志龍이 퇴근하여 스티븐스가 일정을 하루 앞당겨 대통령을 만나러 워싱턴으로 간다는 정보를 주었던 것이다.

서서히 사람들이 몰려드는 페리항을 내려다보면서 그는 네 가지 경우를 다시 한 번 마음속으로 정리해보았다.

첫째 '하지하'는 원수를 처단하지 못한 상태에서 자신이 살아남는 것이었다. 그것은 그가 제일 경계하는 가정이었다. 의거義擧에 실패하고 살아남으면 의사義士도 어수룩한 미수범에 지나지 못하고 조롱과 연민의 대상으로 세인의 입에 오르내리게 되는 법이었다.

둘째, '하지상'은 원수를 처단했으되 자신은 사는 것이었다. 그러나, 그것은 살상을 업으로 하는 킬러의 삶이었다. 그는 그런 킬러가 되길 원치 않았다. 비록 원수를 처단했다고 해도 자신이 산다면 이후의 삶은 어쨌거나 살인자로서의 삶일 뿐이었다. 살인을 삶의 훈장처럼 내걸고 살아가는 사람처럼 혐오스럽고 가련한 존재는 없는 것이다. 그런 경우를 그는 김옥균金玉均을 암살한 홍종우洪鍾宇에게서 보았다.

셋째, '상지하'는 원수를 처단하는 데 실패하고 자신은 죽는 것이었다. 그것은 차선이었다. 비록 원수를 처단하지 못했다 해도 자신이 죽음으로써 그 행위에 비장미를 더하고 의기義氣를 드높일 수 있기 때문이었다. 진시황을 죽이는 데 실패했지만 형가荊軻도 죽음으로써 시대의 대의大義를 천추에 빛냈던 것이다.

넷째, '상지상'은 원수를 죽이고 자신도 죽는 것이었다. 그것이야말로 동포를 위한 소기의 목적을 이루면서 자신의 삶을 장엄하게 마무리할 수 있는 방식이었다.

그는 자신이 감행하려고 하는 행동이 '상지상'이 되길 바랐다. '상지상'이되 만천하에 조국과 동포를 위한 자신의 소회를 밝히는 절차를 거쳐서 죽고 싶었다. 그리고 최악의 경우에도 원수를 죽이지 못한 채 자신도 살아남는 '하지하'만은 면하게 되길 빌었다.

그는 자리에서 일어서서 언덕을 걸어 내려갔다. 페리역 광장에 다다랐을 땐 9시가 지나고 있었다. 광장엔 이미 열차를 타기 위해 나와 있는 사람들로 붐볐다. 페리역은 대륙횡단열차 승객을 오클랜드로 이송하는 선착장이었다. 워싱턴행 대륙횡단열차를 타기 위해선 페리역에서 배를 타고 샌프란시스코 베이를 건너 오클랜드로 가야했다. 오클랜드로 가는 페리는 9시 30분에 출발할 예정이었다. 페리 빌딩으로 들어선 그는 개찰구를 통과해 3번 홈에서 총을 쥔 손을 수건으로 감싼 채 스티븐스가 나타나기를 기다렸다.

죽음을 각오한 터라, 두려움은 없었다. 아니, 기필코 죽으리라 작정하고 있었으므로 오히려 의지가 뜨겁게 불타오르는 것 같았다. 다만 마음 한구석이 불안한 건 실패에 대한 우려 때문이었다. 어제 낮 총을 입수하고도 주위 사정이 여의치 않아 연습 사격을 못했던 것이다. 하지만 크게 괘념치 않았다. 자신은 의로운 일을 하려는 것이고 그 의로운 일은 하늘도 외면하지 않으리라 믿었던 것이다.

이윽고 출발 10분 전이 되자 역 구내가 떠들썩해졌다. 한 무리의 환송인파를 거느리고 스티븐스가 구내로 들어서고 있었다. 몇몇 미국인을 제외하곤 대다수가 일본인인 듯한 환송인파 중엔 신문에서 가끔 보던 일본 공사 고메이[小池張造]도 있었다.

스티븐스 일행이 10미터 전방까지 다가왔을 때 전명운은 소스라치게 놀랐다. 스티븐스의 환송인파 뒤편에 장인환의 모습이 보였던 것이다. 두 사람은 자연스럽게 시선이 마주쳤다. 그러나 약속이라도 한 듯이 동시에 시선을 거두었다.

스티븐스의 출발을 확인하기 위해서 나온 걸까.

전명운이 이런 생각을 하는 사이 스티븐스 일행이 그의 앞을 통과하고 있었다. 전명운은 곧장 스티븐스 쪽으로 다가가 오른팔을 쳐들었다.

"헤이, 유!"

순간 전명운을 향해 고개를 돌린 스티븐스의 눈빛이 심하게 흔들렸다. 본능적으로 위험을 느낀 듯했다. 전명운은 재빨리 방아쇠에 건 검지를 당겼다. 철컥. 불발이었다. 다시 방아쇠를 당겼다. 철컥. 역시 불발이었다.

실패다. 낭패감으로 뒤범벅이 된 전명운은 수건에 싸인 오른손을 자신의 관자놀이에 갖다 대고 연거푸 방아쇠를 당겼다. 철컥. 철컥. 철컥.

다음 순간, 전명운은 손을 거두어 수건을 풀고 긴장된 표정으로 자신을 쳐다보고 있는 스티븐스의 면상을 권총으로 후려쳤다. 스티븐스가 외마디 비명과 함께 바닥에 머리를 부딪치며 쓰러졌다. 그때까지도 일본공사 고메이는 제대로 사태가 파악이 안 된 듯 아무런 행동을 취하지 못하고 어리둥절한 얼굴로 서 있었다.

전명운은 총을 내던지고 돌아서서 몰려든 사람들 틈으로 저벅저벅 걷기 시작했다. 형언할 수 없는 분노가 가슴속에서부터 뜨겁게 치밀어 올랐다. 턱까지 차오르는 분노로 그는 걷기가 힘들 정도였다. 왜 총알이 발사되지 않았는지. 왜 의로움은 실현되지 않는 건지.

그때 어떤 강력한 힘이 그의 어깨를 낚아챘다. 돌아보니 언제 다가왔는지 눈두덩이 시뻘겋게 피멍이 든 스티븐스가 소리를 지르며 달려들고 있었다. 아마 잠시 의식을 잃었다가 깨어난 것 같았다. 그는 스티븐스를 맞잡고 힘을 주어 옆으로 메쳤다. 그러나 스티븐스가 움켜쥔 그의 어깨를 놓지 않는 바람에 두 사람은 함께 바닥으로 나뒹굴었다.

두 사람이 엎치락뒤치락하며 주먹을 교환하는 사이 총성이 울렸다. 동시에 전명운은 둔중한 충격이 어깨를 파고드는 걸 깨달았다. 그러나 미처 통증을 실감하기도 전에 다시 두 발의 총성이 연이어 울렸다. 땅바닥에 엎드린 채 고개를 쳐든 그의 눈에 두 손으로 권총을 들고 망연자실한 모습으로 서 있는 장인환의 모습이 들어왔다.

2-5

사건 발생 이틀 뒤인 3월 25일, 샌프란시스코 중앙구급병원으로 이송되어 응급수술을 받았던 스티븐스가 사망했다. 『샌프란시스코 클로니클』 기자가 같은 병원에 입원해 있는 전명운에게 그 소식을 전했다.

"장인환 씨는 어떻게 지내고 있습니까?"

침상에서 내려와 잠시 기도를 올린 후 전명운이 눈물을 글썽이며 물었다.

"잘 지내고 있습니다. 아마 모레쯤 일급 모살 혐의로 기소될 겁니다."

"예……."

"그러나, 걱정하지 마십시오. 여론은 당신들 편입니다."

전명운의 두 눈에 고인 투명한 눈물을 보며 기자가 위로의 말을 건넸다. 작은 키에 벌어진 어깨로 다부진 인상을 주는 전명운이지만 그의 얼굴은 해맑아 보였다.

"감사합니다. 혹시 나중에라도 장인환 씨를 만나게 되거든 전해주십시오. 제가 실패했던 일을 장인환 씨가 성공시켜주신 덕분에 천추에 부끄러운 이름을 남기지 않게 되어 고마워하더라고 말입니다."

"그러지요. 그런데 정말 두 분은 서로 모르는 사이였습니까?"

"예. 우린 소속 단체가 다릅니다. 사건이 있기 전날 회의장에서 처음 보았지요. 그래서, 그땐 이름도 몰랐지만요."

정황상 그 말이 믿기지 않았지만 기자는 믿기로 했다.

"아무튼 놀랍고 대단한 일입니다. 당신들은 정녕 한국의 운명에 희망을 쏘았습니다."

"별 말씀을요."

"자, 마음 편하게 하고 계십시오. 저는 다시 공립협회로 가보겠습니다. 지금 그곳 분들은 두 분의 재판을 위한 준비에 여념이 없을 겁니다."

"고맙습니다. 그분들을 많이 도와주십시오."

전명운이 기자에게 깊이 고개를 숙였다.

병원을 나온 기자는 곧장 퍼시픽 애브뉴의 공립회관으로 향했다. 시구치소에 들러 장인환도 만나보고 싶었으나 면회가 안 된다는 얘길 들었던 것이다.

스티븐스의 사망 소식이 전해지면서 샌프란시스코 한국인 단체인 공립협회는 긴장된 분위기에 휩싸여 있었다.

"어떻게 될 것 같습니까?"

정재관이 심각한 표정으로 기자에게 물었다.

"변호인단을 구성해서 재판에 대비하여야겠지만 분위기는 나쁘지 않습니다."

"스티븐스의 사망이 재판에 악영향을 끼치지 않을까요?"

"여론은 큰 변화가 없습니다. 처음부터 스티븐스를 공공의 적이라고 했으니까요."

"그래도 스티븐스는 미국인이잖습니까?"

"그는 미국인이기에 앞서 자유와 평화를 염원하는 인류의 적입니다. 미국인과 미국의 법이 그런 정도는 구별할 수 있을 겁니다."

"제발 그렇게만 된다면……."

여전히 정재관은 걱정스런 표정이었다.

"안심하십시오. 제가 여러 법률 전문가들에게 자문을 구하고 오는 길입니다만 아마 미스터 전은 무죄로 석방될 수 있을 겁니다."

"무죄 석방이요? 설마요?"

"사실입니다. 물론 전문가들끼리도 견해에 약간의 편차를 보였지만 큰 차이는 없었습니다. 미스터 전은 증거 불충분으로 무죄 석방될 수 있을 것 같습니다."

"증거 불충분요?"

"제가 아는 어떤 변호사의 얘기로는 미스터 전 역시 사건의 피해자로 밀어붙일 수 있을 거랍니다."

"피해자로요?"

정재관이 어안이 벙벙한 얼굴로 되물었다. 기자가 싱긋 웃으며 고개를 끄덕였다.

"미스터 장이 미스터 전을 상해하려고 총을 쏜 건 아니잖습니까. 그러니까 미스터 전은 미스터 장의 스티븐스 저격 사건의 피해자이지요."

"글쎄, 그렇긴 하지만……."

"미국 법정은 배심원 제도를 채택하고 있습니다. 이 사건에 대한 지금의 여론으로 미루어 보건대 배심원들도 미스터 전의 애국심에 손을 들어 줄 가능성이 큽니다."

"일본이 가만히 있을까요?"

"물론 그냥 있진 않겠죠. 실제로 지금도 일본 공사관 쪽에선 재판에 영향력을 행사하려는 움직임을 보이고 있습니다. 그러나 그런 움직임은 지금 이곳의 분위기로 볼 때 오히려 역효과를 낼 겁니다."

"그럼 우린 어떻게 해야 할까요?"

정재관의 두 눈이 초조한 빛을 띠었다.

"독립을 갈망하는 한국인의 심정을 미국 사회에 호소력 있게 전달하는 작업을 지속해야 하겠지요."

"성명서는 준비가 됐습니다만……."

"그렇습니까. 그럼 곧 실어드리죠."

"고맙습니다."

"그보다, 미스터 장의 재판에 대한 준비를 서둘러야 합니다. 미스터 전은 부상이 회복되고 퇴원하려면 다소 시일이 걸릴 테니까 아마 다음 달 초에나 재판이 열리게 될 겁니다. 그리고, 말씀드린 대로 무죄 석방이 예상되는 만큼 재판에 큰 어려움은 없을 겁니다. 하지만 미스터 장은 당장 모레 기소가 되니까 이쪽에서도 변호인단 구성을 서둘러야 합니다."

"변호사 선임은 이미 끝냈습니다."

"그래요? 잘 됐습니다."

"장 동지의 재판은 어떤 결과가 나올까요?"

"글쎄요. 미스터 장의 경우는 어쨌거나, 피해자가 사망했기 때문에 죄상이 명백합니다. 그러나 미스터 장의 행위가 모국의 독립을 위한 투쟁의 일환으로 발생된 것이니까 정상참작의 범위를 놓고 법리공방을 벌이다 보면 재판은 조금 길어질 것 같습니다."

"그럼 사형은 안 당할 거란 말씀입니까?"

정재관의 얼굴이 환하게 펴졌다.

"일단 일급 모살 혐의로 기소되긴 했지만 미스터 장의 사건은 단순한 살인사건이 아닙니다. 따라서, 사형은 되지 않을 겁니다. 다만 재판이 길어지면 본인도 힘들고 이쪽에서도 비용을 대기가 어려운 점이 있겠지요."

"비용은 걱정 없습니다. 미국 각지와 해외에 있는 동포들이 계속해서 성금을 보내오고 있으니까요."

"그렇습니까. 다행입니다."

"미국이나 그 밖의 지역 동포들 대부분이 노동을 하면서 어렵게 보내온 것입니다. 대신 유용하게 써서 좋은 결과가 나올 수 있도록 해야지요."

정재관의 그 말에 동족에 대한 애정이 느껴져 기자는 숙연한 기분이 되었다.

"그래도 희망적인 것은 여론이 이쪽 편이라는 점입니다. 어쩌면 이 사건은 한국인들의 독립투쟁 역사에 중요한 전기轉機가 될지도 모르겠습니다."

"무슨 말씀이신지……?"

"이 사건은 두 가지 측면에서 의미가 있다고 생각이 됩니다. 첫 번째는 미국 사회에 한국인의 존재를 알렸다는 점입니다. 지금 상당수의 한국인들이 미국에 들어와 있지만 아직까지 그 존재는 크게 부각되지 않은 상태입니다. 그런데 이번 사건으로 한국인들의 독립에 대한 열망을 미국 시민사회에 알리게 된 겁니다. 아마도 재판이 길어지면 미스터 장이나 이쪽 분들이 조금 힘들겠지만 그 과정에서 자연스럽게 미국 시민사회에 한국인들의 독립의지에 대한 관심을 불러일으킬 수가 있을 겁니다. 두 번째는 한국인들이 품고 있는 독립에 대한 열망에 불을 붙였다는 점입니다. 말하자면, 독립운동 혹은 투쟁의 도화선이 될 거라는 얘기지요."

"그렇군요. 이 사실을 빨리 동포들에게 전해야겠습니다."

정재관의 고무된 표정을 보며 느껴지는 게 있어 기자가 물었다.

"이곳이 마치 한국 독립운동의 본부 같군요."

"사실이 그렇습니다. 국내에선 일본 때문에 활동의 제약을 받을 수밖에 없지만 여기선 모든 게 자유롭습니다. 그래서 국내는 물론 일본과 중국, 심지어는 러시아의 연해주와 페테르부르크까지 연락망을 갖추고 있습니다."

"다른 지역에선 어떤 활동이 있습니까?"

"조만간 러시아의 연해주에서 일본에 대한 군사활동이 전개될 겁니다. 그를 위해 페테르부르크에서 주요 인사가 연해주로 떠났습니다."

"그렇습니까……."

기자는 정재관의 열정에 약간 압도되는 심정으로 중얼거렸다.

3 페테르부르크의 밤

3-1

…… 전 토볼주 주지사 놀켄 남작의 딸과 결혼한 주러 한국 공사의 아들 블라디미르 세르게예비치(이위종)가 그의 장인과 함께 페테르부르크에서 이곳으로 와서 한국인 의병 세력에 합류했습니다. 그는 파리에서 교육받은 인물로 작년 한국의 헤이그 밀사 파견 시 특사로 참여했다고 합니다. 그는 한국군 통솔 교관들과 40여 명의 의병들과 함께 왔으며 1만 루블의 자금을 소지하고 있었습니다. 아울러, 자세한 향후 활동 계획도 가지고 있는 것 같았습니다.

…… 이런 사실들을 주지사님께 보고드리는 것은 일본과의 관계에서 정치적인 실수를 저지르지 않도록 이 까다로운 사안을 어떻게 처리해야 할 것인지에 대하여 지시를 받고자 함입니다. 저는 이 사안이 외무부 소관이라 생각됩니다. 따라서, 외무부도 블라디미르 세르게예비치와 놀켄 남작이 이곳에 나타난 사실과 이유에 대해서 파악하고 있어야할 것입니다.

…… 한국인의 활동은 그 어떤 것도 비밀에 부쳐질 수가 없습니다. 왜냐하면, 노보키예프스크 및 극동지방을 비롯한 도처에서 진행되는 한국인들의 움직임은 일본 첩자들에 의해 감지되고 있기 때문입니다. 일본인들은 우리와 친구가 아니라 우리를 향해 칼을 갈고 있는 사람들입니다…… 저는 불필요한 근심거리를 없애기 위해 블라디미르에게 예전과

마찬가지로 만주로 활동무대를 옮길 것을 제안했습니다. 이에 대해 그들은 노보키예프스크에 두 달 이상 체류하지 않을 것이라고 했지만 그후 어디로 갈 것인지에 대해서는 말해주지 않았습니다. 이런 정황으로 미루어 보건대, 앞으로 동쪽과 북쪽의 변경 지역, 압록강과 두만강 상류의 삼림 지대에서 유혈사태가 발생하게 되리란 추측은 그다지 어려운 일이 아닐 것입니다.

서한을 테이블 위에 내려놓고 이범진은 고개를 들었다. 차르는 여전히 창밖을 바라보며 서 있었다. 차르의 뒷모습에서 쓸쓸함이 묻어났다. 그 쓸쓸함은 왕조의 쇠락에서 오는 적막 같은 것이었다.

그 쇠락이 일시적인 것인지 오랜 시간의 누적에 의한 것인지 이범진은 알지 못했다. 그러나 작금의 러시아가 옛날 같지 않다는 것은 분명했다. 그리고 차르의 어깨에 의해 지탱되고 있는 3백 년에 걸친 로마노프 왕조 역사의 무게의 버거움도.

"다 읽으셨습니까?"

돌아선 차르가 테이블로 다가와 맞은편 의자에 앉으며 물었다.

"예, 폐하……. 이런 보고를 올라오게 해서 송구스럽습니다."

"천만에요. 질책할 생각이었다면 이 공사님을 이렇게 모셨겠습니까."

이범진을 향한 차르의 눈길은 부드러웠다.

그 말은 사실일 터였다. 그랬다면 집무가 끝난 늦은 시각을 택해 이렇게 은밀하게 부르지 않았을 것이다. 특히 이범진이 안내된 곳은 차르가 개인적인 손님을 주로 맞는 소접견실이었다.

이범진은 서한을 처음 상태대로 가지런히 정리해서 차르 앞으로 내밀었다. 서한은 플루그 연해주 지사 겸 군총독이 남우수리스크 국경행정관으로부터 받은 보고를 러시아 외무부로 상신한 것이었다.

"늘 은혜를 베풀어 주시는 폐하께 깊이 감읍하고 있습니다."

이범진은 차르에게 정중하게 고개를 숙였다. 그러자 차르가 황급히 손을 저었다.

그러나 이범진은 알고 있었다. 차르가 자신을 위해 대제국의 통치자로선 어울리지 않는 소소한 일에까지 신경을 썼던 것을. 4년 전 러일전쟁이 발발한 직후 이범진은 본국 외무대신으로부터 공관을 폐쇄하고 귀국하라는 명령을 받았다. 그러나 그는 불응했다. 한국정부의 소환명령이 일본의 강압에 의한 것으로 여겨졌기 때문이었다. 그 추측은 적중했다. 얼마 후 소환명령은 본의가 아니며 귀국하지 말라는 황제의 밀지가 전해졌던 것이다.

그후 이범진은 러시아에 머물고 있었다. 그리고 그의 체류를 차르는 허락했다. 뿐만 아니라 차르는 본국으로부터 송금이 중단된 그에게 공관 운영비와 생활비를 지급하도록 배려했다. 이범진 역시 본국정부의 파면 조치에도 불구하고 대한제국 초대 러시아 주재 공사 자격으로 업무를 계속 수행하면서 러시아 측에 만주와 한국의 주요 전략 거점에 대한 정보를 제공하는 등 러시아의 승리를 위해 노력을 기울였다. 그러나, 전쟁이 끝난 후 일본은 한국의 마지막 대리인인 그의 러시아 체류를 못마땅해 했고 러시아 외무부도 그에 대한 체재비 지급이 일본에게 발각될까봐 조심스러워했다. 그렇지만 차르로선 자국에 체류하고 있는 전 외국 공사를 도와주는 사소한 일조차 일본의 눈치를 봐야한다는 데 자존심이 상하지 않을 수 없었다. 그래서인지 차르는 이범진의 러시아 체류에 대해 이의를 제기하지 못 하게 했다.

"오늘 짐이 이 공사님을 뵙기를 청한 것은 그냥 술이나 한잔 나누었으면 해서요."

그러면서 차르는 출입문 옆에 서 있는 시종장에게 눈짓을 했다. 그러자 시종장은 고개를 숙여 보이곤 밖으로 나갔다가 조금 후 두 명의 시종들을 거느리고 들어와 테이블을 정리하고 나서 술잔을 배열했다. 시종장이 허리를 굽혀 차르와 이범진의 잔에 차례로 술을 따랐다. 술은 프랑스산 와인이었다.

"자, 듭시다."

차르가 잔을 들어 이범진의 잔에 부딪쳤다. 잔을 비운 차르는 한동안 말이 없었다. 이범진은 조심스럽게 차르를 바라보았다.

니콜라이 2세. 40세의 현 러시아 황제.

56년을 살아오는 동안 이범진은 미국과 유럽 각국 어디에서도 니콜라이 2세처럼 잘생긴 서양인을 본 적이 없었다. 그만큼 니콜라이 2세의 수려한 용모는 어떤 전문배우조차도 필적할 수 없는 빼어난 것이었다. 상대를 편안하게 하는 그윽한 두 눈, 품위를 드러내는 우뚝 선 콧날, 정교한 입술 위로 기른 콧수염과 턱선을 알맞게 감싸고 있는 구레나룻. 그 수발秀拔한 용모는 대제국 황제라는 광휘에 휩싸여 더욱 품격 있게 빛났다. 게다가 그를 더욱 돋보이게 한 것은 용모 못지않은 사람됨이었다. 어린 시절부터 남에게 봉사하기를 즐겨했다는 따뜻한 성품의 소유자인 그는 선량하고 교양도 있었다. 그리고 가정적으로도 헌신적인 남편이자 관대한 아버지였다.

그러나, 그런 장점들은 개인적인 매력이 될 수 있을지언정 적어도 대제국을 통치하는 군주로서의 바람직한 덕목은 되지 못했다. 그는 다정다감하되 소심했으며, 우유부단하여 황제로서 반드시 갖추어야 할 소양인 결단력이 부족했다. 시대는 강한 군주를 원하고 있었지만 정치보다는 가정생활이 더 큰 관심사인 그는 그래서 스스로도 많이 힘들어하고 있는 것처럼 보였다.

"이 공사님!"

한참 만에 니콜라이 2세가 입을 열었다.

"예, 폐하."

"서신을 보셨으니 능히 헤아리시겠지만 연해주 주지사의 입장이 난처한 모양이오."

"예, 저도 충분히 이해가 됩니다. 폐하의 성심을 어지럽게 해서 송구스럽기 짝이 없습니다."

대답을 하면서도 이범진은 전전긍긍했다.

연해주 주지사의 보고는 현지 한국인들의 무장봉기와 그에 대한 일본의 문제 제기 가능성을 지적하고 차르의 지침을 구하고 있는 것이었다. 그러면서 무장봉기를 위한 자금을 제공한 이범진의 이름을 직접 거명한 국경행정관의 보고를 그대로 전하면서 그와 교분이 있는 자신의 곤란한 입장을 밝혔다. 그것은 달리 해석하면 차르에게 책임 소재를 전가시키는 것이기도 했다. 그런데 차르는 연해주 주지사가 우려하고 있는 그 장본인을 친히 불러 마주하고 있는 것이었다.

"아니오. 짐이 왜 이 공사님의 마음을 모르겠소. 짐의 마음인들 이 공사님과 다르겠소."

이범진은 속으로 안도의 한숨을 삼켰다. 그 말은 일본에 대한 적개심이 피차 다르지 않다는 뜻이었다. 물론 그것은 충분히 예상할 수 있었던 것이었다. 그렇지만 차르가 그 속내를 드러내 보이기는 쉬운 일이 아닐 터였다.

"황감한 말씀이옵니다, 폐하."

"그렇지만 이 공사님. 어쨌거나 짐은 연해주 주지사에게 답을 내려줘야 하오."

"예……."

"그래서 연해주 주지사더러 상황에 따라 현명하게 대처하라는 식으로 일임할 생각이오."

"예……."

"그러나, 짐이 그런 식으로 애매모호하게 답을 내리면 연해주 주지사도 명확한 지침을 밝히지 않는 짐의 뜻을 헤아리지 않을 수 없을 것이오."

"예……."

"지금 짐으로선 그게 최선일 것 같소."

"폐하의 깊으신 배려에 거듭 감사드립니다."

이범진은 또 머리를 숙였다.

말 그대로 그게 최선이었고 지금 차르로서도 더 이상 어쩔 수 없을 터였다. 게다가 아들에게 들려 보낸 1만 루블의 거액에 대해서도 언급하지 않는 게 또 고마웠다. 체재비마저 얻어 쓰고 있는 마당에 그런 거금을 보냈다는 건 이쪽으로선 어쨌건 떳떳치 못한 일이었다.

"그리고……"

니콜라이 2세는 뭔가 말을 보태려는 듯하다가 화제를 돌렸다.

3-2

"그런데 이 공사님은 이토 히로부미를 어떤 인물이라고 생각하시오?"

니콜라이 2세의 질문은 조금 뜬금없는 것이었다. 이범진은 가만히 차르의 표정을 살폈다. 차르의 표정엔 별다른 변화가 없었다. 그러나 즉흥적으로 묻는 건 아닌 것 같았다. 오히려 자신을 만나게 되면 물어보려던 게 아닌가 싶었다.

"그는 간웅입니다. 말하자면 조조 같은 인물이지요."

"조조요? 중국 소설 『삼국지』에 나온다는 인물 말이오?"

"그렇습니다, 폐하."

"흐음, 그런가요. 그런데 왜 그렇게 생각하시오?"

"그 자가 간웅이라는 것은 두 가지 측면에서 그렇습니다. 첫째, 그 자는 대장부가 아닙니다. 약자에게 강하고 강자에게 약한 인물이기 때문입니다. 그 점에 대해선 폐하께서도 충분히 수긍하실 겁니다."

니콜라이 2세가 천천히 고개를 끄덕이며 이범진의 빈 잔에 친히 포도주를 따랐다. 그것을 보고 시종장이 황급히 달려왔으나 차르는 물러나도록 손을 내저었다. 프랑스 산 포도주는 백 년 전 알렉산드르 1세가 러시아를 침공한 나폴레옹 군대를 물리치고 파리에 입성한 후로 해마다 러시아로 다량 수입되고 있었다.

"그 점에 대해선 짐도 동감이오."

"둘째, 그 자는 위군자僞君子입니다. 그 자의 스승 요시다 쇼인[吉田松陰]도 언급했지만 흔히 사람들은 그 자를 일컬어 '주선의 귀재'라고 합니다. 그러나 그것은 달리 말하면 술수와 협잡이 강하다는 뜻도 됩니다. 실제로 그 자는 공명정대하지 않고 막후에서 일을 도모하길 좋아하며 평화주의자인 척하지만 가장 폭력적인 인물입니다. 그 자가 평화를 주장하는 건 언제나 자신이 돌이킬 수 없는 전쟁 상황을 만들어 놓은 다음이지요. 따라서 그 자가 평화 운운하는 것은 눈 가리고 아웅하는 비열하고 가증스러운 처사에 지나지 않습니다. 그런 점에서 조조와 흡사하지요. 아니, 조조는 스스로 일국을 다스릴 경륜을 갖고 있는 인물입니다. 그러나 이토는 제왕의 능력이나 덕이 없습니다. 기껏 해야 모사謀士의 재목이지요. 그런 그 자의 면모를 요시다 쇼인은 일찍이 간파한 바 있습니다. 재능이 떨어지고 학문도 미흡하다고요. 그 자는 요시다 문하에서 보잘것없는 존재였습니다."

"그런 인물이 어떻게 총리대신을 네 번씩이나 역임했을까. 일본엔 그렇게 인물이 없는 건가……."

"그 자가 득세한 것은 때로 사악함이 의로움을 이기는 경우에 해당되는 것입니다. 러시아나 한국의 입장에선 몹시 유감스러운 일입니다만……."

"흐음……."

니콜라이 2세는 잔의 포도주를 한 모금 삼키고 나서 고개를 돌린 채 또 한참 말이 없었다. 그러다가 이윽고 다시 입을 열었다.

"혹시 이 공사님께선 이토가 전 텐노를 암살했다는 얘길 들은 적이 있소?"

"있습니다."

"그래요? 짐은 그냥 이토에 대해 원망이 깊은 한국인들이 만들어 낸 말 정도로 생각했소만……"

"한국에선 널리 퍼져 있는 소문입니다. 그런데 폐하께선 어떻게 아셨습니까?"

"베베르가 짐에게 해준 말이오. 조선공사 시절 들었다면서요. 그렇지만 그동안 설마 하고 있었소."

"아마 사실일지도 모릅니다. 소문의 진원지가 다름 아닌 현 총리대신인 사이온지 긴모치[西園寺公望]의 측근이었으니까요. 사이온지는 아버지가 우대신, 형이 내대신을 역임한 궁중의 실력자들이었습니다. 그 측근에서 나온 소리라면 뭔가 들은 게 있었던 게 아닌가 싶습니다."

"현 총리대신 측근에서 나온 소리라……."

말끝을 흐리는 니콜라이 2세의 얼굴이 어두워졌다.

"그 소문이 사실임을 미루어 짐작할 사례는 많습니다. 그러나, 무엇보다 저로선 그 소문을 믿지 않을 수 없는 게 이토 같은 음험한 인물이 아니었다면 남의 나라 국모를 시해하는 일 따위는 불가능했을 것이기 때문입니다. 그런 만행은 세계역사에 유래 없는 일입니다. 따라서, 자기네 천황을 암살할 정도의 인물이니까 그런 만행도 서슴없이 자행할 수 있었던 것이지요."

명성왕후 시해 사건을 입에 담게 되자 이범진은 감정이 격해져 목소리에 울음이 섞여들었다. 그런 이범진을 안타까운 눈길로 바라보던 니콜라이 2세가 다시 술병을 들어 손님의 빈 잔을 채웠다.

"그 사건에 이토가 개입된 건 확실한 것이오?"

"그것은 너무나 명백한 사실이라고 감히 단언할 수 있습니다."

"그래요?"

"지금도 그렇지만, 당시에도 일본의 모든 중요한 정치적 행위는 이토의 동의나 승낙 없인 불가능했습니다."

"그나저나 이 공사님께선 이토에 대해서 어떻게 그렇게 소상하게 아시오?

"그 자는 일본 내에서도 적이 많습니다. 그런 소문은 가죽 보자기도 뚫고 새어나오기 마련이지요."

"이토……. 이토 히로부미……."

니콜라이 2세가 허공으로 눈을 주며 신음을 하듯 중얼거렸다.

3-3

"그런데 세르게이도 전투에 참가하게 되는 것이오?"

니콜라이 2세가 슬쩍 지나가는 말처럼 물었다. 자칫하면 자신이 노골적으로 극동에서의 한국인들의 전투를 승인한 것처럼 들릴까봐 그런 것 같았다.

"위종이 말씀이옵니까?"

"그렇소."

"아마도 그렇게 될 것으로 사료됩니다."

"그런가요?"

니콜라이 2세는 천천히 고개를 끄덕이며 뭔가 생각에 잠긴 듯 착 가라앉은 표정으로 침묵했다.

차르는 한국인들이 벌이게 될 전투를 기본적으로는 반대하고 있는 건가.

이범진은 황제의 침묵이 또 불안했다. 조금 전 양해를 하는 듯했는데 다시 침묵하는 건 아직까지 그의 생각이 오락가락하고 있음을 드러내는 것이었다. 하긴 일본과의 관계를 생각하면 극동에서의 한국인의 무력투쟁은 충분히 부담스러운 일일 수 있었다. 그러나 차르의 내심은 그게 아닐 거라고 이범진은 믿고 싶었다.

"세르게이가 드물게 명민하다는 얘긴 자주 들었소."

"폐하께서 어여삐 봐주신 거지요."

"전투를 하면 위태롭지 않겠소?"

"위태롭지 않은 전투가 어딨겠습니까, 폐하."

"세르게이가……. 파리에서 사관학교를 다녔다고 했지요?"

"그렇습니다."

"군사훈련은 잘 받았겠지요?"

"나름대로 열심히 했을 겁니다."

"다행이오."

"예, 폐하."

대답을 하면서도 이범진은 니콜라이 2세의 의중을 짐작하지 못했다. 무슨 말을 하려고 위종이 얘기를 이어가는지 갈피를 잡을 수가 없었다.

"짐은 작년 헤이그에서의 세르게이의 활약을 잘 알고 있소. 그런 아들을 두고 있다는 것만으로도 이 공사님은 든든할 것이오."

"예, 폐하……."

작년 헤이그에서의 일은 이범진에게 아픈 기억으로 남아 있었다. 그것은 차르에게도 마찬가지일 터였다.

작년 6월, 네덜란드 헤이그에서 열리는 만국평화회의에 참석하기 위해 페테르부르크로 온 이상설과 이준은 전 한국 공사 베베르와 파블로프 등과 함께 은밀히 니콜라이 2세를 알현하고 고종 황제의 친서를 봉정했다. 친서를 받아든 니콜라이 2세도 특사들을 위로하고 도움을 약속했다. 그것은 분명 차르의 진심이었다.

그러나, 출장으로 잠시 페테르부르크를 떠나 있었던 외무장관 이즈볼스키가 돌아오면서 일은 틀어지기 시작했다. 이즈볼스키는 을사늑약으로 외교권을 박탈당한 한국의 특사에게 회의 참석 자격이 주어지지 않을 것이며 러시아의 한국 특사에 대한 지원은 일본과의 관계만 악화시킬 뿐이라고 판단했다. 그리고 프랑스 주재 러시아 공사이자 만국평화회의 의장인 넬리도프에게 가급적 한국 특사와의 접촉을 자제하라는 전문을 보냈다. 이즈볼스키로선 차르의 짐을 덜어 주려는 의도가 있었는지도 몰랐다.

전문을 받은 넬리도프는 한국 특사들의 회의 참석 주선에 소극적인 태도를 취하면서 오히려 해외에 밀사를 파견한 무의미한 행동이 한국 황제의 운명에 악영향을 끼칠 수도 있다는 우려를 내비쳤다. 그 우려는 상당히 현실적이고 객관적인 것이었다.

물론 회의에 참석하지 못했다고 해서 한국 특사들에게 전혀 소득이 없었던 것은 아니었다. 회의에 참석하지 못한 대신 한국 특사들은 을사늑약의 부당성과 일본의 침략성을 현지 언론에 호소해 큰 호응을 얻었다. 현지 언론은 이들의 호소를 연일 대서특필했다. 니콜라이 2세가 말한 이위종의 활약도 그 일을 일컫는 것이었다.

그러나, 언론의 호응을 얻었지만 실질적으로 바뀐 것은 아무 것도 없었다. 오히려 넬리도프가 우려했던 대로, 밀사 파견으로 인해 한국은 일본에 의해 황제가 퇴위당하는 결과만 맞고 말았다.

힘없는 나라의 외교는 한계가 있었다. 이범진은 헤이그 밀사 사건의 실패에서 그것을 절감했다. 그가 무력투쟁을 결심하게 된 이유 중의 하나도 바로 그것이었다.

"세르게이는 이 공사님의 자랑스러운 아들이오. 짐은 그저 부러울 따름이오."

짙은 한숨을 내쉬는 니콜라이 2세의 얼굴에는 쓸쓸함이 깃들어 있었다. 일반인으로선 좀처럼 볼 수 없을 차르의 모습이었다.

"폐하!"

이범진은 황급히 고개를 숙였다.

차르는 외국의 사절 앞에서 자신의 깊은 속내를 드러내고 있는 것이었다. 그것은 이범진으로선 황망하기 짝이 없는 일이었다. 니콜라이 2세의 남모를 고민을 알고 있었기 때문이었다.

14년 전 니콜라이 2세는 빅토리아 영국 여왕의 외손녀인 알렉산드라 공주와 세기의 로맨스라 할 만큼 드라마틱한 사랑을 나눈 끝에 결혼을 했다. 그러나 모든 사람들이 축복한 그 결혼엔 비극의 인자因子가 도사리고 있었다. 알렉산드라가 러시아 황실에 빅토리아 영국 여왕의 고질적인 유전질환인 혈우병을 가져왔던 것이다. 혈우병의 특징은 여성은 그 병을 물려주는 매개자 역할을 할 뿐 직접적인 고통은 그 아들이 당한다는 점이었다.

알렉산드라는 네 명의 딸에 이어 결혼 10년 만에 늦둥이 아들 알렉세이를 낳았다. 그러나 출생 6주 만에 알렉세이에게 혈우병 증세가 나타나면서 황실은 암운에 휩싸였다. 알렉세이는 조그만 충격에도 매우 고통스러워했고 격렬한 운동을 삼가면서 조심조심 지냈다. 니콜라이 2세 부부는 하나뿐인 아들 알렉세이가 어쩜 청년이 되기도 전에 죽을지도 모른다고 근심했다. 그러면서도 알렉세이의 혈우병을 극구 숨겼다.

그러나, 황태자가 혈우병을 앓고 있다는 사실은 황궁 안팎에서 공공연한 비밀이었다. 그래서 다음 차르는 어쩌면 니콜라이 2세의 동생인 미하일에게 넘어갈 거라는 예상을 하는 사람도 있었다.

이범진은 아들로 인한 니콜라이 2세의 상심을 충분히 이해했다.

"그나저나 극동에서 전투를 한다면 얼마나 지속할 수 있을 것 같소?"

니콜라이 2세의 얼굴에 우려의 기색이 섞여들었다. 이범진은 니콜라이 2세가 극동에서의 한국인들의 창의와 대일 전투가 일회성에 그치게 될 것으로 생각하고 있는 건 아닌가 싶었다.

"그건 모릅니다. 그러나, 우선은 전투를 시작한다는 것 자체가 의미 있는 일이 아닐까 싶습니다."

"그렇긴 하오만 상대는 일본이오."

"그렇다고 적의 침략을 그냥 앉아서 바라볼 수만은 없지 않겠습니까. 폐하께서 허락하신다면 우리 한국인들은 목숨이 다하는 날까지 싸울 것입니다."

"그러나 그러려면 많은 희생이 따를 터이지만 비용도 엄청나게 들 것이오. 일본이 지난 전쟁에서 서둘러 강화 요청을 한 것도 막대한 비용을 감당하기 힘들어서였소."

물론 그랬다. 일본은 처음부터 전쟁을 오래 끌 생각이 없었다. 그것은 그럴 힘이 없었기 때문이었다. 그래서 선전포고도 없이 전쟁을 개시하면서 동시에 강화를 위한 정지작업을 병행했다. 말하자면 일본은 강화를 전제로 전쟁에 임했던 것이다. 그런데도 전쟁은 1년 반을 끌었다. 그동안 일본은 17억 엔의 전비를 지출했다. 1년에 4억 엔 정도를 예상했던 전비를 훨씬 상회한 액수였다. 따라서, 연해주에서의 동포들의 대일 전투를 위한 전비에 아들 위종이 가져간 1만 루블도 큰 보탬이 되지 못할 터였다.

"지금 연해주에는 폐하의 은덕으로 열심히 살아가고 있는 한국인이 4, 5만 명 정도 됩니다. 그들은 대부분 러시아에 귀화했고 또 일부는 지난 전쟁에서 러시아군에 편입되어 일본과 싸웠습니다. 그들은 폐하와 마찬가지로 일본의 승리를 인정하지 않고 있습니다. 그런 그들에게 전비의 과다는 중요하지 않습니다. 그들은 스스로 모든 것을 다 바쳐 폐하의 신민으로서, 그리고 고국 한국의 독립을 위해 끝까지 싸울 것입니다."

"미안하오. 그런데도 짐으로선 더 이상 도와주지 못해서……."

"아니옵니다, 폐하. 폐하께서 그들을 이 땅에 살게 해주시고 또 이처럼 마음을 써주시는 것만으로도 한국은 태황제 폐하를 비롯한 모든 신민이 감사를 드릴 것입니다."

"그러나, 승리가 보장되지 않는다면 전쟁은 무의미한 것이오."

"그들은 반드시 승리할 것입니다. 지금 한국은 의병들의 활동이 꾸준히 계속되고 있습니다. 한국의 대부분이 산악지형이라서 통감부가 효과적으로 진압할 수가 없기 때문입니다. 연해주의 창의군이 두만강을 건너 진격하면 함경도는 금방 점령하게 될 것입니다. 아직 그쪽엔 일본군이 본격적으로 진출해 있지 않으니까요. 그리고 함경도를 점령하면 서울로 들어가는 것은 결코 어렵지 않습니다. 전국 각처의 의병들이 일제히 봉기하게 될 테니까요. 다시 말씀드리지만, 한국은 대부분 산악이라 그 지형을 잘 이용하는 쪽이 절대적으로 유리합니다. 따라서, 한국에서의 전투는 군인의 수자나 전비의 과다가 문제가 아닙니다."

"일리가 있는 말씀이오."

니콜라이 2세가 천천히 고개를 끄덕였다. 그러나, 이범진의 말을 그대로 수긍하는 것 같지는 않았다.

"이 공사님은 한국을 떠나신 지가 얼마나 되었소?"

이범진의 마음을 돌려보려다가 포기한 듯 니콜라이 2세가 쓸쓸히 웃으며 화제를 바꿨다.

"1896년 미국 공사로 부임하기 위해 떠난 후로 만 12년이 지났습니다."

"그동안 한 번도 한국에 들어가신 적이 없지요?"

"그렇습니다."

"놀랍고 부러운 일이오. 그런데도 충성심이 한결같으시니……"

"몸이야 밖에 있다 한들 어찌 제 주인을 잊겠습니까. 저는 영원히 한국의 태황제 폐하와 러시아의 차르 폐하의 신민입니다."

"고맙소. 우리가 처음 만난 지도 10년 가까이 되지요?"

"예. 만 8년이 됩니다."

"그런데도 짐은 그보다 훨씬 오래된 느낌이오."

"저도 그렇습니다, 폐하."

"우린 형제이자 친구요. 짐은 앞으로도 이 공사님과 세르게이를 오래도록 보고 싶소."

"예, 폐하."

"아무튼, 전투를 하더라도 세르게이가 굳이 일선에 설 필요는 없을 것이오. 세르게이는 달리 할 일이 많지 않겠소?"

"염려하지 마십시오, 폐하. 위종이는 제게도 귀한 아들입니다."

이범진은 다시 니콜라이 2세에게 머리를 숙였다.

4 이위종

4-1

스스로 바람이 되어 대기를 가르듯 이위종은 앞을 향해 힘차게 나아갔다. 말[馬]은 우수했다. 기마의 요체는 말과 사람의 마음이 하나로 이어지는 것이었다. 몸 전체로 퍼져오는 알 수 없는 전율 같은 것이 그것을 확신하게 했다. 그렇게 일체감이 고조되었을 때 말은 사람의 체중 전이轉移는 물론 하퇴부의 미세한 움직임에까지 고스란히 반응했다. 그래서 이위종은 썩 만족스러운 기분이었다. 말은 이위종의 내심을 정확하게 읽고 충실하게 따랐던 것이다.

이위종이 말을 멈추고 내려서자 나무 밑 바위에 앉아 있던 최재형이 엄지를 치켜세워 보였다. 이위종은 최재형에게 가볍게 목례를 보내고 나서 돌아섰다.

2백여 미터 전방에서 안중근이 말을 몰아 달려오고 있었다. 그리고 곧바로 속도를 높이더니 재빨리 엽총을 들어 좌측 언덕 아래에 있는 표적을 향해 사격을 했다. 두 발의 총성과 함께 표적이 연달아 흔들리면서 뒤쪽에서 흙먼지가 일었다.

"훌륭하십니다."

안중근이 다가와 말에서 내리자 이위종이 가볍게 박수를 쳤다.

"별 말씀을요."

안중근의 입가에 보일 듯 말 듯한 미소가 스치고 지나갔다. 약간 겸연쩍어하는 표정이었다.

"두 분 다 출중하시오."

최재형이 일어나서 두 사람 앞으로 걸어왔다.

그러나, 이위종은 알고 있었다. 안중근이 손님인 자신에게 겸양의 미덕을 보인 것을. 자신은 안중근의 맞수가 아니었다. 말타기에서도, 사격에서도.

아침 식사를 마쳤을 때 최재형이 교외로 나가 보겠느냐고 이위종의 의향을 물었다. 이위종은 그러마고 했다. 동행은 안중근이었다.

세 사람은 곧장 채비를 한 후 말을 타고 출발했다. 최재형의 저택이 소재한 연추마을은 노보키예프스크에서 서쪽으로 10킬로미터 가량 떨어져 있었다. 그러나 연해주 한인들은 노보키예프스크까지를 포함해서 그냥 연추라고 불렀다. 마을의 남쪽으로 방향을 잡은 최재형이 앞장을 서고 이위종과 안중근이 그 뒤를 따랐다. 마을에서 남쪽으로 도로가 나 있었다. 도로는 한국과의 국경까지 이어지는 것이었다.

마을을 벗어나면 광활한 평원이 끝없이 펼쳐졌다. 세 사람은 보조를 맞춰가며 빠르지도 느리지도 않은 속도를 유지한 채 앞으로 나아갔다. 2킬로미터 정도 지났을 때 최재형이 평원으로 내려섰다.

도로에서 평원으로 내려서자 최재형이 조금 속도를 높였다. 두 사람도 최재형과 일정한 거리를 유지하며 말을 달렸다. 드넓은 평원엔 드문드문

키 큰 나무들이 서 있었다. 이윽고 한 나무 밑에서 최재형이 말을 멈췄다. 그리고는 남쪽으로 멀리 떨어져 서 있는 나무를 바라보며 두 사람에게 마음껏 한번 달려보라고 했다. 자신은 나이 관계로 사양하겠다면서. 결코 많달 순 없지만 그의 나이 쉰이었다.

이위종은 최재형이 안중근과 자신에게 경주를 시키려는 게 아닌가 싶었다. 그렇지만 상관없었다. 승부를 겨룬다기보다 모처럼 한번 제대로 말을 달려 보고 싶은 생각이 들었던 것이다.

출발 준비를 하는 이위종에게 최재형이 전방 우측을 가리켰다. 그곳은 언덕이랄 수도 없는 낮은 둔덕이었고 그 앞엔 네모 형상의 사격용 표적 몇 개가 서 있었다. 이위종은 마을을 떠날 때 최재형이 엽총을 소지하게 한 이유를 그제야 짐작하고 속으로 살짝 웃었다.

최재형의 신호에 맞춰 이위종은 안중근과 동시에 출발했다. 봄풀이 푸릇푸릇 돋아나기 시작하는 평원은 지면이 평평해서 말을 몰기에는 더할 나위 없이 좋았다.

처음에는 앞서거니 뒤서거니 하던 안중근이 어느 순간부터 뒤로 처졌다. 그러나 이위종은 내처 달려 먼저 반환점을 돌았다. 애초에 승부를 의식하지 않았던 것이다. 그렇지만 출발점으로 되돌아오면서 아직 반환점에 못 미친 안중근과 마주쳤을 땐 조금 쑥스러웠다. 그래서 그 쑥스러움을 이위종은 상대방이 이해해 줄 것이라는 생각으로 애써 덮었다.

도착 지점이 가까워졌을 때 이위종은 엽총으로 표적을 쏘았다. 오랜만에 해보는 사격이었지만 자신했던 대로 명중이었다. 그러나 혹시, 하는 우려가 없지 않았으므로 일단 체면치레는 한 것 같아 안도하는 마음이 되었다.

그나저나 쑥스러운 대로 먼저 도착한 게 이위종으로선 다행한 일이었다. 덕분에 안중근의 말 타는 솜씨를 제대로 관찰할 수가 있었던 것이다. 말 위에서의 안중근의 동작은 부드럽고 자연스러웠다. 이위종은 안중근의 말 타는 솜씨가 한두 해에 익힌 게 아니라는 걸 단번에 알아차렸다.

세 사람은 나무 밑에 둘러앉았다. 최재형이 자주 찾던 곳인지 나무 밑엔 몇 개의 작은 바위가 사람이 앉기 편하게 놓여 있었다.

"과연 명불허전입니다."

이위종이 빙그레 웃으며 안중근을 향해 입을 열었다.

"무슨 말씀이신지……?"

"무예가 탁월하시단 얘길 들었는데 그게 빈말이 아니었습니다."

"무예라니 무슨!"

중근이 실소를 터뜨렸다. 그러나 그의 얼굴엔 표정의 변화가 없었다.

"아닙니다. 말을 다루시는 것도 그렇거니와 사격술이 가히 일품입니다."

그것은 이위종이 공연히 하는 말이 아니었다. 이위종에 뒤처져서 말을 달리던 안중근은 정작 사격지점이 가까워졌을 때 도리어 속도를 높였다. 자신은 그 지점에서 당연히 속도를 줄였었다. 그러므로 안중근이 처음부터 그런 속도로 달렸다면 자신은 결코 앞서지 못했을 것이다.

"좋게 봐주시는 거지요, 이 특사님께서. 그보다 언제 저에 대한 얘길 들으신 적이 있습니까?"

"예. 이준 영감으로부터 안 선생님에 대한 얘기를 들었습니다."

이준의 이름을 거론하는 이위종의 얼굴에 잠시 숙연한 빛이 흘렀다. 이준은 작년 여름 이위종, 이상설과 함께 만국평화회의 참석차 네덜란드 헤이그로 갔다가 뜻을 이루지 못하고 그곳에서 분사憤死했다.

"작년 초에 국채보상운동 문제로 잠시 서울에 올라간 적이 있습니다만,

그분을 뵙진 못했습니다. 그래서 그분이 저를 알지 못하셨을 텐데요?"

"김구 씨로부터 안 선생님에 대한 얘기를 들었다고 하셨습니다."

"김구 씨라면 혹시……?"

"예. 본명이 김창수란 사람입니다."

"그러셨군요."

한때 중근의 집안에 의탁한 적이 있는 김창수는 명성황후 시해 사건이 일어난 이듬해 일본인 쓰치다 조스케[土田讓亮]를 때려죽인 일로 체포되어 복역하다가 탈옥 후 2년쯤 뒤 김구金龜로 개명했다[2]

"그 김구 씨가 이준 영감과 만난 적이 있었던 모양입니다. 그러니까, 을사늑약이 체결된 직후인 3년 전 11월, 늑약 무효 상소를 위해 서울 상동교회에서 열린 전국 감리교회 에버트 청년회 연합회에 김구 씨가 진남포 청년회 총무 자격으로 참석했다가 거기서 상동교회 청년회 대표였던 이준 영감을 만났던 것 같습니다. 이준 영감 말씀으론, 김구 씨가 자신의 수감생활 얘기를 하던 중에 안 선생님 선친 얘기가 나왔다고 했습니다."

"예……."

"그 사람이 이준 영감께 선친에 대한 얘기를 하는 과정에서 안 선생님 얘기도 나왔던 듯합니다."

"그래, 제 얘기를 어떻게 했답디까?"

"영기英氣가 넘치는 양반 자제였지만 학문보다 무예를 좋아하여 날마다 사냥을 다녔는데, 말을 달리는 데 험한 산 거친 들을 가리지 않고 총을 쏘면 나는 새 달리는 짐승 할 것 없이 백발백중이어서 동학농민군 토벌을 위해 불러온 수백 명의 포수들 중에서도 으뜸이라 했답니다. 다만,

---

2) 1900년에 김구(金龜)로 개명한 김창수는 1912년 김구(金九)로 재차 개명했다.

그처럼 뛰어난 무예는 오랜 수련 끝에 이루어진 것일 터여서 그런 아들에 대한 선친의 심정이 복잡했을 거라고 하면서요."

"거참, 그 소린 칭찬인지 나무람인지 모르겠군."

최재형이 빈정거리듯 말했다. 최재형과 이위종을 번갈아보며 중근이 힘없이 웃었다.

"사실입니다. 아버님은 제가 글공부를 해서 환로宦路로 나가길 원하셨지요. 그러나 어려서부터 전 글은 이름 석 자만 적을 줄 알면 족하다고 생각하고 초패왕 항우 같은 장수가 되기를 원했습니다. 다행한 것은 아버님께서 동생들에겐 학업을 채근하면서도 제 뜻은 존중해 주셨습니다. 다만 왜 하필이면 항우냐고 하시긴 했지만……. 초패왕 항우는 영웅이되 실패한 영웅이라면서요."

"그래도 일찍 사서오경四書五經과 통감通鑑을 떼고 선친으로부터 만국역사萬國歷史와 조선역사朝鮮歷史를 배우셨잖습니까?"

이위종이 중근을 두둔하듯 물었다.

"김창수 씨가 그 애기도 했답디까?"

"아니, 이 얘긴 다른 분한테서 들었습니다."

"다른 분요?"

"이상설 영감한테서 들었습니다."

"그분도 절 모르실 텐데요?"

"그게 좀 복잡하군요. 이상설 영감은 정순만 선생한테서, 정순만 선생은 도산 선생한테서 얘기를 들었다고 했습니다. 도산 선생과 정순만 선생 모두 작년 국채보상운동에 참여하시지 않았습니까. 그때 도산 선생이 정순만 선생에게 국채보상회 관서지부를 맡고 계시던 안 선생님에 대한 얘기를 했던 것 같습니다. 그 전부터 안 선생님에 대해 잘 알고 있다면서요. 그런데 안 선생님에 대한 도산 선생의 얘긴 엄청난 것이었습니다."

"어떻게 말했는데요?"

"군사 네 명으로 만 명의 적군을 물리쳤다고 했습니다. 그것도 불과 열 여섯 나이로요."

"안창호 선생의 과장이 너무 심했군요."

"도산 선생이 실없는 소릴 할 분은 아닌데……. 사실이 아닙니까?"

"적의 숫자가 만 명이 아니라 2천 명이었고 아군도 네 명이 아니라 40여 명이었습니다."

"그래도 대단한 일 아닙니까?"

"글쎄요."

"도산 선생의 말씀으론 안 선생님의 그 승리를 관서지방關西地方[3]에선 모르는 사람이 없다고 했습니다. 당시는 도산 선생도 17세의 나이로 향리에서 한학을 배우고 있을 때였는데 또래의 청년이 그런 큰일을 해서 충격을 받았다고 했답니다."

"큰일은요. 초기의 동학농민군이 일본군과 관군에게 패퇴했던 게 조직적인 군사훈련을 받지 못해서였듯, 제가 싸운 동학농민군도 실은 오합지졸에 불과했던 덕분입니다. 그리고 어떻게 승리했건 결국은 동족끼리 싸운 일에 불과한 거지요."

"그렇지 않습니다. 당시의 동학농민군은 이미 도적떼가 아니었습니까. 그때 토벌되지 않았다면 더 큰 혼란을 가져왔을 것이고 일본군의 개입의 폭도 더욱 커졌을 겁니다."

이위종이 정색을 하며 또렷한 어조로 또박또박 말했다. 중근은 열 살

---

3) 마천령 서쪽 지방인 평안남 · 북도와 황해도 북부 지역

의 어린 나이에 조국을 떠난 이위종이 10년 넘게 외국생활을 했으면서도 조선어를 정확하게 사용할 뿐만 아니라 그간의 국내 정황을 제대로 인식하고 있는 데 내심 놀랐다.

"글쎄요."

중근은 어쨌거나 그때의 일을 생각하면 개운한 마음이 될 수가 없었다.

"특히 저에겐 향후 우리가 전개할 투쟁에 하나의 시금석이 될 수 있다는 점에서 안 선생님의 그 승리가 각별했습니다."

"그 일에 그렇게까지 의미를 부여할 필요 있겠습니까."

"아닙니다. 일본과 싸우려면 필요한 게 많습니다. 인원과 물자, 장비두루요. 하지만 그것이 부족해도 싸울 수 있다는 것을 안 선생님의 승리가 입증한 겁니다. 보다 중요한 것은 이겨야겠다는 결사적 의지와 그를 위한 치밀한 전략이지요. 따라서, 앞으로 우리가 어떤 환경에서 어떤 조건과 방식으로 싸우더라도 안 선생님의 그 승리가 주는 교훈을 잊지 말아야 할 것입니다."

"아무튼, 조국의 독립을 위해서라면 모두 열과 성을 아끼지 말고 지혜를 모아야겠지요."

중근은 그렇게 얼버무릴 수밖에 없었다.

"만국평화회의 참석에 실패하고 유럽 각국을 돌다 저와 헤어진 후 미국으로 가셨지만 이상설 영감은 안 선생님에 대해 큰 관심을 갖고 계셨습니다. 그 점은 저 또한 마찬가지였고요. 말하자면, 그분이나 저나 무장투쟁을 할 수밖에 없는 현실을 깨닫게 된 겁니다. 그런데 우스리스크에 도착했을 때 안 선생님께서 연추에 와 계신다는 얘기를 전해 듣고 무척 놀랍고도 반가웠습니다."

페테르부르크를 출발한 이위종은 보름이 넘는 여정 끝에 그저께 오후

늦게 연추에 도착해 최재형의 집에 짐을 풀었다. 최재형은 이위종이 여독을 풀 겸 어제 하루를 그냥 쉬게 했다. 그리고 오늘 중근을 대동하고 교외로 나가보자고 제의했던 것이다.

중근의 생각으로 최재형은 이위종에게 이곳 군사들의 수준을 간접적으로나마 보여주고자 했던 것 같았다. 그럴 때 중근 자신은 어느 정도 적격이랄 수 있었다. 자신은 이곳에 모인 사람들의 군사훈련 책임자였던 것이다. 아니나 다를까.

"이상설 영감이나 도산 선생, 그리고 이 특사님께서 안 동지를 높이 평가했다는 것은 매우 옳으신 판단이오. 안 동지는 앞으로 일본과 투쟁하는 데 있어 우리를 이끌어나갈 훌륭한 지도자시오."

"도헌님!"

중근이 최재형의 말을 제지했다. 그러나 최재형은 듣지 않았다.

"이건 안 동지 앞이라고 해서 하는 얘기가 결코 아니오. 안 동지는 지도자로서 탁월한 능력을 갖고 계시오. 그리고 모두 그걸 인정하고 있지요. 이곳 연추에 모인 의병들은 저마다 한 가락씩 했던 사람들이오. 오랜 포수생활을 했거나 지난번 일본과의 전쟁 때 러시아군에 편입되어 싸웠던 사람들이지요. 그런 사람들인 만큼 양반의 자제라고 해서 무작정 지도자로 받들진 않소."

"당연히 그렇겠지요."

이위종이 이해가 된다는 듯 천천히 고개를 끄덕였다.

"그러나, 그들도 안 동지가 지도자 역할을 하는 덴 이의가 없었어요. 그만큼 지도자로서의 안 동지의 능력을 높이 샀던 거지요."

"도헌님, 그게 아니라는 걸……."

중근은 다시 최재형의 말을 가로막았다.

"안 동지는 가끔씩 조금 덜 겸손해도 되오."

최재형이 중근을 달래듯 혹은 나무라듯 말했다. 그러나 중근을 향한 눈길은 부드러웠다. 이위종은 중근을 향한 최재형의 눈길에 짙은 애정이 담겨 있는 것을 쉽게 눈치챌 수 있었다. 두 사람은 마치 부자지간 같았다.

"학교를 운영하셨다고 들었는데 사격이나 기마 솜씨는 여전하신 것 같습니다."

이위종이 중근에게 물었다

"틈틈이 총을 쏘고 말을 탔습니다. 그러니까 좋은 선생은 못 되었지요."

중근의 입가에 희미하게 미소가 떠오르다가 곧 사라졌다.

"그보다 이 특사님께 청이 있습니다."

중근이 이위종에게 조심스레 얘기를 꺼냈다.

"말씀하십시오."

"조만간 블라디보스토크를 한번 방문해주셨으면 합니다."

"물론 이곳으로 올 때부터 가능하면 그럴 생각이었습니다만 무슨 특별한 일이 있습니까?"

"특별한 일이라기보다……. 블라디보스토크는 이곳 연추와는 분위기가 조금 다른 곳입니다. 말하자면, 여러 성향의 사람들이 모여 사는 곳이지요. 따라서 이 특사님의 방문은 다시 하나의 전기가 되지 않을까 싶습니다. 헤이그에서의 이 특사님의 활약이 널리 알려진 터라 큰 호응이 있을 겁니다."

"미력이나마 도움이 된다면 블라디보스토크뿐만 아니라 연해주 전역을 돌며 제가 할 수 있는 역할을 기꺼이 하겠습니다."

중근의 정색을 한 표정에 약간 긴장했던 이위종이 가볍게 미소를 띠며 대답했다. 문득 고개를 든 중근의 눈에 들어온 사월의 연추는 비 개인 뒤처럼 하늘이 맑고 푸르렀다.

4-2

전설이란 무엇인가.

전설이 예로부터 전해져 내려오는 이야기를 일컫는 것이라면 그 이야기는 범상하지 않은 것이라야 할 터였다.

그럴 때 뒷날 이위종에 대한 이야기야말로 전설이 될 거라고 중근은 생각했다. 아니, 중근이 지켜보기에, 블라디보스토크에서의 이위종은 이미 살아 있는 전설이었다.

중근 자신도 소싯적부터 사람들 앞에 나서서 말하기를 좋아했다. 소년 시절, 또래의 친구들을 모아 무술을 익힐 때도 그랬고 나중에 천주교에 입교하여 교리를 전도할 때도 그랬다. 그의 가슴은 늘 주체할 수 없는 격정으로 뜨거웠고 그것은 수시로 사자후가 되어 입 밖으로 뿜어져 나오곤 했다.

그러나 이위종은 달랐다. 그의 목소리는 카랑카랑하되 높지 않았고 사람들 앞에 나섰을 때도 열변을 토하는 모습은 아니었다. 그는 조용하고 차분했다. 그러면서도 그의 연설엔 묘하게 사람을 빨아들이는 힘이 있었다. 그것은 어쩌면 그를 둘러싸고 있는 광휘 같은 게 작용한 탓인지도 몰랐다.

광휘.

분명 이위종에겐 그런 게 존재했다. 그것은 아마도 작년 헤이그에서의 활약으로 인해 자연스럽게 형성된 것일 터였다.

작년, 이준의 블라디보스토크 방문은 이곳 한인사회에 적잖은 충격을 준 사건이었다. 그때까지 이국 땅 러시아에서의 생존에만 골몰했던 이곳 한인들에게 그의 출현은 오랜만에 다시금 조국에 대해 생각하게 하는 계기가 되었던 것이다. 그랬던 만큼, 그들은 이준을 열렬히 반겼고 조국을 위해 장도에 오르는 그를 돕고자 기꺼이 주머니를 털었다. 그리고 그가 떠나면 헤이그에서 불귀의 객이 되었다는 소식이 전해졌을 때 비탄에 잠겼다.

그 이준과 더불어 헤이그에서 활약했던 사람이 이위종이었다. 뿐만 아니라 그는 지금 미국에 머무르고 있는 이상설과 함께 마지막까지 이준의 죽음을 수습한 인물이기도 했다.

이위종.

그의 부친 이범진은 전 러시아 주재 한국 공사로 차르와도 선이 닿을 만큼 한국인으로선 러시아에서 가장 영향력이 있는 인물이었다. 그러나, 정작 이범진의 아들 이위종에 대해 연해주 한인들이 제대로 알게 된 것은 이준의 분사 소식을 접하면서였다. 헤이그에서 열린 만국평화회의에 한국인 특사의 참석이 거부당한 가운데 정사正使 이상설을 대신하여 부사副使인 이위종이 현지 언론을 상대로 맹활약을 펼쳤다는 얘기가 이준의 사망 소식에 곁들여 연해주로 전해졌던 것이다.

그때부터 이위종이란 이름은 연해주 한인들 사이에서 무게 있게 혹은 신비롭게 부각되기 시작했다. 스물한 살 약관의 나이로 서구 언론을 휘어잡을 만큼 뛰어난 국제적 감각을 지닌 데다가 러시아의 귀족이자 토볼주 주지사를 지낸 놀켄 남작의 사위라는 뜻밖의 사실이 보태지면서 연해주 한인들은 그를 일반인의 수준을 훨씬 뛰어넘는 탁월하고 비범한 인물로 인식하게 되었던 것이다.

그런 그가 장인과 함께 연해주로 온다는 소식이 전해지면서 동포 사회는 기대감이 고조되었다. 그리고 연해주에 도착한 후 연추에서 잠시 머물던 그가 곧 블라디보스토크를 방문할 거라고 하자 모두들 흥분을 감추지 못했다.

사람들은 그가 당도하기 몇 시간 전부터 계동학교로 모여들었다. 계동학교는 최재형이 개척리에 세운 블라디보스토크 최초의 한인학교였다.

횃불을 밝힌 운동장에 운집한 청중을 상대로 이위종은 장인인 놀켄 남작을 소개한 후 작년 헤이그에서 겪었던 일들을 차분한 음성으로 조리 있게 이야기해나갔다. 그의 절도 있는 말 소리는 아직도 한기가 남아 있는 블라디보스토크 밤공기 속으로 낭창낭창 퍼져나갔다.

이미 웬만큼 알려진 내용이었지만 이위종이 전하는 이준의 죽음의 순간은 생생한 실감을 담고 있었다. 곳곳에서 터져 나온 흐느낌이 한데 어우러지며 운동장은 삽시간에 울음바다로 변했다. 그만큼 헤이그로 출발하기 전 블라디보스토크 사람들에게 이준은 강인한 인상을 남겼으며 현지에서의 그의 죽음이 애통하게 기억되고 있었던 것이다.

"듣던 것 이상으로 대단한 인물입니다."

연단 뒤쪽에서 이위종의 연설을 지켜보던 이강이 중근에게 말했다.

"동감입니다. 우리는 정말 귀한 지도자를 얻은 것 같습니다."

중근도 이위종의 연설에 압도당하는 기분이었다. 이위종이 연추에 도착한 후로 함께 지내는 며칠 동안 비범한 인물임은 수시로 느꼈지만 대중을 상대로 한 그의 연설을 보기는 처음이었다. 작년 7월, 헤이그 기자단의 국제협회에서 유창한 프랑스어로 '한국의 호소'라는 주제로 열변을 토하고 그들로 하여금 한국의 입장을 지지하는 결의안을 만장일치로 의결하게 했다는 소문이 과연 그럴 만하다 싶었다. 그만큼 그의 연설은 듣는 사람의 심금을 파고드는 데가 있었다. 중근은 이위종이 곧 있을 의병대 결성에 중요한 역할을 하게 될 것 같아 마음이 든든해졌다.

한 고비 울음의 물결이 지나가고 청중들이 진정 기미를 보이자 이위종은 다시 하던 얘기를 계속했다.

"…… 이상설 영감과 이준 영감의 시신을 안장하며 저는 생각했습니다. 우리는 싸워야 하며 싸우겠다고요. 싸우지 않고 지켜지는 평화란 어디에도 없다는 사실을 절감했기 때문입니다. 불행히도 지금 세상이 그렇고 지금 시대가 그렇습니다. 그후 저는 아버님과 줄곧 조국의 독립을 위한 방도를 모색해 왔습니다. 그리고 긴 여정을 거쳐 마침내 여러분들 앞에 섰습니다.

지금 조국은 도처에서 너나할 것 없이 일어나 일본 군대와 싸움을 계속하고 있습니다. 그리고 이곳 러시아에서도 지난 전쟁에 러시아군에 편입되어 참전했던 한국인들이 간헐적으로 전투를 벌이고 있습니다. 그러나 일본과의 전쟁을 그들에게만 맡겨둘 수는 없습니다. 이제 러시아에 거주하는 우리 모두가 힘을 모으고 함께 나서야 합니다.

제가 페테르부르크를 떠나 이 연해주로 온 사실과 목적은 차르께서도 알고 계십니다. 차르께서는 우리를 성원하고 계시는 겁니다!"

이위종이 주먹을 불끈 쥐고 오른팔을 번쩍 치켜들자 청중들이 일제히 환호성을 올렸다.

4-3

"안 선생님, 주무십니까?"

중근과 이강이 묵는 방에 건너와 담소를 나누던 정순만이 막 일어서는데 문밖에서 부르는 소리가 들렸다. 이위종이었다.

"어서 오시오, 이 특사님!"

정순만이 반색을 하며 방으로 들어서는 이위종을 맞았다.

"아직 안 주무셨습니까?"

중근이 물었다.

"잠이 안 와서요. 그래, 안 주무시면 말씀이나 좀 나눌까 하고요. 그런데 제가 끼어도 되는 자린지……."

세 사람을 향한 이위종의 표정이 조심스러웠다.

"무슨 말씀을, 대환영이오. 자, 앉으시오."

정순만이 중근 대신 대답하고는 이위종에게 한쪽 자리를 권했다.

"오늘 새벽 일찍 출발하셨을 텐데 피곤하지 않습니까? 더구나 쉬지도 못하고 곧장 연설까지 하셨는데……."

이강이 온화한 얼굴로 이위종에게 말을 건넸다.

"괜찮습니다. 그보다 이렇게 모이신 줄 알았으면 진작 건너올 걸 그랬습니다."

"우리야 늘 이렇게 작당하듯 모이지요."

정순만이 쾌활하게 웃었다.

"그런데 혹시 특별히 하실 말씀이라도……?"

이위종의 기색을 살피며 이강이 물었다.

"아닙니다. 그냥 이준 영감께서 묵었던 방에 혼자 누워 있자니 이런 저런 생각이 나서요."

집주인 김학만은 먼 데서 온 귀한 손님인 이위종에게 전날 이준이 머물렀던 방을 혼자 쓰도록 내주었다.

"왜 안 그러시겠소."

정순만이 받았다. 정순만과 이위종은 오늘 초면이었다.

"영감을 모셨던 사람으로서 이렇게 살아 있다는 게 한없이 부끄럽고 송구스럽습니다."
이위종의 목소리가 떨렸다. 모두들 한동안 말이 없었다.
"그런데 일본은 특사들이 헤이그까지 가는 걸 정말 몰랐을까요?"
침묵을 깬 건 중근이었다. 중근은 전부터 그 부분이 궁금했다.
"안 선생님께선 어떻게 생각하십니까?"
이위종이 되물었다.
"제 생각으론…… 일본의 술책이 개재된 게 아닐까 싶습니다만……."
"저도 그렇게 생각합니다. 일본이 이준 영감의 행적을 정확히 어느 시점부터 살피고 있었는지는 알 수 없습니다. 어쨌거나, 이준 영감이 소기의 목적을 갖고 서울을 출발한 걸 알았을 때 허를 찔렸다는 생각은 했겠지요. 그러나, 그후론 어떤 음모에 의해 작업을 진행한 게 틀림없습니다. 이준 영감의 수상한 움직임을 보고받고도 침묵하던 일본이, 정작 특사들이 헤이그에 도착하여 만국평화회의에 참석하려 하자 방해공작을 펼쳤잖습니까. 그리고 특사 사건의 책임을 물어 마침내 한국 황제를 폐위시켰잖습니까."
"음모의 주체는 어디라고 생각하시오?"
정순만이 분노에 찬 얼굴로 물었다.
"그야 당연히 통감부겠지요."
"통감부라면……?"
"통감 이토가 특사 파견을 역이용한 거지요."
"그럼 우린 결국 이등박문의 계략에 놀아난 꼴 아니오?"
"저는 그렇게 생각하지 않습니다. 헤이그 사건이 없었다고 해서 일본의 대 한국정책이 달라졌겠습니까. 또 다른 방법으로 한국을 병합할 계획을 세우고 진행시켰겠지요. 따라서, 헤이그 특사 파견으로 한국의 상황을 호전시킬 수 있으리란 기대는 애초에 무망한 것이었습니다. 하지만 그 사건을 통해, 더 정확히는 이준 영감의 죽음을 통해 독립을 향한 한국인의 의지는 열국에 전하게 된 겁니다."

"그렇다고 하더라도 그 이등박문을 그냥 두고 보자니……."

"그 자를 제거할 수만 있다면 우리로선 심기일전하는 계기를 마련하게 될 것입니다. 그렇지만 그것은 불가능한 일입니다."

"왜요?"

"그 자는 세계적인 인물입니다. 세계 각국에 황제가 있지만 황제를 능가하는 신하도 없지 않습니다. 독일의 비스마르크가 그랬고 청국의 이홍장이 그랬잖습니까. 이토도 그런 인물입니다. 간특한 성격이나 그것을 이용하여 하급무사에서 총리대신에 오를 정도로 술수가 뛰어나지요. 그 자의 영향력은 천황을 넘어섭니다. 그 과정에서 그 자는 도처에 적을 만들었지만 그런 만큼 자신의 신변보호에도 철저할 겁니다. 아직까지 무사한 걸 보면."

"천황을 넘어서는 영향력이라……?"

"지금은 비록 한국통감으로 나와 있지만 여전히 일본정부에 막강한 영향력을 행사하지요. 당연히 한국의 운명을 한 손아귀에 틀어쥐고 있고요."

"이 특사님께선 한국이 일본에 병합될 거라고 생각하시오?"

정순만의 얼굴에 분노가 사라지면서 급작스럽게 우울이 깃들었다.

"그런 생각은 해본 적이 없습니다. 그것은 불필요한 생각이기 때문입니다."

"불필요한 생각이라……."

"저는 싸우러 왔습니다. 그리고 싸워서 승리하겠다는 생각밖에 없습니다.”

“승리할 수 있을 것 같소?”

“패배를 생각해 본 적이 없습니다. 승리에 대해서만 골몰하느라…… 분명한 것은 지금이 싸울 수 있는 적기라는 사실입니다.”

“적기라…….”

“앞으로 러시아와 일본과의 관계가 어떻게 변할지 알 수 없지 않습니까. 만주를 놓고 이해를 조정하는 과정에서 두 나라가 관계를 개선할 가능성은 얼마든지 있습니다. 그렇게 되면 우리의 입지는 좁아질 수밖에 없습니다. 다행히 아직은 러시아가 일본에 대해 적대감을 가지고 있고 러시아 군부, 특히 이 연해주 군인들의 일본에 대한 적개심이 팽배한 상태입니다. 그러나, 이런 상태가 오래 지속되리라곤 장담할 수 없습니다. 따라서, 우리에겐 시간이 그다지 많지 않습니다.”

“동감이오. 내가 이곳 지도층 인사들에게 의병운동을 부추기고 독려하는 것도 그래서요.”

“연추에서 이곳으로 오는 도중 안 선생님으로부터 많은 말씀을 들었습니다. 덕분에 국내 사정에 대해서도 소상히 알게 되었습니다. 지금도 국내에선 산발적으로 의병운동이 계속되고 있는 것 같습니다만 일본이 정부를 장악하고 있는 형편에선 한계가 있을 수밖에 없습니다. 따라서, 이 연해주가 구심점이 되어야 합니다.”

이위종의 말에 이강이 의견을 보탰다.

“이 특사님 말씀이 옳습니다. 제가 미국에 있을 때 이미 그런 논의가 있었습니다. 미국에선 미국에서대로 할 일이 있지만 연해주 동포사회가 중요한 역할을 해야한다고요. 도산 선생이 귀국하여 신민회를 만들면서 무력투쟁을 위한 해외기지 건설을 강령에 포함시킨 것도 그래서이지죠.

머잖아 미국서 사람들이 올 겁니다. 그리고 도산 선생도 합류하게 될 거고요."

"그렇습니까? 고무적인 말씀입니다. 아무튼, 중요한 것은 싸우는 데 시기를 놓치지 말아야한다는 것입니다. 그리고 국내에 어떤 변화에 대비해서 장기적인 무력투쟁을 위한 구심점으로서의 해외기지를 이 연해주에 구축해야 한다는 사실입니다.

"국내의 변화와 장기적인 무력투쟁이라……"

이위종의 말을 곱씹는 정순만의 얼굴이 어두워졌다. 이강이나 중근도 그 말뜻을 모르지 않았다.

"그러나 너무 염려하지 마십시오. 지금은 다른 생각하지 않고 싸움에 전념할 때입니다."

이위종이 정순만을 위로하듯 말했다.

"그야 물론이지요."

"연해주로 오는 도중 아버님으로부터 전보를 받았습니다. 차르를 만나 뵈었다고요."

"그렇습니까?"

"차르도 암묵적으로 우리를 지원하고 계십니다. 그런 만큼 연해주 당국이나 군 당국도 우리를 통제하지는 않을 것입니다. 따라서, 아직 시간은 우리 편입니다."

"다행이오. 아무튼, 이 모든 게 아버님께서 애써 주시는 덕분이오. 모쪼록 이 특사님께서도 오래 머무르면서 우리를 지도해주시오."

정순만이 두 손으로 이위종의 손을 잡았다.

"지도라니, 천만의 말씀을요. 그러나 뒤에서나마 미력을 보태겠습니다."

이위종이 스스로 다짐하듯 결의에 찬 표정으로 대답했다.

5 동의회

5-1

도대체 어쩌란 말인가.

읽고 난 전문을 책상에 내려놓으며 남우수리 지방 국경행정관 스미르노프는 한 손으로 턱을 쓸었다.

– 한인 빨치산 조직에 관심도 갖지 말고 처벌도 하지 말라.

전문은 연해주 주지사 겸 군총독 폴루그로부터 온 것이었다.

이달 초, 스미르노프는 이위종의 연해주 출현과 대 일본 무력투쟁 조짐을 보이는 한인들에 대한 처리 지침을 하달해달라는 전문을 상신했다. 그때 폴루그에게 보낸 전문은 외무부로 전달되었을 것이다.

그런데 어쩌면 황제까지도 읽었을지 모를 전문에 대한 답신의 내용이 애매하기 짝이 없는 것이었다. 관심을 갖지도 처벌을 하지도 말라.

"이걸 어떻게 이해하는 게 좋을까?"

스미르노프가 나지막이 중얼거리며 곤혹스러운 표정을 지었다.

"관심을 갖지 말라는 것은 소극적 표현이지만 처벌을 말라는 것은 적극적 의사입니다."

"문학도의 해석인가?"

옆에 서 있는 부관 이브게니아 대위를 올려다 보며 스미르노프가 가볍게 웃었다. 이브게니아는 톨스토이에 심취해 있었다.

"일종의 심리적 분석입니다."

"심리적 분석이라……."

"전문은 지금의 페테르부르크의 심정적 기류를 잘 나타내고 있습니다. 페테르부르크에선 한인들의 무력투쟁에 암묵적으로 동의한 겁니다."

"암묵적으로 동의했다……?"

스미르노프는 거푸 부관의 말을 되뇌었다.

"그렇습니다. 한시적이긴 하지만……."

"한시적이라?"

"예. 관심을 갖지 말라는 것은 이쪽의 자유의사에 관한 권고입니다. 그러나, 처벌을 말라는 것은 의무 사항에 대한 명령, 즉 지침입니다."

"그래. 그렇게 이해해야겠지?"

스미르노프가 일리가 있다는 듯 천천히 고개를 끄덕였다.

일본과의 전쟁에서의 패배에 따른 포츠머스 회담으로 한국에 대한 우월적 지위를 일본에 넘겨준 입장에서 러시아는 일본에 반하는 한국의 행위를 적극적으로 도울 수는 물론 없었지만 의식적으로 그것을 방치하는 것도 포괄적으로는 강화조약에 위배되는 것이었다.

"전문엔 지난 전쟁에서의 패배의 앙금이 그대로 남아 있습니다. 페테르부르크는 아직 패전을 인정하고 싶지 않은 겁니다."

"그래서 한인들이 싸우는 것을 그대로 내버려두라는 건가?"

"직접 싸울 수야 없으니까요."

"흐흠……."

스미르노프는 깊은 한숨을 내쉬고나서 다시 물었다.

"그럼 누구 생각일까, 전문은?"

"그야 당연히 황제겠지요."

"차르의 생각이란 말이지?"

"지난 전쟁의 패배로 가장 자존심이 상한 사람은 다름 아닌 황제입니다."

"하긴. 이즈볼스키라면 이런 전문을 보내진 않았겠지."

일본과의 전쟁에서 패한 후 황제 니콜라스 2세는 한동안 자국의 패전을 기정사실로 받아들이려 하지 않았다. 그는 일본과 이해를 같이 하는 미국과 영국 등의 압력에 의해 제대로 싸워보지도 못한 채 전쟁을 끝내게 된 데 불만을 가지고 있었고 일본의 한국에 대한 우월적 지위를 인정하는 포츠머스 강화조약에도 불구하고 한국과의 관계를 계속 유지하려고 했다. 한국 황제에게 은밀히 만국평화회의에 대한 정보를 귀띔한 것도 그래서였다.

그런 황제의 태도에 제동을 건 게 새로 외무장관에 부임한 이즈볼스키였다. 그는 일본의 한국 보호권에 대한 러시아의 이의 제기 불용이라는 포츠머스 강화조약을 그대로 수용하는 대신 만주에서의 이익을 극대화하는 게 낫다고 황제를 설득했다. 감상적인 심성의 소유자인 황제에 비해 외무장관 이즈볼스키는 지극히 현실적인 인물이었다.

"아직도 황제는 일본에 대한 적대감을 지우지 못하고 있는 겁니다."

"그게 어디 차르만의 일인가."

실제로 종전 후 러시아 군부의 대다수는 서둘러 진행한 일본과의 강화 협상에 불만을 가지고 있었고, 특히 극동에 주둔하고 있는 군대의 일본에 대한 적개심은 전혀 수그러들지 않은 상태였다.

"그래서 한인들의 무력투쟁을 처벌하지 말라는 거지요."

"그렇담 페테르부르크는 결국 한인들의 무력투쟁을 통해 대리만족을 얻겠다는 건데……?"

스미르노프의 입가에 애매한 미소가 걸렸다.

"그에 앞서 한인들이 싸우기를 절실히 원하고 있습니다."

"부관은 한인들이 무력투쟁을 벌이기를 원하는가?"

"그들이 무력투쟁을 벌인다면 그건 당연히 경이로운 일이지요."

인도주의자 이브게니아는 약소국 한국 편이었다.

"경이롭다는 건?"

"러시아와 싸운 일본과 대적하겠다는 것 자체가 그렇습니다."

"무모한 것 아닌가?"

"한국은 일본보다 오래된 나라입니다. 가만히 앉아서 그런 오랜 역사를 이어왔겠습니까."

"무력투쟁의 실질적인 지도자는 누군가?"

"최재형입니다."

"최재형이라…… 노보키예프스크의 포도르 세메노비치 말인가?"

"그렇습니다."

"그 자는 장사치 아닌가?"

"그렇긴 하나 민족의식이 강한 인물입니다."

"민족의식이라……"

두 손에 턱을 괴며 스미르노프가 중얼거렸다.

"한인들은 타 민족에 잘 동화되지 않는 민족입니다. 귀화를 했건 안 했건 한인들은 그들의 정체성을 그대로 유지하면서 살지요. 그 대표적인 인물이 최재형입니다."

"그런 차에 이위종이 왔다?"

"한인들은 이위종의 방문을 그의 아버지의 뜻이라고 생각하고 있습니다."

"전 러시아 공사 이범진 말이지?"

"그렇습니다. 그동안 그는 한인들의 투쟁을 독려해왔고 신문 발행에도 간여했습니다. 그리고 마침내 아들까지 보낸 겁니다."

"그래. 그 정도면 무력투쟁의 의지는 대단하다고 봐야지."

스미르노프가 천천히 고개를 끄덕였다.

"한인들은 이범진이 황제와 가깝다고 믿고 있습니다."

"차르와 가까운 건 사실인 것 같아. 차르가 조금 여린 데가 있어 한국에 동정적이거든."

"그런 만큼 한인들에게 이위종의 방문은 황제가 그들의 무력투쟁을 지지하는 것으로 인식하게 한 거지요. 게다가 이위종은 전 토볼주 주지사이자 러시아 귀족인 그의 장인 놀켄 남작까지 대동했습니다."

"그렇다면 무력투쟁이 전개되는 건 이제 시간문제 아닌가?"

"아마 그럴 겁니다. 이위종의 방문은 한인들을 하나로 결속시키는 계기가 될 테니까요."

이브게니아가 상기된 표정으로 대답했다.

"그럼 우리는 어떻게 한다?"

스미르노프가 의자의 등받이에 몸을 누이며 창밖으로 눈을 주었다. 집무실 창밖은 4월 하순의 춘색이 완연했다.

"전문이 지시한 대로 그냥 모른 척하는 거지요. 그렇게만 해도 한인들에게는 힘이 될 겁니다."

"그렇지만 한인들에게 승산이 있을까?"

"싸우겠다는 것, 그리고 싸우는 것 자체가 중요하고 의미 있는 일입니다."

마치 자신이 무력투쟁의 당사자이기라도 한 양 이브게니아의 두 눈이 결연한 빛을 뿜었다.

"그 말은 승산이 없을 거라는 말로 들리는데?"

"상대는 일본입니다."

"그러니까 결국 승산이 없다는 말 아닌가?"

"제가 한시적이라고 말씀드린 것도 그래서입니다. 어쩜 페테르부르크에서도 그 점까지 감안하고 전문을 보낸 게 아닌가 싶습니다."

"몇 번 싸우다 보면 결판이 날 거니까 그냥 내버려두란 말이지?"

"물론, 일본도 싸움이 길어지면 수수방관하는 러시아에 항의를 하게 되겠죠. 그렇지만 일단은 지켜보자는 거겠죠."

"그래. 알겠네. 시키는 대로 할 수밖에. 그런데 한인들의 준비상황은 어느 정돈가?"

"말씀드린 대로 노보키예프스크에선 최재형을 주축으로 해서 군사훈련이 진행되고 있습니다. 특히 안중근이 가세하면서 군사훈련은 상당히 활기를 띠고 있는 것 같습니다."

"안중근이라 했나? 그가 누군가?"

스미르노프가 허리를 곧추세우며 물었다.

"작년 가을 한국에서 넘어온 자입니다."

"군인 출신인가?"

"아닙니다. 양반 출신으로 한국에선 학교를 운영했다고 합니다."
"학교를? 그런 자가 어떻게 군사훈련을 맡고 있나?"
"그것까진 잘 모르겠습니다만 그 자는 최재형의 두터운 신임을 받고 있으며 군사들로부터도 폭넓게 신망을 얻고 있다고 합니다."
"거참 특이하군. 그리고?"
"블라디보스토크에선 정순만이란 인물이 주목됩니다."
"정순만이라……."
"예. 그 자는 왕창동이란 이름으로 중국에서 활동하다가 한국에서 보낸 헤이그 밀사와 함께 작년 봄 블라디보스토크로 왔습니다. 특유의 친화력으로 단시일 내 블라디보스토크 한인사회의 중심인물이 된 그는 그곳 중국인들과도 상당한 유대관계를 맺고 있습니다."
"그 자를 특별히 주목해야 되는 이유는 뭔가?"
"예. 그 자는 무력투쟁에 소극적인 한인사회 지도자들을 움직여 실질적으로 의병활동을 지원하는 중추입니다. 그런데 이 정순만이 안중근과 상당히 가까운 사이로 알려져 있습니다."
"그러니까 노보키예프스크에선 안중근이, 그리고 블라디보스토크에선 정순만이 핵심인물이란 말이지?"
"그렇습니다."
스미르노프가 자리에서 일어서서 창가로 다가갔다. 그리고 창문을 열고 담배를 피워 물었다. 담배를 피우며 한참 동안 말이 없던 스미르프가 몸을 돌렸다.
"그런데 그들은 무기를 어떻게 마련하고 있는가?"
"그건……"
"말해보게. 괜찮네."

이브게니아가 주저하자 스미르노프가 안심시켰다.

"각하. 유감스럽게도……"

이브게니아가 말끝을 흐렸다.

"왜, 우리 쪽에서 무기를 넘겼단 말인가?"

"공식적으로는 거절한 것 같습니다만……"

"그런데?"

"지금 극동군 사정이 말이 아니지 않습니까."

"그러니까 몰래 팔아치웠단 말인가?"

"어쩔 수 없는 형편이었을 겁니다."

부관의 대답에 스미르노프는 길게 한숨을 내쉬었다. 하긴 충분히 예상되고 또 이해할 수 있는 일이었다.

일본과의 전쟁에서 패하자 한국에 진입했던 극동군의 경우 장교들의 대부분은 파면당했고 또 하사 이하는 만기가 되어 해산했지만 모두 여비가 지급되지 않아 귀향하지 못하고 수천 명 이상이 포시에트와 노보키예프스크 등 남우수리 구역에 머물러 있었다. 그들은 한인들의 의병 결성을 촉구하거나 후원하면서 생계를 유지했고 한인들은 그들로부터 상당수의 무기를 저가로 구입하거나 지원받곤 했다.

그러나, 제대군인이 아닌 현역군인들까지도 한인들에게 무기를 밀매하고 있다면 문제는 심각했다. 그것이 설령 극동군 일부에 한한 것이라 해도 러시아군의 몰락을 암시하는 상서롭지 못한 조짐이라 아니할 수 없었다. 그렇지만 마냥 비난할 수만은 없는 일이었다. 패전 이래 현역군인에게도 자주 봉급이 끊기곤 했던 것이다.

"이 일을 어쩐다? 일본이 알면 그냥 넘어가지 않을 텐데?"

"그러나 이 문제는 각하보다 주지사님의 소관으로 생각됩니다."

"플루그? 그렇지. 내게 애매한 명령을 하달할 게 아니라 주지사가 먼저 스스로 조치를 취해야지."

스미르노프의 굳은 얼굴이 살짝 펴졌다.

"그런데 주지사님께서 각하께 조치를 미룬 건 이범진을 의식했기 때문일 겁니다."

"이범진을?"

"이범진이 황제와 가깝다는 사실을 주지사님께선 알고 계시는 거지요."

"그래?"

"그동안 이범진은 무력투쟁을 독려하는 서신을 주지사님을 통해서 은밀히 한인사회에 전달했습니다."

"그렇다면 주지사도 한인들과 한통속 아닌가?"

"그러니까 한인들이 러시아군으로부터 무기를 입수하는 것도 눈감아 주고 있는 것이지요."

"그래서 나더러도 처벌하지 말란 거로군."

스미르노프가 한쪽 입꼬리를 말아올리며 가볍게 웃었다.

"아마 그럴 겁니다. 모르긴 해도 무기 밀매 대금의 일부는 주지사님께 전해졌을 겁니다."

이브게니아가 가까이 다가와 스미르노프의 귀에 대고 속삭이듯 낮은 소리로 말했다.

"거참……."

"지금 한인들은 러시아군뿐만 아니라 중국인들로부터도 소총을 구입하고 있고 심지어는 만주의 비적들과도 무기 거래를 하고 있습니다."

"그렇다면 적어도 한 번 해보고 말 전투는 아니겠군?"

스미르노프가 이마에 주름을 만들며 미간을 좁혔다.

"한인들은 장기적인 전선을 구축하려고 하는 거지요."

"장기적인 전선 구축이라……."

"이 모든 것을 노보키예프스크에선 안중근이, 블라디보스토크에선 정순만이 실질적으로 지휘하고 있습니다. 그런데 이위종이 온 거지요."

"그들로선 달리는 말에 날개를 단 격이로군."

"그렇습니다. 지금 이위종은 안중근과 함께 한인들이 살고 있는 각지를 돌면서 창의활동을 펼치고 있습니다. 정순만은 블라디보스토크에서 모금활동을 계속하고 있고요."

"알겠네. 아무튼 당분간은 지켜보세나."

스미르노프가 부관의 어깨를 두드리며 자리로 돌아가 앉았다.

5-2

4월 말부터 중근은 김기룡과 함께 이위종을 대동하여 연추 북쪽 수청水淸(수찬) 지역을 돌았다. 보성학교 출신의 김기룡은 중근이 한국을 떠나 중국 간도로 올 때 함께 국경을 넘은 인물로 블라디보스토크에서 엄인섭과 더불어 의형제를 맺은 바 있었다. 중근보다 한 살 아래로 동생이 된 김기룡은 그동안 연추에서 중근을 도와왔다.

수청 지역은 20여 개에 달하는 한인 촌락이 집중되어 있는 연해주의 대표적인 한인 집단 거주지 중 하나로 그 전부터 직접 의병에 투신하는 이들이 많았고 상당한 군자금도 출연했을 만큼 민족의식과 반일감정이 강했다. 중근이 훈련을 맡고 있는 연추 의병들 중에도 수청 출신들이 적지 않았다. 그래서 중근에게 수청은 연추 못지않게 친근하고 편하게 여겨지는 곳이기도 했다.

수청에서도 이위종의 위력은 대단했다. 이미 중근이 여러 차례 방문을 하여 창의활동을 펼쳤던 곳이지만 이위종의 출현은 그곳 사람들에게 대일 무력투쟁의 새로운 전기를 가져다주었다. 그동안 전설처럼 회자되던 이위종을 직접 본다는 것 자체만으로도 사람들은 흥분했고 헤이그에서의 체험을 전하는 그의 한마디 한마디에 전율하고 감동했다.

물론 그들이 이위종의 창의유세에 뜨겁게 호응했던 건 그만큼 러시아에서의 삶에 아직 제대로 뿌리내리지 못했기 때문이기도 했다. 그 점 블라디보스토크와 달랐다. 블라디보스토크 사람들이 무력투쟁에 동감하면서도 현실적 고려를 하는 측들이 없지 않다면 수청 사람들은 대부분이 대일 항전을 적극적으로 지지하고 직접적으로든 간접적으로든 참여를 자원했다. 그만큼 수청 사람들은 순수하고 순박한 데가 있었다. 자연 무력투쟁의 열기는 블라디보스토크를 훨씬 웃돌았다.

20여 개의 촌락을 순방하면서 중근은 날로 지도자로서의 위용을 더해가는 이위종의 모습을 뿌듯한 심정으로 지켜보았다. 이위종과 비슷한 나이 때 집안과 인근 지역의 잡다한 일에서 벗어나지 못했던 자신을 생각하면 그의 그런 모습은 경이롭기까지 했다.

수청 유세를 마친 일행은 곧바로 추풍秋風(수이푼)으로 이동하기로 했다. 우수리스크[蘇王領] 서쪽 부근에 위치한 추풍 일대도 역시 의병의 기운이 왕성한 곳으로 한인 천여 명이 집단 거주하는 다전재를 비롯하여 육성촌, 허커우, 재피커우 등 한인 마을이 곳곳에 산재해 있었다.

그러나, 추풍으로 이동하던 중 중근은 일행과 헤어지기로 했다. 오래 연추를 비우는 게 아무래도 마음에 걸려서였다. 블라디보스토크와 수청을 도는 사이 벌써 여러 날이 흘렀던 것이다.

"안 선생님이 안 계시면 저 혼자서 어떻게……?"

우수리스크에서 하루를 묵는 동안 중근이 연추로 돌아갈 뜻을 밝히자 이위종이 불안한 얼굴을 했다.

"아닙니다. 제가 없어도 이 특사님께선 충분히 잘 하실 수 있을 것 같습니다. 그리고 여기 김기룡 동지가 저처럼 도와드릴 겁니다."

"물론 그렇긴 하겠습니다만 혹시 급한 일이 생기기라도……?"

"의병대 훈련을 엄인섭 동지께만 맡겨두고 와서 아무래도 가봐야할 것 같습니다. 그리고 동의회 창립총회 준비도 해야하고……."

"그렇겠군요."

동의회 준비 얘기가 나오자 이위종은 중근이 떠나는 것을 순순히 수긍했다. 그러면서도 연해주에 도착해서부터 줄곧 함께 지내서인지 아쉬운 기색을 감추지 않았다. 그러나 명철한 인상의 이위종에게서 뜻밖에 정감 어린 면을 확인하게 되는 것 같아 중근은 되려 마음이 가벼워졌다.

이튿날 중근은 이위종과 헤어져 연추로 향했다.

연추에 도착하니 강기삼이 돌아와 있었다. 전날 중근이 동학농민군을 토벌할 때 함께 싸웠던 산포수 출신의 강기삼은 장차 연계 투쟁할 예정인 한국 북부의 의병 현황을 두루 살피러 지난달 자신의 고향인 함경도로 떠났었다.

"고생이 많으셨지요?"

저녁 무렵 방으로 찾아온 강기삼에게 중근이 반갑게 인사를 하자

"나가 있던 저보다야 대장님이 더 고생이시지요."

강기삼이 너털웃음을 웃으며 대꾸했다.

"그래, 그쪽은 어떻습디까?"

"예. 남쪽은 전부터 알고 있던 대로고 북쪽도 준비가 막바지에 이르렀

으니까 곧 전투가 시작될 것 같습니다."

강기삼이 말하는 남쪽은 북청北靑과 삼수三水·갑산甲山을 중심으로 한 함경남도를, 북쪽은 경성鏡城을 중심으로 한 함경북도를 의미했다.

"그렇습니까."

"그런데 대장님, 산포수 의병들 말인데요……."

강기삼이 뭔가 심각한 얘기를 하려는 듯 조심스럽게 운을 뗐다.

"홍범도 부대 말입니까?"

"그렇습니다."

"무슨 문제가 있습니까?"

"당장에 별 문제가 있는 것은 아니지만……."

작년 11월 북청 근교 후치령厚峙領 전투를 시작으로 본격적으로 의병 운동에 뛰어든 홍범도洪範圖는 그동안 여러 차례 전투를 치르면서 한 번도 패하지 않아 함경도 일대의 대표적인 의병장으로 군림하고 있었다.

"그럼 근본적인 문제가 있다는 말씀입니까?"

"그래요."

"그게 뭡니까?"

"그야 모든 의병들이 어쩔 수 없이 겪을 수밖에 없는 어려움이지요."

"결국 무기와 식량 얘기군요."

"그렇습니다."

강기삼이 짧게 한숨을 내뱉었다. 중근은 천천히 고개를 끄덕였다. 굳이 강기삼이 자세한 사정을 설명하지 않아도 충분히 짐작되고 헤아릴 수 있는 일이었다.

의병대에게 무기 조달과 식량 확보는 늘 어려운 문제였다. 무기의 경우, 정규 군대가 아닌 만큼 정식으로 구입할 수 없었고 암거래 같은 비공식적인 방법을 찾아야 했다. 그래서 홍범도를 비롯한 함경도 의병들의 무기는 기존에 가지고 있던 화승총이 대부분이었고 가끔은 일본군으로부터 탈취한 것을 그대로 사용하기도 했다. 그런 만큼 전투력이 일본군보다 뒤떨어지는 것은 너무나 당연한 일이었다. 그럼에도 불구하고 함경도 의병들이 일본군을 연이어 격파할 수 있었던 것은 구성원 대다수가 산을 잘 타는 포수 출신이어서 기동력이 뛰어났던데다가 주변 지형지물에 익숙해서 싸우는 데 유리했던 것이다.

식량 확보도 무기 조달 못지않게 지난한 문제였다. 의병들은 단거리 이동 때엔 찐쌀 등 휴대용 식량을 소지했다. 그러나 이동이 장거리가 될 땐 어쩔 수 없이 현지 주민들로부터 지원을 받아야했다. 그렇지만 현지 주민이 지원할 수 있는 식량은 한계가 있었다. 의병들이 전선을 자주 옮기는 까닭도 거기에 있었다.

"그럼 지금 상황이 아주 안 좋습니까?"

"아니요. 아직까진 그럭저럭 견디고 있는 것 같았습니다. 하지만 제가 보기에 그리 오래 버티지는 못할 것 같았습니다."

"버티지 못하면요?"

중근의 목소리에 안타까움이 섞여들었다.

"결국 전선을 이동하게 되지 않을까요? 대일 투쟁을 포기하지 않는다면요."

"이동한다면 어디로 말입니까?"

"그야 이곳 연해주가 되지 않겠습니까?"

굵은 주름이 팬 강기삼의 얼굴에 짙게 그늘이 졌다. 중근은 낙담하는 강기삼의 심중이 이해가 됐다. 고령인 강기삼은 국내에서의 일전이 자꾸 지연되는 데 대해 초조해하고 있었다.

"그렇게 되면 우려하시는 대로 우리의 무장투쟁도 성과를 장담할 수가 없겠지요."

중근이 말하는 성과란 당연히 국내에서 전투를 벌여 승리하는 일이었다.

"우리가 서둘러 국내진공작전을 감행해야 하는 이유도 바로 거기에 있습니다."

아직은 본격적인 교류가 없지만 국내진공계획이 구체화되면 국내의병 세력과의 연대는 필수적이었다. 그래서, 중근도 머지않은 시기에 국내의병세력과 협력체제를 구축할 예정이었다. 강기삼을 함경도에 파견한 것도 그쪽 상황을 사전 점검하기 위해서였다.

"아무튼 우리 쪽도 서둘러야겠지만 진공작전을 개시할 때까진 버텨줘야 할 텐데요."

"그러게 말입니다. 그런데 대장님."

강기삼이 은근한 목소리로 불렀다.

"예, 어르신."

"대장님도 가족을 이곳으로 모셔와야 하지 않을까요?"

"가족을요?"

"예. 앞으로 본격적인 무력투쟁에 돌입하게 되면 아무래도 국내에 계시는 가족분들이 불편을 겪으시게 되지 않겠습니까."

국내엔 홀로된 어머니와 아내 김씨, 그리고 장녀 현생賢生과 장남 분도芬道, 차남 준생俊生이 살고 있었다. 그중 어머니와 아내는 강기삼도 면식을 나눈 사이였다.

중근은 짧게 한숨을 토하며 천천히 고개를 가로저었다.

"부모가 소중하고 처자가 어여쁘지 않은 사람이 어딨겠습니까. 하지만 열사가 나라를 위함에 가족의 희생은 어쩔 수 없는 일 아니겠습니까."

"그렇긴 하지만……."

강기삼이 말끝을 흐렸다.

"그리고 그 문제는 이곳에 떠나와 있는 모든 동지들의 공통된 고민이기도 합니다. 저 혼자 그럴 일이 아니지요."

물론 그동안 중근도 가족 생각을 하지 않았던 건 아니었다. 특히 아내 김씨에겐 미안한 마음이 컸다. 돌이켜 생각하면 그 자신 열여섯에 아내를 맞은 후로 살가운 남편이었던 적이 거의 없었다. 늘 집안과 인근 지역 일들을 돌보며 나랏일을 걱정하느라 동분서주하다 보니 아내에겐 제대로 정을 표하지 못하는 나날이 습관처럼 이어졌고 그러다가 훌쩍 떠나왔던 것이다. 그런 마음은 어머니나 자식들에 대해서도 별반 다르지 않았다.

따라서, 연해주에서의 자신의 활동에 대한 정보가 국내에 전해졌을 게 자명한 만큼 그 가족의 안위가 걱정되는 건 당연한 이치였다. 그러나, 큰 일을 하겠다고 결심하고 떠나온 이상 가족에 대한 소소한 생각은 접어야 했다.

"그보다 홍범도 부대에선 다른 말은 없었습니까?"

"이번 우리 동의회 창립총회에 사람을 보내기로 했습니다."

"홍범도 씨가 직접 오는 게 아니고요?"

"수하를 보낼 거란 얘기를 들었습니다."

"홍범도 씨를 직접 만났습니까?"

"공교롭게도 일정이 어긋나 직접 만나진 못했습니다."

"부대가 이동 중이어서요?"

"그렇습니다."

"홍범도 씨가 직접 오지 못하는 것은 전투를 지휘하고 있기 때문입니까?"

"아마 그럴 겁니다. 그리고 일본군과 밀정들이 노리고 있는 상황에서 모습을 노출시키기 어려운 까닭도 있다고 봐야겠지요."

"거 참, 안타까운 일이군요. 만나게 되면 국내진공 때 펼치게 될 연합작전에 대한 의논을 해볼까 싶었는데……."

중근은 동의회 총회가 자연스럽게 홍범도와 조우할 좋은 기회라 싶었는데 아쉬웠다.

"이번에 사람이 오면 기본적인 건 대충 논의할 수 있지 않겠습니까."

"그렇긴 하지만요."

"그런데 이번에 사람이 오면 무기 조달에 대한 얘기를 꺼낼 것 같습니다."

"무기 조달요?"

"예. 홍범도의 부대는 자체적으로 무기를 조달하기 위해 직접 제작하기도 했지요."

"그게 정말입니까?"

"그렇습니다. 갑산의 동점銅店에서 나는 구리를 재료로 해서 화승총 탄환은 물론 일부 신식 무기의 탄환을 제작하기도 했고 적은 수이긴 하지만 구식 대포도 만들어서 사용했어요. 그러나, 여러 가지 사정으로 그러한 자체 조달은 원활히 이루어지지 못했고 또 지속적으로 진행되지도 못했지요."

"그렇다 하더라도 자체적으로 무기를 제작했다는 건 대단한 일입니다."

"하지만 어차피 자체 조달은 한계가 있는 것이고, 그래서 이번 총회에 사람을 보내면서 협조 요청을 하려는 모양인데 대장님 생각은 어떻습니까?"

"글쎄요, 그 문제는……. 제가 따로 생각해보겠습니다. 그보다 어르신!"

중근은 잠시 말을 끊고 생각을 정리하다가 다시 입을 열었다.

"예, 대장님."

"저는 국내진공작전을 치르는 동안 백의종군할 생각입니다."

"그게 무슨 말씀이십니까?"

중근의 말에 강기삼이 얼떨떨한 표정을 지었다.

"이번 총회에서 아무런 직책을 맡지 않겠다는 뜻입니다."

"그건 안 됩니다. 대장님께서 직책을 맡아 지휘를 하셔야지요. 이곳 연해주 의병대를 실질적으로 조직하고 양성한 분이 다름 아닌 대장님 아니십니까. 그런데 아무런 직책을 맡지 않으시겠다는 것은 말이 안 됩니다."

강기삼이 중근의 말에 강하게 반대했다. 물론 강기삼의 말은 사실에 가까웠다. 중근이 간도에서 도착한 작년 10월 하순만 해도 연해주에선 의병운동의 움직임이 거의 없었다. 러일전쟁 후 부하들을 이끌고 건너온 전 간도관리사間島管理使 이범윤李範允조차도 당시엔 정황을 관망하며 칩거 중이었다. 그런 이범윤에게 의병운동을 촉구한 게 중근이었다. 연해주로 온 지 얼마 되지 않은 작년 11월, 중근은 이범윤을 찾아가 무력투쟁에 나설 것을 청했다. 그러나 그때 이범윤은 무기 확보와 재정의 어려움을 들어 선뜻 동의하지 않았다. 결국, 중근은 블라디보스토크의 정순만과 의기투합한 가운데 뜻을 같이 하는 몇몇 사람들과 먼저 연해주 전역을 돌며 창의활동에 나섰다. 그리고 그 과정에서 가깝게 된 연추의 실력자 최재형으로 하여금 이범윤을 돕게 했던 것이다. 따라서, 이범윤이 움직이게 된 것도 최재형의 재정적 지원을 확보하고 나서였다.

"지금 제가 직책을 맡고 안 맡고는 중요한 문제가 아닙니다. 보다 중요한 것은 도헌님과 관리사 영감이 힘을 합하는 것입니다."

"사실이 그렇긴 합니다만……."

긴 한숨을 내쉬는 강기삼의 얼굴에 시름이 돋아났다.

"그래서 어르신께 부탁드리겠습니다."

"말씀하시지요."

"창립총회 때 동지들이 저를 추천하지 않도록 잘 설득해주십시오."

"…… 예."

강기삼이 마지못해 대답했다.

"꼭 부탁드립니다."

"말씀을 따르긴 하겠지만 그럼 동의회는 누가 이끌지요?"

"도헌님과 관리사 영감, 그리고 이위종 씨가 주축이 되어 꾸려나가야지요. 당연히 저는 직책과 상관없이 그분들을 도울 테고요."

"알겠습니다."

"아무튼 그날 혼란이 발생하지 않도록 어르신께서 잘 좀 통제해주십시오."

중근은 강기삼에게 한 번 더 다짐을 주었다.

5-3

…… 슬프다 우리 동포여. 오늘날 우리 조국이 어떤 상태가 되었으며, 우리 동포가 어떤 지경에 빠졌는지 아는가 모르는가. 위로는 국권이 소멸되고 아래로는 민권이 억압되며, 안으로는 생활상 산업권을 잃어버리고 밖으로는 교통상 제반권을 단절하게 되었으니 우리 한국 민인은 사지를 속박하고 이목을 폐색하여 꼼짝 운동치 못하는 일개 반생물이 된지라. 어찌 자유 활동하는 인생이라 하리오.

…… 금일 시대에 첫째 교육을 받아 조국 정신을 배양하고 지식을 밝히며 실력을 길러 단체를 맺고 일심동맹하는 것이 제일 방침이라 할지라.

> 그런고로 우리는 한 단체를 조직하고 동의회라 이름을 발기하나니
> …… 조국의 정신을 뇌수에 깊이 넣고 교육을 발달하여 후진을 개도하며 국권을 회복하도록 진심갈력할지어다…….

"안 대장 동지 계시오?"

인기척과 함께 문이 열리고 이강이 방안으로 들어섰다. 쓰고 있던 글을 접으며 중근이 의자에서 일어섰다.

"어서 오십시오, 이 선생."

"일을 하고 계셨군요?"

중근의 앞에 놓인 의자에 앉으며 이강이 탁자 위의 종이에 눈을 주었다.

"동의회 취지서 초안을 잡고 있었습니다. 한번 보시겠습니까?"

"제가 봐도 될지……?"

"어차피 해조신문에 실을 거니까 미리 한번 보시지요."

잠시 중근이 건넨 초안을 읽고 난 이강이 애매한 표정을 지었다. 모레 있을 동의회 창립총회를 참관하기 위해 이강은 해조신문의 정순만을 비롯한 몇몇 블라디보스토크 인사들과 함께 어제 연추로 왔다.

"왜, 혹시 잘못된 데라도……?"

"아닙니다. 다만 조금 뜻밖이라서요."

"뜻밖이란 건……?"

"우리가 생각했던 동의회의 취지서치곤 조금 소박한데요?"

"그렇게 보입니까?"

"우린 동의회를 의병운동의 본부쯤으로 생각하고 있었거든요."

"사실이 그렇습니다."

"그런데……?"

"최 도헌님의 입장을 감안하지 않을 수 없는 사정이라서요."

"아, 예……."

그제야 이해가 된다는 듯 이강이 천천히 고개를 끄덕였다.

"아시다시피 러시아 당국은 공식적으로는 우리의 의병운동을 허용하지 않고 있습니다. 그런 상황에서 동의회의 성격을 의병운동 단체로 공표하는 건 러시아 당국이 연해주 한인 대표로 인정하는 최 도헌님을 의병운동의 총수라고 선전하는 것밖에 더 되겠습니까."

"그렇겠지요."

"그래서, 동의회도 표면적으로는 블라디보스토크의 민회처럼 화난상구禍難相求와 교육을 통한 자강 등을 표방하려는 겁니다."

13년 전인 1895년 러시아 당국은 연추 지역에 한인 촌락이 다수 형성되자 얀치헤촌을 중심으로 새로운 행정단위인 군을 설치하고 거기에 도소를 두어 연추남도소烟秋南都所라고 명명했다. 그리고 그 책임자인 도헌에 당시 30대 초반이던 최재형을 임명했다. 연추남도소는 러시아 당국의 인허 하에 이루어진 한인자치기관으로 도헌은 각 촌락에 있는 한인을 관리하고 모든 부세賦稅를 수납하는 일을 담당했다. 그로부터 지금까지 13년간 최재형은 도헌직을 수행해오고 있었다.

그러는 사이 최재형은 러시아 동포 사이에서 널리 알려졌으며 러시아인들 가운데서도 명망이 높아져 니콜라이 2세 대관식에 초청되기도 했고 차르가 주는 훈장도 여러 개 받았다.

이렇듯 러시아인들에게 최재형은 연해주 한인사회의 대표적 인물이자 극동 주둔 러시아 육군 및 해군에 식량과 군복, 건재 등을 납품하는 거물급 사업가로 인식되고 있었다.

"최 도헌님 입장은 충분히 이해가 됩니다."

"그러나 동의회 구성원의 대다수가 의병들입니다. 따라서, 동의회의 실질적인 설립 목적이 의병운동에 있다는 사실은 재론의 여지가 없습니다. 사실 이 취지서도 최 도헌님과 의견을 나누고 나서 작성하는 겁니다."

"예……. 그런데 안 대장 동지!"

이강이 갑자기 굳은 표정을 지었다.

"왜, 무슨 하실 말씀이라도……?"

"이 동의회 취지서는 작성이 끝나는 대로 게재되겠지만 해조신문이 그리 오래갈 것 같지가 않습니다."

"그게 정말입니까?"

"사실입니다."

"처음 창간할 땐 10년간 매년 만원씩 투자하겠달 정도로 신문 발행에 대한 최봉준 씨의 의욕이 대단했다고 들었는데……."

"막상 신문을 발행해보니 뜻하지 않았던 여러 가지 난제에 봉착하게 된 거지요."

"안타까운 얘기군요. 신문이 있으면 국내와 이곳의 동포들이 서로의 상황을 보다 빨리 접할 수 있어 의병운동에도 큰 도움이 될 텐데……."

"사주 최봉준 씨의 의지도 문제지요. 실은 최봉준 씬 의병운동에 대한 의지가 그다지 강한 편은 아닙니다. 블라디보스토크 지도층 인사들이 대체로 그렇긴 하지만……."

이강의 말에서 최봉준에 대한 섭섭함이 묻어났다.

"아무튼 조금 두고 봅시다."

"지금으로선 그럴 수밖에 없지요."

"그보다 만약 해조신문이 폐간되면 이 선생께선 어떡하실 겁니까?"

"저야 뭐, 처음부터 공립협회 원동위원으로 온 거니까 그 일에 전념해야지요."

다소 낙담하는 것 같으면서도 이강의 표정은 의연했다. 낮은 코와 작은 눈. 순박하고 온유한 인상의 이강은 겸손하고 성실한 사람이었다. 평안남도 용강군 지운면 출신으로 어려서 한학을 배웠던 그는 중국에 유학하기 위해 압록강 대안인 안동현까지 갔다가 목적을 달성하지 못하고 고향으로 되돌아와서 기독교 감리교에 입교했다. 그리고 26세 되던 1903년 미주개발회사에서 모집하는 이민단에 들어서 미국 하와이로 건너갔다. 그곳 사탕수수 농장에서 노동을 하는 한편으로 영어학교에 입학하여 1년간 영어공부를 한 그는 이듬해 샌프란시스코로 이주한 후 안창호를 만나 함께 한인단체 공립협회를 설립하고 기관지인 공립신보의 주필을 역임했다.

"공립협회 지회 건설은 어느 정도 진척되고 있습니까?"

"블라디보스토크의 분위기가 일면 신중하고 조심스런 데가 있지만 그래도 동포들의 호응이 기대 이상이어서 웬만큼 진행되고 있습니다."

"쉽지 않은 일일 텐데 다행이군요."

작년 2월 안창호가 귀국한 데 이어 8월에 국내로 들어온 이강은 비밀결사단체인 신민회의 조직이 마무리되자 다시 원동위원으로 블라디보스토크로 왔다. 그가 원동위원으로 블라디보스토크로 온 것은 장차 벌이게 될 독립전쟁의 거점 역할을 할 공립협회 지회 건설을 위해서였다.

안창호가 주도하여 조직한 신민회는 교육, 실업진흥 등을 통해 국권회복운동을 추진하는 동시에 비밀리에 국외에 무관학교를 설립하고 독립군 기지를 건설하여 독립전쟁에 대비한다는 방략을 세워놓고 있었다. 그런데 그중 국외 무관학교 설립 계획은 안창호와 은밀히 신민회의 조직과 운영에 대해 논의하던 중근의 생각이 크게 반영된 것이었다. 그 전해부터 사재를 털어 삼흥학교三興學校와 돈의학교敦義學校를 인수하여 운영할 만큼 교육에 대한 의지도 남달랐지만 평소 문보다 무를 숭상했던 중근이었다. 그런 만큼 중근은 신민회의 해외 군사기지 건설의 선발 요원인 셈이었고 뒤이어 온 이강은 후속 요원이랄 수 있었다.

"그런데 국내 의병들과의 연계는 어떻게 되고 있습니까? 제가 알기로는 최근 들어 국내 의병들의 활약도 다소 주춤한 것 같은데……?"

이강이 말머리를 돌렸다.

"저도 그렇게 들었습니다. 함북 경성 지역은 아직 창의 준비가 진행 중이고 홍범도 씨의 군대도 장기간에 걸친 전투로 점점 사정이 어려워지고 있는 모양입니다. 동의회 창립총회에 사람을 보낼 모양이니 자세한 사정을 들을 수 있겠지요."

두 눈에 가득 우려를 담은 중근의 얼굴이 어두웠다.

5-4

5월 초순이 거의 끝나갈 무렵, 드디어 동의회 창립총회가 열렸다. 이위종이 수청과 추풍 등지를 순방하고 연추로 돌아온 지 사흘째 되는 날이었다. 총회 장소는 최재형의 저택 마당이었고 대표로 참석한 인원은 150명이었다. 150명의 대표는 주최측인 연추 쪽 사람을 60명, 수청과 추풍 쪽 사람을 각각 50명, 40명씩으로 구성됐다. 그렇게 한 것은 수청과 추풍 쪽을 배려해야 한다는 중근의 건의를 최재형이 따른 것이었다.

"이번 동의회 창립총회는 연해주 한인 이민사의 한 장을 장식하는 중요한 행사가 될 겁니다. 블라디보스토크 민회와 더불어 국경 지역 동포들을 하나로 묶는 계기를 마련한 것이니까요."

총회가 열리기에 앞서 이강, 정순만, 양성춘 등 블라디보스토크 인사들과 함께 대회장을 둘러보면서 중근이 동의회의 창립 의의에 대해 설명했다.

"그동안 안 선생께서 정말 애 많이 쓰셨소."

블라디보스토크 민회 회장 양성춘의 얼굴은 감동 반 미안함 반이었다. 중근이 블라디보스토크에 머물 적에 적극적으로 도와주지 않아 연추로 옮겨가게 했던 그로선 자괴심이 없을 수 없을 터였다.

"제가 한 게 뭐 있겠습니까. 모두 최 도헌님께서 힘쓰신 덕분이이지요. 그렇지만 동의회 창립의 의미는 큽니다. 동의회를 통해 여러 세력들을 결합할 수 있게 되었으니까요."

"여러 세력의 결합이라……."

양성춘이 중얼거렸다.

"우선은 최 도헌님을 중심으로 한 재러 한인 세력과 관리사 영감을 대표로 하는 이주 세력, 그리고 페테르부르크 세력의 결합이 되겠지요. 지역적으로는 연추와 수청, 추풍을 한데 어우르는 결합이 될 테고요. 말하자면, 동의회는 이곳 연해주, 아니 러시아 전역에 걸친 항일 세력의 결합체라고 할 수 있겠지요."

중근과 이심전심인 정순만이 동의회 창립에 큰 의미를 부여했다. 옆에서 있던 양성춘은 표정의 변화 없이 고개만 끄덕였다. 그렇지만 의병운동에 적극적으로 나서지 못하는 블라디보스토크의 민회 회장으로서 마음이 가벼울 수만은 없을 건 당연했다.

이윽고 창립총회가 시작되었다. 연단이 설치되고 최재형과 이범윤 등 지도급 인사들은 바로 아래 한쪽에 따로 자리를 배치했다. 사전 준비를 주도했던 중근이 먼저 그동안의 경과를 설명하고 자신은 소임을 끝냈으므로 향후 백의종군하겠다는 의사를 피력했다. 당연히 만류의 소리가 이곳저곳에서 터져 나왔지만 중근의 거듭된 설득으로 일단락되었다.

곧 몇몇 지역 대표의 인사에 이어 곧바로 총재단 선출이 있었다. 먼저 총재 선출 투표가 시작되었다. 결과는 최재형의 압승이었다. 최재형이 연추 지역의 맹주임을 감안하면 그런 결과는 당연한 것일 수도 있었지만 또 한 명의 후보 이범윤과의 표차가 너무 크다는 데 모두들 스스로 놀라는 분위기였다.

이범윤의 표정이 굳어졌다. 어느 정도 예상했었지만 압도적으로 패배한 데 약간 충격을 받은 듯한 얼굴이었다. 그러면서도 어차피 현실적으로 총재가 될 수밖에 없는 최재형에게 각 지역 대표들이 표를 몰아준 것으로 받아들이려는 듯했다.

그러나, 뒤이어 실시된 부총재 투표에서 결국 사단은 벌어지고 말았다. 수청과 추풍 지역의 여러 사람들이 이위종을 후보로 추천했던 것이다. 공교롭게도 그들은 그 지역 순방을 마친 이위종과 함께 연추로 온 사람들이었다. 본인이 연신 사양하는데도 불구하고 그들은 줄기차게 이위종의 이름을 연호했다. 그런데 곤란한 입장으로 엉거주춤하고 있는 이위종을 후보로 올리도록 한 것은 뜻밖에 이범윤이었다. 젊은 이위종이 후보로 거론되는 것조차 자존심이 상하고 못마땅한 그였지만 가만히 있기도 난처했고 어쩜 설마 하는 마음도 있었을 것이다.

중근은 재빨리 제3의 후보로 엄인섭을 추천했다. 이위종의 표를 분산시키기 위해서였다.

그런데, 엄인섭은 처음부터 당선권에서 멀어졌고 이범윤과 이위종이 엎치락뒤치락하다가 결국 이위종이 한 표 차이로 승리했던 것이다.

개표 결과가 이위종의 승리로 확인되자 잠시 총회장은 침묵에 휩싸였다. 각 지역 대표들은 자신이 투표를 하고서도 그 결과에 대해선 믿지 못하겠다는 듯 어리벙벙한 표정이었다. 그러나 그 침묵은 곧 깨졌다. 이범윤이 자리를 박차고 일어났던 것이다.

"이게 뭐하는 짓들인가! 내가 강동에 건너와서 국사에 진력한 지 수년이거늘, 명성도 없고 나이 어린 조카에 미치지 못한다니 어찌 이를 인정하란 말인가?"

이범윤의 얼굴엔 노기가 가득했다. 아마도 그는 개표 결과도 믿기지 않거니와 모든 걸 최재형의 농간으로 간주하는 듯했다. 아울러 자신 휘하에 있던 수청과 추풍 지역의 상당수 대표들에 대해서도 배신감을 느끼는 것 같았다. 이범윤뿐만 아니라 현재 그의 직속으로 있는 사람들도 당황하면서 동요하는 빛을 보였다.

그때 이위종이 급히 연단을 내려서서 이범윤에게 다가가 백방으로 그를 위로하고 부총재 당선 사양을 사람들에게 호소했다.

"저는 본시 불민하거니와 연치가 어리고 연해주로 온 지 얼마 되지 않아 이곳 사정에 어둡습니다. 그래서 여러분의 대표로 앞장을 서기에 적합하지 못합니다. 반면 관리사 영감께서는 일찍이 간도에서 우리 동포들을 지켜주었고 지난 전쟁 땐 휘하 장병들과 함께 러시아군과 합세하여 일본군을 물리쳤는가 하면 이곳 연해주에 유진하면서 향후 전개될 의병운동의 토대를 닦으셨습니다. 이런 전력을 보더라도 우리 동의회를 이끌어 갈 분은 제가 아니라 관리사 영감이십니다. 따라서 저는 제게 과분한 부총재직을 사양하면서 부디 관리사 영감께서 맡아 주시기를 간청합니다. 아울러 안중근 선생께서 천명하셨듯이 저도 백의종군하면서 여러분 곁에서 견마지로를 다하고자 하오니 기꺼이 동의해주시기 바랍니다."

출중한 연설 솜씨로 청중의 마음을 모으는 데 일가견이 있는 이위종이었다. 게다가 그의 호소는 간절해서 거의 애원에 가까웠다. 사람들은 말할 수 없는 감동을 받으며 그의 호소를 받아들였다. 그러자 이위종은 금세 곤혹스러운 표정을 지우고 총회장 한쪽에 서 있는 중근과 눈을 맞추며 싱긋 웃었다.

결국 다소 모양이 우스운 대로 이범윤이 부총재로 피선되었다. 그리고 나머지 후보 이위종과 엄인섭에겐 계획에 없던 회장과 부회장 직책이 부여됐다.

"후보 추대를 할 때 분명하게 만류할 걸 그랬습니다. 어차피 당선되지 않을 거라고 생각해서 강력하게 사양을 못했던 건데……. 사람들은 제가 삼촌을 제치고 부총재가 되려 했다고 생각하겠지요."

저녁에 이강과 정순만, 양성춘 등 블라디보스토크 인사들과 함께 중근의 방에 따로 모였을 때 이위종이 낭패스런 얼굴로 말했다.

"그렇게 생각할 사람이 어딨겠습니까. 다만, 축소된 위상이 드러나는 바람에 관리사 영감의 심기가 어떨지 그게 조금 걱정되지만요."

의외로 소심한 모습을 보이는 이위종을 중근이 위로했다.

일반적으로 이범윤이 이범진의 친동생으로 알려져 있지만 그건 사실이 아니었다. 두 사람은 같은 항렬의 일가였을 뿐이었다. 따라서 이범윤과 이위종도 삼촌 조카 사이가 아니었다. 그럼에도 오전에 총회에서 이범윤이 이위종을 일컬어 조카 운운한 것은 사람들로 하여금 자신을 이범진의 동생이자 이위종의 삼촌으로 믿게 하면서 최재형을 압박하려 했던 것이다.

그러나 문제는 여전히 남아 있었다. 그동안 이범윤은 최재형의 지원을 받으면서도 자신이 만주에서 이끌고 온 병사들로 구성된 창의회라는 조직을 갖고 있었다. 따라서, 동의회를 출범시키면서 중근은 이범윤의 창의회 군사들을 동의회에 편입시켜 의병운동을 일원화할 계획이었다. 그러나, 비록 부총재에 피선되었지만 동의회가 최재형 주도로 움직일 거라고 생각하는 이범윤이 선뜻 동의할지 의문이었다.

"앞으로 관리사 영감은 어떤 태도로 나올까요?"

이강도 그 점이 걱정되는 모양으로 중근에게 물었다.

"부총재가 되었으므로 일단 겉으로 대립하는 상황은 넘겼지만 받은 상처가 크겠지요."

"그럼 어떡하지요?"

이강이 낭패한 표정을 지었다. 이강은 동의회가 신민회의 계획대로 장차 모든 투쟁 세력들이 결집하는 해외 군사기지로서의 역할을 하게 되기를 기대하고 있었던 것이다.

"관리사 영감도 추구하는 목적은 최 도헌님과 같으니까 계속 설득하며 협조를 구해봐야지요. 그게 어려울 경우, 동의회와 창의회로 이원화하여 싸울 수밖에요. 그러나, 관리사 영감도 충성심과 투쟁심은 우리 못지않습니다. 아니, 능가할지 모릅니다."

"그러나, 그렇게 되면 효율적인 전투가 되겠소? 게다가 국내의병세력들과도 연계를 하게 되면 작전 수행이 더욱 혼란스러워질 수 있을 텐데……."

블라디보스토크에서 의병운동을 지원하기 위해 고군분투하고 있는 정순만도 연행주 의병운동의 이원화에 우려를 나타냈다.

"그렇다고 관리사 영감이 동의회에서 완전히 발을 뺄 건 아니니까 어떤 식으로든 협조가 되겠지요. 그보다, 조만간 홍범도 대장을 만나볼까 합니다."

"홍범도 씨를요?"

양성춘이 조금 놀란 표정을 되물었다.

"그렇습니다."

"만날 수 있겠소?"

"그쪽에서 사람이 왔으니 함께 가면 만날 수 있을 겁니다. 직접 만나 국내진공 시 연계 작전이 가능할지 한번 살펴볼까 합니다."

중근의 생각에 동조하는 듯 모두들 고개를 끄덕였다.

6 많지 않은 시간

6-1

…… 두만강과 압록강 상류에서의 한인들의 봉기는 성공적으로 진행되고 있습니다. 무산시 부근에선 일본군 부대가 궤멸되었으며 도시 자체는 반란군에 의해 장악되었습니다. 오늘 또다시 받은 정보에 의하면, 삼수시 근처에서 150명의 일본군이 모두 궤멸되었고, 얄루강을 따라 뗏목을 가지고 채벌된 목재를 수송하기 위하여 일본인들이 세워 놓은 산속의 시설들이 전부 파괴되었습니다. 일본인들은 북청으로부터 상기 지역으로 군대를 이동시켰습니다.

반란군이 성공을 거둠으로써 우리 지역과 만주 국경 지역에 있는 한인 망명자들은 크게 고무되었습니다. 우리 지역과 만주와의 접경 지역이 모두 황량하고 지세가 험하여 방어할 수 없기 때문에, 우리로선 소규모 무장 부대가 침투하는 것을 차단하기가 어려운 실정입니다. 그 부대들은 이곳 못지않게 황량하며 드문드문 한인들이 거주하는 훈춘 푸드툰스트보를 거쳐서 한국 독립군을 지원하기 위하여 북한 지역으로 들어가고 있습니다.

…… 한국 북부 지역에 있는 한인 봉기자들의 계획이 아주 성공적으로 진행되고 있으므로 이런 공감 분위기는 지속되고 있습니다. 한국 내의 일본인들과 그들의 동조자들은 무자비하게 죽임을 당하고 있으며, 대규모 봉기군은 소부대와 초소만이 아니라 상당한 병력을 가진 일본군 부대를

> 소탕하고 있습니다. 한국의 북부와 서부에는 몇몇 도시가 봉기군에 의해 장악되고 있으며, 5월 초에 일본군에 의하여 격퇴된 두만강 상류의 무산시는 지금까지 반란군 수중에 있습니다. 회령시로부터 부대를 파견하여 반란군에게서 그 도시를 탈취하려던 일본인들의 시도는 격퇴당했습니다. 이 모든 일은 한국인들의 사기를 드높이고 있고, 그들은 만주 동부와 우리 지역에서 자금을 모으고 무기를 구입하는 일을 수행하고 있습니다.

"잘 썼네."

읽고 난 보고서를 돌려주며 남우수리 지방 국경행정관 스미르노프가 흡족한 표정을 지었다.

"굳이 이런 보고서를 올려야할까요?"

스미르노프의 명령에 따라 보고서를 작성하고서도 부관 이브게니아 대위는 조금 불만스러운 얼굴이었다. 그는 한국 독립군과 연해주 의병들에게 우호적인 생각을 갖고 있었다.

"이 정도라도 상황을 알려줘야 나중에 무슨 일이 있어도 우리 책임은 면할 게 아닌가?"

"그렇긴 하지만……."

이브게니아가 말꼬리를 흐렸다.

보고서는 연해주 주지사 겸 군총독 플루그에게 보내는 것이었다. 일전에 플루그는 한인 빨치산 조직에 대해 관심도 갖지 말고 처벌도 하지 말라는 전문을 보내온 바 있었다. 그것은 연해주 한인들의 의병운동을 눈감아 주라는 뜻이었지만 무슨 생겼을 때 책임 소재도 이쪽으로 전가시키려는 의도도 내포된 것처럼 보였다.

"한국쪽 반란군의 주체는 누구인가?"

"봉기가 광범위한 지역에서 이루어지고 있어서 소문을 다 믿을 순 없지만 홍범도라는 설이 유력합니다."

"홍범도라……."

"예."

"아무튼 보고서대로라면 대단한 인물이군."

"그렇습니다."

"어떤 인물인가?"

"산포수 출신으로 한국 북부지방을 종횡무진하면서 전과를 올려 그곳 사람들에겐 거의 신적인 존재로 인식되고 있다고 합니다."

"신적인 존재라……. 하긴 그럴 만도 하겠군. 일본군과 싸워 그 정도의 전과를 올렸다면."

"그러나, 한국 영토 안에서의 일은 일본 소관이고 우리와는 무관합니다."

"그렇지만 그들의 승리에는 이곳 한인들의 인적 물적 협조가 기여한 부분도 크잖은가?"

"그건 보고서에 쓴 대로 우리로선 불가항력입니다. 훈춘은 중국 관할이고 우리 국경 지역도 그들이 산악을 타고 들어가면 통제할 방법이 없습니다."

"그렇긴 하네만. 그들 때문에 앞으로도 계속 골머리를 썩이게 되는 건 아닌가 모르겠군."

스미르노프가 고개를 쳐들며 한숨을 쉬었다.

"그러나 그들은 우리가 할 수 없는 대 일본 투쟁을 계속하려는 사람들입니다."

이브게니아가 정색을 하자 스미르노프가 천천히 고개를 끄덕였다.

"그래. 뭐, 나도 굳이 이곳 한인들의 투쟁을 막을 생각은 없네. 문제만 생기지 않는다면."

"아직까지는 큰 문제가 없습니다."

"그건 그렇지 않네. 블라디보스토크 주재 일본 영사관에서 당국에 요청이 있었다고 하네. 우리 지역 한인들의 동태에 대해 각별히 신경을 써 달라고."

"그랬습니까?"

"그들은 이곳 한인들이 동의횐가 뭔가를 조직한 것까지 알고 있네."

"그게 정말입니까?"

"물론이네. 뿐만 아니라 그 조직의 핵심이 최재형이나 이범윤이 아니라 지난번에 자네가 말한 안중근이란 인물을 포함한 몇몇 사람이라는 것도. 그들은 안중근과 엄인섭……. 또 누구라던가, 아무튼 몇 명의 인물을 폭도 두목으로 지목했네."

"그들이 그걸 알고 있다면 아마도 이 연해주에서 활동하는 일본인 첩자들과 그들이 조종하는 친일파 한인들을 통해 정보를 수집한 덕분일 겁니다."

"어쨌거나 지금 이곳 한인들은 한국 내 승리에 고무되어 앞으로 무슨 일을 할지 몰라. 어떤가? 아무래도 최재형을 불러 두드러진 행동은 자제하라고 일러야하지 않겠는가?"

"그러나 그는 듣지 않을 겁니다."

"듣지 않는다고?"

"그러려면 애초에 동의회를 조직하지도 않았겠지요. 그는 그 나름의 힘을 가진 사람입니다."

"그럼 그냥 내버려두잔 얘긴가?"

곤혹스러운 듯 스미르노프의 미간이 좁혀졌다.

"우리는 한인들을 통해 일본을 불편하게 할 수 있습니다. 그런데도 우리가 일본의 요구대로 한인들을 통제한다는 것은 스스로 자존심을 팽개치는 일입니다. 일본은 얼마 전까지 우리와 싸웠던 적이고 지금도 친구는 아닙니다. 그런 일본을 적극적으로 나서서 도울 이유는 없지요."

"그렇긴 하네만……."

"그리고 한인들의 투쟁은 마땅히 존중되어야 합니다. 대국 러시아가 손을 들었는데 작은 나라의 망명객들이 싸우려 하지 않습니까. 그걸 막는다는 건 대국으로서의 도리가 아닙니다."

"자넨 아주 한인들의 대변인 같군 그래."

상대를 설득하듯 진지하게 말하는 톨스토이 신봉자 이브게니아를 보며 스미르노프가 너털웃음을 웃었다.

"그것은 한국이 약자이긴 하지만 진실이기 때문입니다."

"그렇다고 하더라도 한인들의 움직임에 대해 아예 눈감을 순 없는 노릇 아닌가. 우린 우리대로 입장이 있으니까 말이야."

"적절한 방안을 마련하겠습니다."

"그러나 너무 지체하진 말게."

이브게니아를 바라보는 남우수리스크 국경행정관의 눈가에서 권태가 묻어났다.

6-2

집사가 안내해준 응접실에서 기다리는 동안 하녀가 차를 내왔다. 차를 한 모금 마신 후 이브게니아는 응접실 출입구 맞은편 벽 정중앙에 높이 걸려 있는 황제의 초상화를 올려다보았다. 초상화는 현 황제인 니콜라이

2세를 그린 것이었다.

벽에 걸린 초상화는 이 집 주인의 국적이 러시아라는 사실과 더불어 황제에 대한 충성심을 강조하는 것처럼 보였다. 몇 개의 훈장들이 초상화 좌측 하단을 장식하고 있었던 것이다. 추측컨대, 그중 하나는 황제의 대관식 때 수여된 것이었고 일본과의 지난 전쟁 때 받은 것으로 추정되는 것도 있었다. 그것들은 일종의 과시용일 테지만 이 지역 러시아 관료들에게는 무시하지 못할 힘으로 작용할 게 분명했다.

반쯤 비운 찻잔을 탁자 위에 올려놓고 이브게니아는 의자에서 일어서서 우측 벽쪽으로 다가갔다. 사진을 담은 여러 개의 액자들이 벽면을 가득 채우고 있었다. 그는 벽면의 사진들을 천천히 들여다보았다. 사진은 거의 집주인의 것으로 이삼십 대와 최근에 찍은 것이 주를 이루었지만 드물게는 소년 시절의 것도 있었다.

이브게니아는 여러 경로를 통해 이 집 주인에 대해 비교적 소상히 알고 있었다.

최 포도르 세메노비치.

집주인 최 포도르 세메노비치는 한국 함경도 경원慶源의 노비 출신으로 어릴 적 러시아로 월경한 사람이었다. 초기 러시아 이주 한인으로서 그는 삶의 신산辛酸과 우여곡절을 혹독하게 겪었으되 스스로의 노력과 그 질량에 비례하는 행운으로 엄청난 성공을 일구며 초년의 고난에 대해 충분히 보상을 받았다.

이브게니아는 선원복 차림의 소년의 사진에 눈을 주었다. 그가 알기로 최 포도르 세메노비치는 10세 남짓 되었을 때 부유한 후견인 부부의 배려로 외국을 항해하며 세상을 배우고 익혔다. 그런 행운은 러시아인에게조차 쉽게 허용되기 힘든 것이라면 그만큼 최 포도르 세메노비치는 타인으로 하여금 자신에 대해 신뢰와 기대를 갖게 하는 특출한 데가 있었던 모양이었다. 하긴 사진만으로도 소년 최 포도르 세메노비치에게선 함부로 범접하지 못할 위엄과 강인한 뚝심 같은 게 어렵지 않게 감지되었다.

"부관님!"

고개를 돌리니 영리하게 생긴 젊은 동양인이 응접실 안으로 들어서고 있었다. 들어온 사람은 블라디미르 세르게예비치 리였다. 한국명으로 이위종인 그와는 이미 구면이었다. 지난달, 페테르부르크를 출발한 이위종이 주 경계 사무소를 통해 연해주로 들어올 때 남우수리 지방 국경행정관의 부관인 그도 그 자리에 입회했던 것이다.

그때 이위종의 연해주 출현은 느닷없는 일이었고 남우수리 지방 국경행정관 스미르노프는 몹시 당혹스러워했다. 이위종은 지난해 네덜란드 헤이그에서 각국 기자들을 상대로 일본의 한국 외교권 박탈의 부당성을 호소하며 국제적인 정치행위를 펼친 바 있는 인물이었다. 그 사실만으로도 연해주 관료들에게 이위종은 껄끄러울 수밖에 없었다. 게다가 그는 40명 가량의 한인 의병을 거느리고 있었다. 그들은 이위종을 영접하고 호위하기 위한 사람들로 보였다. 거기에 더하여 그는 아내는 물론 전 토볼주 지사 놀켄 남작까지 대동하고 있었던 것이다. 놀켄 남작은 그의 장인이었다.

이위종에 대한 이브게니아의 첫인상은 그가 너무 젊다는 것이었다. 한 나라의 명운을 걸고 국제무대에서 탁월한 정치행위를 펼친 인물이라기엔 이위종은 어려보였다. 실제로 작년 헤이그에서 활약할 당시 이위종의 나이는 불과 스물이었다. 그렇지만 그의 두 눈은 세상을 두루 이해하는 총명함으로 가득 차 있었고 행동 하나하나엔 나이답지 않은 정중함과 세련됨이 배어 있었다. 그런 그였기에 헤이그 현지에선 그가 한국의 황태자라는 소문이 나돌았던 건지도 몰랐다.

처음부터 이브게니아는 이위종에게 호감을 느꼈다. 아니, 연소한 그의 엄청난 전력을 떠올리면 경이롭기까지 했다. 그는 이위종에게 일종의 경외감 같은 것을 가지게 됐다.

당혹스럽고 껄끄러웠지만 국경행정관 스미르노프에겐 이위종의 연해주 입성을 막을 명분도 구실도 없었다. 더구나 그는 고위관료를 지낸 러시아 귀족의 사위였다.

얼마간 머물 거냐는 스미르노프의 질문에 이위종은 두 달이라고 대답했다. 하지만 그 질문은 무의미한 것이었고 이브게니아는 이위종의 대답을 믿지 않았다. 고작 두 달을 머물기 위해 처와 장인을 대동하고 페테르부르크에서 연해주까지 수천 킬로미터를 달려오진 않았을 테니까.

"부관님, 연락도 없이 갑자기 어쩐 일이십니까?"

이위종이 반가운 얼굴로 다가와 이브게니아의 어깨를 껴안았다.

"그동안 안녕하셨습니까?"

"배려해 주신 덕에 잘 지내고 있습니다."

포옹을 풀며 이위종이 마치 유람이나 온 사람처럼 쾌활하게 대답했다.

"실은 세메노비치 씨를 만나뵈러 왔습니다만……."

"최 도헌님을요?"

"그렇습니다."

"어쩌지요? 지금 도헌님께선 출타 중이신데……. 혹시 무슨 일이 있습니까?"

"그렇진 않습니다. 그저 이것저것 말씀드릴 일이 있어서……."

"무슨 얘긴지 모르겠지만 제게 하시면 안 되는 겁니까?"

이위종이 이브게니아에게 자리를 권하며 물었다.

"안 되다니요. 당연히 세르게예비치 씨에게도 말씀드려야죠. 세르게예비치 씨에게 말씀 못 드릴 게 어딨겠습니까."

이브게니아가 휴가를 내어 연추를 찾은 목적은 연해주 한인 지도자 최재형을 만나기 위해서였다. 그러면서 그는 이번 연추 방문에서 어쩌면 이위종과도 만나게 될지도 모른다고 생각했다. 그건 나쁘지 않았고 오히려 기대되는 일이기도 했다.

"모처럼 오셨으니 푹 쉬면서 즐거운 시간 가지시길 바랍니다."

의례적인 인사 같았지만 이위종의 말에는 정감이 묻어났다. 그리고 그의 태도는 여전히 정중하고 세련돼보였다. 그래서 이브게니아는 금세 마음이 푸근해졌다.

가벼운 한담을 나누는 사이 하인이 술을 준비해가지고 왔다.

"식사가 준비되는 동안 한잔 하시지요. 오시느라 피곤하셨을 텐데……."

이위종이 병을 기울여 이브게니아 앞에 놓인 유리잔에 와인을 채웠다.

"스트라스부르 호스피스군요."

"안목이 높으십니다."

스트라스부르 호스피스는 대중적이진 않지만 세계에서 가장 오래된 포도주 중의 하나였다.

"알사스에서 제조된 것이지요?"

"그렇습니다."

"알사스라……."

이브게니아는 이위종이 다른 와인들을 두고 스트라스부르 호스피스를 내온 이유를 미루어 짐작할 수 있을 것 같았다. 원래 프랑스 동부에 위치한 한 주州였던 알사스는 프랑스가 28년 전 독일의 전신인 프로이센과 치른 이른바 보불전쟁에서 패하면서 프로이센령이 되었다. 따라서, 엄밀히 말하면 알사스의 주도州都 스트라스부르에서 이름을 딴 스트라스부르 호스피스는 독일산 와인이었지만 생산자는 프랑스인이었다. 그런 알사스의 정황은 일본에게 모든 권리를 빼앗긴 한국과 닮은 데가 있었다.

"알사스에선 매년 10만 병 이상을 생산하지 않지요."

"그 귀한 걸 어떻게 제게……."

"최 도헌님께서 귀한 분을 위해 따로 준비해두신 겁니다."

"그렇다면 술이 임자를 잘못 만났군요. 저는 그런 사람이 못 되는데?"

"부관님이 아니면 술은 영영 임자를 못 찾겠지요."

"별 말씀을."

두 사람은 마주보며 유쾌하게 웃었다. 이브게니아가 술을 한 모금 입안에 머금고 음미하듯 삼켰다.

"역시 좋군요."

"사실 저도 프랑스에 있을 땐 마셔보지 못했던 겁니다."

이위종이 멋쩍게 미소를 지었다.

"아 참, 프랑스에 계셨었지요?"

"예, 몇 년 있었습니다."

"사관학교에 다니셨다고 들었는데……?"

"생 시르(Saint－Cyr)를 졸업했습니다."

이브게니아는 새삼스럽게 이위종의 다채로운 이력에 경탄이 일었다. 이곳에 오기 전 그가 조사한 바에 의하면 이위종은 9년 전인 1899년 러시아－프랑스－오스트리아 주재 겸임공사이던 그의 부친 이범진의 부름을 받고 미국에서 프랑스로 건너가 파리의 장송 드 랄리(Janson de Lally) 고등학교에 입학했다. 그때 그의 나이 12세였다. 2년간 고등학교를 다닌

후 이위종은 생 시르 육군사관학교에 입학하여 16세이던 1903년에 졸업하면서 곧바로 한국 공사관 서기로 외교관 생활을 시작, 이듬해인 1904년 주 러시아 서기관으로 승진해 페테르부르크로 왔다. 그는 그곳에서 러시아 귀족의 딸과 결혼하여 딸 하나를 얻었다. 그리고 마침내 작년 네덜란드 헤이그에서 한국의 밀사로서 각국 외교관들을 상대로 외교전을 주도했다. 그 모든 게 20세까지의 일임을 생각하면 동양의 약소국 청년으로선 참으로 화려한 이력이라 아니할 수 없었다. 그는 이제 21세, 한국 나이로 22세였다.

"파리에서 생 시르를 선택한 특별한 이유라도 있습니까?"

"아버님의 권유도 있었지만 제가 가고 싶었습니다."

이위종이 똑부러지게 대답했다. 이브게니아는 처음 봤을 때도 그랬지만 이위종이 직선적이고 명쾌한 성격임을 거듭 느꼈다.

"제 친구도 그곳에 유학을 갔었는데……."

"생 시르 말입니까?"

"예."

"페테르부르크에는 생 시르를 다녔던 사람들이 제법 있습니다. 제가 아는 황제 시종무관 중 한 사람도 생 시르를 나왔습니다."

보불전쟁에서 승리하면서 독일 육군은 그 위상이 격상되었다. 그래서 일본 같은 경우 육군의 수재들은 독일 유학을 선호했고 육군의 모든 체제도 독일식으로 바뀌었다. 그러나 러시아에선 여전히 프랑스 육군사관학교 생 시르가 인기였다. 물론 문화적으로 프랑스를 선호한 탓도 있었지만.

"체르빈스키 대위 말이지요?"

"그렇습니다."

"그가 바로 제 친굽니다."

"알고 있습니다."

대답을 하며 그제사 이위종이 입가에 미소를 띠었다. 이위종과 체르빈스키가 아는 사이라는 건 이브게니아 역시 알고 있던 사실이었다. 이위종이 연해주에 도착하기 직전 체르빈스키로부터 그를 만나면 도와주라는 전보를 받았던 것이다. 물론 전보엔 두 사람의 관계에 대한 자세한 설명은 없었지만. 그래서 스미르노프와 달리 그는 이위종 일행의 입성이 느닷없지도 당혹스럽지도 않았다.

"페테르부르크를 출발하기 전 시종무관님께서 연해주에 도착해서 어려움이 있으면 부관님을 찾으라고 했습니다. 그러나, 별다른 일이 없어 시종무관님에 대한 말씀은 드리지 않았습니다. 또, 그 사실이 드러나면 우리 일행의 연해주 입성으로 입장이 곤란해지실지도 모르겠어서……."

이브게니아는 다시 한 번 이위종의 거침없는 성격을 확인하는 듯했다. 이위종이 체르빈스키와의 관계를 밝히지 않은 건 국경행정관 부관인 자신의 입장을 배려한 때문이기도 하겠지만 그보다는 황제 시종무관의 이름을 팔지 않고 당당하게 입성하려 한 것으로 여겨졌기 때문이었다.

"전보엔 세르게예비치 씨를 도와주라는 말밖엔 없었는데 체르빈스키와는 친했습니까?"

"궁을 출입하다가 몇 번 만난 적이 있습니다."

"그 친구는 어떻게 지내던가요?"

"제가 보기엔 황제 폐하의 신임이 두터운 것 같았습니다."

"팔자가 괜찮은 친구지요. 프랑스에 유학도 갈 만큼."

"부러워하시는 말씀 같진 않은데요?"

그러나 나폴레옹 군대와의 전쟁 이래 프랑스, 특히 수도 파리는 러시아 청년들에겐 선망의 대상이었다. 나폴레옹 군대의 침공을 물리친 러시아 군대의 파리 입성이 오히려 프랑스 문화가 대거 유입되는 계기가 되었던 것이다. 러시아에게 패했으되 프랑스는 문화 선진국이었다.

"그 친구는 페테르부르크에 맞는 사람이란 뜻입니다."

"무슨 말씀이신지……."

"포부가 크지요, 그 친구는."

"부친이 장관을 지냈다는 얘기는 들었습니다."

"그리고 포부를 실현하려고 노력하는 삶 자체를 즐기기도 하고요. 그러니까 한마디로 페테르부르크적이랄 수 있지요."

"그럼 부관님은?"

"글쎄요."

대답 대신 이브게니아는 잔에 반쯤 남은 포도주를 비웠다. 이위종이 병을 들어 익숙하고 자연스럽게 이브게니아의 빈 잔을 다시 채웠다.

이브게니아에겐 야망을 위해 어쩔 수 없이 경쟁의 구도 속에 갇혀 치열한 삶을 살아가는 인물들이 득시글거리는 페테르부르크의 분위기가 맞지 않았다. 한미한 출신 탓일 수도 있고 아니면 천래의 성격 때문일지도 몰랐다. 따라서 파리를 동경하지도 출세를 원하지도 않았다. 그는 삶의 한가운데 뛰어들기보다는 한 발짝 물러서서 바라보는 쪽이 좋았다. 세상에 대해서도 마찬가지였다. 그런 그에게 아직 동양적인 모습이 많이 남아 있는 연해주는 중심부에서 비켜나 있다는 느낌을 주어 어떤 의미에서 최상의 환경이었다. 연해주 근무를 자원하게 된 것도 그래서였다.

"시종무관님과는 동기였다면서요?"

"보병학교 동기였지요. 저는 졸업 후 곧바로 이리로 왔지만 그 친구는 첩보학교를 거쳐 파리를 다녀와 황제 폐하를 모시고 있지요."

"예. 그러셨군요."

고개를 끄덕이는 이위종에게 하인이 다가와 식사가 준비되었다고 일러주었다. 두 사람은 식당으로 자리를 옮겼다.

"저희들 때문에 곤란한 점이 많으시죠?"

식사가 어느 정도 진행된 시점에서 이위종이 슬며시 얘기를 꺼냈다. 식사는 쇠고기를 부위별로 각각 다르게 요리한 것이었다. 이브게니아는 이 집 주인의 사업 중에 육류를 러시아 군에 납품하는 일도 포함되어 있다는 사실을 떠올렸다.

"지금 같은 시기엔 모든 일이 그렇지요. 세르게예비치 씨 일이라고 뭐 특별하겠습니까."

말은 그렇게 했지만 이브게니아는 연해주 한인들 문제로 특별히 휴가를 내어 이곳에 왔다.

"제 일로 인해 부관님께서 처신하기가 어려울 거라는 점 때문에 늘 마음이 무겁고 죄송한 생각을 가지고 있습니다."

이위종이 진지한 표정으로 이브게니아를 향해 살짝 고개를 숙였다. 이브게니아는 도대체 이 친구의 속은 몇 살짜리인가 싶었다. 그만큼 이위종의 태도는 나이답지 않게 정중하고 어른스러웠다. 어쩌면 일찍이 미국 생활을 하고 이어 유럽에서 지내면서 익힌 외교적 감각이 본연의 진정성에 보태진 때문인지도 몰랐다.

"저보다야 행정관님이 어려우시죠."

"물론 그러시겠지요."

"그러나 너무 마음 쓰지 마십시오. 이곳 한인들의 움직임에 대해선 당국도 명확한 지침을 정하지 못하고 있으니까요."

"그렇습니까?"

"일본과 관련한 러시아의 미래를 당국 스스로도 가늠할 수 없는 판국에 한인들의 움직임에 대해 뭐라고 말할 수 있겠습니까. 당국으로서도 곤혹스러운 일이지요."

"스미르노프 행정관님 생각은 어떻습니까?"

"행정관님은 별 생각이 없으시죠. 플루그 주지사님은 우리보다 세르게예비치 씨 쪽과 더 가까운 분이고. 결국 한인들의 움직임에 부정적인 건 운테르베르게르 총독인데 그분이야 원래부터 성향이 그랬던 거니까 어쩔 수 없는 일이지요. 그렇지만 주지사님이나 행정관님에게 별다른 지침을 하달하지 않는 걸 보면 그분도 페테르부르크의 기류를 읽고 있는 중인 것 같습니다."

"그러나, 페테르부르크의 분위기는 낙관적이라고 할 수 없습니다. 한국에 우호적이신 황제 폐하의 생각을 외무장관 이즈볼스키가 자꾸 돌려놓으려 하고 있으니까요."

미간을 찌푸린 이위종의 얼굴에 살짝 그늘이 졌다.

"저도 그렇게 들어 알고 있습니다. 하지만 새로 부임하는 관료들이란 늘 기존의 정책을 바꾸려 하는 경향이 있지요. 자신의 존재를 부각시키고 입지를 구축하기 위해서요."

"부관님께선 정치인을 혐오하시는 것 같습니다."

이위종이 상대의 심리를 정확하게 짚어내자 이브게니아는 그 예리함에 섬뜩한 느낌이 들었다.

"어쨌거나, 정치가란 국민들보다 앞서나가는 사람들 아니겠습니까. 따라서, 설령 페테르부르크의 기류에 어떤 변화가 생긴다 해도 그것이 이곳까지 전달되려면 시간이 필요하겠지요."

그 말은 아직 시간이 있다는 뜻이었다. 그 말을 하면서 이브게니아는 스스로 조금 우스웠다. 그가 이곳에 온 것은 국제적인 문제가 야기되지 않도록 한인들이 일본에 대한 적대적 행위를 가급적 자제했으면 한다는 국경행정관 스미르노프의 바람을 전하는 동시에 그들의 실상을 직접 살펴보기 위해서였다. 물론 그로선 국경행정관의 생각을 한인들에게 강요할 마음은 없었다. 그렇지만 그들의 행동을 만류하진 않는다 하더라도 지금처럼 독려하는 듯이 비치는 발언을 한다는 것은 너무 이쪽 속내를 드러내는 것 같아 계면쩍었던 것이다.

"부관님께서 그렇게 말씀해주시니 감사할 따름입니다."

"그러나 행정관님께서 이곳 한인들의 움직임에 우려하고 계시는 것은 사실입니다. 그리고 저는 공식적으로는 그 사실을 전하러 왔고요."

"그렇지만 저희로선 달리 선택의 여지가 없습니다. 나라를 빼앗으려 하는 적을 보고 가만히 있을 민족이 어디 있겠습니까."

이위종이 이브게니아를 똑바로 보며 정색을 했다. 그의 어조는 나지막했지만 그 속엔 무력투쟁을 향한 결연한 의지가 담겨 있었다.

"물론 저라고 해서 그걸 왜 모르겠습니까. 그리고 현실적으로 막을 방도도 없고요."

"그렇게 생각하십니까?"

"이미 한인들은 4월부터 지난달 초까지 일본군과 싸워 무산 등 한국 북부 지역을 점령했지 않습니까?"

"그것은 이곳 연해주 한인들이 한 게 아닙니다."

"중국 훈춘과 한국의 함경도 등지의 한인들이 주도한 싸움이었지만 이곳에서도 인적, 물적 지원이 있었던 것은 사실이지요. 우리는 그렇게 파악하고 있습니다."

"그렇다면 그만큼 이곳 연해주 말고도 중국과 한국에서도 일본과 싸우려는 의병 집단이 많은 거겠죠. 사실, 우리도 그들의 승리에 용기를 얻고 고무되어 있는 실정입니다."

"그때 한국 북부 의병대를 지휘한 인물이 홍범도란 사람입니까?"

"저희가 알기론 아닙니다. 홍범도 씨의 활동무대는 한국의 함경남도가 중심인데 지난번 전투가 발생했던 국경 지역은 함경북도입니다. 저희들 추측으로는 홍범도 씨와 연계된 세력이 아니라면 독자적으로 활동하는 세력이 아닐까 싶습니다. 아직 한국에는 크고 작은 의병대가 상당수 활동하고 있다니까요. 따라서 지난번 국경 지역 전투를 주도한 세력에 대해선 저희도 여러 경로로 알아보고 있는 중입니다."

이위종의 표정으로 봐선 사실을 은폐하거나 왜곡하려는 것 같지는 않았다.

"아직까지 잘 알려지지 않은 세력이 그 정도의 전과를 올렸다면 대단한 일이군요?"

"그렇습니다. 그래서 그 의병들에 대해선 저희도 감탄하고 있습니다. 아시겠지만 한국 내에선 일본의 감시망 때문에 활동이 자유롭지 못하고 지원도 부실할 수밖에 없는데 그런 전과를 올렸다는 것은 놀랄 만한 일이 아닐 수 없으니까요. 그들은 장차 국내진공작전에 큰 힘이 될 겁니다."

이위종의 얼굴에 감동의 빛이 돋았다. 이브게니아는 짧게 한숨을 내쉬었다.

"세르게예비치 씨를 보니 차마 그만두란 소린 못 하겠군요."

"죄송합니다."

이위종이 다시 이브게니아에게 살짝 고개를 숙였다. 그런 그의 태도가 이브게니아는 황공하기까지 했다.

"아, 아닙니다. 저는 개인적으로 이곳 한인들의 활동에 경외감을 갖고 있습니다. 다만, 연해주 당국의 입장이 곤란해지지만 않도록 해주십사 하는 거지요."

"고맙습니다. 사실 지금이 우리가 활동할 적기이거니와 장소로도 이곳만한 곳이 없습니다. 그 점 이해해주시면 좋겠습니다."

"세르게예비치 씨의 생각에 동감입니다."

이브게니아는 고개를 끄덕이며 자신의 솔직한 생각을 드러냈다. 사실이 그랬다. 그가 돌아본 연추는 한인들이 활동하기에 여러 모로 적합한 환경을 구비하고 있었다. 블라디보스토크처럼 대도시가 아니어서 일본인의 숫자가 적은 반면 오래전에 이주한 상당수의 한인들이 농업과 상업, 그리고 노동에 종사하면서 삶의 뿌리를 굳건하게 내리고 있는 연추는 일본과의 전쟁이 끝난 후로 다소 혼란스러운 양상을 보이고 있었다. 전쟁을 승리로 이끌지 못한 군인들은 보급이 원활하지 않은지 행색이 남루했고 거리를 활보하는 퇴역군인들조차 군복을 그대로 착용하고 있어 현역과 잘 구분이 되지 않았다. 종전으로 일거리가 줄어든 탓에 많은 사람들이 새 일자리를 찾아 배회하고 있었으며 물자 부족으로 도처에서 밀무역과 암거래가 횡행했다. 그가 알기로 군인들에게 급료가 제때에 지급되지 않고 있으며 부대는 무기와 군수품을 매각함으로써 겨우 유지되고 있는 것 같았다. 한마디로 도시는 이미 부분적으로 페테르부르크의 통제에서 벗어나 저 스스로 요령껏 굴러가는 모습이었다.

그런 분위기는 일본에 대한 무력투쟁을 꿈꾸며 근년 들어 연해주로 망명한 한인들과 오래전에 이주한 토착 한인들에겐 당연히 유리한 환경을 제공했다. 그리고 퇴역과 현역을 망라한 러시아 군인들은 한인들의 무력투쟁을 심정적으로 지지했다. 종전은 페테르부르크의 정치적 판단에 의

한 것이지만 그 원인이 극동군의 패배에 있다는 주장을 그들은 받아들일 수 없었던 것이다. 그들은 지난 전쟁에서 끝을 보지 못했다고 믿었으며 한인들의 승리를 통해 그들이 패배자가 될 수 없었음을 입증하려 했다. 물론 퇴역과 현역군인 모두에게 한인들은 무기 구입자라는 사실과 더불어 어떤 형태로든 그들에게 유용한 존재라는 현실적인 문제도 없지는 않았다.

"저희들이 처한 상황을 깊이 헤아려주셔서 감사합니다."

이위종이 모처럼 밝은 표정으로 화답했다.

"그야 사실이 그러니까요. 저도 세르게예비치 씨가 제 입장을 헤아려 주실 줄로 믿고 이 문제에 대해선 더 이상 얘기를 하지 않겠습니다. 그보다 하나 여쭤보고 싶은 게 있습니다."

"뭡니까?"

이브게니아가 진지한 표정을 짓자 이위종이 약간 긴장한 얼굴로 물었다.

"뭐, 별 건 아니지만……. 페테르부르크 사회의 최근 분위기를 어떻게 파악하고 계십니까? 세르게예비치 씬 그쪽에 오래 계셨으니까 느껴지는 게 있지 않겠습니까?"

"무슨 말씀이신지……?"

"일본과의 지난 전쟁에서 웬만하면 페테르부르크는 미국의 종전 권고를 받아들이지 않았을 겁니다. 그 말은, 다시 말해 노동자 봉기로 인한 당시 페테르부르크의 상황이 여기서 전해 들은 이상으로 심각했을 거라는 거지요."

"그랬으니까 패배로 비쳐질 수도 있는 종전 권고를 수락했던 거겠죠."

"그럼 지금은 어떻습니까?"

"솔직히 말씀드려도 되겠습니까?"

이위종이 총명이 가득한 눈빛을 이브니아에게 건넸다.

"물론입니다."

"대대적인 무력 진압으로 사회주의 계열 노동자 집단의 움직임은 일단 수면 아래로 가라앉았지만 언제 터질지 모르는 화약고 같다고나 할까요. 그들이 다시 일어날 가능성은 상존하고 있지요. 따라서, 러시아의 미래는 고질적인 노동자 문제를 페테르부르크가 어떤 자세로 접근해서 해결하느냐에 달려 있다고 할 수 있을 겁니다."

이위종은 페테르부르크 사회의 실상뿐만 아니라 나아갈 방향까지도 소상히 꿰고 있는 듯했다. 이브게니아는 그런 이위종의 탁월한 정치 감각에 내심 탄복했다.

"그 말씀을 페테르부르크 사회의 분위기가 심각하다는 뜻으로 이해해도 되겠습니까?"

"겉으로는 아니지만 내부적으로는 그렇다고 말씀드릴 수 있습니다."

"그럼 그 세력이 지금도 활동을 하고 있다는 얘깁니까?"

"그야 당연히 그렇죠. 그 세력은 1905년에 일시에 형성된 게 아니라 훨씬 이전부터 있었던 것 아닙니까. 지금도 계속 수면 아래서 세력을 키우고 있지요. 대표적으로 레닌을 중심으로 한 볼셰비키는 아주 위협적입니다."

"레닌요?"

"예. 작년에 당국의 검거를 피해 다시 망명했지만 그를 추종하는 세력들의 움직임은 만만치 않습니다."

이브게니아는 천천히 고개를 끄덕였다. 그 비슷한 얘기를 여러 경로로 들은 바 있지만 이위종을 통해 직접 확인하게 되니 페테르부르크의 위태로운 실상이 더욱 실감 있게 다가왔다.

“그렇다면 세르게예비치 씨는 어떤 식으로든 러시아의 정치 형태가 달라질 수 있다고 보십니까?”

“저는 페테르부르크 당국이 노동자 문제를 현명하게 처리할 수 있기를 바랍니다.”

이위종이 얄미울 정도로 원론적인 대답을 했다.

“어떻습니까. 세르게예비치 씨는 미국과 프랑스에서 오래 지내셨는데 그쪽은 이런 문제가 없습니까?”

그러자 이위종이 가볍게 웃었다.

“사람 사는 곳에 무슨 문젠들 없을 수 있겠습니까. 다만 미국 같은 경운 국민이 대통령을 선출하니까 시행하는 정책이 마음에 들지 않으면 다음 선거 때 다른 대통령으로 바꾸게 되지요.”

“민인들이 대통령을 선출한다……?”

이브게니아는 그 사실을 알고 있으면서도 믿기지 않는 기분이었다.

“그러니까 기본개념은 주권이 국민에게 있다는 거지요.”

“그럼 러시아도 그런 방향으로 가게 될 수도 있겠군요?”

“그건 모르겠습니다. 나라마다 사정이 다르고 국민들의 정서도 다르니까. 한국만 해도 10년 전쯤 만민공동회를 통해 대통령제 얘기가 나온 적이 있다지만 크게 주목되지 못했으니까요.”

“그런가요……? 아무튼 오늘 좋은 말씀 많이 들었습니다.”

“천만에요. 무지함을 감추느라 턱없이 아는 척을 했을 뿐입니다.”

이위종이 겸손을 차렸다. 그러나 그것은 습관화된 의식 같은 것이었다.

“그나저나 다른 분들은 안 계시는 모양이군요?”

식사를 마치고 냅킨으로 입언저리를 훔치며 이브게니아가 물었다.

"예. 저만 빼곤 다들 바쁘십니다."

"엄인섭 씨와 안중근 씨가 세메노비치 씨를 도우고 있다는 얘기가 맞습니까?"

"사실입니다."

"안중근이란 사람은 어떤 인물입니까?"

이브게니아가 물었다. 최재형과 함께 지난 일본과의 전쟁에 참전해 훈장까지 탄 엄인섭에 대해선 어느 정도 알고 있었지만 안중근은 여러모로 생소한 인물이었다.

"제가 존경하는 분입니다."

"세르게예비치 씨가 존경하는 사람이라면 보통 인물이 아니겠군요?"

"그렇습니다. 안 선생님은 한국의 양반 출신이되 민인들의 편에서 그들의 권익을 위해 투쟁하며 살아오신 분입니다."

"그런가요?"

"물론입니다. 러시아에서 귀족이 기득권을 버리고 민인들과 고락을 같이하는 게 쉬운 일이겠습니까?"

"어렵겠죠."

"한국도 마찬가집니다. 사실, 부끄러운 얘기지만 한국 사회에서 양반이 관리가 되기란 그다지 어려운 일이 아닙니다. 설령 양반이 아니더라도 약간의 돈만 있으면 벼슬을 살 수 있으니까요. 그런데 그분은 양반에다가 상당히 부유한 집안의 자제였습니다. 따라서, 그분이 고위관리로 출세하려고 마음을 먹었다면 얼마든지 가능했겠죠. 그럼에도 불구하고 그분은 그러지 않았고 민인들과 함께 하는 삶을 택하셨습니다. 그러나 그 점만으로 제가 그분을 존경하게 된 건 아닙니다."

"그렇다면?"

"그분은 독실한 신앙인입니다. 국내에서도 천주를 알게 된 이후로 외국 사제들과 함께 전도 활동을 하셨지만 이곳에서도 조국과 민족을 위해 쉬지 않고 기도드리는 분이시지요. 민인들에 대한 헌신적인 애정도 모두가 하느님의 자식이라는 신앙심에 바탕을 두고 있는 겁니다. 제가 그분에게 반한 것도 민인들에 대한 그분의 애정이 구도자로서의 진정성에서 연유되었다는 바로 그 점 때문입니다."

"그러나 독실한 신앙만으로 지도력을 발휘할 수 있는 건 아니잖습니까?"

"물론입니다. 그분은 실로 다양한 면모를 가지고 계십니다. 제가 듣기로는 어릴 적부터 글공부보다 무예를 익히기를 좋아하셨답니다. 젊은 시절 군사를 초모해서 싸운 적도 있지만 아마도 글공부에 전념하기엔 한국의 상황이 혼란스러웠기 때문이 아닌가 싶습니다. 그러나 기본적으로 그분은 양반 출신입니다. 따라서, 상당 기간 한학을 하셨지요. 실제로 한학에 대한 그분의 소양은 상당합니다."

"그야 당연히 그렇겠지요."

"그러나 그분이 비범하다는 것은 무엇보다 진작에 시대의 흐름을 통찰하신 분이기 때문입니다. 선친의 영향을 받아서인지 모르겠지만 그분은 일찍부터 신문화와 신문물의 중요성을 인식하셨지요. 그리고 연해주로 오기 전까지 사재를 털어 학교를 세우고 교육사업을 하셨습니다. 그 학교는 지금도 동생들에 의해 운영되고 있습니다만 한국의 미래가 교육에 달려 있다고 판단하신 거지요. 그분의 생각이 얼마나 앞서고 현실적인 데가 있는가 하면 그 학교에서 중점적으로 가르치는 과목이 영어와 더불어 기초수학과 과학이었답니다. 세계와 교류하려면 영어공부부터 해야하고 나라가 부강해지기 위해선 젊은이들이 실용학문을 배워야한다는 거지요. 이런 생각은 지극히 당연한 거지만 유학적 세계관을 갖고 있는 양반층에선 쉽게 해낼 수 없는 것이지요."

"대단하군요. 민인들의 지도자이자 종교가에다가 교육자라니……."

"보다 놀라운 것은 그분 개인의 지식과 소양입니다. 어렸을 적엔 한학을 했다지만 그후론 신학문을 주로 했는지 세계역사와 만국공법 등에 해박하십니다. 그리고, 저도 대화를 나눌 때마다 깜짝깜짝 놀라는데 그분은 동양 평화에 대한 생각이 깊으십니다. 이따가 책들이 가득한 그분 방을 보여드리면 공감하시겠지만 그분은 끊임없이 동양 평화의 방법을 모색하는 사상가이십니다."

이브게니아는 안중근에 대해 얘기하는 이위종이 갑자기 조금 달라보였다. 이위종은 스스로 잘난 사람이었다. 진지하되 겸손하다고까지 말할 순 없었다. 그러나 지금 그의 표정은 다소 오만해보이던 평소의 인상과는 전혀 다른 것이었다.

"그런 분이 이곳에서 중책을 맡게 되어 다행이군요."

"다행이라면 다행이지요. 하지만 다행이란 건 이곳 사람들에 그렇다는 거지요."

"물론 저도 그런 뜻으로 한 말입니다."

"그분은 작년에 이곳으로 오셨습니다. 그리고 곧바로 이곳 지도자로 부상하셨지요. 그분의 능력과 진정성이 이곳 사람들에게 고스란히 받아들여졌던 거지요."

이브게이나가 보기에 이위종은 그 안중근이란 인물에 깊이 매료된 것 같았다. 그 자신 이위종에게 그런 것처럼.

"아무튼 놀랍습니다."

"저도 처음엔 가끔 그런 느낌이 들곤 했습니다. 그러나 그분의 깊은 눈빛을 보면 깨닫게 되지요. 그분이 속에 얼마나 많은 것을 품고 계시는지……."

안중근이란 인물이 이위종에게 저 정도인가.

안중근에 대해 얘기하는 이위종의 표정이 너무 경건하고 평안해보여서 이브게니아는 의아한 느낌도 없지 않았다. 어쩜, 안중근이란 인물의 인격을 과장하여 영웅화함으로써 스스로 기댈 대상으로 삼으면서 대일 무력투쟁의 성패에 대한 부담감을 떨쳐버리려 하고 있는 건 아닐까. 그렇지 않다면 대체 그가 말하는 그런 인격체가 가능하기나 한 건가.

"언제 들어오십니까? 한번 뵙고 싶군요."

"지금 연해주에 계시지 않습니다. 어디 멀리 좀 떠나셔서……."

"그렇습니까. 아쉽군요."

"대신 저녁에 엄인섭 씨들과 자리를 함께 하시지요. 반가워들 하실 겁니다."

"그러지요. 그런데 미리 한 가지 양해 말씀을 드릴 게 있습니다."

"말씀하시지요."

"포시에트 경찰서에서 조만간 세메노비치 씨에게 소환장을 보낼 겁니다. 출두하라고요. 실은 그래서 제가 먼저 온 겁니다."

"무슨 일이 있습니까?"

"아까 제가 말씀드린 것과 비슷한 얘기를 할 겁니다. 총독의 지시를 받는 만큼 그쪽도 나름대로 입장이 있을 테니까요."

그러자 이위종이 입가에 작게 웃음을 실었다.

"지금쯤 도헌님께선 경찰서장을 만나고 계실 겁니다. 그 일로 오늘 오전 포시에트로 떠나셨습니다."

"그래요?"

그렇다면 이쪽의 생각을 먼저 읽고 있었던 것인가.

이브게니아는 허를 찔리는 기분이었다.

6-3

“비에 자미 비에 제꾸(Vieux aimes Vieux ecux)!”

상대와 잔을 부딪치며 경찰서장은 속으로 쾌재를 불렀다. 모처럼 적절하게 떠오른 그 프랑스 속담은 스스로 생각해도 꽤 괜찮은 것이었다.

‘오래된 화폐 오래된 친구.’

오래된 화폐가 최고의 가치가 있는 것처럼 오랜 친구는 가장 믿을 만하다는 그 속담은 상대에 대한 이쪽의 인식을 전달하는 데 더없이 유효했다. 물론 상대를 화폐 가치로 재고 있다는, 불순물 찌꺼기 같은 오해의 소지가 아주 없지는 않겠지만.

그러나, 그런 우려도 프랑스어의 심오함을 나누는 사람들끼리는 동류의식으로써 피차 양해되고 상쇄될 수 있는 것이라고 그는 믿었다. 그만큼 프랑스어는 아무나 구사하는 게 아니었다.

“정확한 셈은 친구를 만들지요.”

프랑스 속담에 상대가 프랑스 속담으로 화답했다. 그러나 그 화답은 거칠고 단도직입적이었다. 경찰서장은 찔끔했다. 그는 애써 친구를 강조하려했지만 상대는 이쪽이 화폐에 무게를 두고 있음을 은근히 지적한 것이었다. 그렇지만 상관없었다. 상대에 대한 자신의 진정성은 스스로도 의심할 바 없으니까. 그리고 상대도 그 사실을 차마 부인하지 못할 테니까.

최 포도르 세메노비치. 한국명 최재형.

나지막하되 견고한 성벽 같은 이 사내와 마주하고 있으면 경찰서장은 늘 가슴에서 진정성이 뭉클뭉클 솟구쳤다. 그것은 그 자신 매사 진정성을 가지고 임하는 사람이어서가 아니었다. 다만, 이 사내에겐 그러는 게 백번 유리했기 때문이었다. 그러므로 상대에 대한 그의 진정성은 의식적인 노력에 의해 습관화된 결과물 같은 것이었다.

"제대로 도와드리지 못했으니 셈을 말할 계제가 못 됩니다."

경찰서장이 한껏 겸양지덕을 발휘하자

"평소 자주 대황을 주시는데 가끔은 센나라도 드려야지요."

최재형이 여유 있게 받았다. 대황과 센나는 약재藥材의 한 종류로 저쪽에서 호의를 베풀면 이쪽도 가만히 있을 수 없다는 프랑스 속담을 인용한 것이었다.

경찰서장은 자신 이상으로 프랑스어에 능숙한 이 사내가 좋았다. 정확히 말하자면, 그렇게 프랑스어에 능숙한 사내와 대화를 주고받을 수 있는 자신에게 스스로 흡족했다. 그런 의미에서 몇 년 전 프랑스에 경찰행정 단기연수를 다녀온 것은 그로선 무척 다행한 일이라 아니할 수 없었다. 그 덕분에 간단한 프랑스어 몇 마디 정도는 구사하게 되었으니까.

부하들과 점심 식사를 하고 서장실로 돌아와 한가한 기분으로 잠시 쉬고 있을 때 최재형이 들어왔다. 와인 한 병을 들고서. 물론 같은 종류의 와인 몇 궤짝이 서장 숙소로 별도로 배달되어 있을 터였다. 따라서 최재형이 들고 온 와인은 일종의 견본 같은 것이었다.

뱅 보르도 루주(Vin Bordeaux Rouge).

일이 별로 손에 잡히지 않는 어정쩡한 오후에 선홍색鮮紅色으로 담백한 맛이 나는 명주名酒를 손님과 함께 한 잔씩 나눠 들자 경찰서장은 기분이 가벼워졌다. 그래서

"요즘 노보키예프스크 바쁘지요?"

먼저 의미 있는 인사를 건넸다. 노보키예프스크는 연추와 인근 지역을 통틀어 일컫는 러시아식 지명이었다.

"뭐, 늘 그렇지요."

최재형이 표정의 변화 없이 짐짓 무심한 투로 대답했다.

"그런데 오늘은 어쩐 일로 어려운 걸음을 하셨습니까?"

"어려운 걸음이라뇨? 노보키예프스크에서 포시에트가 천리길이라도 된답디까."

최재형이 너털웃음을 웃었다. 사실 노보키예프스크에서 포시에트까지는 14킬로미터로 말을 타면 30분 안쪽 거리에 불과했다. 그렇지만 그가 직접 경찰서장실로 찾아오는 것은 자주 있는 일은 아니었다. 어려운 걸음이라 한 것도 그 때문이었다.

"혹시 무슨 특별한 일이라도 있습니까?"

"특별한 일은 무슨. 그동안 적조했던 것 같아 그냥 서장님 얼굴이나 뵈려고 들렀소."

"그런 거라면 제가 그쪽으로 가도 되는데……."

"공사다망하신 분에게 그런 수고를 끼치게 할 수야 없지요. 뵐 때마다 좋은 말씀을 주시는데 가능한 한 자주 찾아 봬야지요."

맞은편 의자에 앉은 최재형이 등을 뒤로 길게 뉘었다. 마치 자기 집에 온 듯한 편한 얼굴이었다.

저 배짱.

경찰서장은 속으로 혀를 차다가 뜨끔했다.

이 자가 자신에 대한 소환 예정을 알고 온 것은 아닌가.

그러잖아도 그 문제로 약간 고심하고 있던 차였다. 만약에 그렇다면 이쪽에서 정보가 흘러들어간 것일 수도 있었다. 이 자라면 경찰 내부에도 능히 몇 명 정도는 첩자로 포섭해두고 있을 터였다. 하지만 무방했다. 어차피 중요한 정보는 아닐 테니까.

"아무튼 걸음 잘 하셨습니다. 그러잖아도 조만간 한번 찾아뵐까 어쩔까 하는 중이었는데……."

"왜, 무슨 일이 있소?"

최재형이 의자 등받이에 뉘었던 몸을 반쯤 일으켰다.

"뭐, 특별한 일이 있다기보다 시국이 시국이라서……."

경찰서장이 말끝을 흐리자

"상부에서 무슨 지시가 내려왔소?"

최재형이 물었다. 덤덤한 표정으로 봐서 이미 알고 묻는 것 같았다.

"상부도 갈팡질팡하고 있는 거지요. 그러면서 책임은 일선경찰에게 떠넘기려 하는 겁니다."

사실이 그랬지만 한편으로 그에 따른 모든 권한도 이쪽에 있다는 뜻을 경찰서장은 우회적으로 피력했다. 얼마 전 경찰서장은 상부로부터 총독 명의로 된 공문을 받았다. 포시에트 경찰 관할 한인들의 움직임을 단속하라는 것이었다. 그렇지만 오래전부터 비슷한 내용의 공문이 자주 내려왔던 터라 특별히 새로울 것도 없었다. 따라서, 이번 공문도 이를테면, 치안을 위해 불량배를 단속하라는 공문 같은 것과 성격이 별반 다르지 않았다.

하지만, 경찰서장으로선 형식적으로나마 명령을 수행하는 시늉을 하지 않으면 안 되었다. 상부는 곤란한 일이 발생했을 경우 모든 책임을 만만한 일선경찰에게 전가할 게 뻔했던 것이다. 그래서, 공문의 내용을 핑계 삼아, 혹은 책임을 면하기 위해 나들이 삼아 노보키예프스크로 최재형을 방문할까 하는 생각도 했던 것이다. 물론 원칙적으로는 소환을 해야 하지만 방문이라는 예의를 차리면 최재형은 발품에 값하고 남음이 있는 보상을 할 터였다. 한인들의 실태를 조사한다는 등 상부에 보고할 방문 이유는 얼마든지 둘러댈 수 있었다.

"서장님의 곤란한 입장을 내가 왜 모르겠소. 그리고 이곳 한인들에 대한 애정을 눈물겹도록 고맙게 생각하고 있소."

"저야 늘 도헌님을 존경하고 작게나마 도와드리고 싶지만 경찰 일이란 게 제 혼자서만 되는 게 아니라서……. 부하들 중에는 별의별 고약한 생각과 행동을 하는 놈들이 많지요."

"그러니까 내가 서장님을 의지하는 게 아니겠소. 나는 미욱해서 그런 치들을 다룰 재주도 없고 또 시간도 없는 사람이오. 다행히 서장님 같은 의로운 분이 도와주시는 덕분에 오늘날 이만큼이라도 사람 구실을 하며 살 수 있을 뿐."

경찰서장은 최재형의 번드레한 언사가 그다지 귀에 거슬리지 않았다. 그는 선이 굵고 직선적인 사람이었다. 따라서, 그런 그가 약간의 수사修辭로 과장했다 하더라도 그의 언사는 빈말이 아니었다. 그의 말대로 자신은 그에게 적지 않은 편의를 제공했던 것이다. 오늘 그가 준비한 선물이 어느 정도일까. 그가 상부의 기류를 감지하고 포시에트를 방문했다면 적어도 빈손은 아닐 터였다. 게다가 평소의 그는 상대방이 기가 죽을 만큼 손이 컸다.

경찰서장에게 최재형은 프랑스와 동의어에 가까웠다. 둘은 만나면 수시로 프랑스어를 주고받으면서 동류의식을 확인했다. 그 동류의식엔 프랑스의 모든 것이 담겨 있었다. 이를테면, 프랑스 와인과 프랑스 향수, 그리고 프랑스 보석과 오래된 프랑스 금화 같은. 최재형은 그들이 동류의식을 공유한 것처럼 그것들도 공유하려 했다. 그 양에 있어 차이는 있을지언정. 그래서 수시로 그것들을 선물하곤 했다.

굿이나 보고 떡이나 먹으면 된다.

사실이 그랬지만 경찰서장은 스스로를 천박하다고 생각하진 않았다. 최재형이 벌일 굿판은 그 나름으로 의로운 것이었고 그것을 도우는 자신 역시 그의 말대로 의로운 일을 하고 있는 것이었다. 그가 준 와인이 상부에 보낼 뇌물이 되고 그가 준 향수가 연해주 여자들의 환심을 사는 데 그만이었지만, 그리고 그가 준 보석과 금화가 블라디보스토크 거리의 땅과 건물을 매입하는 데 썩 유용했지만 그것은 별개의 문제였다.

정작 문제는 최재형에게 허용된 굿판을 벌일 시간이 길지 않다는 것이었다.

"그렇지만 도헌님. 어느 시점에 이르면 지금처럼 미약하게나마 도와드리는 것도 어렵게 될지 모릅니다."

"나도 예상은 하고 있소."

"이후의 일은 제 능력 밖의 것이어서 안타깝습니다."

"괜찮소. 어쨌든 지금이 적기요. 그리고 나는 그 적기를 놓치지 않을 것이오."

최재형이 갈라진 목소리로 결연한 심정을 강하게 드러냈다.

"저도 그렇게 되기를 진심으로 바랍니다."

"고맙소."

연해주 한인들의 지도자 최재형은 한국 국경을 넘으려고 작년 말부터 의병을 모으고 있었다. 그 일은 연해주에선 공공연한 사실인데도 현지에 거주하는 약간의 일본인들만 우려하고 있을 뿐, 아직은 러시아 당국이나 일본 모두 심각하게 생각하지 않았다. 물론 국경 부근에서 국지전이 있긴 했지만 연해주 한인들의 움직임이 구체적인 행동으로 드러나지 않았기 때문일 수도 있었다. 그러나 연해주 한인들의 무력투쟁이 본궤도에 오르면 일본은 한국 국경지대에 대규모의 군사를 파견할 것이고 러시아에 대해서도 어떤 식으로든 이의를 제기하며 압력을 가할 것은 쉽게 예견되는 일이었다. 따라서, 최재형의 무력투쟁은 설령 행동에 옮기더라도 오래 끌기는 힘들 터였다.

그럼에도 불구하고 최재형이 무력투쟁을 실행하려는 것은 러시아 당국이 짐짓 외면하고 일본 역시 방심하고 있는 틈을 타서 일단은 국경지방을 점령하여 국내진공의 교두보를 마련하기 위한 것으로 보였다. 따라서, 무력투쟁 개시는 빠르면 빠를수록 좋았다.

경찰서장은 그런 최재형에게 빡빡하게 굴고 싶지는 않았다. 국권회복을 위해 투쟁하려는 사람에게 제동을 거는 것은 객관적으로도 빈축을 살 일일 뿐더러 연해주의 러시아인, 특히 군인들의 대부분도 그를 지지하고 있었던 것이다. 물론 그들이 최재형을 지지하는 것이 전적으로 순수한 의도에서만은 아니었다. 일본과의 전쟁으로 인한 패배감을 최재형의 무장투쟁을 통해 극복하고 싶은 심리도 있었지만 금전과 관련된 보다 현실적인 문제도 무시할 수는 없는 것이었다. 특히 군부대의 경우 그런 경향이 심했다.

포시에트만과 크라스키노 사이에는 1만 명 가량의 보병대와 포병대가 주둔하고 있었다. 그들은 전쟁 전부터 군납업자인 최재형과 긴밀한 관계를 유지해왔다. 식량과 군복, 건재 등을 공급하는 최재형에게서 부대 운영을 위한 비용의 부족분을 충당했던 것이다. 심지어 그들은 납품된 육류의 일부분을 시중에 내다 팔기까지 했다. 그런 관계는 전쟁이 끝난 후로도 계속되어왔다. 거기에 더해 작년부터는 부대 안의 무기까지 싼값으로 매각하고 있었다.

그 모든 사실을 경찰서장은 알고 있었지만 그동안 모른 척해 왔던 것은 최재형과 군부대와의 그런 관계가 일종의 관행이었던데다가 그 책임이 부대 운영을 위한 예산을 넉넉하게 내려보내지 않은 페테르부르크 당국에도 있었기 때문이었다. 물론 경찰서장 신분으로선 이곳 군부대의 수뇌부를 건드리는 데 한계가 있기도 했다. 따라서, 그로선 당국의 애매한 방침을 좇아 최재형을 불편하게 하기보다 그 수뇌부들처럼 좋은 관계를 유지하는 게 현명했다.

"이곳 한인들에게 도헌님 같은 분이 계신다는 것은 정말 다행스런 일입니다."

어차피 이해관계로 얽힌 사이였지만 그 말만큼은 진심이었다. 최재형에게 진심을 다하는 게 훨씬 이익이라는 것을 그동안 관계를 맺으면서 체득했던 것이다. 그가 파악하고 있는 최재형은 너그럽고 점잖은 사람이지만 어느 순간 두려운 존재로 변할 수도 있는 인물이었다.

"천만의 말씀. 난 그저 작은 성공을 거둔 장사치에 불과하오. 진실로 훌륭한 것은 나로 하여금 이 일을 하도록 일깨워준 사람들이오. 그들이 아니었다면 지금도 난 장사를 하면서 사소한 이익이나 챙기려고 아등바등하고 있었을 것이오."

"하지만 도헌님이 아니면 그 많은 사람들이 어떻게 움직일 수 있겠습니까."

최재형이 거느리고 있는 의병은 천여 명 가량이었다. 그 의병들은, 일반인들에게서 거둔 모금액도 어느 정도 보태졌겠지만, 상당 부분 최재형이 출연한 사비로 운영되고 있었다. 그가 아무리 큰 사업가라지만 천 명 가량 되는 의병의 운영을 혼자 책임진다는 것은 보통 일이 아니었다.

최재형은 러시아 이주 한인들에겐 전설적인 인물이었다. 초기 이주자로서 한인 최초로 러시아 학교에 입학했던 그는 독지가의 도움으로 폭넓은 지식과 견문을 쌓은 교양인으로 성장했다. 그리고 탁월한 사업가적 수완을 발휘하여 상당한 재산을 모으면서 크라리스키노와 블라디보스토크에 한인들을 위한 학교를 세우고 농장을 만들었다. 그는 누구든지 동등한 사람으로 대했고 어려운 생활문제를 얘기하면 도와주었다. 그때부터 대부분의 한인들은 집에 그의 사진을 걸었다. 그는 단순한 사업가가 아니었다. 연해주의 지방행정부 역시 그런 그가 얀치혜의 도헌이 되길 바랐고 그는 만장일치로 선출되어 십수 년째 이르고 있었다.

"내가 가진 게 얼마 되지도 않지만 조국의 독립을 위해 제대로 쓰일 수만 있다면 전부 다 바친들 아까울 게 뭐 있겠소."

"그러나 재산이 있다고 아무나 하는 일은 아니지요."

경찰서장은 조금은 감동 받은 기분으로 대꾸했다.

최재형의 재산 규모에 대해선 정확히 파악된 바가 없어 경찰서장도 잘 알지는 못했다. 그러나 부하들을 시켜 조사한 바에 따르면 밝혀진 것만으로도 연수입이 놀랄 만한 액수였다. 그 액수의 실체를 가늠하면 경찰서장은 아득한 느낌이 들곤 했다. 최재형의 수입은 일반노동자의 수천 배, 경찰서장 같은 관료의 수백 배를 넘었던 것이다.

"그렇지만 재산이 조금 있다고 다 되는 일은 아니지요. 보다 중요한 것은 서장님 같은 분의 도움이오. 서장님의 도움이 없다면 우린 아무 것도 할 수 없소."

"저야 도헌님을 만나 뵈면서 맺게 된 우정을 값지게 생각하고 있지요. 전 이 우정이 변치 않고 앞으로도 지속적으로 이어지길 기대합니다."

경찰서장은 자신의 말에 한껏 진성성을 실었다. 사실은 그 말조차 새삼스러운 것이었다. 그와 관계를 맺어 톡톡히 재미를 보고 있는 판인데 더 말해 무엇하나.

"고맙소. 그렇게 말씀해주시니. 실인즉, 한번 끊어진 우정은 다시 붙지 않지요."

최재형이 잘 다듬어진 자신의 콧수염을 만지작거리며 나지막하게 말했다. 순간, 경찰서장은 등골이 서늘해졌다. 프랑스 속담을 인용한 최재형의 그 말은 한번 배신하면 끝이라는 뜻이었다. 그렇게 될 경우 그 뒤의 일은 경찰서장도 차마 예상할 수 없었다.

최재형은 신의가 있는 교양인이었지만 도로공사 노동자들의 두목 출신이기도 했다. 그리고 비록 남의 나라에서 조국의 독립을 위해 이곳저곳에 머리를 숙여가며 노심초사하고 있으나 그의 수하엔 천여 명의 부하가 있었다. 그들을 동원하면 경찰서장 하나쯤 쥐도 새도 모르게 없애는 것은 일도 아니었다.

"도헌님. 도둑놈 패거리에 들어가면 바닷속 같고 바보 패거리에 들어가면 맛없는 우유 속 같다잖습니까."

따분한 일상의 안전을 마다하고 삶의 즐거움을 위해 위험을 택한다는 프랑스 속담에 최재형이 자리에서 일어서며 호탕하게 웃어제꼈다.

"과연 서장님은 사내대장부요!"

"도헌님께서 알아주신다면 그것으로 족하지요."

"아무튼 서장님만 믿고 가겠소. 참, 깜빡 잊을 뻔했군."

최재형이 출입구쪽으로 걸음을 옮기다가 멈춰 섰다. 그리고 품속에서 고급스럽게 장식된 작은 함 하나를 꺼냈다.

"숙소로 보낸 물품들은 수고하는 부하들에게 나눠주시오. 새로 들여온 와인과 향수를 조금 준비했소. 그리고 이건……."

최재형이 함을 경찰서장에게 건넸다.

"이게 뭔데요?"

"프랑스 황실에서 흘러나온 목걸이요. 공주가 쓰던 거라던데 간직하시면 기념이 될 거요."

"그렇게 귀한 걸 어떻게 제게……?"

"고귀한 우리의 우정에 비한다면 하찮은 거지요."

최재형이 눈을 찡긋하며 익살스런 표정을 지었다.

"아참, 저도 잊을 뻔했군요."

경찰서장은 급하게 책상 앞으로 가서 서랍을 열고 몇 장의 서류를 꺼냈다. 그리고 최재형에게 다가왔다.

"앞장은 블라디보스토크에서 얀치혜로 이동한 일본인 명단입니다. 일본 영사관에서 우선 민간인들을 보내 한인들의 동향을 파악하려는 것 같습니다. 그리고 뒷장은 얀치혜에서 암약하고 있는 한인 첩자 명단입니다. 우리가 파악한 건 이 정도지만 실제로 친일첩자들의 수는 조금 더 많을 겁니다. 아시겠지만 보신 후엔 소각해야 합니다."

"서장님의 우정을 잊지 않겠소."

"시간이 우리 편일 때 조금이라도 도와드려야죠."

경찰서장의 목소리에 살짝 아쉬움이 섞여들었다.

7 살아남아야 한다

7-1

중근이 홍범도를 만나고 다시 연추로 돌아왔을 때 블라디보스토크의 이강이 기다리고 있었다.

"이 선생. 어쩐 일이오, 미리 연락도 주시지 않고?"

"이곳 진행상황이 궁금하기도 하고……."

"언제 오셨습니까?"

"그저께 왔습니다. 안 동지께서 곧 도착하신다기에 만나뵙고 갈까 하고 머물고 있던 중이었습니다."

이강은 손님을 위해 마련된 방 하나를 쓰고 있었다.

"잘 하셨습니다. 그런데……."

중근은 탁자 위에 놓인 책에 눈을 주었다.

"전에 한 번 본 거지만 안 동지 서재에 꽂혀 있길래 다시 읽고 있었습니다."

이강이 보고 있던 책은 중국의 양계초梁啓超가 월남의 소남자巢南子의 진술을 바탕으로 편저한 『월남망국사越南亡國史』였다. 프랑스의 월남 침략을 고발하고 아시아에 대한 제국주의 열강의 위협을 비난한 책으로 재작년 황성신문에 내용의 일부가 소개되었고 이듬해 주시경周時經 등이 번역하여 식자층에서 널리 읽혔다.

"어떻습니까, 다시 읽으시니?"

"어쩜 힘을 앞세운 제국주의의 행태란 게 이렇게 똑같을 수가 있을까 하는 생각을 하고 있었습니다. 한국의 미래를 미리 보는 것 같아 마음이 쓰립니다."

순박해 뵈는 이강의 얼굴이 비감에 젖어 살짝 일그러졌다.

"저는 프랑스가 19가지나 되는 조세로 월남 민인들을 착취하는 것도 놀라웠지만 과거科擧에 무과를 폐지하고 문과만 남겨두는가 하면 학교는 프랑스 말과 글만 가르치고 기초학문 이상은 배우지 못하게 하는 데 더욱 분노를 느꼈습니다."

"그게 다 제국주의의 간교한 식민지 경영 전략이지요."

월남은 중국 남쪽에 있는 오래된 나라였다. 그런데 영국과 경쟁하여 일찍부터 인도차이나로의 진출을 꾀하고 있었던 프랑스의 나폴레옹 3세가 조선에서 그러하였듯이 천주교 탄압을 구실로 삼아 1858년 월남의 다낭을 공격하고 이듬해에는 사이공을 점령하였다. 그후 프랑스는 베트남의 북부 및 중부를 공략하여 조선에서 김옥균의 정변이 있던 갑신년인 1884년에 베트남의 전국토를 식민지로 만들었다.

"그래서 스스로 무력도 키워야 하고 새로운 지식도 쌓아야 하는 건데……. 아무튼 신문의 역할이 막중합니다. 그런데 이번에 오신 것은 단지 국내진공 진행상황 때문입니까?"

이강의 표정으로 보아 뭔가 다른 일이 있는 것 같았다.

"실은 해조신문이 폐간되었습니다."

"그래요?"

"더 이상 신문을 발행하지 않기로 지난주에 결정이 났습니다."

"어떻게 그렇게 빨리……?"

"면목이 없습니다."

이강이 낙담한 표정으로 한숨을 내쉬었다.

"지난번에 말씀하신 그런 문제로……?"

지난번 동의회 창립총회 때 참관 차 왔던 이강은 해조신문의 폐간 가능성에 대해 언급한 바 있었다.

"결국, 편집 방향에 대한 내부의 이견, 그와 관련한 블라디보스토크 지도부간의 갈등, 일본의 압력, 연해주 당국의 트집 등이 겹치면서 최 사장님도 발을 뺀 것입니다."

"최 도헌님은 만나보셨습니까?"

"이미 이런 저런 얘기를 나누었습니다. 안 동지가 오시면 다시 의논하자는 말씀이 있었습니다."

"이위종 씨는요?"

"역시 같은 말씀을 하셨습니다."

"이위종 씨가 많이 섭섭하겠군요. 어쨌거나 해조신문은 부친되시는 이범진 대감의 발의로 만들게 된 신문인데……."

"특별한 내색은 하지 않았지만 그러시겠지요."

"아무튼, 저녁에 모두들 돌아오시면 얘기 나눠봅시다."

"그러지요."

저녁에 최재형과 이위종, 엄인섭이 돌아왔다. 식사 후 모두들 별실에 모였다. 중근이 홍범도를 만나고 온 이야기를 잠깐 하고 나자 화제는 곧바로 해조신문 폐간문제 쪽으로 이어졌다.

“신문 발행을 위해 그동안 정순만 위원이 무척 애를 썼는데 애석한 일이오.”

집주인 최재형이 먼저 입을 뗐다.

“그래, 정 위원은 앞으로 어떡할 거랍니까?”

엄인섭이 이강에게 물었다.

“폐간이 결정되자 새로운 신문을 발행하기 위해서 여러 사람들을 만나고 있는 중입니다.”

“최봉준 사장이 복간할 가능성은 전혀 없습니까?”

“그렇게 쉽게 복간할 생각이었으면 아예 폐간을 하지 않았겠지요. 제가 보기엔 완전히 마음을 접은 것 같았습니다.”

이강이 침울한 표정으로 대답했다.

“하긴 최 사장은 계산이 빠른 사람이니까…….”

엄인섭이 혼잣말처럼 중얼거렸다. 중근도 최봉준에 대해 들은 소리가 있었다.

중근이 정순만에게서 듣기로, 최봉준이 해조신문을 발행하기로 한 것은 정순만의 강청도 있었지만 보편적인 애국심에다가 개인적인 공명심이 보태졌기 때문이었다. 즉, 신문을 통해 블라디보스토크 한인사회에서 최재형을 능가하는 영향력을 과시하려는 바람도 없지 않았던 것이다. 게다가 그는, 정치적 성향이 강한 최재형에 비해 사업가적 기질이 두드러진 인물이었다. 따라서, 신문이 자신의 사업에 걸림돌이 된다면 충분히 발행 중단도 고려할 수 있을 터였다.

“어쨌거나 신문은 있어야 합니다. 아마도 있던 신문이 없어지고 나면 그동안 생각이 달랐던 사람들도 아쉽게 느껴질 겁니다.”

중근이 조심스럽게 생각을 피력했다. 이강과 이위종의 입장을 대변한 발언이었지만 중근 자신도 그렇게 생각하고 있었다.

"그 점엔 나도 동감하오. 그러니까 구체적으로 어떻게 했으면 좋겠소?"

직선적이고 선이 굵은 최재형이 좌중을 향해 단도직입적으로 물었다. 그러나 아무도 입을 열지 않았다. 말을 하지 않아도 이강이 찾아온 목적은 너무 분명했던 것이다. 이강의 방문 목적은 새로운 신문 발행과 지원 요청이었다. 그럴 때 자금을 댈 수 있는 사람은 최재형밖에 없었다. 그렇지만 최재형은 현재 연해주 의병대의 운영을 도맡고 있는 중이었다. 따라서, 그런 최재형에게 신문 발행에 따른 비용까지 감당하라기엔 모두들 차마 입이 떼어지지 않았던 것이다.

그런 분위기를 읽었는지 최재형이 말을 이었다.

"알겠소. 그럼 이렇게 합시다. 일단 신문은 발행하는 걸로 결정합시다. 해조신문을 인수하든지 아니면 새로 준비하든지 어떤 식으로든 방법을 찾아봅시다. 블라디보스토크에서 못 한다면 나라도 해야지 어떡하겠소."

"고맙습니다. 최 도헌님."

최재형의 흔쾌한 수락에 이강이 머리를 숙여 감사의 뜻을 표했다.

"그러나 이 점은 미리 말해두고 싶소. 지금 당장 신문을 발행하기는 어렵다는 사실이오. 우리 모두 국내진공을 앞두고 있는 만큼 우선은 그쪽에 집중했으면 하오. 대신 이강 선생께선 정순만 위원을 도와 준비를 해주시오."

"그러겠습니다."

이강이 대답했다.

"그리고 자금은 내가 어떻게 마련해보겠소만 사장은 따로 세웠으면 하오."

"왜, 도헌님께서 직접 하시잖고요?"

엄인섭이 의외라는 듯 묻자 최재형이 천천히 고개를 가로저었다. 엄인섭은 최재형의 생질이었다.

"아니야. 최봉준 씨가 접은 사업을 내가 곧바로 맡는다는 것은 모양새가 좋지 않아."

중근은 최재형의 그 생각이 일리가 있다 싶었다. 모든 일에 최재형을 의식하는 최봉준이었다. 따라서 곧장 사장이 되는 것은 마치 해조신문이 폐간되길 기다렸다는 듯이 보여 본의 아니게 최봉준을 자극할 수도 있다고 최재형은 우려하고 있는 것이었다. 호쾌하되 세심한 최재형의 일면이었다.

"그러면요?"

엄인섭이 다시 물었다.

"일단은 그곳 인사들 중에서 물색해봅시다."

최재형이 좌중을 둘러보며 말했다.

"누가 좋을까요?"

새 신문 발행이 어느 정도 기정사실화되자 이위종이 물었다.

"글쎄요. 차석보 씨도 좋고 유진률 씨도 괜찮을 것 같은데 천천히 의논해보지요."

두 사람은 모두 블라디보스토크의 지도층 인사였다. 평안도 출신을 대표하는 인물인 차석보車錫甫는 블라디보스트크에서 객주와 인부청부업을 하는 재력가로 작년 『신종晨種』이란 잡지를 간행한 바 있었고 함경북도 출신 유진률兪鎭律은 러일전쟁 때 통역으로 활동했으며 지금은 블라디보스토크 청년회를 이끌고 있었다.

"아무튼 도헌님께서 여러모로 힘이 돼주셔서 감사합니다."

이위종이 좌중을 대표해서 치사를 했다.

"별 말씀을요. 그리고 해조신문과 마찬가지로 발행인은 러시아인으로 해야 할 거요. 미하일로프 씨 정도면 좋을 것 같은데 이 또한 천천히 생각해봅시다."

마하일로프는 러시아군 휴직 중령으로 운테르베르게르 총독의 한인 배척정책이 이루어지고 있는 가운데 한인 소송대리인으로 일하고 있었다.

"미하일로프 씨가 승낙할까요?"

엄인섭이 어려울 거라는 투로 말했다.

"유진률 씨와 가까운 사이니까 부탁해봐야지. 그보다 이 선생!"

최재형이 이강을 불렀다.

"예. 말씀하십시오, 도헌님."

"이왕 새로 신문을 내기로 했으니 해조신문처럼 중단되지 않고 오래 갈 수 있도록 이 선생께서 정순만 위원과 함께 철저히 준비해주시오. 똑같은 전철을 밟게 되면 대외에 연해주 동포들의 면목이 서겠소."

"알겠습니다. 도헌님 당부대로 최선을 다하겠습니다."

한껏 감동한 얼굴로 대답하며 이강이 중근과 눈을 맞추었다.

신문에 대한 논의가 끝나자 최재형이 먼저 자리에서 일어났다. 중근은 따라 일어나 함께 최재형의 방으로 갔다. 테이블을 사이에 두고 마주 앉자 중근이 입을 열었다.

"신문에 대해 마음을 써주셔서 감사합니다."

"그동안 들은 얘기로도 어느 정도 예견됐던 일 아니오. 그리고 그게 어디 안 동지가 감사해야할 일이오? 응당 내가 해야할 일이고 또 우리 모두의 일이잖소."

최재형이 호쾌하게 웃으며 중근의 말을 받았다.

"그렇긴 합니다만……."

"페테르부르크의 이범진 대감께서 발의해서 만들게 된 신문이 폐간된다는데 어찌 그대로 보고만 있을 수 있겠소. 게다가 그 아들인 이 특사까지 와 있는 마당에……."

"그렇다고 하더라도 도헌님께서 마음을 쓰시지 않으면 할 수 없는 일이지요."

"아무튼 됐소. 그보다 혹시 다른 얘기가 있소?"

"노보키예프스크에 예치해놓은 돈을 조금 쓸까 합니다."

"왜, 무슨 일이 있소?"

최재형이 다소 놀란 얼굴로 눈을 치떴다.

작년 8월 국내를 떠나기에 앞서 중근은 약간의 자금을 마련했었다. 한때 수천 석을 수확하던 선대의 재산은 동학농민군과 싸우기 위해 전국의 포수를 초모한 일과 이듬해 천주교에 입교하면서 청계동에 성당을 짓는 일로 상당 부분 줄어들었고 선친 사후 진남포에 설립한 돈의학교와 삼흥학교 운영과 작년 국채보상운동으로 거의 소진되었다. 그것을 만회해보려고 평양에 미곡상과 무연탄 판매회사를 차리고 사업을 하기도 했지만 크게 재미를 보지 못했다. 따라서, 실은 자금이란 것도 회사를 처분하고 남은 돈으로, 학교 운영을 위한 일정 부분을 제외하고 나면 그리 큰 액수가 아니었다.

자금을 준비했던 건 활동할 곳이 간도이건 연해주이건 빈손으로 사람을 모을 수 없다고 생각했기 때문이었다. 그러나, 간도를 거쳐 연해주로 왔을 때 혼자서 사람을 모을 일이 없었고 최재형이란 거물 인사 덕분에 개인적인 자금도 별로 필요하지 않았다. 그래서 연추에 정착하게 되자 그 자금을 최재형에게 맡겨 의병대 운영에 보태기로 했다. 그러나 최재형이 한사코 사양했다. 나중엔 어떻게 될지 몰라도 재정은 자신의 힘으로 꾸려갈 테니 일단 그냥 가지고 있으라는 것이었다. 결국 중근은 그 자금을 노보키예프스크 은행에 예치해둘 수밖에 없었다.

"홍범도 부대에 소량이나마 무기를 보낼까 합니다."

그것은 홍범도를 만났을 때 약속한 사항이었다.

"그런 거라면 우리 자금으로 하면 되잖소?"

"우리 자금은 창의회와 공동으로 집행하고 있습니다."

"그렇지만 문제될 게 있소?"

"그동안 몇 차례 홍 대장으로부터 무기 지원 요청이 있었는데 관리사 영감께서 거절하신 것 같습니다."

"그래요?"

최재형이 이해가 안 된다는 듯 고개를 갸우뚱했다.

"홍범도 부대의 실체를 과소평가하신 게 아닌가 싶습니다."

"그럼 그 비용을 내가 대겠소."

"그러다 보면 논의 없이 이쪽의 세를 확장하려는 것으로 보여 관리사 영감의 심기를 미편하게 할 수도 있습니다. 그리고 어차피 일본의 감시망을 뚫고 대량의 무기를 함경남도 깊숙이까지 전달하기도 불가능합니다. 그러니 그냥 제가 은밀히 소량을 보내겠습니다."

중근의 말에 잠시 생각하다가 최재형이 고개를 끄덕였다.

"좋소. 사정이 그렇다면 안 동지 생각대로 하시오."

"그럼 그렇게 하겠습니다."

중근은 인사를 하고 최재형의 방에서 나와 다시 사람들이 모여 있는 별실로 갔다. 그리고 최재형과 이범윤과의 관계를 고려하여 중근 개인적 차원에서 홍범도의 산포수 부대에 약간의 무기를 제공하기로 했다는 사실을 알렸다.

"그럼 운송은 어떻게 할 생각이십니까?"

이위종이 물었다.

"강기삼 어르신께 적임자를 천거해달라고 부탁드릴까 합니다만……. 산포수 출신이라 함경도 내륙 지리에 익숙한 대원을 많이 알고 계실 테니까요."

"그게 좋겠군요."

이위종이 중근의 생각에 동의했다. 다른 사람들도 이견이 없었다.

"아무튼 잘 되었습니다. 신문도 계속하게 됐고……."

중근이 살짝 웃으며 옆에 있는 이강의 손등을 어루만졌다.

"모두 고맙습니다. 그럼 저는 내일 떠나겠습니다."

이강이 좌중을 향해 가볍게 고개를 숙였다. 중근은 이강이 서둘러 떠나는 것 같아 아쉬웠다.

"왜, 며칠 더 머무르시잖고요?"

"아닙니다. 정순만 위원님 혼자서 또 이리 뛰고 저리 뛰고 계실 텐데 빨리 가봐야지요."

"그렇다면 할 수 없지만요."

"며칠 내로 정 위원님께서 오실 겁니다. 이곳 상황을 무척 궁금해하셨거든요."

"저도 뵙고 싶군요."

중근은 매사에 적극적이고 활기찬 정순만의 얼굴을 떠올리며 든든한 마음이 되었다.

7-2

이튿날 오전 중근은 노보키예프스크에 예치해둔 돈을 인출해 러시아군 기병대 6연대를 통해 무기를 구입했다. 5연발과 14연발 각각 20정씩 40정과 탄환 4천발이었다. 무기 판매점 큰스트알베르쓰 연추 지점에서 구입할 수도 있었지만 6연대 장교들과는 최재형을 통해 사격과 마술馬術을 가끔 겨룬 바 있어 친분이 두터웠던 것이다. 그리고 그들에게서 무기를 구입했을 경우 나중에 의병활동이 문제가 되어도 그들이 무마하려고 들 터라 안심되는 부분이 있었다.

중근이 구입한 무기는 적은 수의 대원이 은밀히 운반할 수 있는 양의 최대치였다. 연추에서 국경도시인 핫산까지는 젊은 시절의 최재형도 건설에 가담한 바 있는 도로가 나 있었지만 공개적으로 그 길을 통해 무기를 운반할 수는 없었다. 따라서 평야지대를 버리고 산길을 우회해서 가야했다. 게다가 작년부터 연해주에서 한인 의병대가 조직되고 있다는 소문이 돌고 또 첩자들이 그 실상을 파악한 탓에 러시아와 인접한 한국 국경지대에는 일본 군대가 삼엄한 방어망을 구축하고 있었다. 그러므로 인원이 많으면 국경 침투가 용이할 수 없었다.

무기를 운반할 대원을 선발해달라는 중근의 요청에 강기삼은 본인도 가겠다고 나섰다. 그러나 중근은 고개를 저었다. 함경도 험산유곡을 제 집 안방처럼 누볐던 강기삼이지만 지금은 칠순을 넘은 노령이었다.

"어르신은 남으셔서 저와 작전을 수행해야지요."

중근의 간곡한 만류에 마침내 강기삼도 수긍하고 임무를 수행할 대원을 뽑았다. 대원이 정해지자 중근은 곧 길잡이를 목적으로 홍범도 부대에서 함께 온 산포수에 딸려 보냈다. 그들은 국경을 넘은 후 함경북도를 거쳐 함경남도 삼수에서 산포수 부대 대원과 접선하게 돼 있었다. 홍범도는 중근이 떠난 후 이동하지 않았다면 아직 삼수 남쪽 풍기군 용문동에 유진하고 있을 터였다.

중근은 연해주에서 국내진공작전을 개시할 때까지 비록 보낸 무기가 충분하진 않았지만 홍범도 부대가 버티는 데 도움이 되길 간절히 바랐다. 연해주 의병의 국내진공작전 성공을 위해선 홍범도 부대의 건재는 거의 필수조건이었던 것이다.

며칠 후, 최재형의 집에 동의회 지도부가 모였다. 이날 모임은 일종의 출정식 같은 것이었다. 러시아 당국의 입장을 고려하고 일본 첩자들의 감시를 의식해서 정식 출정식은 하지 않기로 했던 것이다.

연해주 의병대의 정식 명칭은 대한독립의군大韓獨立義軍이었고 창의회와 별도로 동의회 의병대를 지휘하는 총사령관에 전제익全濟益이, 참모장엔 오내범吳乃凡이 임명됐다. 효율적인 의병운동을 위해서는 창의회도 동의회에 편입시켜 의병대를 일원화하는 게 마땅했다. 그러나, 지난번 동의회 창립총회에서 이범윤은 부총재 자리조차 이위종이 양보한 바람이 겨우 차지했지만 애초에 부총재로 선출되었던 이위종이 회장을, 엄인섭이 부회장을 맡으면서 총재단은 일종의 명예직 비슷하게 되어버렸다. 그런 상황에서 이범윤이 자신의 직속부대인 창의회를 선뜻 내놓으려 하지 않았던 것이다.

수일에 걸친 중근과 이위종, 엄인섭 등의 호소와 설득에도 불구하고 이범윤은 뜻을 굽히지 않았다. 이범윤은 화난상구와 자강 등을 표방하면서 출범한 동의회를 전적으로 의병대라고 할 수 없고 또, 연해주의 정세로 보아 의병대를 대규모로 일원화하는 것이 오히려 득이 되지 않는다는 주장을 폈다. 물론 한인 의병대를 공식적으로 허용하거나 인정하지 않으려는 연해주 당국의 방침과 소규모 전투가 유리한 한국 국경의 지리적

특성을 감안하면 이범윤의 주장도 전혀 일리가 없다고는 할 수는 없었다. 결국 중근은 동의회와 창의회를 별개의 조직으로 운용하되 국내진공을 위한 전투가 있을 땐 공동작전을 펴자는 쪽으로 이범윤의 동의를 구했다.

함경북도 회령會寧 출신인 전제익은 경성에 있던 함북관찰부의 경무관으로 재직하던 중 아우 전준언과 함께 연해주로 망명한 인물이었다. 사십대 중반인 그는 경찰에 근무했던 경력을 살려 최재형의 자문 역할을 하면서 중근과 엄인섭의 의병 훈련을 도왔다. 그리고 중근은 엄인섭과 함께 의병참모중장義兵參謀中將에 임명되어 실질적으로 의병을 육성해왔다. 따라서, 이날 모임은 동의회 소속 의병대 지도부가 출정에 따른 직책과 임무를 부여받는 마지막 회합이기도 했다.

출정에 임해서 사령관 전제덕을 도영장都營長으로 하고 실질적으로 의병대를 이끄는 우영장과 좌영장엔 참모중장인 중근과 엄인섭이 맡기로 했다. 좌영과 우영에는 1개 중대 백 명씩 각각 3개 중대가 배치되었다. 중근은 장봉금張奉今과 조순서趙順瑞, 우덕순禹德淳 등에게 중대를 지휘하게 했다. 장봉금과 조순서는 수청 사람이었고 우덕순은 작년 가을 블라디보스토크에서 만나 의기상통하면서 친숙해진 사이로 서울 상동교회 청년회 출신이었다.

회합을 파하고 중근이 방에서 잠시 쉬고 있는데 이위종이 찾아왔다.

"안 선생님."

"예, 특사님."

이위종의 표정은 담담했다. 그러나 그 이면에 많은 말을 담고 있는 듯했다.

"바람이나 쐬시지요."

"그럴까요."

둘은 집을 나와 마을 뒤 수풀 쪽으로 천천히 걸었다. 수풀 앞으로 자그마한 냇물이 흐르고 있었다. 오후 햇살이 냇물 위에서 잘게 쪼개지며 흔들렸다. 그 햇살을 바람이 더듬으며 지나갔다. 6월의 바람엔 아직 서늘한 기운이 남아 있었다. 둘은 건너편 수풀을 바라보며 냇가의 바위에 나란히 앉았다.

"안 선생님."

"예, 말씀하십시오."

"이번 전투에서 승패에 너무 신경 쓰지 마십시오."

"승패는 병가지상사兵家之常事라 했으니 제 맘대로 될 일이겠습니까. 그저 최선을 다할 따름이지요."

"그 최선에 너무 몰두하지 마시란 얘깁니다."

"그 말씀은……."

중근은 무슨 말인가 싶어 고개를 돌렸다. 이위종은 먼눈을 하고 앞을 바라보고 있었다.

"일본은 러시아를 이긴 나라입니다."

"물론이지요."

"지난 전쟁 때 봉천에서만 일본군은 25만의 병력으로 37만의 러시아군과 싸웠습니다. 그리고 일본은 7만, 러시아는 9만의 사상자를 냈지요."

"저도 그 비슷하게 들었습니다."

"25만이든 37만이든 대단한 숫자 아닙니까."

"그렇습니다."

"따라서, 우리 의군과는 규모가 다르지요."

"물론 그렇지요."

"우리는……. 일본을 이길 수 없습니다."

중근은 이위종이 왜 이런 이야기를 하는가 싶었다. 지금까지 그는 승리하기 위해 페테르부르크에서 왔다고 공언하지 않았던가.

"지금 일본은 한국과 비교가 되지 않는 강국입니다."

중근이 잠자코 있자 이위종이 다시 입을 열었다. 그리고 말을 이었다.

"그러나 우리에겐 그 한국조차 없습니다. 외교권을 상실한 한국은 세계에선 이미 나라가 아닙니다. 그리고 실제로 통감부에 모든 권리를 뺏기고 나라의 기능도 못하고 있습니다. 따라서, 지금 일본과 싸우려 하는 건 최 도헌님 개인을 중심으로 한 사적 집단입니다. 그렇지만 사적 집단은 그 힘에 한계가 있을 수밖에 없습니다."

"그렇다고 가만 있을 순 없지 않습니까."

"물론입니다. 싸워야지요. 힘이 부족하지만 싸워야하는 것은 당위입니다. 그러나, 중요한 것은 싸우되 살아남아야 한다는 사실입니다."

"누군들 일부러 무모한 죽음을 택하진 않겠지요."

중근은 이위종이 말하고자 하는 핵심이 잘 파악되지 않아 애매하게 대답했다.

"지금 작은 싸움을 이긴들 그것으로 독립을 쟁취할 수가 있겠습니까. 따라서 지금 싸움은 전부가 아니며 우리가 나아가야 할 도정의 시작에 불과하다는 뜻입니다."

중근이 말이 없자 이위종도 잠시 침묵했다가 얘기를 계속했다.

"물론 이번 국내진공의 목표는 승리해서 함경도에 독립운동의 교두보를 확보하는 일입니다. 그러나, 안 선생님께서도 아시는 대로 일본은 첩자들을 통해 연해주의 동향을 파악하고 작년 말부터 국경 지역의 수비를 강화했습니다. 그런 만큼 승리는 쉽지 않을 것입니다."

"국경 상황은 충분히 감안하고 있었던 사실 아닙니까."

중근은 이위종의 이야기가 새삼스러웠다.

"제 말씀은, 저도 이번 국내진공에서 대한독립의군이 반드시 승리하길 바라지만 그 승리가 단번에 우리의 독립을 가져다 주지 못하듯 패배로 모든 것이 끝나는 게 아니라는 겁니다."

"특사님의 말씀은 지당합니다."

"그래서 안 선생님께 당부드리고 싶은 것은 승리에 대한 지나친 집착과 강박관념으로 너무 무리하게 전투를 치르지 않으셨으면 하는 겁니다. 다시 말씀드리면 설령 패배하더라도 중요한 것은 이후에 해야할 더 많은 일들을 위해 살아남아야 한다는 거지요."

그제사 중근은 이위종이 하고자하는 얘기의 진의를 깨달을 수가 있었다. 이위종은 무리한 전투라고 표현했지만 실제로는 중근이 승리에 골몰한 나머지 목숨까지 던져가며 무모한 전투를 할까봐 우려하고 있었던 것이다.

"특사님의 말씀, 무슨 뜻인지 알겠습니다."

"외람되지만 스스로를 중히 여겨주십사 하는 것이지요."

"늘 특사님의 뜻을 헤아리겠습니다."

대답을 하면서도 중근은 이위종의 속 깊은 생각에 눈시울이 뜨거워졌다.

8 국내진공

8-1

동의회 소속 의병대의 정식 발진에 앞서 전투가 있었다.

6월 23일 밤, 수청 출신 의병 96명이 크라스나 세관 초소가 있는 지역 내의 포드로고르나야 마을 주위를 통하여 한국으로 들어가 24일 일본군 초소를 급습, 일본 순사 14명을 사살하는 전과를 올렸다. 아군의 사상자는 없었다.

전투를 먼저 제안한 것은 이위종이었다. 이위종의 제안은 본격적인 국내진공에 앞서 수청 의병들로써 기습작전을 펴자는 것이었다. 중근이 그의 제안을 지도부의 회의에 부치자 모두들 공감했다. 어쨌거나 이위종은 프랑스 사관학교 출신이었다. 그리고 그의 제안은 7월에 국내진공이 있을 것으로 소문이 돌고 있는 상황에서 일본군의 허를 찌르는 것이었다.

기습작전은 본격적으로 전개될 국내진공작전을 사전에 시험한다는 의미도 있었다. 국내 진입을 위한 관문으로 포드로고르나야을 선택한 것도 그 점을 염두에 두고서였다. 포드로고르나야는 핫산 인근의 마을로 전날 최재형이 닦은 노보키예프스크에서 두만강 연안에 이른 도로의 종착지이기도 했다. 중근은 김기룡, 이위종과 함께 작전에 참가했다. 기습작전의 승리로 인해 중근을 비롯한 동의회 지도부는 국내진공작전에 대한 자신감을 갖게 되었고 의병들의 사기도 한껏 고조되었다.

7월이 시작되면서 중근은 야음을 틈타 의병대 병력을 순차적으로 두만강 연안으로 이동시켰다. 창의회와 조율한 동의회 병력의 이동은 두 개의 경로를 통해 이루어졌다. 첫째는 연추를 출발, 기존 도로를 버리고 산악지대를 이용하여 국경도시인 핫산에 집결하는 것이었다. 두 번째는 포시에트에서 해안의 소로小路와 해로를 따라 녹둔도鹿屯島에 이르는 것이었다. 같은 시기 창의회 의병대는 지신허를 거쳐 러시아와 연한 중국 국경을 넘어 훈춘琿春 부근으로 모이기로 했다. 동의회의 침투 지역은 러시아와 마주 보고 있는 경흥慶興이었고 창의회는 그보다 북쪽으로, 중국과 마주 보고 있는 경원慶源과 온성穩城 등 한국 국경 최북단이었다. 동의회의 이동 경로를 이원화한 것은 아무리 산악지대를 이용하고 또 분산해서 출발한다 하더라도 많은 병력을 동일한 경로로 이동시킬 경우 러시아 당국이나 일본 첩자들에게 움직임이 드러날 우려가 있었기 때문이었다.

병력 이동은 며칠 사이에 완료되었다. 중근이 이끄는 3개 중대 중 2개 중대는 연추에서 출발해 야간을 이용, 산악지대를 통과하여 두만강이 내려다보이는 핫산 부근 야산에 집결했다. 조순서가 지휘하는 나머지 1개 중대는 해안 소로와 해로를 따라 녹둔도에 집결하는 엄인섭의 부대에 편입시켰다. 두만강 연안의 국경지대쪽은 창의회와 연합작전을 펼치게 될 터이므로 일단 병력을 예비해두자는 생각에서였다.

함경북도 경흥 맞은편 러시아령 국경 지역으로 병력 이동이 완료된 것은 7월 5일 밤이었다. 2개 중대 2백 명 가량의 병력이었지만 전문 산포수와 러일전쟁 때 참전했던 군인 출신이 많았고 또, 그동안 적잖은 훈련을 한 바 있으므로 결코 약한 전력은 아니었다.

예정된 병력이 모두 도착하자 중근은 하루 이틀 유진하며 적진의 상황을 살펴보기로 했다. 지난달 하순 수청 의병이 1차 기습공격을 감행했던 터라 병력을 보충하는 등 적진에 어떤 변화가 있을 수도 있었던 것이다. 그 사이 잠시 녹둔도로 다녀오기로 했다. 조순서 중대와 엄인섭의 좌영左營의 집결 상황을 점검하기 위해서였다. 핫산에서 녹둔도까지는 10여 킬로미터 거리로 도보로 두 시간 남짓, 말을 타면 30분 이내에 충분히 도착할 수 있었다.

중근이 말을 달려 녹둔도 남단에 있는 지휘본부에 도착했을 땐 뜻밖에 이위종이 와 있었다. 병력은 아직 집결 중이었다.

"특사님께서 어떻게……?"

원래 이위종은 최재형과 함께 연추에 남기로 했었다.

"혼자 마음 편하게 연추에 있을 수 있겠습니까."

"그럼 연추 일은……?"

일선에선 전투를 해야하지만 후방에서 지원하는 일도 만만찮았다. 그 일을 이위종이 책임지고 있었다.

"걱정하지 마십시오. 그냥 전선을 한번 둘러보러 왔으니까요. 곧 돌아가겠습니다. 그보다 정 위원님이 와 계십니다."

"그래요?"

그러잖아도 정순만이 왜 안 보이는가 싶었다. 연추를 출발할 때 잠시 만났지만 녹둔도로의 병력이동과 청진淸津 진공을 제안했던 게 그였던 만큼 예정대로라면 이미 도착해 있어야 했다.

"가보시지요. 저 아래 민가에 계실 겁니다."

중근은 이위종과 함께 지휘본부를 나와 민가가 있는 마을로 갔다. 마을은 10여 호가 모여 사는 작은 규모로 바다와 연해 있었다.

"어서 오시오, 안 동지."

민가의 방 하나를 빌려 쉬고 있던 정순만이 중근을 반갑게 맞았다. 정순만에겐 오십대로 보이는 낯선 얼굴의 동행이 있었다.

"언제 오셨습니까?"

"오후에 왔소. 그보다 인사 나누시지요."

정순만이 동행을 가리켰다.

"정소추 대인이시오."

동행이 두 손을 앞으로 모으며 중근에게 가볍게 고개를 숙였다. 중국인 같았다.

"그럼 혹시……?"

"맞소. 이번에 우리 일을 도와주시는……."

정순만이 말하는 정소추鄭小秋는 블라디보스토크의 중국인 거상이었다. 블라디보스토크에서 몇 개의 공장을 운영하는 한편으로 여러 척의 상선을 가지고 중계무역을 하고 있다고 했다. 정순만의 얘기로 미루어 짐작컨대 그의 재력은 준창호를 가지고 있는 최봉준을 능가하고 최재형에게도 결코 뒤지지 않을 것 같았다.

"어떻게 중국분이……. 아무튼 도와주셔서 고맙습니다."

중근이 깍듯이 고개를 숙이며 고마움을 표하자 정소추가 정순만의 통역에 도움을 받으며 대답을 했다.

"나는 정순만 씨의 애국심과 열정에 매료된 사람이오. 그리고 연해주의 한인들 모두가 정순만 씨와 같은 사람이라고 생각하오. 연해주에서 한인들이 뭉쳐 독립투쟁을 하려는 것을 보면서 나는 말할 수 없는 감동을 받았소. 우리 중국은 오래전부터 이미 서구 열강의 먹잇감으로 전락했소. 중원은 영국을 비롯한 서구 열강의 각축장이 되고 있고 이곳 연해주는 아예 러시아령이 되었잖소. 거기에 더하여 만주를 놓고 러시아와 일본이 다투는가 하면 미국까지도 발을 들이려 하는 게 오늘날의 실정이오. 그러나 중국엔 오늘의 현실을 비분강개하는 애국자는 많지만 싸우려는 자는 없소."

"그렇다고 하더라도 남의 나라 사람의 싸움에 이렇게 도와주신다는 것은 놀라운 일이 아닐 수 없습니다."

"중국과 한국은 형제 같은 나라요. 서로 도와야지요."

"그 말씀을 들으니 미국 샌프란시스코에서 한국 독립을 위해 활동하다가 귀국한 안창호 선생이 생각납니다. 그분 말씀이 일찍 그곳에 자리잡은 중국인들이 나중에 들어온 한인들을 형제의 나라에서 왔다면서 정착하는 데 많은 도움을 주었답니다."

"형제가 서로 도우는 것은 당연한 일 아니겠소. 특히나 이국에서라면. 그보다 나는 최 도헌을 존경하오. 나도 언젠가는 최 도헌 같은 인물이 되고 싶소."

"최 도헌님은 훌륭하신 분입니다."

"게다가 정순만 씨는 국적만 다를 뿐 나와는 일가 아니오?"

정소추가 중근을 향해 싱긋 웃었다. 단정한 이목구비에 서글서글한 눈매를 가진 정소추는 중국 무협소설 속의 주인공을 연상시켰다. 정소추가 정색을 하며 다시 말을 이었다.

"나도 이 전선에 와보고 싶었소. 일본은 지금도 우리의 요동반도를 점거하고 있지만 거기에 그치지 않고 만주와 중원을 차지하려고 앞으로 더 큰 전쟁을 일으킬 거요. 따라서, 한국은 물론 우리 중국인도 언젠가는 일본과 싸워야할 거요."

"동양 평화의 한 축이 되어야 할 일본이 침략의 길을 걷고 있는 게 안타깝습니다."

중근과 정소추와의 수인사가 대충 끝나자 정순만이 상황 설명을 했다.

"정 대인께서 내주신 배로 이미 무기와 전투복의 운반은 완료했소. 옆방에 모두 쌓아두었소. 그리고 지금도 병력의 일부는 소로를 통해, 일부는 어부로 변장해서 작은 어선을 이용하여 들어오고 있소. 그리고 먼저 도착한 병력은 동포들의 집에 분산해서 대기하고 있소."

"녹둔도에 한인 동포가 살고 있다는 것은 정말 다행한 일입니다."

"왜 아니겠소. 하지만 처음부터 이 녹둔도는 우리 땅 아니었소."

"그렇지요. 지금은 러시아령이 되었지만……."

중근이 나지막하게 한숨을 쉬자 정순만이 정소추에게 녹둔도에 대해 설명했다.

녹둔도는 조선 초 세종의 6진 개척 때 조선의 영토로 편입된 두만강 하류에 떠 있는 섬으로 함경북도 경흥군 조산造山과 러시아의 연해주 사이에 위치하고 있었다. 조선 초부터 조산 지역의 군민軍民이 배를 타고 드나들며 경작하고 농산물을 수확하던 녹둔도는 충무공 이순신 장군과 관련이 있는 곳이기도 했다. 임진왜란이 일어나기 5년 전인 1587년 여진족의 침입으로 조선군사 11명이 살해되고 백성 160명이 납치되는 사건이 발생하면서 당시 조산만호造山萬戶이던 충무공 이순신 장군이 해임되었던 것이다. 이듬해 충무공 이순신 장군은 백의종군하면서 반격에 나서 전투를 승리로 이끌고 사면된 후 둔전제屯田制를 실시했다.

원래 섬이었던 녹둔도는 두만강 하류의 범람으로 인한 모래의 퇴적이

오랜 세월 이어지는 동안 동쪽 부분이 연해주의 남쪽과 연결되면서 언젠가부터 육지로 변했다. 그리고 48년 전인 1860년 청국이 러시아와 맺은 북경조약으로 우수리강 동쪽 연해주를 러시아에 할양하는 과정에서 녹둔도도 연해주의 일부로 포함시키는 바람에 러시아령이 되어버렸다. 이에 대해 나중에 원세개袁世凱는 청국 관리의 미숙으로 불합리한 약서를 만들어 조선에 손해를 끼치게 됐다면서 사과했다. 작년에 러시아 당국이 파악한 바로는 녹둔도에는 130여 가구에 8백 명이 넘는 주민이 살고 있었다.

"청국의 무지로 한국이 영토를 잃었소."

정순만으로부터 녹둔도에 대한 설명을 들은 정소추가 미안한 표정을 지었다.

"그게 어디 정 대인 잘못입니까. 그리고 녹둔도가 러시아령이라 하더라도 주민 대다수가 한인이라는 점은 그나마 잘된 일이잖소."

정순만이 중근에게 동의를 구하듯 말했다.

"옳은 말씀입니다. 아무튼 대인의 도움으로 우리 의병대가 청진으로 진공할 수 있게 되어 무척 기쁩니다."

"모쪼록 하시려는 일 성공하길 바라오. 나도 후일을 위해서라도 꼭 그 성공을 지켜보고 싶소."

"대인의 뜻을 받들어 기필코 임무를 완수하겠습니다."

부드러우면서도 강렬한 정소추의 눈빛을 마주하며 중근은 다짐하듯 대답했다.

간단한 요기를 하고 중근은 잠시 바람을 쐴 겸 이위종과 함께 밖으로 나왔다. 사위는 어두운데 바다 위로 달이 떠 있었다. 마을 주변은 온통 모래땅이었다. 그리고 모래땅은 바다쪽으로 뻗어나가며 군데군데 사구砂丘를 이루고 있었다. 달빛이 사구 위로 내려앉았다. 그 너머로는 바다가 조용히 숨죽이고 있었다. 달빛에 희부윰하게 드러난 마을 풍경은 마치 한 폭의 수묵화 같았다.

이곳 사람들은 대부분 가난하고 남루하게 살았다. 두만강 지류인 녹둔강 근처에 살고 있는 사람들은 농사를 짓는가 하면 해안가 사람들은 평저선으로 게, 굴, 생선 등을 싣고 블라디보스토크로 팔러가는 한편 소규모의 염전으로 소금을 만들기도 했다. 러시아 최남단의 한인들만 사는 땅. 그러나 녹둔도는 한국 땅이 아니었다.

중근은 이위종과 나란히 앉아 달빛이 일렁이는 바다를 바라보았다. 이제 얼마 후 저 바다의 달빛을 길잡이 삼아 대한독립의군이 청진으로, 역사의 엄숙한 시간 속으로 항해를 할 것이다. 그런 생각을 하고 있자니 갑자기 목이 타는 느낌이었다.

"안 선생님."

이위종이 가만히 중근을 불렀다.

"예, 특사님."

"지난번 수청 의병들의 국내진공이 러시아 당국에 알려진 것 같습니다."

"그래요?"

"작전이 끝난 이틀 뒤인 26일 크라스나의 한스 마을 세관장이 지아무르 지역 세관관리장에게 전문을 보냈다는 정보를 입수했습니다. 세관끼리의 연락이지만 당국에도 알려졌다고 봐야하지 않겠습니까."

"그렇겠지요."

"그런데도 아무 얘기가 없는 걸 보면 어쨌거나 아직은 러시아 당국이 우리의 움직임에 대해 눈감아주고 있는 건 틀림없습니다. 우리의 전투력이 얼마나 파괴력이 있을까 하는 호기심과 의구심도 있을 테지만 일본군에게 큰 타격을 가해주기를 바라겠지요. 그리고 일본이 항의를 하면 우리의 움직임에 대해 미처 몰랐다는 식으로 발뺌을 할 겁니다."

"그나마 다행입니다."

"그러나 지난번 공격으로 일본은 상당한 피해를 입었습니다. 우리가 사살한 순사만 해도 14명 아닙니까. 실제로는 더 될지도 모르지요. 따라서, 전보다 방비를 한층 강화했을 거라고 봐야합니다."

"그래서 정찰병을 보내놨습니다. 돌아오는 대로 상황을 들어보고 진공을 할까 합니다."

"그리고 우리가 이번 진공에 성공을 하면 일본은 정식으로 러시아에 한인들을 단속해 달라고 압력을 가할 것입니다."

"그러니까 이번 진공으로 교두보를 확보해야지요."

"그나저나 안 선생님께서 지휘를 하시니 마음이 든든합니다."

"저라고 특별한 전략이 있는 것은 아닙니다."

중근이 짧게 한숨을 뱉었다.

"안 선생님."

이위종이 은근한 소리로 다시 중근을 불렀다.

"예, 말씀하십시오."

"재밌는 얘기 하나 할까요?"

"그런 얘기가 있습니까?"

"잔에 안 선생님과 제가 마상 사격을 하지 않았습니까."

"그날 이 특사님의 솜씨를 보고 놀랐습니다."

"별 말씀을요. 제가 많이 부끄러웠습니다."

"부끄럽다니요?"

"안 선생님의 사격 솜씨에 대해선 이미 들은 바가 있어 제가 안 선생님께 미치지 못할 거라는 생각은 했지만 마술만큼은 은근히 자신하고 있었거든요."

"훌륭한 솜씨였습니다."

"천만에요. 사격지점에 와서 도리어 속도를 높이는 안 선생님을 보고 정말 깜짝 놀랐습니다. 그리고 저는 아직 한참 멀었다는 걸 깨달았지요."

"제가 말을 조금 타는 편이라면 그것은 전에 살던 황해도 신천군이 험산이 많은 지역인 덕분입니다. 사냥을 하면서 산이고 들이고 가릴 것 없이 말을 탔으니까요."

"제가 왜 승마에 자신감을 가졌느냐 하면 프랑스 생 시르 출신이기 때문입니다."

"예……."

"보불전쟁 이래 각국 군대에선 프랑스보다 독일로 유학을 많이 보냈지요. 독일에 패배한 프랑스에 유학해서 얻을 게 뭐 있겠느냐면서요."

"그렇습니까."

"일본만 해도 독일로 많은 장교들을 유학 보냈고 또 일본 육군은 제복에서부터 편제와 전술에 이르기까지 독일 군대를 그대로 모방했습니다. 교관도 물론 독일에서 초빙했고요. 그러나 그때도 그랬지만 지금까지도 독일군은 실제 이상으로 과대평가되고 있는 반면 프랑스군은 지나치게 과소평가되어 있습니다."

"그런가요?"

미국의 웨스터포인트는 어떨까.

중근은 미국의 사관학교에 유학을 가려했던 젊은 시절을 떠올렸다. 그때 모든 것을 제쳐두고 유학길에 올랐다면 자신의 인생행로는 지금과 많이 다른 모습일 터였다. 그러나 지금 처해 있는 상황이야말로 자신의 운명이라고 중근은 생각했다. 그리고 그 운명에 대해 후회는 없었다.

"특히 마술은 독일보다 프랑스가 뛰어납니다. 경직된 독일 마술보다 말의 리듬에 맞춰 타는 프랑스 방식이 장시간 승마에 견딜 수 있기 때문이지요. 그래서 일본도 기병대만큼은 프랑스식을 채택해서 만들었지요."

"그런 유연성은 평가할 만하군요."

"그런데 안 선생님의 힘차고 유연한 승마술은 독일과 프랑스의 장점을 합쳐 놓은 것 같았습니다. 저로선 놀랄 수밖에 없었지요."

"그냥 재미 삼아 타면서 마구잡이로 익혔을 뿐입니다. 그런 거창한 말씀을 하시니 민망하군요."

"그렇다면 더욱 놀랍고 대단한 일이지요."

"아무튼 전날 이순신 장군께서 백의종군하면서 여진족을 물리치신 곳에서 진공작전을 펼치게되니 자못 엄숙한 마음이 됩니다."

중근이 슬쩍 말머리를 돌렸다.

"저도 마찬가집니다. 장군의 혼령이 보살펴주신다면 승리할 수 있겠지요."

기분 탓인지 바람결에 실려 흐르는 이위종의 목소리가 떨렸다.

"정 위원님도 함께 돌아가실 거지요?"

"예. 정 대인을 모시고 돌아갈 겁니다."

"그럼 저도 그만 돌아가봐야겠습니다."

중근이 일어서자 이위종도 따라 일어섰다.

8-2

중근이 다시 핫산으로 돌아왔을 때 좋지 않은 소식이 기다리고 있었다. 지난번 사비를 털어 구입한 무기를 홍범도 부대에 전달하기 위해 대원들을 보낸 일이 실패했다는 것이었다. 돌아온 대원들의 얘기론 한국으로 들어가기 위해 중국 국경을 넘어 산을 타던 중 마적을 만나 무기를 빼앗기고 붙잡혔다가 가까스로 탈출해나왔다고 했다. 홍수적 등 중국 마적은 오래전부터 간도 지방 인근을 비롯하여 만주 전역에서 심심찮게 출몰하고 있었다. 그래서 대원들을 홍범도 부대로 보내면서 노파심에서 마적을 주의할 것을 당부하긴 했지만 설마 싶었던 것이다.

"죄송하게 됐습니다, 대장님."

강기삼이 마치 자기 잘못인 양 낙담한 얼굴이었다.

"그게 뭐 어르신 잘못입니까."

"그렇더라도 다른 대원을 보냈다면 어땠을지……."

"우리 대원에게 문제가 있었던 게 아니잖습니까."

"그렇긴 합니다만……."

"그나마 크게 다치지 않은 것만 해도 천만다행입니다."

중근은 미안해 어쩔 줄 몰라하는 강기삼을 위로했다. 말 그대로 탈출한 대원들은 약간 다치긴 했으나 큰 부상은 아닌 모양이었다. 그러나 홍범도 부대의 역할에 대한 기대가 없지 않았던 만큼 무기 전달 실패가 중근은 아쉬웠다.

자정을 넘기고 새벽이 거의 다 된 시각에 정찰병이 돌아왔다. 정찰병의 보고에 의하면 지난번 수청 의병들이 진공했던 경흥 읍내 외곽의 국경 수비대의 경계가 한층 강화된 것으로 보였다고 했다. 초소도 늘어나고 초병들의 숫자도 눈에 많이 띄었다는 것이었다. 그러나, 1차 기습공격이 있었던 만큼 충분히 예상되었던 일이었다.

중근은 핫산에서 북쪽으로 거슬러 올라가 경흥 읍내 외곽으로 진격했던 지난번과 달리 이번에는 곧바로 강을 건너기로 했다. 핫산과 강을 두고 마주하고 있는 곳은 경흥군 홍의동洪儀洞이었다. 읍내 쪽 경비가 강화된 만큼 일단 홍의동으로 진입한 연후에 읍내 쪽으로 치고 올라갈 생각이었다.

작전이 개시된 것은 6일 자정을 넘기고 7일이 막 시작되는 시점이었다. 며칠 동안 간헐적으로 내리던 비는 마침 그쳐 있었다. 그러나 장마철에 접어들면서 여러 차례 내린 비로 강물은 많이 불어 있는 상태였다. 4개 소대로 편성된 의병대는 그동안 만들어 두었던 뗏목으로 도강하기로 했다.

어둠 속을 흐르고 있는 두만강을 바라보고 있자니 중근은 자못 비장한 심정이 되었다. 그래서 의병대 무리에서 벗어나 외진 곳에 따로 앉았다. 잠시 혼자 있는 시간을 가지며 기도를 올리고 싶었던 것이다. 작년, 독립운동을 하겠다면서 한국을 떠나올 때 홍석구 빌렘 신부가 말렸었다. 그리고 오는 도중 원산에서 만났던 브레 신부도 마찬가지였다. 총칼을 들고 싸우는 무력투쟁이 교리에 위배된다는 것이었다. 물론 정치 현안과 일정한 거리를 두고 포교에 치중하려는 그들로선 나름의 입장이 있었을 터였다. 그렇지만 한국인으로서 중근이 피부로 느끼는 한국 현실은 그들의 생각과 달랐다. 그래서 중근은 그들의 충고와 만류를 받아들이지 않고 망명길에 올랐다. 말하자면 천주교도로서 사제의 가르침에 순명하지 않았던 것이다.

그래도 천주교는 그의 전부나 다름없었다. 열일곱에 천주교에 입문한 이래 영세를 받고 부친을 도와 청계동에 성당을 건립했으며 전도 활동을 통해 많은 사람들에게 복음을 전하는 데 열과 성을 다했다. 황해도에서 천주교도가 급속도로 증가한 데엔 그의 그런 노력도 상당한 역할을 했다. 청계동에 부임해온 빌렘 신부를 복사로서 지성으로 섬겼던 그는 그곳을 방문한 뮈텔 주교를 해주까지 수행할 만큼 황해도의 대표적인 천주교도이자 신실한 신앙인이었다.

한국을 떠나 간도를 거쳐 연해주로 온 후로도 그는 하루도 기도를 거르지 않았다. 어려울 때는 늘 하느님을 찾았고 민족의 독립과 세계의 평화를 위해 간절히 기도했다. 그는 장차 장남인 분도를 천주께 바쳐 사제가 되게 하려는 생각까지 갖고 있었다.

> 예수님을 찬미합니다.
>
> 모든 이의 사랑이신 주 예수여.
>
> 오늘 당신의 이 어린 양은 많은 동포들을 이끌고 자유와 평화를 찾아 나아가려 합니다. 태초에 하느님께서 인간을 만들매 자유를 주셨고 서로 평화롭게 살라 하셨습니다. 그러나 그것은 지금 지켜지지 않고 있습니다.
>
> 그러므로 그 자유와 평화를 찾기 위해 나아가는 이 발걸음들이 주님의 가르침에 위배되지 않게 해주옵소서. 그리고 동포들 개인개인의 발걸음에 주님께서 함께해주시고 힘을 주시고 보살펴주소서. 그리하여 주님께서 피를 흘려 당신의 백성을 구하고 온 세계를 평화롭게 했듯이 우리의 이 발걸음이 동포들을 자유롭게 하고 세계의 모든 사람들을 평화롭게 하는 성스러운 출발이 되게 해주옵소서.
>
> 당신께서는 이 땅에 오셔서 사랑을 가르쳐주셨습니다. 이제 다시 모두가 그 가르침을 깨달으면서 자유롭고 평화로운 삶의 고귀함을 누리게 해

주옵소서.

주 예수 그리스도의 이름으로 기도 드리나이다. 아멘.

홍의동 전투는 비교적 수월했다. 지난번 수청 의병들의 기습공격으로 경흥 읍내를 유린당한 일본군이 그쪽으로 병력을 대거 투입했던 것이다. 연해주 의병대가 러시아 쪽에서 국경을 넘을 경우 공격 목표는 당연히 경흥이 될 수밖에 없었다. 그래서 일본군은 지난번처럼 연해주 의병대가 재차 경흥 읍내로 침공할 것으로 예상한 듯했다. 그런 의미에서 공격 지점을 홍의동으로 정한 것은 매우 적절한 판단이었다. 물론 경흥 읍내를 공략해야 하므로 약간 우회하는 것이긴 해도.

공방전은 한 시간도 채 되지 않아 일본군이 도주함으로써 끝났다. 야음을 틈탄 공격이었던데다가 의병대는 수적으로 우세했고 대원들 개개인의 전투력도 뛰어났던 것이다. 파악된 적의 사망자는 10여 명, 아군의 사상자는 없었다. 만족할 만한 전과였다.

그러나 홍의동에서의 승리는 큰 의미는 없었다. 이번 출정은 본격적인 국내진공의 시작이었다. 따라서, 지난번 수청 의병들처럼 한 번 적지를 휘젓고 나서 다시 연해주로 돌아가는 것이 아니라 계속 국내로 들어가야 했다. 원래 계획으로는 경흥을 거쳐 중국과 연한 국경 쪽으로 북상하여 창의대 병력과 합류하기로 돼 있었다. 그런 만큼 어차피 경흥 읍내를 통과해야 했던 것이다. 중근은 대원들을 잠시 쉬게 한 후 곧바로 출발했다. 주간 이동은 피하기로 했으므로 날이 밝기 전에 조금이라도 이동해야 했던 것이다.

홍의동에서 경흥 읍내까지는 대략 30여 킬로미터로 80리쯤 되는 거리였고 도로로 연결되어 있었다. 중근은 속도가 더디지만 안전한 산길을 이동 경로로 택했다. 전면전이 벌어지기 전까진 한 명이라도 희생자가 나와선 안 되었다.

그러나, 산길을 이용한 이동은 그다지 어렵지 않았다. 의병대엔 강기삼을 비롯해서 함경도 산포수 출신이 다수 있었던 것이다. 특히 강기삼은 경흥 교외의 산길을 손바닥 들여다보듯 소상히 꿰고 있었다. 그 길은 전날 산포수들이 사냥을 하며 누볐던 길이었다.

본격적인 국내진공작전의 첫 전투에서 승전했으므로 심야의 산행에도 불구하고 대원들의 발걸음은 가벼웠다. 그리고 많은 수가 무리지어 이동하고 있으므로 외롭지도 않았다. 사명감과 성취감, 애국심과 의협심이 어우러진 묘한 열기 속에서 모두들 힘차게 숲 속을 전진했다.

도중에 한 차례 휴식을 하면서 중근의 동의회 우영 의병대가 3시간 가량 행군했을 때 날이 밝기 시작했다. 홍의동을 출발한 후 30리쯤 이동한 듯했다. 중근은 도로가 내려다보이는 산등성이에 경계병을 세우고 그 너머의 유곡幽谷에서 해가 질 때까지 유진하도록 했다.

"대장님, 오늘처럼 우리 스스로 일본군을 쳐부술 날이 있을 줄은 몰랐습니다."

비록 아직까진 단 한 번의 승전이었지만 칠순의 강기삼은 감격스런 표정이었다.

"이게 다 어르신께서 대원들을 잘 지도해주신 덕분이지요."

"얼마 안 남은 목숨, 값어치 있게 쓰게 해주셔서 고맙습니다."

"이제 시작인 걸요. 어르신께서 계속 보살펴주셔야지요."

해질 무렵부터 다시 행군이 시작되었다. 휴식과 수면을 취하며 체력을 보충한 대원들은 발걸음을 빨리 해 행군 속도를 높였다. 경흥 읍내 같은 개활지에서의 전투는 의병대 쪽에 불리할 수밖에 없었다. 그런 만큼 홍의동에서처럼 야간을 이용해 기습을 하고 가능하면 날이 밝기 전에 전투를 끝내야했다. 물론 이쪽의 그런 생각을 일본군도 읽고 대비하고 있을지 몰랐다. 설령, 그렇다고 하더라도 어쩔 수 없는 일이었다.

경흥 읍내에서 2킬로미터쯤 떨어진 지점에 이르렀을 때 중근은 대원들의 행군을 멈추게 했다. 그리고 산길을 벗어나 도로로 올라선 후 정찰병을 풀어 경흥쪽과 반대쪽을 살피게 했다. 당연히 경흥쪽엔 일본군이 초소를 설치하고 길목을 지키고 있었다. 그렇지만 경흥 읍내로 진입하기 위해선 더 이상 산길을 탈 수는 없었다. 중근은 오내범과 숙의한 후 2개 소대는 곧장 초소를 공격하게 하고 나머지 우덕순 등이 지휘하는 2개 소대는 도로 양쪽의 들판을 돌아 경흥 읍내로 향하게 했다. 혹시 있을지도 모를 적의 매복을 경계하면서 경흥 읍내를 다각적으로 공격하기 위해서였다.

예상했던 대로 적의 저항은 거셌다. 야음을 이용한 기습공격이었지만 적 또한 대비하고 있었던지 초소 하나를 공략하는 것조차 만만치가 않았다. 그러나, 각 초소에 배치된 일본군의 수는 의병대에 미치지 못했다. 게다가 의병대는 대부분 전문 산포수와 러일전쟁 때 전투를 치른 경험이 있는 사람들이었다. 그래서 개개인의 전투력에 있어선 정규 군사훈련을 받은 일본군을 능가했다.

2, 30분 가량의 총격전 끝에 일본군 초병들이 읍내 쪽으로 달아나기 시작했다. 자연 의병대의 기세는 상승했다. 그 기세를 멈추지 않고 의병대는 읍내 쪽으로 진격해 나갔다. 읍내까지는 3개의 초소가 더 있었다. 그 초소들을 차례대로 공략하며 읍내 초입에 이르렀을 때엔 새벽 2시경이었다. 다행히 경흥 반대쪽엔 초소를 설치하지 않았던지 뒤에서 공격하는 일본군은 없었다. 아마도 나머지 병력은 모두 경흥 읍내에 배치시켜

놓고 있는 것 같았다.

중근의 부대가 읍내 초입에 다다른 시각과 비슷하게 우덕순 등의 소대들이 도착했다는 전갈이 왔다. 약간의 매복병이 있었지만 퇴치했다는 것이었다. 지금까지와 마찬가지로 중근의 부대는 읍내 중심부로 진입하는 주도로로, 그리고 우덕순 등의 소대들은 외곽을 포위하며 소도로를 통해 공격하기로 돼 있었다. 즉, 전면전과 유격전을 병행하는 작전이었다.

경흥 공략을 위한 읍내에서의 본격적인 전투는 무려 3시간 가까이 이어졌다. 그리고 전투는 대한독립의군 동의회 우영 의병대의 승리로 끝났다. 외곽도로의 초병을 포함한, 2백여 명 정도로 추정되는 일본군 경흥 수비대는 40여 명의 전사자를 남긴 채 경흥 읍내를 벗어나 북상하면서 경원쪽으로 빠져나갔다.

밤공기를 찢으며 도깨비불처럼 난무하던 총성이 멈추면서 어둠이 물러났다. 동트는 새벽의 경흥 읍내는 정지된 풍경처럼 일순 정적이 감돌았다. 잠시 후 그 정적이 풀리고 곳곳에서 소리가 되살아났다. 승리감을 만끽하는 의병대와 주민들의 환호성이었다.

승리했다는 사실, 그리고 하나의 도시를 점령했다는 기쁨.

도처에 적군의 시체들이 흉한 모습으로 나뒹굴고, 적들이 버리고 간 무기가 어지럽게 흩어진 전장에서도 새벽공기는 여느 때와 다름없이 알맞게 상쾌했다. 중근은 폐부 깊숙이 새벽공기를 들이마셨다. 걷잡을 수 없는 감개가 밀려왔다. 지난 몇 달간 어려운 여건에서 실시한 훈련이 소기의 결실을 거두었던 것이다. 참모장 오내범, 소대장 우순덕, 장봉금, 그리고 2백여 명의 대원들. 어둠 속에 목숨을 맡겼던 그들은 모두 새벽에 바라보는 서로의 얼굴에 신기해했다. 그것은 살아 있다는 사실을 새삼스럽게 확인하는 순간이었다. 놀랍게도 아군의 피해는 부상자 몇 명에 불과했다.

언제 그런 경험이 있었기라도 하듯 주민들이 나서서 일사분란하게 일본군의 시체들을 수습하고 버려진 무기들을 수거해서 정리했다.

일본군이 물러간 경흥 읍내는 아연 활기가 넘쳤다. 그도 그럴 것이 말로만 듣던 연해주 의병대가 실제로 두만강을 건너와서 일본군을 궤멸하자 신기하기도 하고 신나기도 했던 것이다. 그래서인지 대원들이 잠시 쉬는 사이 손과 발을 바삐 움직여 음식을 만들어오고 비상식량도 챙겨주었다.

그런 주민들을 보면서 중근은 무척 고마웠지만 한편으로는 죄스럽기 짝이 없었다. 그동안 그들은 각박한 삶을 영위하면서도 더러는 연해주 의병대를 위해 자금을 모아 건네는가 하면 일본군의 동향에 대한 정보를 은밀히 전해주기도 했다. 주민들 중엔 국내 의병들을 도왔다는 이유로, 그리고 연해주 의병대와 연결된 첩자라는 혐의로 일본 군경에 체포되어 목숨을 잃은 가족을 둔 사람도 여럿 있었다.

"안 동지. 오늘 이 승리는 후세에 길이 남을 것이오."

우덕순이 중근을 감격에 겨운 얼굴로 말했다.

"우 선생 말씀이 맞소. 오늘 승리의 절반은 우 선생 공이오."

상동교회 청년회의 교사였던 우덕순을 오내범은 늘 선생이라고 불렀다. 그 선생도 경흥 읍내 외곽에서부터 성공적으로 유격전을 펼쳤던 것이다.

그러나 중근은 마냥 승리의 감격에 젖어 있을 수만은 없었다. 일본군 경흥 수비대에서 노역을 하던 주민 중 한 사람의 정보로는 일본군이 경성으로부터 배편을 이용하여 지원군을 급거 웅기雄基로 이동시킨 뒤 경흥으로 출동할 거라고 했던 것이다. 따라서, 경흥에서 지체하다 보면 그 지원군과의 교전은 불가피했다. 게다가, 국내진공작전을 성공적으로 수행하기 위해서도 경흥 읍내에 오래 머물 수 없었고 주간에도 이동을 해야했다.

약간의 시간이 지나고 의병대가 다시 움직일 기미를 보이자 주민들의 얼굴엔 서서히 불안한 기색이 돋기 시작했다.

"이제 떠나시는 겁니까?"

도열한 대원들을 점검하는 중근에게 노인 한 사람이 다가오며 물었다. 읍장邑長이었다.

"경원 쪽으로 북상하며 적을 섬멸해야합니다. 그래서 오래 머무를 수가 없습니다."

"예, 그러시군요……."

읍장의 목소리에서 살짝 한숨이 묻어났다. 중근은 읍장의 고민을 충분히 헤아릴 수 있었다. 읍장은 의병대가 떠나는 것을 두려워하고 있는 것이었다. 의병대가 떠나고 나면 경흥은 경성수비대 지원군이든 아니면 다른 부대든 다시 일본군 수중에 들어가게 될 터였다. 그때 그들이 겪게 될 고초는 짐작하고도 남음이 있었다.

사실 그 문제는 이미 중근도 고심하고 있던 것이었다. 지난달 홍범도 부대의 백남규도 같은 고민을 얘기했었다. 어떤 지역을 쳐서 승리하고도 그곳에 주둔하지 않고 이동하게 되면 그 지역은 다시 일본군이 장악하게 되고 그럴 경우 승리의 의미는 퇴색되고 만다고.

그러나 경흥에 병력의 일부를 남겨 두고 떠나는 것은 현실적으로 불가능했다. 경흥에 남은 그 일부 병력으로선 얼마 후 들이닥칠 일본군 경성수비대 지원군을 대적하기도 힘들 뿐더러 북상하여 경원에서 전투를 치려야할 본대로서도 약간의 병력이나마 빠져나가면 전력이 약화될 건 뻔했다.

"너무 걱정마십시오. 온성과 훈계訓戒 쪽에서 연해주 의병대의 또 다른 병력인 창의회가 들어올 겁니다. 그리고 창의회와 경원에서 합류하여 적을 모조리 섬멸할 것입니다. 그러지 않는다면 이 국경 지역은 우리의 것이 될 수 없습니다. 그러니 고생스러우시더라도 잠시만 참아 주십시오. 반드시 빠른 시일 내에 다시 돌아오겠습니다."

중근의 간곡한 청에 읍장은 눈물을 글썽이며 수긍의 빛을 보였다. 그러나 애써 기약을 하면서도 중근은 그들이 겪게 될 고초를 생각하니 가슴이 아렸다.

대한독립의군 동의회 우영 의병대가 신아산新阿山을 점령한 것은 7월 9일 새벽 5시였다. 홍의동 승리 이후 만 이틀, 경흥을 출발하고 꼭 하루 만의 일이었다. 경흥과 경원의 중간 지점에 위치한 신아산은 경흥에서 대략 80리 길이었다. 신아산까지 가는 동안 중근의 의병대는 경흥에서 도주한 것으로 보이는 일본군과 여러 차례 맞닥뜨렸고 그때마다 치열한 교전을 벌여야했다. 그러나, 수적으로나 사기면에서 우세한 의병대의 공격에 일본군은 비교적 쉽게 무너졌다. 다행히 일본군 경성수비대 지원군이 아직 경흥에 도착하지 않았는지 후미에서의 공격은 없었다. 그렇다고 하더라도 80리 길을 적과 교전하며 진군하여 신아산을 점령했다는 것은 대단한 전투력이라 하지 않을 수 없었다.

이튿날인 7월 10일, 신아산에 머무르던 의병대는 새벽에 경원 방향의 일본군 헌병 분견대를 습격하여 6명의 하사관을 사살했다. 그리고 공격의 고삐를 늦추지 않고 다음날인 11일 오전부터 진격을 계속하여 경원 외곽 30리 지점인 융동隆洞에 다다랐다. 의병대의 공격에 일본군은 우편 취급소 직원들까지 긴급 대피시키며 후퇴했다. 오후에는 경원읍에서 4 킬로미터 떨어진 지점까지 진출했다. 이제 경원 공략도 시간문제로 여겨질 만큼 의병대의 기세는 파죽지세였다.

그러나 경원 공략은 쉽지 않았다. 경흥에서 도주한 병력을 포함하여 각지에서 지원군이 도착했는지 일본군 경원수비대의 전력은 지금까지 맞닥뜨렸던 일본군 수비대와는 달랐다. 전투는 치고 빠지는 접전이었다. 그래서 더 이상 경원 쪽으로의 진입은 어려웠고 간헐적인 전투가 계속되는 가운데 시간만 자꾸 흘러갔다.

중근은 불안했다. 지금 상태로도 적을 제압하기가 어려운데 시일을 끌다가 일본군 경원수비대에 더 많은 지원군이 충원되면 국내진공작전은 수포로 돌아갈 수도 있었다. 여기서 진공작전은 끝나는 건가 하는 생각이 수시로 들었다. 그런 중에도 중근은 중국 국경을 넘어올 창의회 의병대와 청진에 상륙하여 북상할 동의회 좌영 의병대를 기다리며 희망의 끈을 놓지 않았다.

그 희망이 현실로 나타난 것은 경원 외곽에서의 전투가 밀고 밀리는 접전으로 이어지던 끝에 잠시 소강상태에 접어든 14일 오후였다. 다시 전개된 전투에서 이상하리만치 적은 이전과 달리 저조한 전투력을 보이다가 얼마 지나지 않아 맥없이 퇴각하기 시작했다. 부대 후미인 훈계 쪽에서도 공격을 받았던 것이다. 적의 후미를 공격한 부대는 바로 중근이 기다리던 창의회 의병대였다.

연추를 출발한 창의회 의병대는 중국 훈춘을 경유하여 국경도시 온성으로 국내에 진입한 후 수차례 전투를 치르며 남하한 끝에 일주일 만에 중근의 부대 맞은편 경원 외곽에 당도했다. 양쪽 외곽에서 동의회와 창의회 의병대의 협공을 당한 일본군 경원수비대는 급속하게 전투력이 떨어져 제대로 저항도 못 해보고 서둘러 경원 읍내를 빠져나갔다.

박치익, 강윤혁, 김정익 등이 이끄는 창의회 의병대와 중근의 동의회 우영 의병대의 조우와 연합작전의 승리는 그야말로 감격적인 일이었다. 양측의 목적이 하나라는 사실을 새삼스럽게 확인하면서 중근은 그 동안의 갈등관계로 인해 마음고생을 했던 기억들이 눈 녹듯이 사라지는 듯했다.

"정말 때맞춰 잘 오셨소."

동의회의 참모장 오내범이 참모 강봉익과 함께 박치익을 비롯한 창의회 지휘부의 손을 일일이 잡았다.

"하늘이 우리를 도운 것 같습니다. 그렇지 않다면 동의회와 창의회가 동시에 경원을 공략하는 게 가능했겠습니까."

박치익이 오내범이 잡은 손을 흔들며 감격에 겨운 얼굴로 화답했다.

박치익의 말대로 창의회와 동의회 의병대가 동시에 경원 북서쪽과 남동쪽 외곽에 이르렀다는 것은 절묘하다 아니할 수 없었다. 국경의 최북단 온성으로 진입한 창의회 의병대가 훈계를 거쳐 경흥 북서쪽 외곽에 이르는 데 소요된 시간과 동의회 우영 의병대가 홍의동으로 진입해 경흥과 신아산을 거쳐 경원 남동쪽 외곽에 당도하는 데 걸린 시간이 정확하게 일치했던 것이다.

창의회와 동의회 의병대가 북쪽과 남쪽에서 출발해 경원을 점령함으로써 대한독립의군은 온성에서 홍의동까지 국경의 북단 전 지역을 수중에 넣게 되었다. 따라서, 지금부터는 내륙지방으로 남하하면서 본격적인 국내진공작전을 펼치게 될 터였다.

"그런데 동의회 좌영은 어떻게 됐습니까?"

잠시 자리를 만들어 쉬는 사이 박치익이 동의회 우영의 실질적인 지도자인 중근에게 물었다.

"녹둔도를 출발하여 청진으로 상륙할 예정입니다만 아직 기별이 없습니다."

"뭐, 별일이야 있겠습니까."

"글쎄요."

중근은 약간 불안하고 초조한 심정으로 대꾸했다.

그때였다. 부하 하나가 중근에게 다가와 보고했다.

"좌영의 전령이 도착했습니다. 좌영 병력이 회령 쪽으로 이동 중이랍니다."

"그럼 청진 상륙에 성공했단 말이지?"

"예, 그저께 모두 청진에 상륙했다고 합니다. 그리고 북상 중 부령에서 전투가 있었답니다."

"그래서?"

"일본군의 사상자가 90여 명이나 된답니다. 부상자들의 대부분이 죽었다니까 그 정도 숫자가 전사한 것 같습니다. 적은 회령 쪽으로 달아났다고 합니다."

"그렇다면 대단한 전과 아닌가!"

중근 옆에서 전령의 보고를 듣고 있던 오내범이 환한 얼굴로 좌중을 둘러보았다.

"축하합니다, 창모장님. 그리고 우영장님."

창의회의 박치익, 강윤혁 등이 오내범과 중근에게 축하의 뜻을 표했다.

"이제 우리 모두 힘을 합쳐 회령으로 진격해야지 않겠소."

오내범의 말에

"당연히 그래야지요."

중근과 박치익 등 모두가 이구동성으로 대답하며 주먹을 불끈 쥐어보였다.

회령은 경원에서 내륙으로 남하하면 나오는 첫 도시였다. 그리고 청진에서 부령을 거쳐 북상하면 이르게 되는 도시이기도 했다. 따라서, 경원에서 동의회와 창의회 의병대가 조우했던 것처럼 2, 3일 후면 회령에서 동의회 좌영 의병대를 만나게 될 공산이 컸다. 그렇게만 되면 회령 함락도 어렵지 않을 터였다.

"이제 우리에겐 창의회 병력 4백, 동의회 우영 병력 2백 등 6백의 병력이 있소. 그러나 6백이나 되는 병력이 한꺼번에 움직이는 건 오히려 좋지 않을 듯하오. 따라서 백 명 단위로 부대를 편성하여 진공을 했으면 하오."

오내범이 작전 계획을 말하자 창의회의 박치익, 강윤혁 등이 중근을 바라보았다. 자기들은 동의를 하며 중근의 의사를 묻는다는 얼굴이었다. 중근이 입을 열었다.

"참모장님 말씀이 옳습니다. 지금 회령엔 일본군 회령수비대뿐만 아니라 경흥, 경원과 부령에서 도주한 병력에다가 다른 지역의 지원군 등이 보태져 병력이 상당히 늘었을 겁니다. 그리고 그 병력을 회령뿐만 아니라 주변 주역에 분산시켜 놓았을 가능성이 큽니다. 따라서 우리도 회령으로 향하는 주도로는 물론이거니와 우회하는 소도로나 산길 등 여러 갈래로 진공작전을 펼쳐야할 겁니다. 그러려면 소규모로 병력 재편이 필요합니다. 즉, 회령 진공은 재편된 병력으로 전면전, 시가전, 유격전, 산악전 등 다양한 형태의 전투를 병행해야할 것입니다."

"그렇소. 우영장 말씀대로 합시다. 지금까지 창의회와 동의회는 패배하지 않고, 더욱이 별다른 희생자도 내지 않은 채 여기까지 왔소. 그런 만큼 지금처럼 진공을 한다면 우리는 반드시 또, 승리할 것이오."

오내범이 창의회 지휘부의 손을 일일이 잡으며 선전을 기원했다.

9 더 큰일이 남았다

9-1

7월 15일 회령시로부터 25베르스타 떨어진 운성산 지역에서 매복에 걸린 일본군 중대는 엄청난 패배를 당했습니다. 전투는 아침에 시작되어 하루 종일 계속되었습니다. 땅거미가 질 무렵에야 회령시로부터 구출 부대가 접근하였고 반란군은 퇴각하였습니다. 일본군의 사망은 64명, 부상자는 30명이었습니다. 반면, 반란군은 겨우 4명만이 부상을 당했습니다. 반란군은 동의회의 오내범, 강봉익, 안중근 등이 지휘하고 있었는데 당연히 그들도 사망하지 않았습니다. 회령시에는 강한 공포 분위기가 감돌았습니다. 반란군은 총수가 160명이나 되기 때문에 그들을 추격하는 것을 두려워했습니다.

그에 앞서 부령읍 인근의 백사봉(소도시로부터 20베르스타 거리)에서 충돌이 발생하였습니다. 일본군 중대가 점심 식사를 하던 중 약 백 명에 달하는, 30명의 호랑이 사냥꾼과 뛰어난 사격수들이 포함된, 반란군 부대가 예기치 않게 급습했습니다. 일본군의 첫 발포로부터 반란군은 아무도 상처입지 않았고, 반란군은 즉각 반격을 시작하여 일본군들을 좁은 분지로 몰아넣고 거의 몰살시켰는데 그들 자신은 오직 한 명의 부상자만 있었을 뿐입니다. 일본인들은 90명 이상이 죽거나 다쳤는데, 부상한 사람들은 모두 죽임을 당했고 모든 무기는 반란군 차지가 되었습니다……

"한인 의병들 대단하지 않은가?"

남우수리 지방 국경행정관 스미르노프가 부관 이브게니아 대위가 작성한 보고서를 읽고 나서 놀란 표정을 지었다. 보고서는 스미르노프의 명의로 군총독 플루그에게 보내게 될 것이었다.

"그들은 조국의 독립을 위해 애써 준비한 끝에 이제 막 전쟁을 시작했습니다. 따라서, 그 정도의 승리는 당연한 것 아니겠습니까."

이브게니아가 감정을 드러내지 않은 채 무덤덤하게 대답했다.

"그렇더라도 일본군 정규 부대와의 싸움에서 승리한 것은 평가 받을 만한 일 아닌가."

"그렇긴 합니다."

"한인 의병들이 승리한 요인은 어디에 있다고 생각하나?"

"보고서에 쓴 대로 구성원에 전문 산포수와 군인 출신이 많기 때문에 한인 의병들도 전투력에 있어선 일본 정규군인 못지않습니다. 게다가……."

"게다가?"

"작전의 승리입니다."

"작전의 승리라……?"

"한인 의병대의 근거지는 러시아의 노보키예프스크입니다. 따라서 당연히 러시아 국경 쪽으로 넘어갈 것이라는 게 일반적인 예상이었습니다. 실제로 정식 출정에 앞서 한 번 기습공격을 하면서 러시아 국경쪽으로 주의를 집중시키기도 했고요."

"그런데 청진으로 상륙했다 그 말이지?"

"그렇습니다. 중국쪽 국경을 월경한 것도 놀랍지만 청진 상륙은 그야말로 일본군의 허를 찌르는 절묘한 작전입니다."

"한인 의병대에서 그런 작전을 세웠다는 게 놀랍군."

"정보에 의하면 청진 상륙은 정순만이란 인물에게서 나온 안인 것 같습니다."

"정순만? 노보키예프스크의 안중근을 위해 블라디보스토크에서 자금을 모은다는 인물 말이지?"

"맞습니다. 전에 말씀드렸듯이 정순만은 중국통입니다. 이번에도 청진 상륙을 위해 정소추를 끌어들였습니다."

"정소추? 중국인 거상 말인가?"

"그렇습니다."

"정소추가 한인들의 일에 가담한 건 무슨 까닭일까?"

스미르노프가 고개를 한쪽으로 꼬았다.

"한인들의 투쟁정신에 고무되었겠죠. 아니면 약소국 의병들의 항일투쟁 움직임을 보며 대국 국민의 입장에서 자존심이 상했거나. 그러나 분명한 것은 중국인들의 반일감정도 한인들 못지않다는 사실입니다."

"그건 그렇겠지."

"실제로 이번 한인 의병들이 한국에 진공하는 데 있어 중국인들의 도움이 컸습니다. 동의회 병력의 상당수가 포시에트에서 녹둔도를 거쳐 청진에 상륙하는 데엔 정소추의 힘을 빌리기도 했지만 창의회도 중국 훈춘 지역 주민들의 도움을 많이 받았습니다."

"그래?"

"동의회는 노보키예프스크를 출발해 러시아와 연한 국경을 넘거나 청진으로 상륙했지만 창의회는 중국과 연한 국경을 넘기 위해 훈춘을 최종 집결로 정했습니다. 그만큼 훈춘은 현지 주민들이 일본에 대한 증오심을 가지고 있고 한국 독립투사들에게 지원을 아끼지 않는 곳이기 때문이죠."

"결국 한인 의병들은 세 개의 경로로 침투했다는 얘긴데 탁월한 발상이야."

"이번 한국 진공작전의 주축 인물은 안중근과 정순만, 그리고 이위종입니다."

"이위종? 전 러시아 공사 이범진의 아들 블라디미르 세르게예비치 리 말이지?"

스미르노프가 의자에 앉은 채로 두 손으로 턱을 괴면서 옆에서 있는 이브게니아를 올려다보았다.

"그 자의 한인 의병들에 대한 영향력은 어느 정도인가?"

"거의 절대적입니다. 그는 상당한 액수의 군자금을 가지고 페테르부르크에서 연해주로 왔고 의병을 초모하기 위해 안중근과 함께 파르티잔스크(수청)과 수이푼(추풍) 등지를 돌며 큰 성과를 거둔 바 있습니다."

"그렇다면 이번 한인 의병들의 국내진공에도 상당한 관여를 했겠군."

"당연히 그러지 않았겠습니까. 그가 연해주에 온 목적도 바로 거기에 있을 겁니다. 더구나 그는 파리의 생 시르 출신입니다."

"아, 그렇다고 했지."

"따라서 처음부터 끝까지 작전 수립에 깊이 관여하면서 안중근 등과 더불어 한인 의병들의 국내진공을 주도했을 것으로 여겨집니다."

"플루그는 보고서를 보면서 어떤 기분이 들까?"

"통쾌하면서도 한인 의병들의 행동을 말려야하는 입장이니까 어정쩡하거나 곤혹스럽겠죠. 우리처럼요."

"부관도 그런가?"

"공식적으로는 그렇습니다."

"그래?"

스미르노프가 입가에 애매한 미소를 흘리며 의자에서 일어나 창 쪽으로 걸어가 멈춰섰다. 7월의 녹음이 창으로 쏟아져 들어와 그의 얼굴에 음영을 드리웠다.

"보고서가 사흘 전 상황 것이니까 지금쯤 회령도 공략하지 않았을까?"

몸을 돌린 스미르노프가 벽에 걸린 지도로 다가가 얼굴을 가까이하며 혼잣말처럼 말했다.

"그럴지도 모르겠습니다."

"남쪽의 청진에서 북쪽의 회령까지를 장악했다면 상당한 전과 아닌가?"

"물론 그렇습니다. 그러나 함경북도의 삼분의 일이 채 되지 않고 전국적으로는 수십 분의 일에 지나지 않습니다."

"그렇더라도 일본군과 싸워서 얻은 결과라면 그게 어디 보통 일인가. 그리고 이 추세대로라면 조만간 함경북도는 함락시킬 수 있을 것 같은데 안 그런가?"

전과 달리 스미르노프는 연해주 의병대의 선전을 기원하는 속내를 노골적으로 드러냈다. 그도 어쩔 수 없이 일본군에게 패한 아픈 기억을 연해주 한인 의병의 승리를 통해 보상받고 싶어하는 러시아군의 일원이었다.

"꼭 그렇진 않습니다."

"왜 그렇게 생각하나?"

"연해주 한인 의병들은 국내진공작전을 전개한 이래 줄곧 승리를 거두며 북쪽으론 온성, 훈계, 남쪽에선 홍의동에서 시작하여 경흥, 경원 등 몇 개의 도시를 수중에 넣었습니다. 그러나 동의회 의병대의 경우만 보더라도 경흥과 신아산을 공략할 때와는 달리 경원 입성부터는 진군 속도가 늦어지고 있습니다. 이것은 점차 일본군의 저항이 거세지고 있다는 사실을 반증하는 것입니다."

"그래, 그렇긴 하지."

이브게니아의 설명을 들으며 스미르노프가 고개를 끄덕였다.

"따라서, 지금쯤 회령을 점령했을지 모르겠지만 제 생각엔 회령 진공까지가 한계가 아닌가 싶습니다."

"회령이 한계라……?"

"예. 설령 한인 의병들이 회령을 점령했다 하더라도 그들이 국내진공작전을 개시한 지 11일이 지났습니다. 이 11일이라면 일본군이 전력을 재정비하기에 충분한 시간입니다."

"그러니까 지금부터는 일본군이 본격적인 반격을 시작할 거라는 말이지?"

"전력상 마냥 밀릴 일본군이 아니잖습니까."

"결국 한인 의병들이 패배하게 될 거란 얘기군."

"유감스럽게도 한인 의병들의 승리는 처음부터 보장되어 있지 않았습니다. 페테르부르크도 이 점을 감안하고 한인 의병들의 행동을 묵인했던 거죠."

"정말 유감이군."

스미르노프가 선 채로 팔짱을 끼며 짧게 한숨을 뱉었다.

"그렇지만 한인 의병들은 선전한 겁니다. 그리고 결과만 가지고 이번 한인 의병들의 투쟁을 폄하하거나 과소평가해선 안 됩니다."

"무슨 말인가?"

"그들은 패배할 수밖에 없는 싸움을 시작했습니다. 그런 만큼 패배는 당연한 거고 중요한 것은 싸움을 시작했다는 사실입니다. 다시 말씀드려서, 이번 패배가 끝이 아니라는 뜻입니다."

"그렇다면?"

"그들은 해외로부터의 무력투쟁이라는 매우 의미 있는 전투를 시작했습니다. 따라서, 이번 패배에 굴하지 않고 한국 독립을 위한 해외기지 건설을 꾀하며 장기적인 무력투쟁의 길로 나설 것입니다."

"장기적인 무력투쟁이라……. 과연 그럴 수 있을까?"

이브게니아의 예상에 스미르노프가 반신반의하는 표정을 지었다.

"지난번에도 말씀 드렸지만 한국은 쉽게 소멸될 나라가 아닙니다. 그랬다면 수천 년 역사를 이어오지 못했겠죠."

"글쎄. 어쨌거나, 이번 싸움은 곧 끝을 보게 될 거란 얘긴데……."

"정보에 의하면, 일본은 총력전을 펼 모양입니다. 한국 내에 배치된 병력의 상당 부분을 북쪽으로 이동시키고 있다니까요. 북쪽의 분위기가 전국으로 확산되기 전에 연해주 한인 의병대를 제압하려는 거겠죠."

"페테르부르크에서도 알고 있을까?"

"연해주 한인 의병대를 제압하기 위한 일본군의 동향은 서울 주재 영사관을 통해서 페테르부르크로 전해졌을 겁니다."

"한국 내의 군대를 움직이는 건 누군가?"

"한국통감일 겁니다."

"이토 히로부미가 직접?"

"그렇습니다. 그 자가 군 통수권자니까요. 한국 내에선."

"그렇다면 한국에선 그야말로 무소불위의 존재겠군."

"물론이죠. 원래 일본과 한국 양국 간의 조약은 일본이 한국의 외교권만 대행하는 것으로 되어 있었습니다. 그러나 한국을 통째로 장악하기 위해 이토 히로부미는 작년 한국 군대를 해산했습니다. 그리고 일본 군인과 경찰로 통치를 하고 있지요."

"통감이란 지위가 그 정도로 막강한가?"

"이토 히로부미니까 가능한 거죠. 한국통감으로 부임하면서 이토는 그 전제조건으로 한국 내에서의 군 통수권을 요구했습니다. 본래 겁쟁이인 데다가 한국의 도처에서 의병들이 들끓고 있었으니까 불안했겠지요."

"그런데?"

"그렇지만 일본의 군대는 천황 직속입니다. 그리고 천황의 참모인 참모총장이 칙명을 받아 움직입니다."

"그럼 불경 아닌가?"

"당연히 그렇습니다. 그래서 군부에서 격렬히 반발했습니다."

"그런데 그 불경을 천황이 용인했다?"

"이토로선 그만큼 천황이 자신을 신임한다는 사실을 입증한 셈이죠."

"군부로선 자존심이 상했겠군."

"저는 그건 큰 문제가 아니라고 생각합니다."

"그럼?"

"정작 자존심이 상한 건 천황 아닐까요?"

"천황이?"

스미르노프가 이마에 주름살을 만들며 눈을 크게 떴다.

"생각하기에 따라 이토가 강압한 건 군부가 아니라 천황일 수도 있다는 뜻입니다."

"그래, 그렇게 생각할 수도 있겠군."

약간 놀란 표정을 짓던 스미르노프가 이내 수긍했다.

"천황은 그 자리에 오를 때 이토의 신세를 졌고 이후로 국정을 수행하는 과정에서도 많은 부분 이토에 의지했습니다. 하지만 천황이란 명령을 내리기도 하지만 각 세력의 조정자 역할도 해야한다면 군부 전체와 맞서는 이토의 손을 일방적으로 들어주기란 썩 내키는 일이 아니었을 수도 있다는 거죠."

"게다가 이토의 존재가 버겁거나 부담스러워졌을 수도 있을 테고……."

"그러니까 한국에서의 군 통수권 요구는 어떤 면에서 이토의 자충수가 될 수도 있는 겁니다."

"그렇다 하더라도 당장은 이토가 통감으로서 군 통수권을 행사하려 들겠지."

"그래서 이번 한인 의병들의 투쟁은 더 이상 계속되기가 어렵다는 거죠."

"그럼 연해주 한인 의병들의 침공을 제압하면 그다음엔 어떻게 될까?"

"기회를 봐서 일본은 한국을 병합하고 나서 러시아와 만주 문제를 놓고 협상하려 들지 않겠습니까. 그러니까 한인 의병들이 선전할수록 우리에겐 시간을 벌어주는 거지요."

이브게니아의 거침없는 대답에 스미르노프가 한쪽 입꼬리를 살짝 올리며 지긋한 미소를 지었다.

"자넨 문학도라기보다는 정치 분석가 같군."

"그건 정치가 문학의 하위개념이기 때문입니다."

"그런가?"

스미르노프가 약간 자조 섞인 웃음을 터트렸다.

9-2

7월 18일, 중근의 동의회 우영 의병대와 박치익 등의 창의회 의병대는 회령 경내로 진입했다. 양 부대가 경원에서 조우하여 합류한 지 만 4일이 지난 시점이었다. 6백 명에 달하는 병력으로도 회령에 진입하기까지 만 4일이나 걸린 것은 이전과 달리 일본군의 저항이 극심했기 때문이었다. 예상했던 대로 회령으로 향하는 길목마다 일본군이 대거 배치되어 있었고 소도로나 산악지역까지도 경계가 삼엄했다.

양 부대는 백 명 단위로 병력을 재편한 후 회령 방향의 간선도로를 비롯하여 소도로와 산길 등 다수의 경로로 남하하며 파상적인 전투를 벌였다. 그러나 여러 지역에서 지원군을 충원한 적의 방어선은 견고했고 그것을 뚫고 진격하기는 여간 어렵지 않았다. 아직 사상자는 많이 나지 않았지만 전투는 고전의 연속이었다.

그런 힘겨운 국면을 돌파하게 해준 것은 동의회 좌영 의병대였다. 청진에 상륙하여 북상하며 백사봉白沙峰에서 일본군을 섬멸한 좌영 의병대가 몇 차례의 전투를 치르며 적을 패퇴시키고 16일 오후 회령 남쪽을 치고 들어왔던 것이다. 경원에서 그랬던 것처럼 일본군은 후미에서 좌영 의병대의 공격을 받으며 전투력이 급속히 저하되기 시작했다.

총사령관 전제익과 우영장 엄인섭이 이끄는 좌영 3백 명과 조순서의 우영 백 명 등 4백 명의 병력이 가세하면서 창의회 4백 명과 중근의 우영 2백 명 등 무려 천 명에 달하는 연해주 의병대가 회령 양쪽에서 압박해 들어가자 견고했던 일본군의 방어선이 서서히 무너져갔다.

그러나 일본군은 퇴각하면서도 수시로 반격을 계속하며 저항을 멈추지 않았다. 연해주 의병대가 총력전을 펼치면서도 회령 경내로 들어서는데 하루 반이나 걸린 것은 그래서였다. 일본군은 퇴각하는 사이사이 남쪽으로 속속들이 빠져나갔다.

회령을 장악하게 되자 중근은 이번 출정으로 어느 정도 소기의 목적을 달성했다는 생각이 들었다. 진공작전의 실질적인 1차 목적지는 함경북도 무산茂山이었고 가능하면 함경남도 삼수와 갑산까지 진격할 생각이었다. 그러나 삼수와 갑산은 홍범도의 부대와의 협공을 전제로 한 목표였으므로 그 가능성은 그리 크지 않았다.

회령은 내륙 방향으로 무산 직전의 도시였다. 그리고 남쪽으로는 청진과 도로로 연결되어 있었다. 따라서, 연해주 의병대는 국경에서 회령과 청진을 남북으로 잇는 함경북도 북단의 상당 부분을 공략한 셈이었다.

그러나, 심상찮은 조짐은 회령에 잠시 유진하면서부터 조금씩 나타나고 있었다. 눈에 띄게 부대원들의 피로가 노출되기 시작했던 것이다. 그것은 비단 육체적인 것만이 아니라 정신적인 것까지도 포함된 것이었다. 실제로 창의회 의병대는 국경 북서쪽에서, 동의회 우영 의병대는 남동쪽에서 그리고 좌영 의병대는 청진에서 숱한 전투를 치르며 수백 리 길을 달려왔었다. 따라서 육체적으로는 물론 정신적으로도 당연히 지칠 만했다.

게다가 회령 주민들의 태도도 예사롭지 않았다. 처음 의병대가 경내에 입성할 때 열렬히 반겼던 그들이 시간이 지나면서 점차 표정이 굳어졌다. 그것은 지난번 경원에서의 주민들의 반응과는 또 다른 것이었다.

중근은 부하들로 하여금 주민들의 사정을 수합하게 했다. 그러자 그 연유는 곧 밝혀졌다. 조만간 일본군의 대대적인 반격이 시작될 거라는 것이었다. 그들이 여러 경로를 통해 전해들은 바로 일본군 회령수비대는 전국 각지에서 충원된 지원군과 함께 회령을 사수할 예정이었다고 했다. 그런데 지원군의 도착이 늦어져 회령을 빼앗겼지만 이미 남쪽으로부터 회령 인근 지역으로 병력이 집결하고 있고 곧 반격을 개시할 거라는 얘기였다. 그 얘기는 상당히 신빙성이 있어 보였다.

일본군이 회령을 중시하고 있다는 사실을 중근은 작년부터 감지하고 있었다. 작년에 이미 일본군은 첩자를 통해 연해주에서 한인 의병대가 결성되고 있고 의병의 수는 무려 1만 명이나 된다는 다소 과장된 정보를 입수하고 있었던 것이다. 그래서 그 시기가 언제가 될지 모르지만 연해주 의병대의 침공에 대비하여 작년 8월 러시아 국경과 가까운 회령과 나남에 천만 엔의 예산으로 요새를 건설하기로 결정했다. 물론 아직 요새 건설은 시작 단계이지만 그만큼 일본군에게도 회령은 군사적으로 중요한 도시였다.

몸과 마음이 다같이 지치고 느껴지는 조짐도 수상쩍었지만 그러나 진공을 중단할 수는 없었다. 의병대 지휘부는 처음 예정했던 대로 최소한 1차 목적지인 무산까지는 진격하기로 재차 결정했다. 그리고 병력을 10개의 백 명 단위 소부대로 나누고 18일 저녁 무렵 부대별로 남진을 시작했다.

그러나 무산으로의 남진은 회령에서 십여 리 떨어진 영산靈山 부근에 이르면서 난관에 부딪쳤다. 연해주 의병이 1만 명이나 된다는 소문이 돌았던 탓인지 적은 지금까지와는 비교도 안 되는 많은 병력을 투입해서 무산으로 향하는 모든 도로를 봉쇄하고 있었고 산악지대의 방비 역시 물샐 틈이 없었다. 전투는 주로 산악지대에서 치러졌다. 도로나 마을 같은 평지에서는 기관총 등 중화기로 무장한 적에게 화력에서부터 밀렸기 때문이었다.

산악지대에서의 전투는 거친 공방이 계속되는 가운데서도 시간이 지나면서 연해주 의병대쪽에서 조금씩 열세를 보이기 시작했다. 개개인의 기본 전력의 차이보다 거듭된 전투로 인해 누적된 피로 탓이었다. 조금씩 우열이 드러나면서 균형이 깨진 전투는 점점 더 격차가 심해졌고 연해주 의병대는 제 자리를 지키기도 어려웠다.

그런 사정은 10개의 소부대가 거의 공통적으로 겪고 있는 것이었다. 그리고 그 해결책은 퇴각하는 것 외에 달리 방법이 없었다. 그러나, 산악지대에서의 퇴각이라고 해야 심산유곡으로 흩어져 도피하는 것뿐이었다.

그 사이 중근의 부대에도 사상자가 발생했다. 그러나 상황이 급박하여 사망자를 제대로 수습할 겨를도 없이 부상자만 챙겨서 퇴각하지 않을 수 없었다. 중근은 부대원들을 이끌고 산속 깊숙이 이동했다. 길도 없는 산속인데다가 장맛비가 억수로 퍼붓고 있어 퇴각은 고행의 연속이었다. 그러던 중 다른 부대의 연락병 하나를 만났다. 산등성이 너머에 지휘부가 모여 있다는 것이었다.

지휘부에 도착했을 때 중근에겐 청천벽력과도 같은 비보가 기다리고 있었다. 강기삼이 전사했던 것이다.

"어떻게 이런 일이……."

중근은 아연실색했다.

"안타까운 일이오."

총사령관 전제덕이 침통한 표정을 지었다.

"시신은……?"

"경황이 없어 우선은 임시로 가매장했소. 그러나 훗날 기필코 이 강토를 수복하고 예를 갖추어 제대로 모실 것이오."

가묘 앞으로 중근을 인도한 전제덕의 우울한 목소리가 빗속에 잠겨들었다.

중근은 한쪽에 만들어진 흙무덤 앞에 망연자실한 심정으로 서 있었다. 정말이지 엊그제까지만 해도 칠순의 고령에도 불구하고 활기찬 모습으로 대원들에게 전투를 독려하던 강기삼이 죽었다는 게 실감이 나지 않았다. 그와의 인연을 생각하면 중근은 마치 부모를 잃은 것 같았다.

"적의 전력이 워낙 막강해 모든 부대가 상당한 타격을 입었소. 강씨 어르신께서도 그 와중에 애석하게 변을 당하셨소."

좌영장 엄인섭이 다가와서 중근의 어깨를 감싸안으며 위로했다. 그리고 덧붙여 그간의 전황을 설명했다. 마을과 도로 쪽은 일본군의 병력수부터 압도적인데다가 화력의 열세로 초전에 패퇴했고 산악지역도 적군이 요소요소에 미리 매복하고 있어 불리한 지형에서 전투를 벌였지만 속수무책으로 밀리면서 사상자가 속출했다는 것이었다. 그러면서 각 부대의 대원들이 사방으로 흩어져 지금 남아 있는 병력은 2, 3백 명 정도밖에 되지 않는다고 했다.

중근은 저간의 사정을 충분히 헤아릴 수 있었다. 산악 전투는 지형의 특성상 당연히 원활한 명령체계를 유지하기는 어려웠고 부대마다 독자적인 전투를 수행할 수밖에 없었다. 그럴 경우, 전력이 적을 능가하지 않을 땐 온전하게 부대를 유지하기란 쉽지 않았다.

"각 부대의 대원들 상당수가 이탈한 듯하오."

전제덕이 심각한 얼굴로 말했다. 그러자 이어 엄인섭이 조심스럽게 입을 열었다.

"우리도 이쯤에서 철수해야 할 것 같소."

"철수요?"

엄인섭의 뜻밖의 말에 중근이 되물었다.

"그렇소."

"그럼 철수라면 어디로 말입니까?"

"그야 연해주지요."

"그건 회군을 뜻하는 거 아닙니까."

"말하자면 그렇소."

엄인섭이 어정쩡하게 대답했다.

"그러나 한 번 패했다고 회군할 수는 없는 일 아닙니까?"

"물론 우리는 출정한 후로 패한 건 이번이 처음이요. 그러나 첫 패배이긴 해도 그로 인해 입은 타격이 너무 커요. 거의 치명적일 정도로 말이요. 그리고 더 싸울 여력이 지금 우리에겐 없소. 벌써 우리가 연추를 떠난 지 열이틀이 지났소. 그동안 우리는 제대로 먹지 못했고 편히 잠 한숨 자지 못했소. 당연히 대원들의 피로는 이루 말할 수 없을 지경이오. 게다가 이젠 식량도 떨어지고 탄약도 얼마 남지 않았소. 따라서 회군은 내키지 않지만 불가피한 일이요."

"그렇긴 합니다만 그런 어려움은 처음부터 각오하고 있었던 것 아닙니까."

"그럼 우영장은 이런 상황에서도 전투를 계속하자는 얘기요?"

"물론 당장은 이곳을 벗어나는 게 급선무겠지요. 하지만 회군은 아직 이릅니다."

중근이 회군을 거부하자 엄인섭이 길게 한숨을 내쉬었다.

"안 동지. 우린 서로 다른 성씨를 가졌지만 처음 만나서 의기투합하고 형제의 의를 나누기로 결의한 사이요. 그리고 조국의 독립을 위해 목숨을 바치겠다고 맹세했소. 그런 내가 죽음이 두려워서 이러겠소."

"물론 그게 아니란 걸 왜 모르겠습니까."

"그럼 들어보시오. 지금은 정황상 회군해야 해요. 우리가 이번만 싸우고 말 게 아니잖소. 게다가 부대를 이탈한 대원들의 대부분도 북행길에 올랐을 터라 다시 합류시키기도 어렵소."

"저도 그러리라 생각하고 있습니다."

"그리고 남아 있는 대원들도 모두 그러기를 바라고 있소. 그럴 때 내겐 그들을 무사히 돌아갈 수 있도록 지휘할 의무가 있지 않겠소."

"물론 그렇습니다."

"실제로 대원들은 많이 지쳤소. 더욱이 강씨 어르신이 돌아가시면서 전의를 상실하기도 했고요."

엄인섭의 말대로 강기삼의 죽음도 대원들의 사기저하의 한 원인이 될 수도 있었다. 그동안 강기삼은 직책에 관계없이 대원들의 정신적인 지주 역할을 해왔었다.

"그렇다면 회군해야겠지요. 후일의 승리를 위해 귀환하는 게 약한 전력을 가지고 싸워 패하는 것보다 상책일 수도 있으니까요."

"고맙소. 내 생각에 동의해줘서……."

엄인섭이 안도의 한숨을 쉬며 중근의 손을 잡았다.

"아닙니다. 저는 돌아가지 않겠습니다."

"무슨 말이오?"

"저는 그냥 싸우겠습니다."

"안형! 지금 싸우겠다는 것은 섶을 지고 불속에 들어가는 거나 같은 꼴이요. 그건 만용이나 다름없소."

엄인섭이 답답한 나머지 중근을 사적 호칭으로 부르며 목소리를 높였다.

"만용이라고 해도 할 수 없습니다. 그러나 제 말은 후일을 위해 회군하는 것이 상책일지언정 남아서 싸우는 쪽도 있어야 한다는 뜻입니다.

전쟁에 임해 군인이 안위만 챙겨선 안 되며, 싸우는 것은 당연한 것이고 또 이번 출정을 위해 힘들게 자금을 모아준 연해주 동포들의 성의에 조금이나마 보답하는 것이기 때문입니다."

중근과 엄인섭의 대화가 길어지자 잠자코 듣고 있던 전제익이 나섰다.

"좌우영장 두 분 말씀은 다 옳소. 그런 만큼 나도 어떻게 하라고 말하기가 어렵소. 그리고 진군도 위험한 일이지만 회군도 결코 안전하진 않소. 그러니 대원들의 의사에 따르도록 합시다."

의병대의 총책임자로선 할 소리가 아닌 듯했으나 그럴 수밖에 없었다. 중근은 전제익, 엄인섭 등과 함께 대원들이 모여 있는 곳으로 갔다. 부상자를 포함한, 남아 있는 2백 수십 명의 대원들은 거의 패잔병의 모습이었고 첫눈에도 전투 의지가 거의 고갈된 것처럼 보였다.

엄인섭이 상황을 설명하고 그들의 의사를 물었다. 그러자 엄인섭의 말대로 많은 수가 회군에 동조했다. 결국 중근을 따라서 남겠다는 사람은 우덕순 외에 강봉익, 장봉금, 조순서 등 수청 출신의 지휘부와 50여 명 가량의 대원이 전부였다. 그러나 그 숫자도 실은 중근의 예상을 훨씬 상회하는 것이었다. 그들이 죽음의 위험을 무릅쓰고 따라나서기로 한 건 전적으로 평소 가지고 있던 중근에 대한 신뢰 때문일 터였다. 그래서 중근은 콧등이 찡했다.

"안형. 조금이라도 위험하다 싶으면 언제든 걸음을 돌리시오. 우리의 형제지맹을 가벼이 끊을 순 없잖소."

대원들을 데리고 떠나기에 앞서 엄인섭이 안타깝고 절박한 표정으로 중근의 두 손을 잡았다.

"걱정마십시오. 조국이 독립하기까진 저도 제 목숨을 허투루 하지 않을 겁니다."

전제익도 중근의 손을 잡으며 서로 무사하기를 비는 눈빛을 교환했다.

전제익과 엄인섭이 회군을 원하는 대원들을 이끌고 떠나자 중근은 조금은 홀로 버려졌다는 느낌도 있었다. 그러나 50명 남짓한 병력이었지만 싸워야 한다는 생각엔 변함이 없었다. 정황을 고려하지 않고 싸우겠다는 의지만 지나치게 앞세우는 것도 무모하지만 위험을 감수하지 않고 자신의 안위만 따진다면 그것 역시 군인으로서 바람직한 일은 아니었다.

잠시 홀로 떨어져 앉아 스스로 전의를 다지는 동안 불현듯 시상이 떠올랐다.

사나이 뜻을 품고 나라 밖에 나왔다가
큰일을 못 이루니 몸 두기 어려워라
바라건대 동포들아 죽기를 맹세하고
세상에 의기 없는 귀신은 되지 말게

男兒有志出洋外
事不入謀難處身
望須同胞誓流血
莫作世間無義神

9-3

엄인섭의 좌영과 박치익 등의 창의회 부대를 떠나 보낸 후 중근은 수청 사람들이 주축이 된 우영 의병대의 일부를 이끌고 남하하기 시작했다. 그러나, 남하라고 했지만 아직까지 영산을 벗어나지 못하고 있었다. 며칠째 계속되는 장맛비에 산속에서의 이동은 속도를 내기 어려웠고 어디서 튀어나올지 모르는 적의 복병 때문에 행군은 조심스러울 수밖에 없었다. 적은 영산 전체에 요소요소마다 병력을 매복해 두고 있었던 것이다. 따라서, 회군을 결정한 엄인섭 부대의 이동도 쉬운 노정은 아닐 터였다.

그렇다고 하더라도 회군이 아닌 진군은 육체적 피곤에 더하여 정신적인 중압감도 이루 말할 수 없었다. 지금까진 여러 부대로 나뉜 채 서로 떨어져 싸웠어도 우군이 근처에 있다는 안도감 같은 게 있었다. 그렇지만 이젠 누구로부터의 도움도 받지 않고 오로지 홀로 난관을 헤쳐나가야 했던 것이다.

너무 들어온 건 아닌가 하는 불안감. 그리고 그럴수록 돌아갈 길은 멀어진다는 엄연한 사실. 비록 우영장을 신뢰하여 따라나섰지만 대원들의 마음도 마냥 가벼울 수만은 없었다. 그런 대원들의 마음에 불을 지르는 사건이 일어났다. 그것도 그들이 믿고 따르던 바로 그 우영장으로 인해서였다.

중근의 부대가 남쪽으로 이동 방향을 정한 후 적의 매복병을 피하느라 이틀째 계속 산길을 맴돌고 있고 있던 중이었다. 이날도 산을 벗어날 기미가 보이지 않는 가운데 오후가 저물어가고 있었다. 그러다가 한 무리의 일본군을 만나 교전이 벌어졌다. 다행히 일본군의 숫자가 많지 않아 쉽게 제압할 수 있었다. 그리고 몇 명의 일본군 군인과 장사치로 보이는 민간인을 포로로 잡았다.

대원들이 일제히 포로들을 처치하고 빨리 이동하자고 했지만 일단 중근은 그들을 만류했다. 그리고 마침 수청 출신 의병 중에 일본어에 능숙한 사람이 있어 그의 도움을 받으며 포로들을 심문했다.

"그대들은 모두 일본국 신민들이다. 러일전쟁을 시작할 때 선전교서에서 천황은 동양 평화를 유지하고 한국의 독립을 굳건히 한다고 하지 않았는가. 그런데 오늘처럼 한국을 침략하니 이것을 평화독립이라고 할 수 있겠느냐. 역적 강도의 짓이 아니고 무엇이냐?"

그러자 포로 중의 하나가 머리를 거듭 조아리며 눈물을 떨구어 대답했다.

"그것이 어찌 저희들의 본심이겠습니까. 사람이 세상에 나서 편히 살기를 좋아하고 죽기를 싫어하는 것이 인지상정이거늘 오늘 저희들은 먼 이국 싸움터에서 참혹하게도 주인 없는 원혼이 되게 생겼으니 그저 비통할 뿐입니다."

"그대들이 개인의 이익을 취해 자초한 일 아닌가?"

"아닙니다. 오늘의 이 모든 상황은 이토 히로부미의 탓입니다. 제 마음대로 권세를 휘둘러 전쟁을 일으키고 한국과 일본 두 나라의 귀중한 생명을 수도 없이 앗아간 게 이토입니다. 한국에 가면 먹고 살 길이 있다고 내모는데 힘없는 저희들로선 시키는 대로 할 수밖에요."

그러자 옆에 있는 일본군 하나도 마찬가지로 엎드려 땅바닥에 머리를 찧으며 호소했다.

"저희들이 한국 백성과 무슨 원한이 있겠습니까. 그리고 고향의 부모와 처자를 떠나 목숨이 위태로운 전쟁터에서 생면부지의 한국 백성과 싸울 이유가 뭐겠습니까."

포로들은 한결같이 엎드려 울부짖으며 목숨을 구걸했다.

중근은 심란했다. 저간의 사정이야 저들의 입을 빌지 않더라도 미루어 능히 짐작할 수 있는 것이었다.

저들 몇을 죽여서 우리의 독립이 이루어지겠는가.

중근은 그들을 돌려보내기로 마음먹었다. 그리고 가까이 있는 대원을 시켜 포박을 풀어주었다. 그러자 포로들은 기쁨에 겨워 어쩔 줄 몰라 했다.

"우영장님. 안 됩니다."

중근이 소리가 나는 뒤쪽으로 고개를 돌리자 조순서가 곤혹스런 얼굴로 서 있었다.

"왜 그러시오?"

"우영장님. 지금은 전쟁 중입니다. 그리고 우리는 전쟁터에 있습니다."

"그건 나도 알고 있소."

"그런데도 저들을 보내시겠다는 겁니까?"

중근이 조순서 앞으로 다가서며 나지막하게 말했다.

"이미 저들은 적이 아니오. 총을 들고 싸울 때 적이지 지금 저들은 포로에 불과하오."

그러자 조선서가 답답하다는 듯이 머리를 흔들었다.

"우영장님. 어떻게 그런 말씀을……. 일본군은 포로로 잡은 우리 동지들을 모두 죽였습니다. 그 뿐입니까. 우리 대원들에게 밥을 줬다고 해서, 그리고 정보를 제공했다고 해서 민간인까지 총을 쏘아 죽이고 칼로 베어 죽이고, 목을 매어 죽이지 않았습니까. 그걸 모르지 않으면서 어떻게 그런 말씀을 하시는 겁니까?"

중근은 짧게 한숨을 뱉고 나서 조순서를 똑바로 응시했다.

"조 동지. 내가 왜 그걸 모르겠소. 그래서 우리는 분개하고 일본군을 욕했었잖소. 그래 놓고 우리도 일본군과 똑같은 짓을 해야하오?"

"……."

"아까도 말했지만 저들도 무기를 놓으면 우리와 똑같은 사람이오. 저들 말대로 저들에게도 무사히 돌아오길 기다리는 부모가 있고 처자가 있소. 우리처럼 말이오. 죄가 있다면 저들을 전장으로 내몬 위정자들에게 있지 저들이 무슨 죄가 있겠소."

"그러나 우영장님. 우리는 회군하지 않고 죽음을 무릅쓰고 진군을 택했습니다. 그런데 전투에 임해 그렇게 나약한 말씀을 하시면……."

조순서가 말끝을 흐리자 중근이 천천히 고개를 가로저었다.

"나약해서 그런 게 아니오. 다만 사람답자는 거요. 즉, 어떤 경우든 사람의 도리와 품위를 잃지 말자는 거요. 힘없는 상대를 힘을 앞세워 해하려는 것은 야만의 짓이오. 따라서, 설령 저들이 풀려나 다시 무기를 들고 달려들지라도 지금은 저들을 풀어줘야 하오. 지금 저들은 무기를 들지 않은 포로에 불과하기 때문이오. 물론 저들이 다시 무기를 든다면 나는 군인인 저들과 당연히 싸울 것이오."

"우영장님……."

중근의 완강함에 조순서가 더 이상 대꾸를 못했다. 그러자 조순서 뒤에 모여 있던 대원들이 일제히 중근에 대한 불만을 토해냈다.

"동지들. 들으시오. 우리가 적에게 잡혔을 때 죽기를 바라오? 우리도 살기를 원할 것이오. 그렇다면 마찬가지로 우리도 적을 살려주어야 하오. 만국공법에도 사로잡은 적병을 죽이는 법은 없다 했소."

중근은 애써 대원들을 진정시켰다. 그러나 불만의 기세는 좀처럼 수그러들지 않았다. 대원 하나가 중근의 말을 받았다.

"저는 무식해서 만국공법이란 게 뭔지 모릅니다. 그렇지만 적이 지키지 않는 만국공법을 우리만 지킨다면 불공평한 일 아닙니까."

"다시 말하지만 우리부터 지켜야 적도 지킬 것이오. 적이 야만적이라고 해서 우리까지 그럴 순 없소."

"목숨이 왔다 갔다 하는 문젠데도요? 저놈들을 풀어주면 부대에 돌아가서 우리 위치를 토설할 것 아닙니까. 그런데도 저놈들을 살려 보낸다는 것은 우리의 안위를 너무 가볍게 여기는 게 아니고 뭡니까."

그때 우덕순이 나섰다.

"동지들. 우리의 지휘자는 우영장이시오. 우리도 엄연한 군인이라면 우영장 말씀을 따라야하오. 그동안 우리는 우영장으로부터 훈련을 받았고 또 우영장을 믿고 연해주를 떠났소. 그리고 우영장의 탁월한 지휘로 죽음의 고비를 무사히 넘기며 이곳까지 왔잖소. 그런 우영장께서 우리를 죽음의 구렁텅이로 몰아넣으려고 그러시겠소?"

우덕순이 다소 거칠고 강압적인 태도로 몰아붙이자 대원들은 잠시 잠잠해졌다. 그러나 불만의 기미가 완전히 사라지지는 않았다.

중근은 대원들의 불만스런 분위기가 채 진정되지 않은 가운데 포로들에게 일렀다.

"그대들은 속히 돌아가라. 그리고 이후 여기서 사로잡혔다는 이야기는 결코 입 밖에 내지 말라."

그러자 일본군 포로 하나가 중근 앞으로 나섰다.

"저희가 무기를 갖고 가지 않으면 이곳에서 붙잡혔다는 사실이 드러나게 되어 군율을 면할 수 없습니다."

"그렇게 하라."

중근이 눈짓으로 한쪽에 포로들로부터 압수해 놓은 무기들을 가리켰다.

무기를 집어든 일본군과 장사치들이 중근과 대원들을 향해 일제히 고개를 거푸 숙이며 감사의 뜻을 표했다.

"그대들이 돌아가면 이번 일을 계기로 삼가 의로운 일을 꾀하라."

서둘러 포로들이 산 아래로 내려가자 대원들의 분위기는 냉랭해졌다. 대놓고 대들진 못했지만 중근의 포로 처리 방식에 동의할 수 없었던 것이다. 중근은 대원들을 다독였다.

"우리들이 이번 국내진공에 나선 것은 단순히 적을 죽이기 위해서가 아니라 승리해서 다시는 이 땅에 싸움이 없게 하기 위해서일 것이오. 그렇다면 승리를 위해 우리는 어떻게 해야하겠소. 적에게 우리의 의로운 뜻을 알리고 싸움을 하지 않게 해야 할 것이오. 그럴 때 적 몇 명 죽이는 게 능사겠소? 국권회복을 위해서 4천만 일본인 모두를 죽여야 하는 건 아니잖소. 그보다는 약한 것으로써 강한 것을 물리치고 어진 것으로써 악한 것을 대적하는 것이 더욱 옳은 방책이 아니겠소. 그러니 동지들은 부디 내 뜻을 헤아려주시오."

중근이 애써 호소했으나 대원들의 반응은 여전히 시큰둥했다. 그러나 더 이상 분위기를 반전시킬 묘책도 없었고 그냥 이동을 개시해야했다.

"지금 대원들의 사기가 처음보다 훨씬 떨어졌습니다. 저런 상태에서 어떻게 전투를 치를지 걱정입니다."

뒤처져 걷던 조순서가 장봉금과 함께 중근에게 다가오며 말했다. 둘은 모두 수청 출신으로 사이가 가까웠다.

"어쩌겠소. 우영장의 깊은 생각을 헤아리지 못하니……."

중근이 대답을 못하는데 우덕순이 두둔했다.

"포로들이 돌아가면 혹시라도 우리 위치를 발설하게 될까봐 불안한 거지요."

"그래서 이렇게 서둘러 이동하고 있잖소."

"하지만 밤길이라 이동속도가 더디잖습니까. 날이 밝으면 적은 우리를 추격하기가 그다지 어렵지 않을 겁니다."

조순서와 우덕순의 대화를 들으면서도 중근은 끼어들 수가 없었다. 포로들을 풀어준 자신의 행동이 잘못되었다고는 생각지 않았지만 대원들이 걱정하는 것 또한 충분히 이해가 되었기 때문이었다.

비는 내리고 밤은 점점 깊어갔다. 낮에 한 차례 전투를 치렀던 탓인지 몸도 마음 못지않게 피곤했다. 그래서 적당한 장소를 골라 몇 시간이라도 숙영하기로 했다.

이튿날 새벽 다시 부대를 출발시켰다. 적의 움직임이 뜸할 이른 시간에 좀 더 이동하자는 생각에서였다. 오전 내내 걷는 동안 별다른 일은 발생하지 않았다.

중근은 일단 국내진공의 1차 목적지인 무산까지는 가보고 싶었다. 그러나 우선은 영산을 빠져나가는 게 급선무였다. 그만큼 적병을 피해 영산을 벗어나기란 쉽지 않았다. 산의 전체적인 지형을 제대로 파악하고 있지 못하고 있는 탓에 도대체 적병이 어디에 얼마만큼 매복하고 있는지 가늠하기조차 힘들었던 것이다. 사정이 그렇다 보니 과연 좌영 의병대는 무사히 빠져 나갔을까 하는 의구심까지 들었다.

그런데 결국 우려했던 일이 일어났다. 막 정오를 지날 무렵이었다. 오전 내내 이동하느라 지쳐 잠시 쉬는 사이 일본군의 습격을 받았다. 그런데 이번에는 공격의 강도가 달랐다. 사방에서 동시다발적으로 총알이 날아드는 것으로 보아 지금까지와 달리 적병의 규모가 상당한 듯했다. 혹시 이쪽의 위치가 파악되거나 노출된 게 아닐까 하는 생각이 퍼뜩 머리를 스쳤다.

중근은 서둘러 대원들을 분산시켰다.

"이게 다 포로들을 풀어준 때문이 아니고 뭔가."

"살려고 따라왔더니 그 잘난 만국공법 때문에 되려 죽게 생겼어."

"그러게. 양반이랍시고 어디서 만국공법이란 말은 주워들어가지고……."

대원들 중 일부는 흩어지면서 중근에게 들으라는 듯이 한마디씩 했다.

그렇지만 거기에 마음 쓸 겨를이 없었다. 상황이 너무 급박했던 것이다. 중근도 대원 몇 명과 그 자리를 피하며 재빨리 주변을 살폈다. 그러나 적병의 모습은 눈에 들어오지 않았다. 대원들도 사방으로 흩어진 채 총알이 날아오는 방향을 향해 응사를 했지만 이곳저곳에서 희생자만 늘어났다. 믿고 싶지 않았으나 방면한 포로들의 실토로 일본군이 이쪽 위치를 추정한 게 아닌가 싶기도 했다. 적이 위치를 추정하고 포위망을 좁히면 발각되는 건 시간문제였다.

매복 상태에서 총격을 하던 일본군이 모습을 드러낸 건 전투를 시작한 지 30여 분쯤 지나서였다. 아마도 이쪽의 병력 규모와 전력을 나름대로 파악하고 자신감을 가지게 된 듯했다. 사방에서 몰려드는 적병들의 공격에 대원들이 할 수 있는 거라곤 뿔뿔이 흩어진 채 각자 퇴로를 확보하며 산으로 더 높이 올라가는 것뿐이었다. 산 아래로는 더 많은 적병이 대기하고 있을 터였다.

길도 없는 산속을 수차례 오르내리며 총격전을 벌이는 가운데 얼마나 지났을까. 날이 저물고 문득 사위가 고요한데 억수 같은 비가 내리고 있어 지척을 분간하기가 어려웠다. 산속이라 일찍 어둠이 찾아왔지만 족히 4, 5시간은 싸운 것 같았다. 중근은 주위를 둘러보았다. 몇 명의 대원이 눈에 띄었지만 모두 이리저리 분산하여 싸웠던 터라 전체적으로는 얼마나 죽고 살았는지 정확히 확인하기가 어려웠다. 남은 대원은 어림잡아 2, 30명 정도였다. 그러나 그중엔 우덕순도, 강봉한과 조순서도 모두 보이지 않았다.

어둠이 짙어 주변을 제대로 살피긴 힘들었다. 그러나 다행히 적병의 포위망에선 빠져나온것 같았다. 나머지 대원들을 어떻게 되었을까 걱정을 하면서 중근은 대원들과 함께 숲 속 적당한 곳에서 밤을 새웠다.

날이 밝자 산 아래로 자그마한 마을이 보였다. 돌이켜 생각해보니 적병과 전투를 치르는 동안 산등성이 두어 개는 넘은 것 같았다. 그러나 영산 외곽으로 나아간 게 아니라 더욱 안쪽으로 들어온 것 같았다. 이틀 동안 아무 것도 먹지 못한 채 격렬한 전투를 치러서인지 대원들의 모습은 아귀餓鬼의 형상이었다. 완전한 패배였다. 이 지경을 당하고 보니 중근은 창자가 끊어지고 간담이 찢어지는 듯했다.

중근은 위험을 무릅쓰고 대원 몇 사람을 데리고 직접 마을로 내려가 보리밥을 얻어 왔다. 그리고 대원들에게 조금씩 나눠주며 다소나마 추위와 허기를 면하게 한 후 그들을 위로하고 달랬다. 그러나, 대원들은 더 이상 중근에게 복종하려는 기색이 아니었고 기율도 제대로 서지 않았다. 그런 채로 주변 탐색에 나섰다. 혹시라도 다른 대원들을 찾을 수 있을까 해서였다.

그러나, 산 아랫마을로 내려갔던 게 화근인 듯했다. 분명 일본군이 없는 걸 확인하고 마을로 들어갔었는데 근처 어디엔가 복병이 있었던 모양이었다. 주변 탐색을 시작한 지 얼마 안 되어 일본군이 총격을 가해왔다. 그리고 거의 본능적으로 대원들은 녹음이 무성한 숲 속으로 숨어들어갔다.

9-4

가까스로 적병의 사정거리에서 벗어났을 때 중근의 곁에는 갈화춘葛化春과 장봉금 단 두 사람만이 남았다. 기진맥진한 상태였지만 세 사람은 내처 걸었다. 조금이라도 적으로부터 멀리 떨어지기 위해서였다. 그러나, 이미 기력이 소진된 터라 한발 한발 내딛는 발걸음은 한없이 무거웠다. 정신력으로 겨우 버티고 있지만 지니고 있는 총으로 자결을 하고 싶을 정도로 금방이라도 쓰러질 것만 같았다.

낮 시간을 쉬면서 보내고 밤이 되자 세 사람은 이동을 개시했다. 그러나, 연추에서부터 오랫동안 의병들의 훈련을 맡아 동분서주한데다가 국내진공을 지휘하느라 무리했는지 중근은 한번 떨어진 체력이 회복되었다가도 다시 급격히 떨어졌다. 그럴 수밖에 없는 것이 물 이외에는 아무것도 먹질 못했으니 그 회복이란 것도 일시적인 것에 지나지 않았던 것이다. 그러나 그런 사정은 두 사람도 크게 다르지 않을 터이므로 중근은 부끄럽고 미안하기 짝이 없었다.

체력이 떨어져 이동 중 자주 쉴 수밖에 없었다. 축축한 땅바닥에 지친 몸을 뉘인 채 흐린 밤하늘을 올려다보며 중근은 생각했다.

옛날 미국 독립의 주인공인 워싱턴은 7, 8년 동안 풍진風塵 속에서 숱한 곤란과 고초를 능히 참고 견뎠다. 그는 참으로 만고에 둘도 없는 영웅이다. 내가 만일 뒷날에 일을 성취하면 반드시 미국으로 가서, 특히 워싱턴을 위해서 추상하고 숭배하고 기념하며 뜻을 같이하리라.

그런 생각을 한다는 것 자체가 고통스러운 현실을 잊고 싶었기 때문인지도 몰랐다.

길도 분명찮은 산속을 4, 5일을 걸었다. 이제 세 사람 모두 심신이 한계점에 다다른 듯했다. 추위와 굶주림도 고통이었지만 희망이 보이지 않는 상황은 세 사람을 헤어날 수 없는 절망의 어두운 수렁으로 몰고 갔다.

"우영장님. 이젠 틀린 것 같습니다."

잠시 쉬는 도중 갈화춘이 땅이 꺼지듯 한숨을 쉬었다.

"무슨 말이오. 우린 돌아갈 수 있을 것이오. 부디 마음을 굳게 먹으시오."

"아닙니다. 괜찮습니다. 저는 우영장님 말씀을 듣고 조국독립을 위해 전장에 나와 온 힘을 다해 싸웠습니다. 따라서, 비록 힘이 미약하여 승리하지 못했지만 우영장님 말씀대로 의로운 일을 했으므로 지금 죽어도 여한이 없습니다."

갈화춘의 목소리에 울음이 섞여들었다. 중근은 갈화춘의 젖은 어깨를 껴안았다.

"그런 말씀 마시오. 자고로 의로운 자는 하늘이 알고 돕는다고 했소. 우리 힘을 냅시다."

그 말은 갈화춘에게가 아니라 어쩜 중근 자신을 향한 것이기도 했다.

"우영장님은 지금도 천주를 믿으십니까?"

"물론이오. 그분은 천지간의 큰 임금이자 큰 아버지시오. 하여, 사람이 세상을 살며 그분을 신봉하지 않으면 금수만도 못한 것이오. 우리의 생명은 그분이 주신 것이기 때문이오. 그러니 그분은 살아 있는 우리의 목숨을 버리시지 않고 죽어도 영원히 죽지 않는 영생을 주실 것이오."

"그렇다면 우영장님. 저도 그 영생을 얻을 수 있을까요?"

"당연히 그럴 것이오. 천주의 가르침에 의로운 자는 당신의 품안에서 영원히 살 것이라고 했소. 갈 동지는 천주의 자식으로 살며 장차 하늘나라의 백성이 될 것이오."

"그럼 제게도 영세를 주시겠습니까."

"이를 말이오."

그러자 장봉금도 갈화춘처럼 중근에게 영세를 청했다.

중근은 두 사람에게 천주가 만물을 창조하신 도리와 지극히 공변되고 의로우며 선악을 상벌하는 도리와 예수 그리스도가 세상에 내려오셔서 속죄함을 구하는 도리를 낱낱이 권면했다. 두 사람은 중근이 전하는 말을 마음으로 받아들이기를 서약했다. 중근은 곧 교회의 규칙대로 대세代

洗를 주고 예를 마쳤다.

"이제 우리는 천주의 품안에서 서로 사랑하며 살아가는 형제가 되었소. 천주께서는 우리를 지켜보시며 삶의 길로 인도하실 것이오."

세 사람은 다시 힘을 내어 걸었다. 세 사람이 발걸음을 내딛는 것은 자신들의 힘이 아니었다. 알 수 없는 그 어떤 힘이 세 사람을 앞으로 나아가게 했다. 중근은 그걸 느꼈고 갈화춘과 장봉금도 마찬가지일 터였다. 오묘한 기운이 세 사람을 감쌌다. 이제 세 사람에게는 근심과 걱정이 사라진 듯했다. 그저 평온한 마음으로 한 걸음 한 걸음 걸어갈 뿐이었다.

멀리 희미한 불빛이 보였다. 깊은 산 외진 곳에 집 한 채가 있었던 것이다. 그 집에서 흘러나온 희미한 불빛은 세 사람의 눈에 마치 구원의 등불처럼 비쳤다. 다른 생각은 하지 않았다. 세 사람은 집 앞으로 다가가 문을 두드렸다. 그러자 안에서 백발의 노인이 나와 세 사람을 맞았다. 방으로 들어서자 세 사람은 노인과 인사를 나누었다. 노인은 백발이 성성한데도 피부가 고왔고 눈이 맑았다. 도무지 산속에 사는 노인 같지가 않았다.

중근 일행이 미처 말을 꺼내기도 전에 노인이 동자를 불러 음식상을 준비하라고 일렀다.

이상도 하지. 이런 첩첩산골에 신선 같은 노인에 동자까지라니.

미리 준비라도 하고 있었던 것처럼 동자는 금방 음식상을 내왔다. 더욱 놀라운 것은 상에 올려진 음식들이었다. 따뜻한 잡곡밥에 삶고 데우고 무친 갖가지 산나물 반찬은 마치 잔치상을 보는 듯했다. 어떻게 이런 일이 가능한지 중근은 어안이 벙벙할 지경이었다.

세 사람이 식사를 하는 동안 노인은 아무 말도 하지 않고 그저 지켜보고만 있었다. 중근은 천국의 성찬을 받은 기분으로 음식을 들었다. 돌이켜 보니 열이틀 동안 단 두 끼 밥을 먹고 목숨을 건져 여기까지 온 것이었다.

식사를 마치자 중근은 노인에게 감사의 인사를 하고 지금까지 겪은 고초를 이야기했다. 조용히 듣고 있던 노인이 입을 열었다.

"나라가 위급함을 당하여 백성된 자로서 일어나는 것은 갸륵한 일일 것이오. 대저 흥망성쇠는 하늘의 이치라, 하늘이 어찌 그 갸륵함을 모르리오. 또, 고진감래란 말도 있으니 걱정하지 마시오. 그대들의 고초가 헛되지 않아 필시 좋은 날이 올 것이오. 그보다 당장은 일본군이 곳곳을 뒤지고 있어서 참으로 갈 길이 어려울 것이오. 그러니 반드시 내가 일러주는 대로 하시오."

그리고는 노인은 두만강이 멀지 않다면서 안전한 길을 가르쳐 주었다.

"감히 어르신의 존함을 얻어들을까 합니다만……."

중근이 노인의 성명을 물었다. 그러자, 노인은 조용히 웃으며 고개를 가로저었다.

"난 그저 심산유곡의 이름 없는 촌부일 뿐이오. 그보다는……."

노인이 말을 끊고 중근의 얼굴을 지긋한 눈으로 더듬었다.

"예, 말씀하십시오."

"그대는 여기서 지금 삶을 끝낼 사람은 아닌 듯하오. 그래서 강을 건너는 건 걱정하지 않아도 될 것 같소."

"무슨 말씀이신지……."

"내 이런 말을 하는 게 어떨지 모르겠지만 그대의 얼굴을 보니 범상한 상相이 아니오. 아마도 그대의 몸에는 남다른 표식이 있을 것이오."

문득 중근은 태어날 때부터 자신의 가슴과 배에 있는 7개의 검은 점을 떠올렸다. 그래서 말하기 좋아하는 사람들은 중근이 북두칠성의 힘을 받고 태어났다고도 했다. 그러나 그 사실을 노인에게 얘기한다는 것은 민망한 일이었다. 노인도 중근의 그런 눈치를 알아차린 듯 말을 이었다.

"거기에 대해선 군이 묻지 않겠소. 다만, 그대는 나중에 큰일을 할 상이니 속히 강을 건너가 후일을 대비하라는 당부를 하고 싶소."

"예, 어르신 말씀대로 돌아가면 조국독립을 위해 다시 철저한 준비를 하겠습니다."

노인의 말에서 특별한 의미가 느껴지긴 했지만 중근은 그 말로써 작별의 인사를 대신하고 자리에서 일어섰다.

며칠 뒤 세 사람은 무사히 강을 건넜다. 그리고 중국 훈춘을 경유하여 러시아 국경을 넘었다.

제2부

10 귀환

10-1

이날 오전 차르의 기분은 많이 가라앉은 상태였다. 우울한 기분으로 차르는 한참 동안 창가에 서서 밖을 내려다보고 있었다. 궁전 수비대가 배치된 창밖의 여름궁전 정원은 계단식 분수대가 정면에서 시원스럽게 물줄기를 뿜어대고 있었다. 8월의 눈부신 햇살을 받아 하얗게 솟구치는 물줄기를 바라보는 동안 차르는 문득 눈앞이 캄캄해지면서 잠시 현기증이 일었다. 그리고 의식의 공동 상태 속으로 하나의 환영이 느닷없이 파고들었다.

사라진 영화榮華.

그 짧은 시간에 왜 그런 예기치 않았던 환영이 떠올랐을까.

여름궁전은 2백 년 전 러시아를 유럽의 강국으로 끌어올린 표트르 대제가 베르사이유 궁전을 본떠 건설한 것이었다. 그리고 눈앞에 펼쳐진, 계단식 분수대를 포함한 144개의 분수대에서 요란스럽게 물을 뿜어대는 여름궁전의 정원은 로마노프 왕조의 영화를 극단적으로 상징하고 있었다. 그런데 그 호사의 극치 같은 정원이 아무것도 없는 태고의 모습으로 눈앞에 다가왔던 것이다.

일종의 우울증이라고 해도 좋았다. 일본과의 전쟁에서 승리를 거두지 못한 이래로 차르는 심란할 때가 많았다. 물론 차르의 마음이 자주 울적한 것은 전쟁의 후유증 탓만은 아니었다. 러시아가 자신의 치세에 와서 뭔가 쇠락해가는 듯한 기미를 은연중 느꼈던 것이다. 어쩜 그것은 일종의 기우일 수도 있었다. 여전히 러시아는 유럽의 강국이었고 세계를 호령하는 몇 안 되는 국가 중의 하나였다. 따라서, 비록 여러 가지 구차한 사정으로 일본과의 전쟁에서 승리하지 못해 국가의 위엄에 약간의 손상을 입었다 하더라도 그것은 얼마든지 극복하고 만회할 수 있는 것이었다. 그보다는 황실 내부에 근본 원인이 있는 것인지도 몰랐다.

아들 알렉세이 황태자를 떠올리면 차르는 먹구름이 이는 밤바다와 같은 기분이 되곤 했다. 그리고 그럴 때면 그 바다에 곧 폭풍이 불어닥치고 해일이 밀려올 것 같은 예감에 빠졌다. 과연 알렉세이가 무사히 청년으로 성장할 수 있을까. 그것은 황실의 문제이자 곧 러시아의 미래와 직결되는 문제였고 그 생각을 할 때마다 차르는 암담한 심정이었다. 사정이 그렇다 보니 원래 가정적인 성격이었던 차르는 점점 가족 문제에 골몰하는 한편 정사에 전력을 기울이기가 어렵게 되었다.

"폐하. 조금이라도 드시는 게……."

등 뒤에 서 있던 시종장이 다시 아침 식사를 재촉했다.

"생각이 없대도."

늦은 기상이기도 했지만 최근 들어 더욱 입맛을 잃고 있는 차르였다.

어젯밤 궁에선 연회가 있었다. 외국 공사 두어 명의 부임을 축하하는 자리였지만 연회는 매일처럼 열렸다. 그리고 그런 의례적인 연회가 차르는 지겨웠다.

연회 도중 차르는 외무장관 이즈볼스키로부터 한국 의병들이 패배했다는 소식을 전해 들었다. 그 순간 이범진을 생각했다. 연해주 한국 의병의 국내진공작전은 러시아 주재 전 한국 공사 이범진이 구상하고 지원한 것이었다. 따라서, 이범진으로선 자신 이상으로 실망이 클 터였다.

물론 차르가 연해주 한인 의병들의 패배 소식에 실망했던 것은 그것이 단지 한국 문제에 그치지 않고 러시아에도 영향을 끼치는 일이었기 때문이기도 했다. 그동안 연해주 한인 의병은 극동에서 러시아군과 일본군 사이의 완충 역할을 해왔던 것이다. 그러나 연해주 한인 의병이 패배함으로써 러시아군과 일본군의 직접적인 대치는 불가피하게 되었다. 따라서, 이제 만주 분할을 두고 본격적으로 일본과 정치적 협상에 들어가야 할 터였다. 그렇게 되면 한국에겐 모든 상황이 불리하게 전개될 건 불을 보듯 뻔했다.

정복을 차려 입고 차르는 집무실로 향했다. 그때 저쪽에서 장교 한 명이 걸어오고 있었다. 차르를 발견한 장교는 절도 있는 걸음으로 다가와 고개를 숙이며 예를 표했다.

"오, 체르빈스키 대위!"

차르가 먼저 친숙함을 나타냈다.

"예, 폐하."

장교는 친위대 소속 체르빈스키 대위였다.

"어디 가는 길인가?"

"황태자 전하를 모시러 갑니다."

"알렉세이를?"

"예. 연습하실 시간입니다."

체르빈스키는 4살 난 황태자 알렉세이의 제식훈련을 맡고 있었다. 차르는 그 자신 어린 시절 가정교사로부터 군사교육을 받았고 이후로 군대의 계급장, 제복, 행진 등을 아주 좋아했지만 최근 들어선 아들 알렉세이가 러시아 군복을 입고 제식훈련을 받는 모습을 보는 게 가장 큰 즐거움이었다. 그만큼 알렉세이가 무사히 정상적으로 자라 이 나라를 이끌어주기를 바라는 마음이 간절했기 때문인지도 몰랐다.

"어떤가, 알렉세이는?"

"탁월하십니다. 장차 러시아 제국을 통치할 황태자로서 손색이 없으십니다."

"고맙네, 체르빈스키 대위. 가능하다면 앞으로 사격도 가르쳤으면 하는데……."

"허락하신다면 내년부터 시작할까 합니다."

차르는 흐뭇한 마음으로 체르빈스키를 바라보았다. 차르의 마음속엔 체르빈스키에 대한 애정이 있었다. 체르빈스키는 장관을 지내다가 은퇴한 한 귀족의 아들이었다. 그러나 소문에 의하면 본부인이 아닌 여자 소생인 듯했다. 물론 차르에게 그게 문제될 건 없었다. 러시아 귀족 사회에서 그런 일은 비일비재했으니까. 중요한 것은 본인의 능력이었다.

"여부가 있겠나. 러시아 제일의 명사수인 자네가 맡아준다면 나로선 더없이 고마운 일이지."

"맡겨 주신다면 사격은 물론 승마도 시작할 생각입니다. 사격은 몰라도 승마만큼은 자신이 있습니다. 생 시르에서도 세르게예비치와 1, 2등을 다투었으니까요."

승마라. 과연 몸이 약한 알렉세이에게 승마가 가능할까.

"참, 연해주 소식은 듣고 있나?"

마침 세르게예비치 얘기가 나온 김에 차르가 물었다.

"예, 저도 최근에 들었습니다."

체르빈스키가 조금 굳은 얼굴로 대답했다.

"그럼 세르게예비치는?"

"곧 돌아오지 않을까 여겨집니다. 더 이상 그곳에 머무를 이유가 없으니까요."

"상심이 크겠지, 세르게예비치가."

"하지만 세르게예비치도 승리를 목적으로 연해주로 간 건 아닐 겁니다."

"그렇다면?"

"그보다는 연해주 한인들에게 투쟁의식을 심어주러 간 게 아닌가 싶습니다. 따라서 패배함으로써 오히려 세르게예비치는 목적을 이루었다고 할 수도 있습니다. 예수의 죽음이 패배가 아니라 구원인 것처럼 말입니다."

"그렇더라도 현실적으로 패배의 아픔이 왜 없겠나."

"지금 한국이 일본을 이길 수 있다고는 아무도 생각하지 않을 겁니다. 따라서 지금 한인들에게 중요한 것은 독립을 위한 투쟁정신을 잃지 않고 오래도록 간직하는 것입니다. 그리고 어떤 방법을 통해서든 그 투쟁정신을 세계에 부단히 알리는 것입니다. 세르게예비치가 연해주로 간 진정한 목적도 거기에 있을 겁니다."

"흐음."

차르는 고개를 끄덕이다가 다시 말을 이었다.

"아무튼 세르게예비치가 돌아오면 자네가 위로해주게."

"물론 그러겠습니다만 세르게예비치는 저의 위로를 필요로 할 정도로 약한 사람이 아닙니다. 그 친구의 머릿속은 온통 한국의 독립을 위한 생각으로 가득 차 있고 그것을 실현하기 위해 또 노력을 경주할 겁니다."

"세르게예비치는 좋은 친구를 뒀군."

"황공한 말씀입니다. 세르게예비치는 작년 헤이그에서 한국을 대표해서 큰 활약을 했고 이번엔 연해주 한인 의병들의 지도자로서 활동했습니다. 폐하께서 보살펴주시면 세르게예비치는 장차 한국을 이끌어가는 동량으로 성장할 것입니다. 그리고 우리 러시아를 위해서도 큰 인물이 될 것입니다."

"알겠네. 세르게예비치라면 나도 좋아하네. 내가 자네를 좋아하는 것처럼. 그리고 자네가 그를 좋아하는 이상으로."

"예, 폐하."

"자네와 세르게예비치 같은 젊은이들이 러시아를 위해 크게 일할 수 있는 날이 빨리 왔으면 좋겠군."

"예, 폐하. 폐하와 황태자 전하의 러시아를 위해 신명을 바칠 것입니다."

체르빈스키는 다시 정자세를 취하며 차르에게 예를 표했다.

10-2

연추를 떠난 지 한 달이 넘어 중근은 다시 돌아왔다. 돌아온 중근을 사람들은 쉽게 알아보지 못했다. 최재형의 집을 향해 걸어가는 중근을 보고도 사람들은 처음 떠날 때와 판이하게 다른 피골이 상접한 모습이어서 미처 알아채지 못했던 것이다.

중근을 처음 알아본 사람은 다름아닌 이위종이었다.

"안 선생님!"

최재형의 집 안으로 들어서는 중근을 마침 정원에 나와 있던 이위종이 발견하고 달려왔다. 그리고 쓰러지다시피 하는 중근을 부축해서 안으로 들였다.

돌아온 후 꼬박 이틀 동안을 중근은 자리에서 일어나지 못했다. 육체적 피로는 말할 것도 없고 정신적 탈진 상태로 몸을 가눌 수가 없었던 것이다. 하루를 고스란히 잠에 빠졌던 중근은 다음날엔 자다 깨다를 반복하면서 악몽에 시달렸다. 영산 전투에서 전사한 후 시신이 제대로 수습되지 않은 채 깊은 골짜기에서 뒹굴고 있을 동지들의 숱한 얼굴들이 흉한 모습으로 다가왔다가 사라지기를 거듭하면서 잠든 시간은 깨어 있을 때보다 더 고통스러웠다.

사흘째에 겨우 일어났을 때 최재형과 이위종의 위로가 있었다.

"설마 하면서도 혹시라도 안 동지가 잘못된 건 아닌가 하는 생각을 지우지 못했는데 이렇게 돌아오게 됐으니 참으로 하늘의 도움이 아닌가 싶소."

최재형은 특유의 덤덤한 표정이었지만 목소리엔 애써 감추려는 속정이 묻어 있었다.

"도헌님의 말씀대로 안 선생님께서 돌아오신 건 후일을 위한 하느님의 섭리가 작용한 게 틀림없습니다."

이위종도 중근의 생환을 하늘의 도움으로 돌렸다. 그렇지만 두 사람의 위로가 중근의 귀엔 제대로 들어오지 않았다. 어쨌거나 돌아가야 한다고 생각했고 그래서 천신만고 끝에 막상 돌아왔지만 부끄러웠던 것이다.

"도헌님의 상심이 크지요?"

최재형이 방을 나가고 두 사람만 남게 되자 중근이 물었다.

"일본의 전력이 우리와 비교가 되지 않을 만큼 막강하다는 걸 도헌님인들 왜 모르시겠습니까. 다만 앞으로 어떻게 해야하나 하는 걱정이 앞서는 거겠지요."

중근은 고개를 끄덕였다. 중근이 아는 최재형은 그릇이 큰 인물이었다. 따라서, 이번 패배로 금방 좌절하지는 않을 터였다. 하지만 이번 전투를 준비하는 데에도 많은 자금과 인력이 소요되었던 만큼 앞으로 의병투쟁을 계속하려면 이전보다 더 큰 어려움이 따를 거라는 건 쉽게 예상되는 일이었다.

이위종이 중근에게 최근의 상황을 들려주었다. 회령 인근 영산에서 회군한 대한독립의군은 공식적으로 해체되었고 최재형과 이범윤 휘하의 의병들도 상당수가 흩어져 일부만 남아 있다는 것이었다. 그만큼 영산에서의 패배는 의병대 전력을 단번에 원래 수준으로 회복하기 어려울 만큼 치명적이었던 것이다.

중근이 자리에서 일어나 몸을 추스른 후 돌아본 연추의 분위기도 전과 많이 달라져 있었다. 국내진공을 앞두고 일본에 대한 투쟁심으로 드높던 열기와 승리에 대한 기대감은 사라지고 대부분의 사람들은 낙담하거나 냉소하는 기색이 역력했다. 애초에 국내진공이 무모한 것이었고 가능하지도 않은 일을 위해 의병을 모으고 돈을 거둔 결과가 무엇이냐는 자조와 힐난도 사람들의 표정에서 읽혔다.

중근을 보는 시선도 곱지 않았다. 국내에 있던 사람이 공연히 연해주로 건너와서 힘들게 살아가는 한인들의 마음만 들쑤셔 놓았다는 눈치를 중근은 어렵지 않게 감지할 수 있었다. 심지어는 영산 전투에서 중근이 포로들을 풀어줬던 일까지 들먹이며 비난하는 사람도 있었다. 물론 그 모든 것들이 패전에 따른 아쉬움과 실망감의 다른 표현일 수도 있었다. 중근은 그렇게 이해하려 했고 또 실제로 그렇게 이해했다.

"조만간 추도식을 거행할까 하오."

어느 날 이위종과 셋이서 식사하는 자리에서 최재형이 말을 꺼냈다.

"추도식요?"

"안 선생님께서 돌아오셨으니 이제 돌아가신 분들의 추도식을 올려야 하지 않겠느냐는 말씀이지요."

이위종이 부연 설명을 했다.

그 말은 그동안 최재형이 중근의 죽음을 믿지 않고 기다렸다는 뜻이었다. 중근은 자신에 대한 최재형의 속 깊은 애정에 가슴이 뭉클해졌다.

추도식은 중근이 연추로 돌아오고 어느 정도 몸이 회복된 후에 최재형의 집 마당에서 거행되었다. 최재형과 이범윤 휘하에 남아 있는 대원들은 물론 뿔뿔이 흩어져 있던 대원들까지 모두 모인 추도식에는 블라디보스토크에서 이강과 유진률도 와서 참석했다. 조국의 독립을 위해 싸우다 희생되었지만 인적도 없는 깊은 산골짜기에 내팽개쳐지다시피 한 대원들의 영령을 생각하니 중근은 눈물이 비 오듯 쏟아졌다.

"블라디보스토크 민회에서도 조만간 추도식을 가질 생각입니다."

추도식이 끝나자 유진률이 슬픔에 잠겨 있는 중근을 위로하듯 말했다.

"그러십니까."

"블라디보스토크 민회에서는 이번 국내진공을 높이 평가하고 또 희생된 분들에 대해서도 몹시 마음 아프게 생각하고 있어요. 그래서 직접 나가 싸우진 못했지만 추도식이라도 여는 게 동포된 도리가 아닌가 말씀들을 하시지요."

이강이 블라디보스토크의 분위기를 중근에게 전했다.

"고마운 말씀입니다."

추도식 후 이강과 유진률, 그리고 이위종과 중근이 바깥에서 저녁을 했다. 죽은 줄로만 알았던 중근의 무사 생환을 기념해 유진률이 자리를 마련한 것이었다. 그 자리에서 이위종이 중대한 발언을 했다.

"이제 저는 떠날까 합니다."

"떠나시다니요?"

되물은 것은 중근이었다.

"이제 제가 여기서 할 일은 더 이상 없는 것 같습니다."

조용하고 차분한 목소리로 이위종이 대답했다. 조금 갑작스럽긴 해도 전혀 예상하지 못했던 일은 아니었다. 그렇지만 막상 그의 입에서 그 소리가 나오자 중근은 찬바람이 가슴 밑바닥을 쓸고 가는 듯한 기분이었다. 연해주 한인들의 국내진공작전은 사전에 많은 사람들이 준비를 해 왔었지만 정작 그 도화선에 불을 붙인 것은 이위종이었다. 러시아 주재 전 한국 공사 이범진이 국내진공을 촉구하기 위해 그의 아들 이위종을 연해주로 보내지 않았다면 의병투쟁은 어떤 식으로 전개되었을지 알 수 없었다.

"연해주 동포들을 위해 아직은 특사님께서 더 계셔야 할 텐데요."

이강의 말은 진심이었지만 그게 가능한 일이 아님은 그도 알고 있을 터였다. 이위종이 대답 대신 입가에 쓸쓸한 웃음을 머금었다.

"페테르부르크로 가려면 어차피 블라디보스토크에서 열차를 타야하지 않습니까."

중근이 묻자

"그렇습니다. 안 선생님도 그곳 추도식에 함께 가시지요?"

이위종이 동행을 청했다.

10-3

이강의 얘기가 있긴 했지만 블라디보스토크의 분위기는 연추와 사뭇 달랐다. 연추가 연해주 의병대의 패전에 실망감을 많이 드러냈다면 블라디보스토크는 승패와 관계없이 국내진공작전을 펼친 것 자체를 고무적으로 생각하고 있었던 것이다. 처음 의병을 초모하고 모금활동을 하던 때와는 다른 그런 반응은 어쩌면 직접 작전에 참가하지 않은 입장에서 오는 것일 수도 있었다.

추도식은 최재형이 개척리에 세운 계동학교에서 열렸다. 김학만, 양성춘, 차석보 등 블라디보스토크 유력인사 대부분을 비롯하여 많은 한인들이 참석한 추도식의 규모는 연추에서보다 훨씬 컸다.

추도식 참석자 중엔 특별한 인사가 있었다. 바로 블라디보스토크의 중국인 실력자 정소추였다. 국내진공작전을 개시하면서 중근도 정순만의 소개로 녹둔도에서 인사를 나눈 바 있는 정소추는 청진 상륙을 위한 배편을 의병대에 제공했던 인물이었다.

"한인 희생자들에 대한 애석한 마음을 금할 길이 없소."

중근을 보자 정소추가 상대방의 마음을 단번에 사로잡을 듯한 온화한 눈길로 애도의 마음을 전했다. 중근은 그런 그에게 호감 이상의 감정을 느꼈다.

추도식이 진행되는 동안 이위종은 만감이 교차하는 듯 자주 눈을 감고 뭔가를 생각하는 모습이었다. 그도 그럴 것이 넉 달 전 페테르부르크에서 수천 리를 달려와 블라디보스토크 한인들을 상대로 나름대로 열성적으로 연설을 하며 일본에 대한 투쟁 의식을 고취시켰던 곳이 바로 이곳 계동학교였던 것이다.

추도식이 끝나고 최재형을 비롯해서 중근과 이위종 등 연추 인사들이 김학만의 집에 모였다. 정소추도 자리를 같이한 것은 정순만은 물론 사업상 교분이 있는 최재형의 간곡한 권유에 의해서였다.

한참 덕담 수준의 이야기들이 오간 끝에 화제는 새로 발행하게 될 신문에 대한 쪽으로 옮겨갔다.

"지난번에 도헌님께서 새 신문 발행을 흔쾌히 수락해주신 터라 그에 따른 기본적인 준비는 마친 상태입니다."

지난 6월 중근이 홍범도를 만나고 연추로 돌아왔을 때 그곳에 들른 이강이 폐간된 해조신문을 이을 새 신문 발간에 대한 최재형의 의중을 타진한 바 있었다.

"수고하셨소, 이 선생. 지난번에 말씀드렸던 대로 새 신문 발행은 우리 연해주 동포들에겐 반드시 필요한 사업이고 나 또한 미력하나마 도움이 되고자 했으니 가급적 빠른 시일 내에 창간호를 낼 수 있도록 준비에 만전을 기해주시오."

"그렇게 마음을 써주시니 정말 감사합니다. 아버님도 무척 기뻐하실 겁니다."

이강이 감동한 얼굴로 머뭇거리는 사이 이위종이 최재형에게 고개를 숙이며 말했다. 연해주에서 처음 신문이 발행된 건 페테르부르크에 있는 이범진의 발의에 의해서였던 만큼 그 신문이 폐간된 시점에서 최재형이 새 신문의 발행을 맡기로 한 건 이위종으로선 고마운 일이 아닐 수 없었던 것이다.

"아닙니다, 특사님. 우리는 공사 어른께서 하명하신 국내진공을 힘이 미약하여 제대로 수행하지 못했습니다. 해조신문 또한 공사 어른의 말씀으로 창간하게 된 건데 경위야 어쨌건 폐간되었습니다. 현재 상황으론 조만간 의병대를 다시 조직하기 어렵다면 신문이라도 새로 발행해야 공사 어른께 조금이나마 면목이 서는 일 아니겠습니까."

연해주 한인사회의 최고 실력자였지만 최재형의 이위종에 대한 태도는 깍듯했다.

"도헌님께서는 국내진공에서 승리하지 못한 사실을 너무 마음에 두고 계시는 것 같습니다. 그러나 비록 우리가 전투에서 패했다고는 하나 전쟁에서 진 것은 아닙니다. 전쟁은 아직 끝나지 않았기 때문입니다. 아니, 이제부터 시작이라고 해도 좋을 겁니다."

정순만이 최재형의 말에 자기 의견을 보탰다. 어쩌면 중근의 입장까지도 염두에 둔 발언 같기도 했다.

"아무튼, 해조신문을 운영했던 경험도 있고 하니 새로 발행하게 될 신문은 해조신문보다 더욱 발전적으로 동포들을 계몽하면서 독립운동의 구심점 역할을 하게 되겠지요."

유진률이 새 신문에 대한 희망적인 전망을 내 놓았다.

"참 부럽고 존경스럽소. 최 도헌님을 중심으로 여러분들 모두가 한결 같은 마음으로 나라 걱정을 하시는 걸 보니……."

대화를 듣고 있던 정소추가 좌중을 둘러보며 말했다.

"나라 안에 있건 밖에 있건 국민된 도리는 해야하지 않겠습니까."

최재형이 조금 민망한 표정으로 애매한 미소만 짓고 있자 정순만이 재빨리 대꾸했다.

"아니오. 나는 여러분 같은 한인분들을 보면 자꾸 부끄러운 마음이 들곤 하오. 아시다시피 이곳 연해주는 50년 전만 해도 중국 땅이 아니었소. 그런데 러시아령이 되었소. 그리고 대련과 여순 등 요동반도도 일본이 차지하고 있소. 게다가 지금도 만주를 두고 일본과 러시아가 다투고 있소. 그런데도 중국은 아무런 움직임이 없소."

"중국 실정도 어렵지요."

정순만이 정소추의 말에 화답하듯 고개를 끄덕였다.

"그래서 난 최 도헌님을 비롯한 여러 지도자분들에게 경외감을 갖고 있소. 그리고 우리 중국인들도 이곳 연해주 한인들을 본받아야 한다고 생각하오. 작금의 중국 현실을 생각하면 암담하기 짝이 없소."

정소추의 어두운 얼굴에 잠시 분위기가 숙연해졌다.

"외람되지만 제가 한 말씀 올리겠습니다."

"아, 안 선생!"

패전지장의 입장에서 줄곧 침묵하고 있던 중근이 입을 열자 정소추가 마치 기다리고 있었다는 듯이 반색을 했다. 어쨌거나 중근은 좌중에서 유일하게 국내진공작전에 참가한 사람이었다.

"일찍이 중국은 한국과 깊은 유대를 맺어온 나라입니다. 순망치한脣亡齒寒이란 말도 있지만 한국의 안위는 중국과 직결됩니다. 그래서 오랫동안 양국은 형제의 우의를 나누며 살아왔지요. 그 우의가 절정에 이른 것이 익히 아시는 바대로 3백여 년 전 일본이 조선을 침공한 때입니다. 그때 조선은 명나라의 도움을 받아 일본을 물리쳤습니다."

"그랬지요. 그때 중국은 그럴 여력이 있었는데 지난 전쟁에선 제대로 한번 싸워 보지도 못하고 패했으니……."

"그러나 근세에 들어서도 그 우의는 그대로이고 중국인의 한국을 걱정하는 마음도 다르지 않다고 생각합니다. 가령, 3년 전 일본의 강압에 의해 한국이 을사늑약을 체결하게 되자 반종례潘宗禮라는 중국인은 한국의 위망을 가슴 아프게 생각하며 바다에 뛰어들어 목숨을 버렸습니다. 그보다 전에는 주일청국참사관으로 있던 황준헌黃遵憲 같은 사람도 조선의 안위와 동양 평화를 위해 중국과 친하라고 했습니다. 실제로 지금도 한인들은 미국과 중국, 그리고 이곳 러시아에서도 중국인들과 형제처럼 지내고 있습니다. 따라서, 청국, 한국과 더불어 동양 평화의 한 축으로서 힘을 합해야 할 일본이 오히려 도적으로 돌아선 지금 청국과 한국은 전보다 더욱 긴밀한 관계를 맺고 함께 나아가야 합니다."

"그럼 안 선생께서는 동양 평화를 위해 어떻게 했으면 좋겠소?"

"『조선책략』에서 황준헌이 밝힌 바대로 러시아의 남하정책에 대비하여 한국과 청국, 그리고 일본이 힘을 합하는 것이라고 전에는 생각했습니다. 상황이 달라졌지만, 그리고 지금 저도 이 연해주에 와 있지만 사실 10년 전 한국이 독립협회나 만민공동회를 통해 소리를 높인 것도 일본의 침략이 아니라 러시아의 남하에 대해서였습니다. 그랬기에 일본은 러시아와의 전쟁에서 승리할 수 있었던 겁니다."

"무슨 말씀이신지……."

정소추가 약간 의아한 듯이 중근을 바라보았다.

"러 · 일전쟁 무렵만 해도 러시아는 아시아 국가에서는 감히 대적할 수 없는 강국이었습니다. 그리고 러시아와의 전쟁에서 일본의 승리를 예상한 나라도 별로 없었습니다. 그만큼 일본은 러시아의 상대가 아니었지요."

"그건 잘 알려진 사실이오."

"전쟁 초기 일본은 연전연승했지만 아직 한국의 함경도를 벗어나지 못했고 청국 여순을 격파하지 못했으며 봉천에서도 채 이기지 못했습니다. 그때 만약 한국의 관민이 일치동성一致同聲으로 을미년에 일본인이 명성황후를 무고히 시해한 원수를 갚아야한다고 사방에서 일어나 일본을 공격하고 청국 또한 상하가 협동해서 갑오년 청일전쟁의 원수를 갚겠다고 공격했다면 어떻게 되었겠습니까. 당연히 일본은 복배腹背에서 적을 맞아 사면으로 포위당했을 것이고 여순, 봉천 등지의 러시아군은 예기銳氣가 등등해지고 기세가 배가되었겠지요."

"그렇소. 안 선생 말씀이 옳소."

듣고 보니 너무 간단하고 당연한 얘기여서인지 정소추는 약간 허탈한 표정이었다.

"이른바 만국공법이라느니 엄정중립이라느니 하는 말들은 모두 외교가들의 교활한 무술巫術이니 족히 말할 바가 못 된다 하고 병불염사兵不厭詐(군사행동에서는 적을 속이는 것도 마다하지 않는다) 출기불의出其不意(이외의 허점을 찌르고 나간다) 병가묘산兵家妙算(병가의 교묘한 셈) 운운하면서 한국과 중국 양국이 관민이 일체가 되어 일본을 대적하려 했다면 아마도 동양 전체가 백년풍운百年風雲에 휩싸였을 겁니다."

"그랬을 거요."

"즉, 영국은 홍콩 등지에 주둔하고 있는 수륙군대를 병진시켜 블라디보스토크 방면에 집결시켜 놓고는 동맹국 일본을 공격한 청국 정부를 압박하려 들었을 것이고 프랑스도 월남 사이공에 있는 육군과 군함을 일시에 지휘하여 이익을 취할 기회를 찾아 아모이 등지로 모여들게 했을 것입니다. 그리고 미국, 독일, 벨기에, 오스트리아, 포르투갈, 희랍 등의 동양 순양함대도 발해 해상에서 연합하여 이익을 균점하려 했을 것이고요. 그렇게 되면 동양 전체가 큰 전란에 빠져들게 되고 그 참상은 굳이 말씀드리지 않아도 상상하고 남음이 있지 않겠습니까."

중근이 차분하게 자신의 생각을 피력하는 동안 정소추는 여러 차례 고개를 끄덕이며 점차 심각한 얼굴이 되었다.

"그러나 청국과 한국은 오히려 만국공법과 엄정중립의 약장約章을 준수하며 일본에 대한 공격을 자제했습니다. 동양을 더 이상 서양 세력의 각축장으로 만들어 전화에 휩싸이게 해서는 안 된다는 양국 정부의 평화를 희망하는 정신 덕분에 일본은 패전을 면했던 겁니다. 제가 일본이 패전을 면했다고 하는 것은 일본 스스로도 장차 전세가 불리해질 거라는 사실을 알았기 때문입니다. 그렇지 않다면 무슨 이유로 은밀히 강화를 청했겠으며 소촌수태랑小村壽太郎(고무라 주타로) 외상이 구차스레 수만리 밖 워싱턴까지 가서 조약을 체결했겠습니까."

"과연 그렇소."

"처음 러시아와 전쟁을 시작하며서 일본은 한국의 독립을 위해 싸운다고 했습니다. 그런데 전쟁이 끝나자 일본은 을사늑약을 강요하고 한국을 보호국화했습니다. 중국에 대해서도 마찬가지입니다. 한국을 놓고 러시아와 다투던 일본은 이젠 만주를 차지하려고 달려들고 있습니다. 그러나, 일본의 야욕은 만주에서 그치지 않고 장차는 중원까지 진출하려 들겁니다."

"그래서 걱정이 태산 아니겠소."

"그러나 걱정만 하고 계실 때가 아닙니다."

"그럼?"

"말씀드린 대로 청국과 한국이 힘을 합쳐 본격적으로 일본과 싸워야 합니다. 청국과 한국 그리고 일본이 화합하면서 러시아 등 서구 제국주의 세력을 막아야한다고 한 건 황준헌만이 아닙니다. 김옥균 선생도 삼화주의를 통해서 같은 주장을 하셨지요. 그러나 김옥균 선생의 삼화주의는 실은 일본의 문명학자 복택유길福澤諭吉(후쿠자와 유키치)의 발상이었습니다. 일본, 조선, 청국 삼국이 손잡고 화목과 발전을 도모하면 아시아에 평화가 자리잡고 번영을 누릴 수 있다는 것이었지요. 그게 시대의 대의라는 것을 복택유길도 알고 있었던 겁니다. 그러나 김옥균 선생이 삼화주의에 관심을 둔 때는 이미 복택유길이 그 구상을 버린 지 한참 뒤였습니다. 비유하자면, 힘을 합쳐 강도를 잡자고 하다가 스스로 강도로 나서기로 작정한 거지요. 그런 복택유길의 간계는 이등박문의 스승이었던 길전송음吉田松陰(요시다 쇼인)의 흉심에서 배운 것입니다. 그러니까 동양 평화 운운했던 일본은 처음부터 대의를 빙자했던 데 불과했던 거지요. 지금 일본은 조선과 대륙 침략을 사주한 길전송음의 두 제자, 즉 이등박문이 침략을 위한 정치판을 짜고 산현유붕山縣有朋(야마가타 아리토모)이 군대를 통해 침략을 실천하고 있는 겁니다. 따라서, 이 시점에서 청국과 한국이 힘을 합쳐 양국의 독립에 매진하는 것은 동양 평화의 첩경입니다."

"옳은 말씀이오만 그게 어디 쉬운 일이겠소."

정소추가 한숨을 길게 내쉬며 말했다.

"그렇지 않습니다. 앞서 말씀드린 대로 양국은 이미 임진년에 힘을 합해 일본을 물리친 바 있습니다. 그리고 2백 50년 전에도 같은 경험을 하였습니다."

"2백 50년 전에도요?"

"그렇습니다. 그때 러시아는 표트르 1세가 다스리던 최전성기로 자주 청국을 침입하였지요. 마침내 청국의 강희제는 조선의 효종 임금에게 원병을 요청했고 조선은 두 차례에 걸쳐 군사를 보내 러시아군을 크게 물리쳤습니다. 조선에선 이 사건을 나선정벌이라고 합니다."

"아, 그래요. 나도 그 일은 알고 있소."

정소추가 미처 잊고 있었다는 듯이 크게 고개를 끄덕였다. 중근은 잠시 숨을 고르고 나서 말을 이었다.

"중국은 물자가 풍부하고 땅의 넓기가 일본의 수십 배는 족히 됩니다.

인구 역시 그렇습니다. 따라서, 지금 잠시 어려움에 처해 있지만 상하가 단결하고 정신을 가다듬으면 언제든지 다시 일어서 세계 속에서 동양 평화를 주도하는 대국으로서의 역할을 할 수 있을 겁니다."

"고맙소. 그렇게 말씀해주시니……."

"아닙니다. 제가 대인께 공연히 빈말이나 하려고 언사를 작하겠습니까. 대인께서는 연해주 한인들의 의병투쟁을 부럽다고 하시지만 중국인들의 기개 또한 다르지 않습니다. 무술개변戊戌改變과 위화단 사건 같은 데서 이미 보셨잖습니까. 그리고 지금도 손문孫文, 강유위康有爲, 양계초梁啓超 같은 훌륭한 인물들이 있지 않습니까. 하여, 청컨대 대인께서는 그들을 도와주십시오. 다행히 이제 러시아는 전과 같지 않습니다. 일본에게 이기지 못했다고 해서가 아니라 로마노프 왕조가 낡은 거지요. 그런 만큼, 중국인과 한인이 힘을 합하면 일본을 물리칠 날이 그리 멀기만 하겠습니까."

"참으로 안 선생의 말씀을 들으니 용기가 솟는 기분이오."

정소추의 표정에는 감동의 빛이 역력했다.

"덧붙여 말씀 드리고 싶은 것은 연해주 한인들의 투쟁에도 전처럼 성원을 해주십사 하는 겁니다. 연해주 한인들의 투쟁은 작게는 한국을 위한 것이지만 나아가 청국과 동양 평화를 위한 것이 될 수도 있습니다. 실제로 우리 한인들은 지금까지 미국과 간도, 그리고 이 연해주에서 중국인들의 도움을 많이 받았습니다. 그리고 국내진공을 하는 과정에서도 중국인들로부터 힘을 얻었습니다. 그렇게 양 국민이 서로 도우는 가운데 힘을 기르면 머잖아 독립과 동양 평화를 이룰 날이 올 것입니다."

"이를 말씀이오. 내 최 도헌님께서 동포들을 위해 하시는 일을 보며 존경의 마음을 품은 지 오랜데 이렇게 친구 같은 한인 여러분을 만났으니 미력이나마 보태는 데 어찌 주저함이 있겠소. 그보다 나는 안 선생을 의병 지도자로만 알고 있었는데 어떻게 그런 경륜을 쌓으셨소?"

"경륜이랄 게 뭐 있겠습니까. 다만, 선친께서 환로의 꿈을 접으신 후 세계 각국에 대한 여러 책들을 가까이 하셨기에 그저 귀동냥을 한 정도입니다."

중근이 민망해하자 정소추가 고개를 가로저었다.

"아니오. 안 선생의 경륜은 가히 대정치가들이 경청해야 할 경지요."

"당찮은 과찬이십니다. 그러나 정작 안타까운 것은 일본입니다. 동양 삼국에서 가장 먼저 개화 개명했다는 게 결국 우방을 침략하는 거라니……."

"그러게 말이오."

"지금 일본은 이등박문을 비롯한 위정자들이 천황을 꼭두각시처럼 세워놓고 엄청난 잘못을 저지르고 있습니다. 그 결과 지금 일본인들은 맨발로 다닐 정도로 곤경을 겪고 있거니와 장차 패망의 길로 들어설 것입니다."

"그럼 안 선생은 동양 평화를 위해 일본이 어떻게 해야한다고 생각하오?"

"일본 상하가 평화와 공존 정신부터 배워야하겠지요. 그러나 우선은 여순을 청국에 돌려주고 그곳에 중국과 한국, 일본 삼국의 대표를 파견하여 동양평화회의를 조직해야 합니다. 그러면 수억의 민인이 가입하여 재정확보는 자연스럽게 이루어질 것입니다. 그리고 원만한 금융을 위하여 공동의 은행을 설립하고 삼국이 함께 쓰는 공용화폐를 발행해야 합니다. 또, 삼국의 청년들로써 공동의 단체를 만들고 그들에게 2개국어 이상의 언어를 익히게 하여 우방 혹은 형제의식을 높이게 해야 합니다. 아울러 삼국은 자원과 기술을 교환하며 서로 협력하여 상공업 발달에 힘써야 합니다. 그럴 때 일본은 지금의 혼미에서 벗어나 멸망을 면하고 우방과 상생하며 민인들이 행복하게 살아가는 평화를 얻을 수 있을 겁니다.”

중근의 말이 끝나자 좌중은 몹시 놀라는 한편으로 숙연해지는 느낌을 지우지 못했다. 평소 과묵했던 중근이 열변을 토한 것도 이례적이었거니와 그가 갖고 있는 생각이 넓고도 깊었기 때문이었다. 모두 할 말을 잃고 있는데 최재형이 빙긋이 웃으며 중근과 한 차례 눈을 맞추고는 좌중을 둘러보았다.

“내 진작에 우리 안 동지의 문무를 겸비한 면모는 알고 있었지만 이렇게 경세가인 줄은 차마 몰랐소.”

“행여 비꼬는 말씀으로 들릴까봐 두렵습니다.”

중근이 덤덤하게 받았다.

“허어, 이젠 농담까지도 하시네. 그나저나 상찬을 농으로 받아들이는 걸 보면 안 동지의 인격도 아직은 내 수준보다 크게 높진 않구먼.”

최재형이 껄껄거리자 한바탕 웃음이 터졌다.

“부끄럽습니다. 누구나 할 수 있는 생각을 대단한 것인 양 목청을 높여서…….”

중근이 누구에게랄 것 없이 말하며 살짝 고개를 숙였다.

“아니오. 오늘 정말 좋은 말씀을 들었소. 지난번 녹둔도에서 잠시 뵈었을 때 비범한 인상을 받았는데 오늘 말씀을 나누다보니 그 비범하다는 말조차도 실례인 것 같소. 앞으로 자주 안 선생을 뵙고 말씀을 경청할 기회를 주시오.”

정소추가 중근을 바라보며 정색을 했다.

잠시 후 분위기가 정리되자 이위종이 입을 열었다.

"블라디보스토크 여러분 덕분에 추도식이 잘 치러져서 고맙다는 말씀을 드립니다. 그리고 블라디보스토크와 연추 지도자들의 독립운동에 대한 의지 또한 한결같다는 것을 확인하게 돼서 기쁩니다. 아울러 정 대인께서 어려운 걸음을 하셔서 연해주 한인들과 기맥을 같이 하시겠다는 말씀을 듣고 감격했습니다. 그래서 이제 떠나면서도 마음이 한결 가볍습니다."

"가시지 않으면 안 됩니까?"

김학만이 착잡한 표정으로 물었다. 이위종이 떠난다는 것은 그 개인의 단순한 문제가 아니었다. 부친 이범진은 재러 한인의 최고 실력자이자 차르와 선이 닿는 유일한 인물이었다. 따라서, 그의 아들이 떠난다는 것은 연해주 한인들에겐 커다란 배경이 사라지는 것이었다.

"저도 연해주를 떠나는 건 몹시 아쉽습니다. 제 짧은 생애에서 헤이그와 더불어 이 연해주는 더없이 소중한 곳입니다. 그러나, 연추에서도 여러 분들께 이미 말씀 드렸습니다만 이제 제가 여기서 할 일은 없습니다. 그렇다면 차라리 페테르부르크로 가서 그쪽 기류를 살피는 게 오히려 나을 듯합니다."

"옳은 말씀입니다. 섭섭한 마음에서야 마냥 붙잡고 싶지만 특사님 말씀처럼 그곳에서 더 큰일을 하시는 게 우리의 독립을 위해 더욱 마땅한 일이지요."

김학만이 동감이라는 듯 고개를 끄덕였다. 전날 헤이그에서의 활약을 생각하면 이위종의 그 말은 결코 틀린 말이 아닐 터였다.

"그렇게 이해해주시니 고맙습니다. 다시 뵈올 때까지 여러분 모두 건강하고 건투하십시오."

이위종이 좌중의 모두에게 일일이 고개를 숙이며 인사를 했다.

석별의 애석한 분위기를 채 수습하지 못한 가운데 이위종이 먼저 일어섰다. 그리고 중근과 정순만, 이강 등과 함께 임시로 묵고 있는 방으로 돌아왔다.

"정 위원님. 정말 애 많이 쓰셨습니다."

방으로 들어와 자리에 앉자 이위종이 실질적으로 추도식을 준비한 정순만에게 고마운 마음을 전했다.

"별 말씀을요. 저는 그저 옆에서 쓸데없는 참견만 조금 했을 뿐인 걸요."

"아무튼, 연추든 블라디보스토크든 독립을 위한 투쟁 의지를 버리지 않고 있다는 걸 확인하게 되어 다행입니다."

"한 번 패했다고 그 의지가 수그러들 수는 없지요."

정순만은 여전히 자신에 찬 모습이었다. 그 자신감은 어디서 오는 것인지 중근도 궁금할 정도였다.

"원동위원으로 온 이상 저도 이 연해주가 무장투쟁의 전진기지가 되도록 최선을 다해 정 위원님을 돕겠습니다. 그러니 특사님께서는 너무 걱정마십시오."

잔정이 많은 이강의 얼굴엔 떠나는 이위종에 대한 서운함이 가득했다.

"고맙습니다, 이 선생님. 이 선생님께선 새 신문 발행에도 힘을 써 주십시오."

"그야 이를 말이겠습니까."

"새 신문이 발행되면 연해주 동포들을 결속하고 또, 미국 등 해외 동포들과도 정보를 교환하면서 독립운동의 구심점 역할을 할 수 있을 겁니다."

"저도 그런 기대를 하고 있습니다. 그리고 지금도 이곳 소식은 꾸준히 미국으로 보내고 있습니다."

이강이 수줍은 표정으로 말했다.

"아, 이준 영감께서 묵으셨던 방에서 다시 마지막 밤을 보내게 되니 새삼 감개가 무량하군요."

이위종이 방안을 둘러보며 짧게 한숨을 뱉었다. 그리고 중근 쪽으로 얼굴을 돌렸다.

"안 선생님."

"예, 특사님."

"고맙습니다, 진정."

"무슨 말씀이신지……."

"제가 국내진공에 앞서 꼭 살아 돌아오시라고 말씀드렸지요."

"그러셨지요."

"많이 걱정했습니다. 다른 대원들이 모두 회군했는데도 돌아오시지 않아서……."

"그래서 살아 돌아왔잖습니까."

중근이 살풋 웃으며 대답했다.

"그래서 고맙다는 말씀을 드리는 겁니다."

"고맙습니다. 걱정을 해주셔서……."

그러자 이위종이 조용히 고개를 저었다.

"그런 뜻으로 말씀드린 게 아닙니다."

"그럼?"

이위종이 이강과 정순만을 번갈아 보고 나서 중근을 향해 말을 이었다.

"안 선생님이 돌아오신 건 단순히 대원 한 명이 귀환한 게 아니란 얘깁니다. 즉, 우리가 계속해서 전개할 향후의 독립운동을 위해서 안 선생님은 반드시 살아남아 큰 역할을 하셔야 할 분이라는 뜻이지요. 그래서 고맙고 다행이라는 겁니다."

"물론 저도 미력하나마 여기 이강 선생과 정순만 위원님처럼 앞으로도 조국독립을 위해 신명을 바칠 생각입니다."

"안 선생님. 여러 정황상 당분간은 연추나 블라디보스토크 모두 다시 의병을 모으기도 그리고 군사행동에 들어가기도 어려울 것 같습니다."

"저도 그렇게 예상은 하고 있습니다. 최 도헌님도 그런 생각을 가지고 계시는 것 같고요."

"그렇지만 말씀드린 대로 독립운동은 계속되어야 합니다."

"물론 그렇습니다."

"그래서 드리는 말씀인데 연추나 블라디보스토크는 그대로 두고 북쪽 지역을 한번 둘러보시는 게 어떻겠습니까?"

"북쪽 지역을요?"

이위종의 뜻밖의 제의에 중근이 반문했다.

"수청과 추풍 이북에도 우리 동포들이 적잖게 살고 있잖습니까. 가령 하바로프스크[河發浦] 같은 덴 동포들의 수가 상당히 됩니다. 기분 전환도 할 겸 그 일대를 한번 둘러보시는 건 어떻겠습니까."

"그거 좋은 생각이오."

중근이 미처 대답을 못하고 있는데 정순만이 이위종의 말에 맞장구를 치며 나섰다.

"안 동지. 그렇게 하시오. 어차피 안 동지도 지금 연추나 블라디보스토크에선 별로 할 일이 없소. 이참에 이 특사님 말씀대로 북쪽을 한번 둘러보면서 향후 독립운동에 대한 구상을 하는 것도 좋을 것이오."

"저도 그게 좋을 것 같네요. 그리고 그렇게 하면 하바로프스크까지라도 이 특사님과 동행을 할 수도 있고요."

이강도 이위종과 정순만의 생각에 동조했다.

"그러지요. 내일 아침 일찍 도헌님과 상의하고 말씀드리지요."

실은 중근도 이위종의 말을 들으면서 내심 비슷한 생각을 하고 있었던 것이다.

10-4

이튿날 오전 이른 시각, 중근과 이위종은 블라디보스토크역에서 페테르부르크 행 열차를 타고 출발했다. 역에는 김학만, 양성춘 등 블라디보스토크 민회 지도자들과 최재형을 비롯한 연추 인사들이 배웅을 나왔다. 이위종은 처음 장인과 아내를 대동하고 올 때와 달리 혼자였다. 국내진공이 시작될 무렵 장인과 아내를 먼저 페테르부르크로 보냈던 것이다.

승리를 확신하고 온 것은 아니었지만 국내진공작전을 실패한 뒤여서인지 떠나는 이위종의 표정은 굳어 있었다. 그런 이위종을 김학만이 위로했다.

"특사님께선 이곳 연해주 동포들에게 조국이 있다는 것을 일깨워 주고 독립정신을 심어주셨습니다. 부디 빠른 시일 내에 다시 돌아오시기를 바랍니다."

"제가 어찌 이곳을 어찌 잊겠습니까. 어디에 있든 무엇을 하든 제 마음은 이곳 동포들과 함께할 것입니다. 노야께서도 동포들을 잘 이끌어 주십시오."

김학만의 두 손을 마주잡은 이위종의 눈가가 파르르 떨렸다.

이어 이위종은 한 걸음 떨어져 있는 최재형에게 다가가 포옹을 했다. 그리고 차석보, 유진률, 양성춘, 정순만, 이강 등 환송객들을 차례대로 껴안았다. 특히 그동안 가까웠던 정순만과 이강과는 포옹이 길었다.

이윽고 이위종은 중근과 함께 열차에 올랐다. 그리고 열차가 출발하자 연해주 풍경을 마음에 담아두기라도 하려는 듯 계속 창밖을 바라보았다.

"앞으로 안 선생님이 고생이 많겠습니다."

한참 후 창에서 고개를 돌린 이위종이 상념에서 벗어난 듯 평소의 표정으로 돌아와 먼저 입을 열었다.

"설령 고생이 닥친다 한들 어디 저만의 것이겠습니까."

"그런데 안 선생님."

"예, 말씀하십시오."

"어제도 잠시 말씀드렸지만 연추나 블라디보스토크는 당분간 어떤 행동도 하기 어렵습니다. 자체적인 사정도 그렇고 연해주 당국도 전처럼 마냥 모른 척하기가 힘들기 때문입니다."

"저도 그래서 이런 저런 생각을 하고 있는 중입니다."

"제 소견으로는 수청을 중시해야 할 것 같습니다."

"수청요?"

"예. 국내진공 때 수청 동포들도 참가했지만 위치적으로 연해주 당국의 주목을 덜 받는 곳입니다. 그러면서도 그곳 동포들의 성향은 순수하면서도 열정적인 데가 있잖습니까."

"그렇긴 하지요."

중근이 고개를 끄덕였다. 수청은 중근이 연해주로 온 이위종과 함께 의병을 초모했던 곳이었다.

"실은 제가 드리는 이 말씀엔 나름대로 의미가 있습니다."

"의미라고요?"

"말씀드린 대로 블라디보스토크나 연추는 한참 동안 가시적인 행동을 하기 어렵습니다. 따라서, 최 도헌님의 행동반경도 그만큼 축소될 수밖에 없습니다. 그렇지만 전처럼 공개적으로 군사를 모으고 자금을 거두지는 못하더라도 다른 형태의 투쟁은 계속되어야 하고 또 그 정신을 이어가도록 해야합니다. 그럴 때, 그 일을 맡으실 분이 안 선생님이라는 뜻입니다."

"제가요?"

"그렇습니다. 말하자면, 이제 안 선생님께서 연해주 독립운동의 맹주 역할을 하셔야 한다는 얘깁니다. 이것은 제 생각도 마찬가지지만 최 도헌님의 뜻입니다."

"최 도헌님의 뜻이라고요?"

중근은 이위종의 뜻밖의 말에 약간 어리둥절했다.

"예. 물론 내부적으로야 지원은 하겠지만 이제 최 도헌님은 전처럼 전면에 나서기가 어렵습니다. 당신이 동의회 총재로서 주도한 국내진공의 실패로 연해주 동포들에게 면목이 서지 않는데다가 일본과의 불편한 관계에도 불구하고 한 차례 군사행동을 눈감아준 연해주 당국의 입장도 고려하지 않을 수 없기 때문입니다."

"그 심정은 충분히 이해가 갑니다만……."

"그래서 어쩌면 앞으로 최 도헌님은 경우에 따라 본의 아니게 의병대와 거리를 두려고 하실지도 모르겠습니다."

"알겠습니다. 맹주랄까 그런 말은 적당치 않지만 어쨌거나 이 상황에서 제가 할 수 있는 일은 해야겠지요."

"고맙습니다. 안 선생님."

"고맙기는요. 떠나면서까지 이곳 걱정을 해주시는 특사님이 더 고맙지요."

"실은, 그렇지는 않겠지만 혹시라도 오해가 생길까봐 최 도헌님께서 안 선생님에게 잘 얘기해달라는 말씀이 있었습니다."

그러나 이위종의 그 말이 중근에겐 오히려 조금 섭섭하게 들렸다. 그동안 속내를 숨김없이 주고받는 사이였는데 최재형이 자신에게 하지 못할 얘기가 뭐가 있을까 싶었던 것이다. 그러나 달리 생각하면 그만큼 최재형의 지금 심경이 복잡하고 약해진 때문인지도 몰랐다.

"아무튼 여기 걱정은 마십시오. 페테르부르크에서 하실 일이 더 막중하지 않습니까."

"그렇긴 합니다만……."

그렇지만 이위종의 표정은 어두웠다.

"왜 혹시 무슨 걱정이라도……?"

"막상 돌아가긴 합니다만 실은 페테르부르크에서 제가 무슨 일을 할 수 있을지 싶어서요."

"무슨 말씀이신지?"

"돌아가면 제 행동은 상당한 제약을 받게 되지 않겠습니까."

"예……."

"작년 헤이그에서 페테르부르크로 돌아온 후로도 그랬습니다. 페테르부르크에는 일본 외교관과 다수의 민간인들이 진출해 있습니다. 그들은 헤이그에서 일본의 침략성을 공격한 저를 위협하고 러시아 정부에도 압력을 넣었습니다. 저와 관계를 끊고 아무런 지원도 하지 말라고요."

"그랬겠지요."

"그 사정은 모르긴 해도 지금은 더할 겁니다. 아마도 일본은 제 손과 발을 꼭 붙들어두려고 하겠지요. 그리고 포츠머스에서 한국에 대한 우선권을 획득한 일본의 한국 병합 시기는 점점 다가오고 있고 연해주 의병 투쟁까지 묵인한 러시아로서도 더 이상 한국 문제를 지연시키기가 힘들 겁니다. 말하자면 그럴 때 제 개인 차원에서 할 수 있는 일이 뭐가 있을까 하는 거지요."

"특사님의 고민은 충분히 짐작이 됩니다."

"그런 상황에서 제가 기댈 곳이라곤 니콜라이 황제의 동정심뿐입니다. 그러나 황제는 제게 더 이상 힘이 돼주기 어려울 겁니다."

"황제는 어떤 사람입니까?"

"인간적이고 다정하며 가정적인 성격이지요. 그러나, 소심하고 정치엔 그다지 소양이 없는 편입니다. 어쩜 러시아가 쇠락의 기미를 보이는 것도 황제의 나약한 통치력과 무관하지 않을 겁니다."

"러시아의 미래에 비관적이시군요, 특사님은?"

"제 느낌으로는 그렇습니다. 러시아는 너무 비대해졌습니다. 그리고 지금 로마노프 왕조는 비대증을 앓는 노쇠한 늙은이 같고요."

"그럼 러시아는 어떻게 될까요?"

"그건 저도 모르겠습니다. 하지만 안 선생님도 연해주에서 보셨잖습니까. 군대는 페테르부르크의 통제에서 벗어나 있고 사회주의 세력들은 아직도 건재합니다. 그런 상황이 다른 지역이라고 크게 다르겠습니까. 그래서 가끔은 불길한 생각도 드는 거지요."

"불길한 생각이라면?"

"글쎄요. 어쩌면 지금까지 전혀 보지 못했던 형태의 국가가 출현하게 되지나 않을까 싶기도 하고……. 아무튼 문제는 바로 거기에 있습니다. 러시아가 강해야 한국은 반사이익을 얻을 수 있는데 그럴 전망이 별로 보이지 않는 겁니다."

미소년 같은 이위종의 미간에 주름이 깊이 패었다. 아직 어리달 수 있는 스물두 살 청년에게 지워진 짐의 무게가 너무 큰 게 아닌가 하는 생각을 중근은 했다.

"너무 혼자서만 상심하지 마십시오. 그리고 언제나 특사님 뒤엔 연해주 동지들이 있다는 사실을 기억해주십시오."

그렇게밖에 중근은 말할 수 없었다.

"고맙습니다. 용기를 주셔서. 안 선생님께서도 힘들겠지만 어떤 식으로든 투쟁의 끈을 놓지 말아주십시오."

"그러겠습니다. 당분간 독립투쟁이 소강상태에 접어들더라도 국내와 미국 등과 연계하며 그 정신만은 기필코 이어가겠습니다. 다행히 이강 동지가 안창호 선생이 주도하는 국내의 신민회는 물론 미국의 공립협회와도 연락이 닿고 있으니 연해주의 투쟁정신이 쉽게 소멸되지는 않을 것입니다."

"좋은 생각입니다. 참, 미국의 전명운 씨 석방 소식은 들으셨죠?"

이위종이 문득 생각이 났다는 듯 물었다.

"예, 알고 있습니다."

중근도 연해주로 귀환한 후 이강으로부터 그 소식을 들었다.

"국내진공 중에 소식을 들어서 말씀 못 드렸습니다만 참 잘된 일입니다."

"정말 미국은 대단한 나라라는 생각이 듭니다. 자국민을 쏜 사람을 증거 불충분으로 석방하다니……."

"정확히 말하면 전명운 씨가 쏜 건 아니지요. 스티븐스는 장인환 씨의 총에 맞은 거니까요. 물론 그렇다고 하더라고 전명운 씨의 석방은 미국과 일본의 미묘한 정치적 관계와 일반의 동정적인 여론이 작용했던 거라고 봐야 하겠지요."

"그보다 전명운 씨의 신변은 안전할까요? 그곳에 일본인이 많이 살고 있다면……."

그러자 이위종의 입가에 살짝 미소가 실렸다.

"그래서 실은 제가 이강 선생께 부탁을 했습니다. 전명운 씨의 연해주 방문을 추진해보시라고요. 연해주의 독립투쟁에 도움이 될 것 같아서요."

"그렇습니까."

중근은 이위종의 재빠른 두뇌회전과 용의주도함에 내심 혀를 내둘렀다. 도무지 이위종은 생각하는 거나 행동하는 게 이십대 초반의 청년이 아니었다.

블라디보스토크를 출발한 열차는 꼬박 이틀을 달려 760킬로미터 거리의 하바로프스크에 도착했다. 플랫폼으로 내리는 중근을 따라 이위종도 내렸다.

"안 선생님."

이위종이 뭔가 꺼내려는 듯 품속에 손을 집어넣었다.

"이건……?"

이위종이 내민 건 권총이었다. 7연발 브라우닝 M1900. 연해주에 도착할 때부터 국내진공 때까지 이위종이 항상 소지하던 것이었다. 그리고 중근도 국내에 있을 때부터 자주 사용해 익숙한 기종이기도 했다.

"받으십시오."

"이걸 제가 받아도……?"

"우리가 한 시기 의미 있는 일을 함께 했다는, 그리고 저를 잊지 말아주십사 하는 정표로 드리고 싶습니다."

"정히 그러시다면 특사님 뜻을 받들겠습니다."

"고맙습니다."

"그리고 특사님을 생각하면서 유용하게 쓰도록 하겠습니다."

중근이 이위종으로부터 권총을 건네받아 품속에 집어넣었다. 두 사람은 한 차례 포옹을 나누고 나서 두 손을 마주잡았다.

"이 특사님. 다시 뵐 수 있겠지요?"

중근이 먼저 입을 열었다.

"물론입니다. 부디 자중자애하여 독립의 대업을 이루어주시기를 바랍니다."

"페테르부르크에서도 많은 성원을 보내주십시오."

"제 마음은 늘 연해주에 있을 겁니다. 그리고 안 선생님을 생각하겠습니다."

중근이 목이 메는데 이위종의 두 눈에 물기가 어른거렸다.

잠시 후 이위종이 열차에 올랐다. 열차가 떠나면서 승강구에서 손을 흔들던 이위종의 모습이 점점 멀어졌다. 이윽고 중근은 혼자 남았다.

하바로프스크의 아침은 밝아오는데 세찬 바람이 지나가는 플랫폼의 가로등이 외로웠다

11 대동공보

11-1

전명운이 정재관 등 일행과 함께 샌프란시스코 경찰 구치소로 장인환을 면회간 것은 8월 마지막 주 화요일이었다. 일행은 정재관 외에 재판과정에서 통역을 담당하던 샌프란시스코 감리교회 전도사 양주삼과 변호사 코크린 등이었고 면회는 출옥 후 세 번째였다. 전명운은 지난 6월 27일, 스티븐스 저격 사건 발생 96일 만에 증거 불충분으로 석방되었다. 전명운은 스티븐스를 저격했지만 탄창이 돌지 않아 발사되지 않자 리볼버로 스티븐스의 안면을 후려쳤다. 그리고 이어 장인환이 스티븐스를 쏘아 죽였다. 그러나 현장에서 장인환을 체포한 세무공무원 섹스톤까지도 전명운을 보지 못했다고 증언했다. 그 증언은 전명운이 석방되는 데 결정적으로 작용했다.

물론 그 증언을 이끌어내는 데에는 여러 사람의 도움이 있었다. 그중에서도 변호사 네이튼 코크린의 도움이 절대적이었다. 코크린이 전명운과 장인환의 변호를 맡게 되었다는 것은 대단히 의미심장한 일이었다.

그동안 한국인들은 하와이 농장에서 열심히 일하면서 근면성과 성실성을 보여주었고 기독교 신앙을 받아들이는 데도 적극적이었다. 그리고 정직하여 미국사람들로부터 많은 신임과 호평을 받아왔으며 본토에서도 비교적 쉽게 미국 생활에 적응하고 있었다. 그런데 문제는 한국인은 아직 법적으로 시민이 될 수 없다는 약점이 있었고, 특히 백인을 상대로 법적 증언을 할 수 없었다. 그런 차에 다행스럽게도 백인 변호사 코크란이 전과 장 두 사람의 변호를 맡겠다고 나섰다. 시검찰국에서 오래 근무한 유명 변호사 코크란은 보도를 통해 사건의 동기와 스티븐스의 친일행위를 알고 있었고 한국인들의 억울한 심정을 충분히 이해하고 있었다. 그 역시 영국의 식민지로 있던 아이리시 사람이었던 것이다.

그는 한국의 실정을 자신의 일처럼 생각했고 처음부터 끝까지 변호비를 받지 않았다. 뿐만 아니라 효과적으로 한국의 애국지사들을 변호하기 위해 신문과 잡지 등을 통해 한국의 역사와 풍습을 공부했다. 그는 같은 아이리시 출신인 동료 변호사 바렛트와 파럴에게도 한국의 역사와 문화를 공부하게 했으며 일본은 한국이 보낸 통신사로부터 종교적으로나 학문적으로 많은 것을 배웠고 중국과 한국 문화의 조화로 이룬 문화가 일본 문화의 근본이란 것을 이해시켰다.

다섯 달째 수감생활을 하고 있는 장인환은 비교적 건강한 모습이었다.

"왜 또 오십니까. 이제 그만 오시라고 접때 말씀드렸는데……."

담당 변호사를 앞에 두고도 장인환은 전과 같은 소리를 했다. 체포 직후부터 그는 권총을 빼앗겨 이루지 못했지만 현장에서 스스로 목숨을 끊고 싶었다는 말을 반복했다.

"미스터 장. 당신은 살인자가 아니오. 그리고 나도 살인자를 변호사는 사람은 아니오."

담당 변호사로서 코크란이 장인환을 설득했다. 장인환은 스티븐스의 저격에 성공하고도 사람을 죽였다는 자의식에서 벗어나지 못하는 듯했다. 장인환은 일급모살죄로 공식 기소되었고 정상적으로 재판이 진행되면 그는 사형 언도를 받게 될 터였다. 코크란은 그의 저격을 개인적인 살인이 아니라 애국지사의 행위로 몰고가 일단은 사형을 면하게 하려는 생각이었다.

그러나, 다른 사람은 몰라도 전명운은 장인환의 심정을 이해할 수 있을 것 같았다. 그 자신 스티븐스의 저격을 계획하면서 생각한 게 '상지상' 즉, 원수를 죽이고 자신도 죽는 것이었다. 그 다음 게 '하지상'으로 원수를 처단했으되 자신은 사는 것이었지만 그는 그걸 원치 않았다. 비록 원수를 처단했다고 해도 자신이 산다면 이후의 삶은 어쨌거나 살인자로서의 삶일 뿐이었다. 그런데 장인환도 그런 경우였고 같은 생각을 하고 있는 듯했다.

"변호사님 말씀이 옳소, 장 동지. 여기 전명운 동지가 석방되었듯이 장 동지도 재판을 통해 살아남아 스티븐스 저격이 한국인으로서의 애국행위였음을 입증해야 해요."

정재관이 코크란을 거들었다. 그러자 장인환이 전명운에게 한 차례 눈길을 주고 나서 말했다.

"물론 전 동지가 석방된 건 제게 더할 수 없는 기쁨입니다. 그러나 저는 전 동지와 다릅니다. 어쨌거나 저는 사람을 죽였습니다. 그걸 후회하지는 않습니다. 제가 원했던 일이기 때문입니다. 하지만 사람을 죽이고 나서 구차하게 살고 싶은 마음은 없습니다. 조국과 민족을 위해 제 목숨을 스티븐스의 목숨과 바꾸는 것만으로도 저는 충분히 영광입니다."

"그러나 재판에서 승리할 때 전 동지의 경우처럼 애국행위가 입증되는 것이며 또 장 동지는 살아서 더 많은 일을 해야 돼요."

"저도 전 동지처럼 재판 과정을 통해서 일본의 침략성을 널리 알리려는 마음은 같습니다. 다만 제가 더 이상 면회오시지 않아도 된다고 말씀드린 건 재판 결과에 연연하지 않는다는 뜻입니다."

여전히 장인환은 스티븐스 사망에 따른 심리적 압박에서 벗어나지 못하는 듯했다. 그는 독실한 기독교인이었다.

"미스터 장. 제가 하나 묻겠습니다. 만약에 누가 이토 히로부미를 처단했다면 그 사람을 어떻게 평가하시겠습니까?"

코크란의 목소리에 힘이 들어갔다.

"그 사람은 만고의 영웅이라 할 수 있겠지요. 이등박문은 한국을 집어삼키려는 강도이자 세계평화를 어지럽히는 악마입니다."

"그럼 만약에 미스터 장이 이토 히로부미를 처단했다면 영웅이라 불리어도 좋겠군요."

"그러나 저는 이등박문을 처단하지 않았습니다."

"그런데 많은 신문들, 심지어는 일부 일본 신문들까지도 미스터 장의 사건을 두고 스티븐스는 이토 히로부미의 수석고문이자 친한 사이였으며 한국인들의 총은 사실상 이토 히로부미를 겨냥한 것이라고 했습니다."

코크란의 말에 장인환은 더 이상 대꾸가 없었다. 코크란이 말을 이었다.

"미스터 장의 사건으로 인해 많은 미국인들과 세계가 한국에 대해 관심을 갖기 시작했습니다. 물론 앞으로 재판 과정에서도 한국과 한국인의 입장은 충분히 알려지겠지만 미스터 장이 재판에서 미국 시민들의 대표인 배심원들의 지지를 얻어내어 이기는 것 이상의 승리는 없습니다. 모쪼록 이 점을 유념해 주십시오. 실은 오늘 면회온 것은 특별한 일이 있어서입니다."

그러면서 코크란이 전명운 쪽으로 얼굴을 돌렸다.

"형님."

전명운이 장인환을 불렀다. 두 사람은 전부터 친한 사이였고 한때 알래스카 어장에서 함께 일하기도 했었다.

"무슨 특별한 일이 있어?"

"저, 떠나기로 했습니다."

"떠나다니, 어디로?"

장인환이 놀라는 표정으로 되물었다.

"연해주로요."

"연해주? 그래 잘 되었네. 그곳은 한인 동포들의 의병운동 기운이 왕성하다고 하니 아우가 지내기도 좋을 걸세."

"샌프란시스코엔 일본인들이 많아 신변의 위협도 걱정되고 또 전 동지가 있으면 재판에도 영향을 줄 것 같아 당분간 연해주로 가 있기로 했습니다."

전명운이 소속된 공립협회의 부회장인 정재관이 짧게 사정 설명을 했다.

"잘 결정하셨습니다. 부회장님."

"그보다 형님. 제가 떠나는 것은 오로지 형님과 다시 만나기 위해서입니다. 부디 변호사님과 상의해서 좋은 결과를 얻을 수 있게 해주십시오."

전명운의 목소리엔 가늘게 울음이 섞여 있었다. 전명운의 애절한 호소에 장인환이 천천히 고개를 끄덕였다.

"알겠네. 아우를 위해서라도 내 최선을 다하겠네."

장인환이 조금씩이나마 마음의 변화를 보이는 듯하자 전명운의 입가에도 비로소 가는 미소가 떠올랐다.

11-2

한 달 남짓 하바로프스크 등 북쪽 지역을 둘러보고 중근은 다시 연추로 돌아왔다. 크고 작은 마을을 도는 동안 중근은 많은 동포들을 만났다. 블라디보스토크와 연추, 수청과 추풍 등과 달리 규모는 작았지만 북쪽 지역 전역에도 적잖은 동포들이 산재하여 살고 있었다.

같은 러시아 안에서도 북쪽 지역 동포들은 상대적으로 소외되어 있었다. 이를테면, 지난번 국내진공을 위한 의병 초모와 모금활동에서도 이 지역은 대상이 아니었다. 물론 국내진공이 연추와 블라디보스토크 중심으로 이루어진 것이었고 그에 따른 준비도 두 지역 사람들을 주축으로 했던데다가 그 기간도 길지 않았던 만큼 지도부로선 북쪽 지역까지 신경을 쓸 겨를이 없긴 했다.

그러나 사람들은 대한독립의군의 국내진공작전에 대한 소식을 듣고 있었고 비록 실패로 끝났다 하더라도 출정 자체에 오히려 자부심을 느끼고 있었다. 그리고 중근에 대해서도 잘 알고 있었다. 마지막 영산 전투에서 패했으되 끝까지 싸우고자 했던 그 의기가 과장되어 전해졌고 중근의 가문과 동학농민군과 싸웠던 소싯적 이력에 대해서까지도 부풀려진 채 회자되고 있었던 것이다.

그래서인지 가는 곳마다 사람들은 중근을 반겼고 오래 머물기를 바랐다. 그리고 문무를 겸비한 중근에게 배움을 청했다. 그러나, 블라디보스토크 추도회에 참석했다가 연추에 들르지도 않고 아무런 준비도 없이 곧바로 간 터라 중근은 한곳에 오래 지체하기가 힘들었다. 북쪽 전역의 마을을 한 번씩 도는 데만 해도 시일이 꽤 소요되었던 것이다. 결국 다시 돌아오겠다는 말을 남기고 중근은 연추로 돌아왔다.

연추로 들어설 땐 10월이 시작된 지 여러 날이 지나고 있었다. 연해주의 10월은 조석으로는 겨울처럼 느껴질 만큼 차가웠다. 하늘은 티 없이 푸르고 높은 가운데 텅 빈 들판이 황량해서 돌아오는 길 내내 중근은 마음이 시렸다.

"북쪽은 어땠소?"

연추로 돌아온 중근에게 최재형이 건넨 첫마디였다. 사전에 특별한 작정을 하지 않고 이위종의 제안에 즉흥적으로 떠났던 북행길이지만 최재형은 그쪽 사정이 몹시 궁금했던 듯했다. 연추와 블라디보스토크의 사정이 어려운 상황에서 내심으로는 그쪽을 독립투쟁기지 확보를 위한 하나의 대안으로 생각했던 것 같았다. 이위종으로부터 들은 말도 있긴 하지만 중근은 최재형이 한 번의 실패로 독립투쟁을 포기할 인물이 아니라는 걸 알고 있었다.

"연추나 블라디보스토크처럼 대규모의 인적 물적 자원을 모을 순 없지만 제 생각으로는 가능성이 있다고 여겨집니다."

"그렇다면 다행이오. 안 동지가 한번 그쪽을 중심으로 해서 향후 투쟁의 방향과 방법을 생각해보시오."

"그러겠습니다. 그런데 신문은 어떻게 돼가고 있습니까?"

"내달 중순께 창간하기로 결정이 되었소. 그 전에 한 번 회합을 가지게 될 테니 안 동지도 참석하시오."

"잘 되었군요. 그러잖아도 이 특사가 신문에 대해 많은 얘길 했습니다."

"며칠 전에 무사히 도착했다는 이 특사의 전보를 받았소."

"그렇습니까."

순간 중근의 눈앞에 이위종의 총기 어린 얼굴이 떠올랐다가 사라졌다. 헤어진 지 불과 한 달 남짓인데 그와 함께 지냈던 게 아득히 먼 일처럼 느껴지면서 뭉클 그리움이 일었다.

"전보가 또 하나 왔소."

"그래요?"

"안 동지에겐 기쁜 소식이 될 거요."

"무슨……?"

최재형이 대답 대신 중근에게 전보 하나를 내밀었다. 뜻밖에도 동생 정근에게서 온 것이었다. 중근은 곧바로 전보를 읽었다.

"기쁘지요?"

최재형의 만면에 가득 웃음을 띠면서 물었다.

"예."

전보는 간단한 가족 안부와 함께 정근에게 운영을 맡기고 온 돈의학교가 8월 20일 황해도와 평안도의 80여 학교 3천여 명의 학생들과 교사 등 학교 관계자 1천 명이 모여 개최한 운동회에서 1등을 차지했다는 내용이었다. 돈의학교는 삼흥학교와 더불어 진남포 시절 중근이 운영하던 학교였다. 해외로 망명하여 독립운동을 하려고 중국에 갔다가 르각 신부를 만나 교육의 중요성을 깨달은 중근은 귀국 후 신천군 청계동에서 진남포로 이주한 후 교육사업을 하기로 하고 사재를 털어 두 학교를 인수했던 것이다. 군대해산 등 시대 상황이 급변하지 않았다면 지금까지도 중근은 진남포에서 학교 운영에 주력하고 있었을 것이다.

중근이 운영할 때 돈의학교는 학생들에게 군대식 훈련과 유사한 교련과목을 가르치며 국권회복을 위한 애국계몽의식을 고취시켰고 삼흥학교는 영어를 중점적으로 익히게 해 외국과의 교류에 대비하게 했다. 따라서, 비록 떠나왔지만 돈의학교가 1등을 했다는 것은 그만큼 정근이 학교 운영을 잘해온 하나의 증거 같아 중근은 흐뭇했다. 동시에 오랜만에 지친으로부터 연락을 받게 되자 한참 동안 잊고 있었던 혈육의 정이 문득 되살아나면서 코끝이 시큰해졌다.

"미안하오, 안 동지."

최재형이 갑자기 착잡한 표정으로 말했다.

"무슨 말씀이신지……?"

"고국에 계셨으면 학교나 운영하며 편하게 지냈을 텐데 낯선 연해주에서 풍찬노숙을 하고 계시니 내 마음이 몹시 아프오."

"도헌님. 그런 말씀 마십시오. 소싯적 멋모르고 안락하게 지냈던 것조차 철없었음으로 애써 변명하면서도 늘 부끄럽기 한량없습니다. 같은 땅에서 태어나 같은 하늘을 이고 사는 이들이면 모두가 내 형제고 자매인데 홀로 일신의 편안함을 취한다는 게 가당키나 하겠습니까."

"그래요. 내가 실언을 했소."

"아닙니다, 도헌님."

"참, 전해줄 소식이 하나 있소."

최재형이 화제를 바꾸었다.

"소식이라면 어떤……?"

"미국에서 손님이 왔소. 전명운이라고, 스티븐스라는 자를 저격한 사람 말이오."

"정말입니까?"

이강에게 전명운의 방문을 추진해 보라고 했다는 이위종의 얘기를 들은 게 그와 함께 기차를 타고가면서였다. 그런데 불과 한 달 사이에 전명운이 연해주에 도착했다니 중근은 놀라지 않을 수 없었다.

"그저께 블라디보스토크에 도착해서 지금 개척리 이치권의 집에 묵고 있다고 들었소."

"이치권의 집에요?"

전명운이 이치권의 집에 묵고 있다는 사실이 중근은 신기했다. 중근 역시 처음 블라디보스토크로 왔을 때 한동안 이치권의 집에 묵었던 것이다.

"며칠 쉬다가 블라디보스토크에 들러 한번 만나보시오. 그쪽에선 환영 열기가 아주 대단한 것 같소."

"그러겠습니다."

얼마 후면 소문으로만 듣던 전명운을 만나게 된다는 생각에 중근은 가슴이 설렜다.

11-3

저는 선생님을 알고 있습니다.

이강의 소개로 만난 전명운이 중근에게 처음 한 소리였다.

"저를요?"

"전에 선생님을 뵌 적이 있습니다."

새 신문 발간 준비를 위한 임시 사무실에서 만난 24세의 전명운은 큰 키는 아니었지만 어깨가 딱 벌어진 건장한 체격에 두 눈이 형형하게 빛나고 있었다. 한눈에도 심사心事가 강정强精한 인상으로 보통 인물은 아닌 듯했다.

"예, 10년 전 운종가(종로)에서 뵈었습니다."

"10년 전이라면……?"

중근이 잠시 기억을 더듬었다. 10년 전이라면 1898년…….

"만민공동회 때 윤치호 회장을 모시고 있는 선생님을 먼발치에서 뵌 적이 있습니다."

"아, 그래요?"

당시 독립협회 회장 겸 독립신문 사장으로서 만민공동회를 개최한 윤치호는 신변의 위협을 받고 있었다. 만민공동회의 개최 목적 중의 하나가 황제의 권한을 일정 부분 제한하는 의회 설립이었던 만큼 황제 직속의 경무청과 어용단체인 황국협회가 그를 노리고 있었던 것이다. 그런 상황에서 윤치호는 지기 안태훈의 아들이자 관서지방과 함경도 등을 대상으로 독립협회 회원을 모집하고 있던 중근에게 대회 기간 중 경호를 요청했던 것이다.

"저는 서울 종현(명동)에서 태어났지만 어려서 부모님을 잃고 형님이 운영하시는 운종가의 한 가게에서 일하고 있었습니다. 그때 마침 만민공동회가 열렸는데 저녁 무렵인가 선생님께서 안가로 보이는 그 근처의 한 집에 윤치호 회장을 모시는 걸 목격하게 되었습니다."

묘하다면 묘하달 수 있는 인연이었다. 10년 전 한 장소에 있었던 사람을 이렇게 다시 만나게 되다니.

"그때 선생님에 대한 인상이 깊어 관심을 갖게 되었습니다."

"인상이 깊다니요?"

그러자 전명운이 잠시 머뭇거리며 수줍은 웃음을 입가에 띠었다.

"눈빛이 깊어 감히 범접할 수 없는 위엄 같은 게 느껴졌습니다."

"위엄이라니 당치 않은 말씀을……."

"참, 세상이 넓은 것 같으면서도 좁네요."

이강이 웃으면서 두 사람의 대화에 끼어들었다.

"블라디보스토크로 와서 안 선생님께서 국내진공을 지휘하셨다는 사실을 알게 되면서 많이 놀랐습니다."

"난 그저 말직에서 미력을 보탰을 뿐이오."

"어쨌거나, 미국에서 연해주의 의병운동에 대한 얘길 들었었는데 제가 예전에 깊은 인상을 받았던 분이 주도를 하셨다니 감회가 새로웠습니다."

이강이 국내진공에 대해 어떻게 전달해서 전명운이 저렇게 알고 있을까 싶었지만 중근은 그 얘긴 그만하고 싶었다.

"그래, 어떻게 미국엔 가시게 된 겁니까? 운종가의 형님 가게에서 일했다면 반드시 생활고 때문이 아닐 수도 있는데……?"

중근은 중요한 건 아니지만 그 점이 궁금했다. 한국인으로서의 미국생활이 서울 운종가의 점원보다 결코 낫다고 할 수는 없었던 것이다.

"실은 만민공동회의 참관이 절대적인 계기가 됐습니다. 나라의 주권수호와 민권 확대를 위해 개최된 대회를 보면서 신학문의 필요성을 절감하게 되었지요. 그래서 관립 한성학교漢城學校에 입학하여 두 해의 수업과정을 마쳤습니다. 그리고 강대국의 신문물을 배워 한국의 자주화와 근대화에 기여해야겠다는 생각에 도미 유학을 결심하게 되었습니다."

"장한 일이오. 젊은 나이에 그처럼 훌륭한 생각을 하시다니……."

전명운을 바라보며 중근은 천천히 고개를 끄덕였다. 스무 살의 젊은 나이에 나라를 생각하며 해외로 나갈 결심을 하고 실천에 옮겼다는 것은 어쨌거나 대단한 일이 아닐 수 없었던 것이다.

"하지만 정작 미국에선 먹고 살기에 바빠 아무 것도 못했습니다. 샌프란시스코에 있을 때도 이강 선생님의 도움을 많이 받았지요."

전명운과 이강은 샌프란시스코에서부터 이미 아는 사이였다. 둘 다 공립협회 회원이었던 것이다. 샌프란시스코에서 이강은 공립협회 기관지 공립신문 주필을 맡고 있었고 전명운은 평회원이었다.

"그러나 전 동지는 아무도 못한 대단한 일을 했소. 전 동지도 잘 아시겠거니와 그 스티븐스는 한국과 한국민에게 커다란 폐해를 끼쳐 사정을 아는 사람들의 공분을 자아내게 했던 인물이오. 그런 자가 자기 조국에서 심판을 받았다면 그거야말로 하늘의 뜻이 아니겠소."

"하지만 저는 아무 것도 한 게 없습니다."

전명운은 약간 풀이 죽은 모습이었다.

"그 무슨 말씀이시오. 중요한 것은 전 동지의 그 큰 뜻 아니오. 예전에 형가는 진왕을 살해하는 데 실패했지만 만국의 평화를 위한 그 대의가 널리 인정되어 사마천이 열전에 맨 먼저 이름을 올렸잖소."

"그러나 제가 성공했더라면 장인환 형은 지금 감옥에 갇혀 있지 않을 것입니다."

전명운의 목소리는 탁하고 착 가라앉아 있었다. 중근과 이강은 그런 전명운을 착잡한 마음으로 바라보았다. 중근이 입을 열었다.

"전 동지 마음은 충분히 이해하오. 하지만 장인환 씨의 심정은 전 동지와 다를 것이오."

"물론 인환 형은 제가 석방된 걸 무척 기뻐하셨습니다."

"그럼 됐소. 그런 장 동지를 생각해서라도 전 동지는 마음을 다잡고 국권회복을 위해 더 큰 일을 해야 할 것이오."

"물론 지당한 말씀입니다만……."

중근의 말을 수긍하는 듯하면서도 전명운이 말끝을 흐렸다.

"그보다 장 동지의 재판은 어떻게 진행되고 있소?"

이강과는 이미 얘기가 오갔는지 모르겠지만 중근으로선 그게 가장 관심사였다. 전명운이 그간의 재판 과정을 간략히 설명했다. 그리고 그 끝에 장인환의 수감생활에 대해서 덧붙였다.

"사람을 죽였다는 사실에 무척 괴로워하고 있었습니다. 형은 독실한 기독교 신자니까요. 차라리 제가 스티븐스 저격에 성공했더라면 좋았을 것을……."

"장 동지가 그런 생각을 할 필요는 없을 것이오. 옛말에도 있소. 간신을 제거하기 위해 칼을 드는 건 임금을 모시는 신하의 도리요, 남의 나라를 집어삼키려고 협잡하는 강도를 처단하는 것은 그 나라 백성된 도리라고 말이오."

"저도 그렇게 생각합니다만 인환 형은 그러질 못해서요."

"미국 동지들이 위로하면 차차 나아지겠지요."

중근이 뭐라고 말을 못하고 있는데 이강이 전명운을 다독거렸다.

"그나저나 그 미국 변호사들, 대단한 사람들이오. 무보수에 변론을 위해 한국 역사와 문화를 공부하기까지 하다니……."

분위기를 바꿀 양으로 중근이 화제를 돌렸다.

"예, 저도 놀라고 있습니다."

"그런 투철함이 오늘날 미국을 번성시킨 힘이 아니겠소."

이강이 뭔가 생각하는 표정으로 나직이 말했다.

"그래, 재판 결과는 어떻게 예상하시오?"

중근이 물었다.

"모르겠습니다. 제가 현지에 있으면 재판에 부정적인 영향을 줄 수도 있다고 해서 떠나왔습니다만……. 그러나, 제 생각으로는 사형은 면하지 않을까 싶습니다."

"그래요?"

"그곳 분위기가 그렇습니다. 저도 그래서 증거 불충분으로 석방됐지만 약소국의 입장을 이해하고 동정하는 분위기가 우세합니다."

그러면서 전명운은 작은 가방에서 종이묶음을 꺼냈다. 스티븐스 피격 사건과 관련된 언론의 기사들이었다.

"보십시오."

전명운이 기사들을 펼쳐 중근 앞으로 내밀었다.

…… U.C. 버클리에서 수천 명의 학생들이 모인 가운데 보만 교수가 강의한 내용을 요약했다. …… 일본도 백인들의 무기를 생산해서 경쟁의 새 세계에 도전하고 있다. 이 과정에서 일본은 한국을 식민지화했고 한국은 일본에 대항할 힘이 부족하다. 결과적으로 자기 나라를 침범하거나 식민지화하는 적을 저격하는 것은 너무나 당연한 일이고 앞으로 이런 일은 더욱 많아질 것이다.

—『클로니클』 지

…… 스티븐스는 "한국이 일본의 보호국이 되는 데는 나의 영향이 없지는 않다"고 말했다. 그는 1904년에 한국 왕실 고문으로 임명되었고 곧 '한국의 독재자'가 되었다. 최근에는 일본정부가 10만불과 연봉 840불을 지급했다.

—『뉴욕 타임즈』

…… 일본에서는 이 사건을 평하기를 '한인들의 총은 사실 이토 히로부미를 겨냥한 것'이라고 했다.

—『엘에이 타임즈』

…… 한인들이 제일 미워하는 스티븐스는 본인이 한국에서 침략을 감행하고 있으면서 한국을 보호한다고 발표한 것

일본정부를 대표해서 당시 총리로부터 막대한 보상과 훈장 등을 받았

음에도 아직도 한국 근대화에 힘쓰는 일본이라 변명한 것

장인환은 일본이 무자비하게 한국을 침략하여 대학살을 자행하며 한국을 일본의 식민지화하고 있는 그 원흉이 스티븐스라고 지적하는데 스티븐스는 여기 한인들이 모두 자기 지배하에 있는 것으로 착각하고 있음

—『엘에이 타임즈』 요약

…… 한국에서 일인에게 결박당한 한인들은 이 총소리에 찬미할 것이다. 일본에서는 이 기별을 듣고 한국을 네덜란드같이 생각할 것이고 여러 나라 외교계에서도 일본을 극진히 섬기던 이런 미국 사람이 암살당하는 것은 경종이 될 것이며 세계 각국에서 그 재판이 어떻게 되는가를 모두 주목할 것이다.

—『클로니클』 지 사설

…… 장인환이 말했다. 나도 스티븐스와 같이 죽기를 원하여 한 일이다. 내 나라가 망하고 내 민족이 다 망한 후에 내가 살면 무엇 하겠는가. 내 나라를 망하게 하는 사람이라면 어찌 그대로 두고 더 후환을 기다리겠는가. 그래서 나는 쏜 것이니 다시 두어 말할 것이 없다.

—『클로니클』 지

샌프란시스코에 사는 한국인이 스티븐스를 습격하였다는 소식을 듣고 우리는 일찍이 연구 중이던 한인들을 이해하게 되었다. 이 반도국가는 다른 나라들과 같이 약하고 한국인은 여망이 없고 순종하는 국민인 줄만 알았다……. 피고인 장인환 청년은 스티븐스가 한국을 속이고 일본을 위하여 전력을 다하는 것을 보고 죽음을 각오하고 용감히 습격하였으니 칭찬하는 이가 많을 것이다. 지금까지 세계는 한국인은 아무 것도 알지 못하며 가치가 없는 국민으로만 알았는데 이번 사건으로 다시 한국을 주목하게 되었다. 일본도 언젠가는 한국과 같이 쇠약해질 수도 있다. 한국도 언젠가는 강한 나라가 될 수도 있다.

—『뉴욕 타임즈』 사설

"정말 그렇군요."

그동안 스티븐스 저격 사건에 대한 현지 분위기는 대강 전해들은 바 있지만 막상 그것을 입증하는 신문 기사들을 두 눈으로 확인하게 되자 중근은 새삼 놀라웠다.

"주목할 것은 스티븐스에 대한 저격의 본질이 이등박문에 대한 분노에 있다는 지적이에요. 즉, 현지에서는 이등박문에 대한 한국인의 분노가 그 수하인 스티븐스에게로 향했다고 생각하는 거지요."

이미 기사들을 일독한 이강이 기사의 핵심을 짚었다.

"비록 제가 실패하는 바람에 인환 형이 수감되었습니다만 대신 가능하면 이등박문을 처단하고 싶습니다."

전명운이 굳은 얼굴로 말했다.

"이등박문을요?"

중근이 되물었다.

"예. 이등박문이야말로 우리 민족의 철천지원수 아닙니까. 천황을 꼭두각시로 세워놓고 한국 병합과 대륙 침략을 획책하면서 겉으로는 평화주의자인 척하는 가증스런 인물이지요."

전명운의 목소리는 애써 감정을 억제하고 있는 듯 툭박지고 기복이 심했다. 그러나 이토 히로부미의 본질에 대해선 제대로 파악하고 있었다.

"하지만 이등박문을 처단한다는 건 거의 불가능한 일이오."

중근이 천천히 고개를 가로저었다.

"그건 저도 압니다. 하지만 방법을 찾아야합니다. 안 선생님께서도 보셨듯이 스티븐스 정도의 인물로도 미국이 한국에 대해 관심을 보이고 한국인의 입장을 이해하고 공감하고 있습니다. 항차 이등박문이라면 한국의 억울한 실상을 세계에 알리는 데 더 없는 대상입니다. 그리고 오늘 우리가 이등박문을 응징하지 않으면 후일 우리 민족은 부끄러움을 안고 살아갈 수밖에 없습니다."

전명운의 말은 백번 맞는 소리였다. 그렇지만 이토 히로부미는 한국통감이었다. 그리고 유명무실한 한국 황제를 대신한 실질적인 통치자였다. 그런 이토에 대한 경호는 황제 이상일 터이고 따라서 그를 응징한다는 것은 상상조차 할 수 없는 일이었다.

"아무튼 알겠소. 전 동지의 말씀은 백번 지당하오. 하지만 이 일은 현실적으로 어려운 일이오. 그러니 당분간은 그냥 접어둡시다."

"그러나 선생님. 생각을 해볼 필요는 있습니다.

의외로 전명운은 집요했다. 어쩜 자신이 실패한 스티븐스 저격을 장인환이 성공한 후 수감된 데 대한 부담감 때문인지도 몰랐다.

"알겠소. 그보다 연해주에 오래 머물면서 동포들에게 좋은 말씀을 많이 해주시오."

"물론 당연히 그러겠습니다. 그런데 선생님."

"예. 말씀하시오."

"저도 동의회에 가입하면 안 되겠습니까?"

"그러시겠다면 나야 대환영이오. 비록 지금 동의회가 출범 때와 달리 조금 침체되어 있지만 연해주 동포들이 서로 상호부조하면서 항구적인 무력투쟁을 위한 구심점으로서의 역할을 계속해 나갈 것이오. 그런 만큼 전 동지 같은 분이 가입하시겠다면 쌍수를 들어 반길 일 아니겠소."

"고맙습니다, 선생님."

굳어 있던 표정을 펴며 전명운이 밝게 웃었다.

11-4

11월이 시작되었다. 두꺼운 외투를 걸쳐도 어색하지 않은 연해주의 11월은 완연한 겨울이었다. 11월 둘째 주가 시작되는 날 블라디보스토크 한인 거류지인 개척리 600호 건물에 최재형을 비롯한 여러 인사가 모였다. 새 신문 『대동공보大東共報』의 발행을 앞두고 처음으로 모두가 모여 자리를 함께한 것이었다. 신문은 11월 18일 창간호를 발행하기로 예정되어 있었다. 참석자는 차석보와 유진률, 정순만 그리고 러시아인 미하일로프 등이었다. 중근은 최재형의 권유로 참석했다. 참석자 가운데 이채로운 인물은 발행명의인 겸 주필로 내정된 미하일로프였다.

대동공보를 발행하면서 미하일로프의 명의를 빌린 것은 폐간된 해조신문때와 마찬가지로 연해주 당국과의 마찰을 피하기 위해서였다. 유진률의 천거로 초빙된 퇴역 중령 미하일로프는 한인들의 소송대리인으로 일하고 있었다.

사장엔 차석보가 내정되었다. 러시아 지역에 있는 평안도 출신을 대표하는 차석보는 객주, 인부청부업, 대차업 등을 하며 약간의 재산을 모았다. 해조신문 사장이었던 최봉준 소유의 인쇄기계와 활자를 자기 재산을 담보로 해서 구입한 것도 그였다.

유진률은 발행인이었다. 블라고베쉔스크 신학교를 졸업한 귀화인 유진률은 한때 한국정부에서 주는 벼슬을 받고 통역으로 일했으며 현재는 블라디보스토크에서 청년회를 이끌고 있는 자산가였다.

그리고 해조신문에 이어 대동공보 창간의 산파역을 한 정순만이 주필을, 이강이 기자를 맡았다. 어떤 의미로 이 두 사람이 신문의 가장 핵심 인물이랄 수 있었다.

실질적인 사주면서도 최재형이 전면에 나서지 않은 것은 역시 연해주 당국을 의식해서였다. 최봉준에 비해 과격파로 알려진 데다가 국내진공이 종료된 지 얼마 되지 않은 시점에서 운신의 폭이 넓지 않았던 것이다.

회의실에 둘러앉아 술과 다과를 나누며 화기애애한 분위기 회합이 진행되는 가운데 유진률이 미하일로프에게도 한 말씀 하라고 권했다.

"저는 러시아에 거주하는 한인분들에게 심심한 존경심을 갖고 있습니다. 귀화한 분들도 계시고 아닌 분들도 계시지만 평소 모두 어려운 여건 속에서도 조국을 위해 노력하는 모습을 보면서 깊은 감명을 받았습니다. 이런 상황에서 제 이름으로 한인 신문을 발행하게 된 것은 무한한 영광입니다. 그동안에도 미력한 대로 한인들의 고충을 해소해보려고 했지만 한인 신문과 인연을 맺은 것을 계기로 앞으로 배전의 힘을 쏟겠습니다. 아울러 다소라도 경비를 절감하여 좋은 신문을 만드는 데 일조하고 싶다는 뜻으로 저는 무보수로 근무하겠다는 것을 이 자리를 빌려 말씀드립니다."

미하일로프의 뜻밖의 발언에 박수가 터졌다. 잠시 후 좌중이 정리되자 최재형이 마무리 인사를 했다.

"미하일로프 씨는 그동안 러시아에서 약자일 수밖에 없는 한인들을 위해 크고 작은 소송을 담당해오신 고마운 분이오. 더욱이 이번에 새 신문의 발행에 명의를 허락하시고 연해주 당국과 마찰이 없도록 수고해주시게 되었는데 보수까지 사양하시니 감사하기 이를 데 없소. 그 은혜를 우리는 두고두고 잊지 말아야 할 것이오. 어쨌거나 신문은 창간하게 되었지만 주 2회 발행이라 부족한 게 많을 것이오. 대신 알찬 신문을 만들어 동포들의 기대에 부응하도록 해주시오."

신문은 주 2회, 일요일과 수요일에 간행하기로 예정되어 있었다. 지면은 4면을 원칙으로 하되 경우에 따라 6면 간행도 하기로 했다. 그리고 주

독자층인 러시아 거주 동포들이 대부분 농민과 노동자임을 감안하여 기사는 해조신문과 마찬가지로 한글로 쓰기로 했다. 발행 부수는 대략 1천 부로 생각하고 있었다. 러시아 극동 지역과 만주 일부 지역을 대상으로 신문 발매소 선정을 마친 상태였다. 발매소는 신문이 창간되고 상황을 봐가면서 늘리기로 했다.

"참, 안 동지께선 하바로프스크에 다녀오셨다면서요?"

신문에 대한 얘기가 끝나고 자유로이 잡담이 오가던 중 유진률이 중근에게 물었다.

"예. 이 특사님 배웅 차 갔다가 그 부근을 한 바퀴 돌았습니다."

"잘 하셨소. 그동안 그쪽엔 소홀했는데 어떻던가요, 그쪽 분위기가?"

"애국심은 다들 똑같았지요. 국내진공에 대해서도 잘 알고 있었고요."

"그래요. 그럴 거요."

유진률이 뭔가 생각하는 표정으로 고개를 끄덕였다.

"조만간 다시 그쪽으로 갈까 생각하고 있습니다."

"그래요?"

"시간을 가지고 많은 사람들을 만나면서 국권회복과 조국독립에 대해 얘기하고 싶어서요."

"그게 정말이오? 잘 되었소."

중근의 대답에 유진률이 반색을 하며 말을 이었다.

"아마 신문이 창간되면 그쪽으로도 배급하게 될 거요. 비록 우리가 한 번 국내진공을 실패했지만 국권회복과 조국독립을 위한 투쟁정신은 계속 이어가야하오. 그럴 때 하바로프스크와 그 인근 지역에 우리가 관심을 기울이는 것은 매우 중요한 일이오."

국내진공 이후로 블라디보스토크의 무력투쟁에 대한 거부감은 많이 사라졌지만 신문과 결부시켜 유진률이 그 말을 입에 담는다는 것은 조금 뜻밖이었다.

"저도 그런 생각을 하고 있습니다. 이미 최 도헌님의 말씀도 있었고요."

그러자 최재형이 말했다.

"거기에 대해선 내가 한 말씀 덧붙이겠소. 안 동지는 동의회 대한독립의군 특파대장 자격으로 그쪽을 순회하게 될 거요."

"특파대장요?"

유진률이 반문했다.

"그렇소. 이제 당분간 대규모의 무력투쟁은 할 수 없겠지만 동의회는 연해주 동포들의 상호부조하는 단체로서 존속하게 될 거요. 그리고 조금 형식적이긴 하지만 국내진공을 했던 대한독립의군도 그 체제는 그대로 유지할까 하오."

최재형의 말은 상황이 많이 달라졌지만 무력투쟁의 기본정신은 그대로 이어가겠다는 일종의 선언 같은 것이었다. 자연 회의실은 숙연한 분위기로 젖어들었다.

12 전명운

12-1

11월 하순 연추를 출발한 중근은 블라디보스토크에서 전명운과 합류한 후 곧장 하바로프스크로 향했다. 그동안 연해주 한인사회의 중심부에서 약간 비켜나 있었지만 지난번 이위종을 배웅하고 들렀을 때 확인한 바대로 하바로프스크는 어느 지역 못지않게 민족의식이 투철한 곳이어서 중근은 강한 인상을 받았었다. 그래서 조만간 다시 들르기로 약속하기도 했었다. 굳이 그 약속 때문이라고 할 순 없지만 하바로프스크를 맨 처음 행선지로 택한 것은 처녀지를 개척한다는 기분도 작용했다. 블라디보스토크와 연추가 국내진공이라는 대사를 치른 후 폭풍이 지나간 들판처럼 일시적인 고요에 잠겨 있다면 하바로프스크는 비로소 힘찬 호흡을 하며 연해주 한인의 투쟁 역사에 새로운 장을 기록하게 될 지역이었던 것이다.

다시 하바로프스크를 찾은 중근을 동포들은 열렬히 환영했다. 그들에게 중근은 승패와 관계없이 국내진공의 영웅이었다. 그 영웅이 약속대로 다시 돌아왔던 것이다. 그런 그들에게 전명운의 출현은 놀라움 그 자체였다. 중근이 전명운을 소개하자 그들은 모두 차마 믿기지 않는다는 얼굴이었다. 그도 그럴 것이 저 머나먼 미국에서, 이토 히로부미의 수족으로써 한국을 보호국으로 만든 스티븐스를 저격한 인물이 눈앞에 나타나리라곤 꿈에도 생각지 못했던 것이다.

어쩌다 얻어듣게 되는 작은 국내 소식 하나에도 눈시울이 뜨거워지던 그들이었다. 하물며 미국과 세계를 떠들썩하게 하며 한인의 기개를 드높인 인물이 친히 방문해주었다는 것은 감격으로 가슴이 미어질 만한 일이었다. 전명운에 대한 그들의 열광과 환호는 전날 이위종이 수청 등지를 방문했을 때 그곳 사람들이 나타냈던 반응과도 비견될 정도였다.

전명운의 대동이 하바로프스크 지역 동포들에게 국권회복과 독립정신을 고취시키는 데 상당한 작용을 할 거라고 기대했지만 실제로 그 이상이었다. 그 점에 대해선 중근도 그렇지만 전명운의 감동은 더욱 컸다. 연해주로 온 보람을 진하게 느낄 수 있었던 것이다.

"부끄럽습니다. 저는 실패자에 불과한데 저렇게들 환영해주시니……."

몇 차례의 환영회가 계속되는 동안 전명운은 중근에게 말했다. 자신에 대한 동포들의 환영이 놀라우면서도 부담스러운 모양이었다.

"무엇을 이루었느냐보다 무엇을 이루려고 했느냐가 더욱 중요한 것이지요."

전명운은 웅변가 수준의 이위종에 비해 말을 잘하는 사람은 아니었다. 미사여구도 없는 그의 말은 단문에다가 툭박지고 그나마도 감정이 고조될 때마다 자주 끊겼다. 그러나 그 점이 오히려 사람들에게 친근감 있게 다가가게 했다. 그는 연설의 끝에 늘 샌프란시스코 경찰 구치소에 수감된 채 재판을 진행하고 있는 장인환의 건강과 안녕에 대해서 기도했다.

이위종이 진지했다면 전명운은 진실한 모습을 보여주었다.

두 사람은 하바로프스크와 인근 지역의 한인 마을을 돌았다. 그러는 사이 어느덧 12월도 중순에 접어들고 있었다. 전명운은 공립협회 등 미국 동포들의 조국독립을 위한 단체의 활동을 전해주었고 중근은 진남포에서 학교를 운영하던 경험을 곁들여 교육을 통한 실력 배양과 국권회복을 위한 무력투쟁에 대해 얘기했다. 그리고 아이들에겐 만국역사와 한국역사를 가르쳤다.

하바로프스크나 인근 지역 마을의 한인들은 대다수 노동자와 농민이었다. 따라서 그들이 당장 의병에 참여하거나 거액의 군자금을 출연할 형편은 못되었다. 그런데도 그들 중 일부는 동의회 가입을 원했고 군자금을 갹출하기도 했다. 그런 그들이 중근은 눈물겹도록 고마웠다. 물론, 블라디보스토와 연추가 무력투쟁의 의지를 접고 잠시 숨을 고르고 있는 지금 그것은 크게 중요한 게 아니었다. 그보다는 향후 전개될 무력투쟁의 배후 확장의 대상으로서 하바로프스크는 큰 의미를 지니고 있었다. 따라서 지금 중요한 것은 그들에게 국권회복과 조국독립에 대한 의지를 심어 주는 일이었다.

그렇지만 중근과 전명운의 방문으로 하바로프스크는 잔뜩 고무된 분위기였다. 두 사람의 방문은 지금까지 소외되었던 하바로프스크의 연해주 한인사회의 주류에의 편입을 시사하는 것이기 때문이었다.

가는 곳마다 과분한 환대를 받으며 중근과 전명운은 그곳 사람들과 소중한 만남을 이어갔다. 그리고 12월 하순 그곳을 떠나 수청으로 향했다.

연해주의 12월 하순은 한겨울이었다. 기온이 줄곧 영하 20도 아래로 떨어지고 자주 폭설이 내려 길이 끊어지기가 다반사였다. 하바로프스크에서 수청으로 가는 길은 고행이었다.

"수청은 어떤 곳입니까?"

우수리스크에서 기차를 내려 마차를 얻어 타고 가는 동안 전명운이 물었다.

"연해주에서 블라디보스토크와 연추 다음으로 한인들이 많이 사는 곳이오."

"그곳 사람들도 지난번 국내진공에 많이 참여했습니까?"

"물론이오. 대한독립의군의 주력이라고 해도 과언이 아닐 것이오."

수청은 중근이 훈련을 맡았던 연추 의병대에 많은 수의 사람들이 의병으로 참여했고 군자금도 상당액 출연할 만큼 민족의식이 강했다. 게다가 이위종이 연해주로 온 직후와 그가 떠날 때 들른 곳이어서 중근에겐 더욱더 친숙한 곳이었다. 지난번 이위종을 하바로프스크까지 배웅하고 들렀을 때 중근은 국내진공이 종료되었음에도 불구하고 여전히 뜨거운 수청 사람들의 무력투쟁 의지를 확인했었다. 그것은 아마도 국내진공 때 중근과 함께 남아 끝까지 싸우려고 했던 수청 출신 대원들의 강한 전투의지와 무관하지 않은 듯했다. 게다가 연해주 당국의 태도 변화에 민감할 수밖에 없는 블라디보스토크와 연추에 비해 비교적 자유로운 것도 한 이유가 될 터였다. 어쨌거나 지난번 들렀을 때 확인한 바로는 일시 소강상태에 있는 블라디보스토크나 연추와 달리 수청은 무력투쟁에 대한 의지는 쉽사리 수그러들지 않을 것 같았다.

중근의 예상은 그대로 맞아떨어졌다. 중근이 수청에 도착했을 때 제일 먼저 반긴 것은 장봉금과 조순서였다. 장봉금은 지난번 국내진공에 앞서 수청 의병을 중심으로 감행한 기습작전의 핵심 대원이었다. 그리고 국내진공 중 영산에서 패배했을 때 갈화춘과 더불어 중근과 끝까지 생사고락을 같이 했었다. 그 과정에서 귀환이 무망하다고 판단되는 상황에 이르자 중근은 그에게 만물을 주관하는 천주에 대해 가르치고 대세까지 한 적이 있었다. 영산 전투에서 패배할 당시 중근 일행과 떨어져 생사가 묘연했던 조순서 역시 나중에 무사히 귀환했다.

중근이 전명운을 소개하고 나자 장봉금이 마치 기다리고 있었다는 듯이 말했다.

"최 도헌님이 달라지셨습니다."

"무슨 말이오, 그게?"

"얼마 전, 도헌님께서 여전히 대원들에게 사격훈련을 시키고 계신다는 소식을 듣고 조 동지와 함께 2백 명의 대원들을 모아 연추로 갔었습니다. 향후 무력투쟁에 대한 말씀을 듣고자 해서요."

"그런데요?"

"그런데 자금이 부족하고 병력이 적어 잠시 의병대를 해산할 거라고 말씀하셨습니다."

"그래요?"

"도대체 그게 말이 됩니까. 당신은 지금도 2백 명 가량의 대원을 분산시켜 유지하면서 훈련까지 시키고 있습니다. 그러니까 수청 지역의 2백 명까지 합치면 4백 명이나 되지 않습니까. 4백 명이 적은 숫자입니까? 그리고 자금이 없다는 것도 그렇습니다. 국내진공 이후로도 도헌님은 수청과 추풍 각지에 편지를 전달해 새로운 군대를 조직하는 데 필요한 경비를 보내달라고 했습니다. 그리고 기부금은 각 지방 한인 마을에서 속속 전달되었습니다. 그 액수가 적어도 1만 루블이 넘습니다. 그래 놓고 이제 와서 의병대를 해산할 거라니 말이 되는 소립니까?"

장봉금이 약간 흥분한 듯 언성을 높였다.

"그러니까 의병대를 해산하겠다고 말씀하셨다는 거요?"

"그렇습니다."

"장 동지는 무슨 말씀을 드렸는데요?"

"우리는 여하한 이유가 있어도 국내진공작전을 중간에 그만둘 순 없다고 했지요. 그리고 명령만 내리면 즉시 다시 한국으로 들어갈 거라고도 했습니다."

"그랬더니요?"

"그러나 끝내 우리의 요구를 받아들이지 않으셨습니다."

"다른 말씀은 없었고요?"

"무조건 안 된다고만 말씀하셨습니다."

"조 동지는 어떻게 생각하시오? 도헌님의 그런 태도를?"

중근은 생각나는 게 있어 확인 차 조순서에게 물었다.

"저도 조금 의아하긴 했습니다. 연추 의병대는 계속 훈련을 시키면서 우리에겐 지원을 않고 해산하라는 게……."

"연추 의병대는 지금도 유지되고 있소?"

"그것까진 모르겠습니다. 그러나 우리가 떠날 때까지는 그대로 있었던 것 같습니다."

"그럼 혹시 무슨 얘길 들은 게 없소, 다른 사람들한테서?"

그러자 조순서가 잠시 머뭇거리다가 다시 입을 열었다.

"연추 의병대원 한 사람한테서 들은 얘깁니다만 별로 믿을 게 못 돼서……."

"어떤 얘긴데요?"

"일본이 러시아 정부에 압력을 넣어 연해주 당국이 한인 의병들의 움직임을 통제하고 있다고요."

"그 얘긴 아마 사실일 거요."

"예? 그게 정말입니까?"

"연추에 있을 때 도헌님이 그 문제로 고민하시는 걸 본 적이 있소."

"설마……. 이쪽 러시아인들은 우리의 활동을 성원하는 분위기인데요."

"수청과 연추의 분위기는 다르오. 그리고 러시아 정부와 국민들 입장도 같지 않소. 또 다른 얘기는요?"

"아까 장 동지가 말한 대로 도헌님은 기부금을 거두었고 그 돈으로 무기를 구입했습니다. 그런데 최근에 와서 무기구입이 어렵다는 얘기를 들었습니다."

"도헌님이 하신 얘기요?"

"아닙니다. 의병대원이 한 얘깁니다."

"그렇더라도 그 말 역시 사실일 거요. 그동안 도헌님은 주로 연해주 주둔 러시아 군대에서 무기를 구입했소. 그러나 무기를 구입할 수 없다면 아마도 페테르부르크 차원의 명령이나 지침이 연해주 당국을 통해 현지 군대에 하달됐을 거요."

"그럼 수청 의병대는 어떻게 되는 겁니까?"

중근과 조순서의 대화를 듣고 있던 장봉금이 다시 끼어들었다.

"내 생각엔 도헌님이 곤경에 빠지신 것 같소. 그래서 마음을 정하지 못하시는 듯하오."

"그게 무슨 말씀이신지……?"

조순서가 애매한 표정을 지었다.

"도헌님의 투쟁 의지는 의심할 바 없이 확고하오. 그러나, 블라디보스토크나 연추는 지난번 국내진공의 실패로 자체적으로도 힘을 잃었소. 그런데다가 연해주 당국의 압박이 가해지니 도헌님께선 어떻게 해야 할지

고심하시는 것 같소."

"그렇지만 우리에겐 아예 수청 의병대를 해산하라고 하셨는데요?"

장봉금은 여전히 불퉁한 얼굴이었다.

"그건 필시 위장일 거요. 수청 의병들의 요구를 거절했다는 소문을 내어 무력투쟁을 포기했다는 걸 당국에 보여주려는 의도가 틀림없소."

"그럼 수청 의병은 어떡합니까?"

"도헌님 말씀대로 일단은 형식적으로나마 해산하는 게 좋을 것 같소. 도헌님의 지원 없이는 의병대를 유지하기는 힘드오. 그리고 국내진공은 더더욱 블라디보스토크나 연추와 연합하지 않고 수청 단독으로 감행하기는 어렵소. 모르긴 해도 연추 의병대도 조만간 해산될 것이오."

"그렇진 않을 것 같은데요."

조순서가 고개를 갸우뚱거리며 중근을 쳐다봤다.

"왜 그렇게 생각하시오?"

"홍범도 씨가 연추에 왔거든요."

"함경도 산포수 부대의 홍대장이요?"

"예. 이달 초순에 와서 도헌님 댁에 머물고 있답니다. 그쪽 대원들 말로는 도헌님께서 홍범도 씨를 내세워 다시 국내진공을 시도할지도 모른다고 했습니다."

홍범도가 왔다.

어느 정도 예상했던 거지만 결국 홍범도의 산포수 부대도 무기와 식량 부족 등의 한계로 해산된 모양이었다. 하지만 그가 왔다고 해서 연추의 상황이 당장에 바뀔 수는 없었다.

"내가 알기로 그건 거의 불가능한 일이오. 설령 도헌님께서 그런 마음을 갖고 있다 하더라도 말이오. 이미 얘기했다시피 국내진공은 블라디보스토크와 상의하지 않고 도헌님 혼자서 결정할 수도 진행할 수도 없는 사안이오. 따라서, 수청 의병대를 해산하라고 했다면 연추 의병대도 오래 두시지는 않을 거요."

"그럼 우린 어떻게 해야합니까?"

"지금은 내부적으로 힘을 축적하며 다시 시기가 무르익기를 기다려야 하오. 그동안 중요한 것은 독립투쟁에 대한 의지를 잃지 말아야 한다는 점이오. 말하자면 비록 당장은 전투가 없겠지만 저마다 대원이 되어 싸울 준비를 하자는 거요. 내가 이곳으로 오기에 앞서 하바로프스크부터 둘러본 것도 그런 이유에서였소."

"그렇지만 그 시기가 언제가 될지……."

장봉금이 낙담한 얼굴로 중얼거렸다. 장봉금의 그런 모습은 투쟁 의지가 강한 수청 지역 정서의 일단을 드러내는 것이기도 했다.

"외람되지만 제가 한 말씀 올려도 될까요?"

잠자코 세 사람의 얘기를 듣고 있던 전명운이 조심스럽게 말했다.

"예, 말씀하십시오. 의사님."

전명운을 두고 따로 얘기를 나눈 게 미안했는지 장봉금이 얼른 대답했다.

"제 소견으로는 다시 무력투쟁을 할 날이 그리 멀지 않을 것 같습니다."

"그렇습니까."

"안 선생님께서는 이미 아시겠지만 미국 샌프란시스코에는 공립협회라는 한인단체가 있습니다. 도산 안창호 선생께서 만든 단체로 설립 목적은 미국에 거주하는 동포들의 상호부조에 있지만 해외에 있는 동포들을 연계하여 독립투쟁을 하려는 뜻도 있습니다. 그래서 도산 선생께선 귀국하여 신민회란 비밀결사조직을 따로 만드셨지요. 그리고 이강 선생을 원동위원으로 이곳 연해주로 파견하셨습니다."

"이강 선생이라면 저도 얘기를 들었습니다."

장봉금은 자신보다 몇 살 연하의 전명운에게 꾸벅 고개를 숙였다.

"이강 선생은 지금 블라디보스토크에서 새로 창간된 대동공보의 위원이지만 신민회 원동위원으로서의 책무도 소홀히 하지 않고 계십니다. 그 책무란 무력투쟁을 위한 해외기지 건설입니다. 이강 선생의 사전 작업이 어느 정도 완료되면 아마 내년 상반기쯤엔 미국에서 이상설 영감님을 비롯하여 정재관 부회장 등 여러 분이 이곳으로 오실 겁니다."

"그게 정말입니까?"

전명운의 입에서 이상설이라는 이름이 나오자 장봉금과 조순서가 거의 동시에 놀라듯 물었다. 헤이그 밀사의 정사였던 이상설은 이곳 연해주에서 이준 못지않게 큰 인물로 인식되고 있었다.

"사실입니다. 그러니까 우리가 다시 독립투쟁을 할 날이 그리 멀지 않습니다. 그동안만이라도 안 선생님의 말씀대로 은인자중하면서 때를 기다리는 게 좋을 듯싶습니다."

"예. 전 의사님 말씀을 들으니 안 대장님과 최 도헌님 생각이 납득이 되는군요. 그보다 어려운 걸음을 하셨으니 오래 머물면서 좋은 말씀을 들려주십시오. 지난번 오셨던 이위종 특사님처럼요. 아마도 이곳 동포들이 무척 반가워할 겁니다."

조순서가 덕담처럼 다시 전명운에게 인사를 건넸다.

"그렇게 말씀해주시니 고맙습니다."

이번엔 전명운이 조순서에게 고개를 숙였다.

"혹시 그동안 서울 소식 들은 거는 없소?"

중근이 조순서에게 물었다.

"지난 7월 말에 이등박문이 일본에 다녀왔다는 것 외에는 별다른 얘긴 없습니다."

"그런데 안 선생님."

전명운이 중근을 불렀다.

"왜 그러시오?"

"안 선생님께선 이등박문을 어떻게 생각하십니까?"

"어떻게 생각하다뇨?"

"이런 저런 경로로 들은 얘깁니다만 이등박문은 한국 병합에 소극적이라고 합니다. 그 점을 어떻게 생각하시느냐는 겁니다."

"나도 그런 얘기는 들었소. 그런데 그 질문을 하는 특별한 연유가 있소?"

"이등박문은 한국 침략의 원흉입니다. 일찍이 강화도의 운양호 사건을 시작으로 국모를 시해하고 청일전쟁과 러일전쟁을 치르며 을사늑약을 통해 한국을 보호국화한 후 군대까지 해산시켰습니다. 그래놓고서 정작 한국을 병합하는 데엔 소극적이라니 조금 이해가 되지 않아서요."

"그게 바로 이등박문의 교활하고 노회한 면모요."

"무슨 말씀이신지……?"

"우선 두 가지 측면에서 이해할 수 있소. 첫째는 한국을 병합하면 한국의 국권도 일본에 귀속되오. 그렇게 되면 한국은 일본의 일부가 되고 그 통치권도 천황이 가지게 되오. 그러나 한국이 보호국으로 남아 있으면 어쨌거나 형식적으로는 독립국이오. 그리고 통감은 실질적인 제왕의 자리에서 한국을 통치하게 되오. 이등박문은 통감으로서 한국을 통치하며 한 나라를 다스리는 자신의 제왕적 경륜을 과시하고 싶어하는 거요.

그러나 한국 병합이 기정사실이라는 건 누구보다 이등박문 자신이 잘 알고 있소. 왜냐하면 그의 스승 요시다 쇼인이 주창한 이래 한국 병합은 일본 정객들에겐 당연한 명제로 인식되어 왔기 때문이오. 그런데 이등박문만 한국 병합을 반대할 리 있겠소. 어차피 이루어질 일을 가지고 손에 피를 묻히는 짓을 하기 싫다는 거지요. 자신은 평화주의자로 대내외에 인식되길 바라면서요. 그러나 이등박문이 평화주의자가 아니란 건 우리가 익히 아는 일 아니오. 일찍이 하급무사 시절 애꿎은 사람을 살해했으며 한국 황제에게까지도 협박과 공갈을 불사한 인물이 평화주의자는 무슨……."

"그럼 둘째는……?"

"둘째는 외국 특히 러시아와의 관계 때문이오. 포츠머스 회담에도 불구하고 러시아는 일본의 한국 병합을 인정하지 않으려 하고 있소. 물론 그것은 한국 병합을 대가로 만주에 대한 더 많은 이익을 챙기려고 그러는 거지만. 그런 러시아의 속셈을 이등박문은 읽고 있는 거요. 다시 말해, 한국을 병합하면 일본의 만주에 대한 발언권이 작아진다는 거요. 그래서 한국을 당분간 보호국으로 둔 채로 만주 분할에 뛰어들려고 그러는 것으로 생각되오."

"정말 교활하고 노회한 인간이군요."

전명운의 얼굴에 분노가 서렸다.

"그래서 나는 이등박문이 통감 자리에 오래 있을 것 같지가 않소."

"그건 또 무슨 말씀이십니까?"

전명운의 눈에 동그래졌다.

"일본은 물론 이등박문의 야욕도 한국에 머물지 않소. 그들은 더 큰 대륙 진출을 획책하고 있소. 따라서, 통감은 한국에선 제왕적 권한을 가지지만 이등박문은 그 자리에 있는 한 만주 진출에 아무런 역할을 못한다고 생각할 것이오. 그건 이등박문에겐 참을 수 없는 일이 될 것이오. 왜냐하면 이등박문은 자신이 오늘의 일본을 만든 주역이라고 자부하는 인물이기 때문이오. 그런 이등박문이 대륙진출을 후배 정치인들의 손에 맡겨 놓고 뒷방 늙은이처럼 물러나 있으리라곤 생각되지 않소."

"정말 안 선생님의 안목은 예리하십니다. 그러나, 그렇게 되면 이등박문을 제거할 기회는 영영 사라져버리는 게 아닌가요?"

전명운이 안타까운 표정을 지었다.

"글쎄요. 거기에 대해서 지금으로선 뭐라고 말할 수가 없소."

"이등박문의 제거는 우리 민족의 자존심이 걸린 문제입니다."

"두고 봅시다. 그보다 지난달 청국에선 광서제光緒帝와 서태후西太后가 죽었소. 그 두 사람은 어떤 의미로 오늘의 청국을 이 지경으로 만든 인물들이오. 따라서 청국에서도 민중운동이 본격화될 것이오."

"그럼 우린 어떻게 해야하지요?"

"우리도 그들과 공동으로 항일투쟁을 전개해 나가야 하지 않겠소."

뭔가 생각하는 듯 중근의 눈이 그윽해졌다.

12-2

새해가 밝았다.

그러나 이토 히로부미의 마음은 밝지 않았다.

메이지 천황을 비롯한 정계 인사들의 연하年賀 전보와 고향 오이소[大磯] 등지의 신년 축하 선물이 답지했지만 그의 마음은 바깥 날씨처럼 우중충했다.

새해 첫날은 휴무였다. 그동안 꾸준히 교육을 하고 계몽을 했음에도 불구하고 한국에선 여전히 구정舊正 과세를 했으므로 명절의 분위기는 느껴지지 않았다.

이날 하루 이토는 통감 관저에서 혼자 무료하게 보냈다. 아니, 한국 대신들과 통감부 관리들의 방문을 사양했던 만큼 스스로 그런 시간을 원했다는 게 옳았다. 모처럼 한가해서 무료하게까지 느껴지는 시간. 그는 그 시간에 자신을 한번 돌아보고 싶었다. 그런데 오랜만에 돌아본 그 자신이 마뜩찮았다. 통감으로서의 보호국 통치가 실패했다는 결론에 이르렀기 때문이었다.

그는 도무지 한국인들을 이해할 수가 없었다. 메이지 유신 이래 일본 정부는 국민들을 교화시켜 국력의 급속한 신장을 이루었다. 오늘날 일본이 세계의 유수 국가로 발돋움한 것은 잘 교화된 국민의 힘이라고 해도 과언이 아니었다. 물론 거기엔 세계의 변화에 눈뜨고 시대의 흐름을 잘 좇은 유신의 주역들을 비롯한 위정자들의 역할도 상당했다. 그렇지만 그들을 잘 따라준 국민들이 없었다면 일본의 비약적인 발전은 불가능했을 것이다. 그런데 한국인들은 달랐다. 비록 과거의 한때 중국의 영향을 받아 약간의 문화를 이루었다고 하나 지금 그가 보기에 한국은 미개하고 야만적인 나라이며 한국인은 무능하고 게으른 민족이었다. 그 점, 작년에 미국으로 귀국했다가 샌프란시스코에서 암살된 스티븐스도 공감한 바였다.

그런 한국과 한국인에게 그는 군대와 경찰을 정비하고 사법제도를 만들어주었고 황실과 정부 재정을 구분하고 토지제도를 정리했으며 철도와 통신도 확충해주었다. 이전에도 그랬지만 통감으로 부임한 후로 그는 정력적으로 일했다. 그리고 통감으로 있는 3년여 동안 그는 한국에 근대

국가의 기틀을 마련했다. 그런데도 한국인들은 고마워하기는커녕 그를 침략의 원흉으로 생각했다. 참으로 은혜를 모르는 인간들이었다.

그러나 군대와 경찰 정비가 통감부 정치에 반대하는 한국인을 잡아들이기 위해서이고, 사법제도를 만든 게 일본에 저항하는 세력을 탄압하기 위해서이며 황실과 정부 재정을 분리한 것이 양쪽의 재정을 관리감독하기 위해서라는 것을, 그리고 토지제도를 정리한 것이 무지한 한국인의 토지를 가로채기 위해서이며 철도와 통신을 확충한 것이 한국을 지배하는 데 필수조건이자 대륙 침략에 없어서는 안 될 수단이기 때문이라는 것에 대해선 애써 외면했다.

말하자면 그는 스스로 합리화한 침략행위에 한국인들이 속아 넘어가 주길 바랐던 거지만 그의 얄팍한 위선이 실효를 거두지 못했던 셈이었다. 처음부터 한국인을 너무 쉽게 보았고 자신을 기만했던 것이다.

한국을 통치한 지 3년여가 지나면서 그는 자존심이 무너져내리는 기분이었다. 그는 스스로 세계적인 정치가이자 평화주의자임을 자처했다. 한국만 해도 그랬다. 그는 전투 한 번 치르지 않고 한국을 보호국으로 만들었던 것이다. 물론 기억도 나지 않을 만한 작은 싸움 정도는 있었다. 한국 진출의 서막이 된 운양호 사건 땐 측량을 구실로 시비를 걸어 강화도 산성에 대포 몇 방 쏘는 것으로 조선 정부의 혼을 빼놓았으며 청일전쟁에 앞서 경복궁을 점령할 때에도 대대 병력으로 불과 30분 만에 임금을 유폐시켰다. 한국을 보호국으로 만드는 동안 싸운 건 그게 다였다. 그 외엔 한국정부의 황제와 대신들을 어르고 협박한 게 고작이었다.

그런데 재작년 한국 군대해산 이후 전국 각지에서 폭도들이 일어났다. 폭도들은 명성황후 시해 때도 그리고 을사늑약 때도 있었다. 그것은 충분히 예상한 일이었고 우려할 만한 것은 아니었다. 그러나 재작년에 이어 작년 들어 봉기한 폭도들의 수는 예년 수준을 훨씬 웃돌았다. 그중에서도 함경도 산포수 폭도들의 저항은 거세고 집요했다. 그는 가까스로 그 산포수 폭도들을 진압했다. 하지만 그게 다가 아니었다. 산포수 폭도들이 어느 정도 진압되자 곧이어 국경 밖 러시아 연해주 폭도들이 넘어왔다. 그 폭도들은 규모면에서나 전투력 면에서 이전 폭도들을 압도했다. 따라서, 진압을 위해선 전국 각지에 주둔하고 있는 군대를 불러올릴 수밖에 없었다.

한 달여의 전투 끝에 겨우 연해주 폭도들을 물리치긴 했지만 그는 가슴을 쓸어내리며 안도의 한숨을 내쉬지 않을 수 없었다. 만약에 그에게 군대 통수권이 주어지지 않았더라면 진압은 불가능했을 것이기 때문이었다. 한국통감으로 부임하면서 그는 군부의 반대를 무릅쓰고 군대 통수권을 요구해서 관철시켰다. 돌이켜 생각해도 그때 군대 통수권을 요구했던 건 잘한 일이었다. 만약 그러지 않았다면 제때 군대를 투입할 수 없었을 것이고 연해주 폭도들의 침공을 효과적으로 막아내지 못했을 것이다. 그랬을 경우 통감으로서의 위신은 여지없이 실추되었을 게 뻔했다.

그러나, 연해주 폭도들의 침공을 막았다고 해서 나아진 건 없었다. 오히려 그는 연해주 폭도들로 인해 통치력에 상처를 입었다. 애초에 그는 현군賢君 같은 통감으로서 한국을 우아하게 다스림으로써 탁월한 통치력을 뽐내며 일본에 있는 정적들의 코를 납작하게 해줄 심산이었다. 그러나 한국 안은 물론 국경 밖에서까지 폭도가 창궐했다는 것은 그의 통치가 한국인에게 거부되고 있다는 사실을 명백하게 입증하는 것이었다.

그는 어쩌면 자신의 구상을 바꿔야될지도 모른다는 생각이 들었다. 애초의 그의 구상은 한국을 병합하는 대신 일단 보호국으로 둔 채로 만주 문제에 접근하는 것이었다. 그러나 폭도들의 활동이 종식되지 않는 한 그의 통치력을 비판하는 일본 내 정적들의 한국 병합 주장은 더욱 거세질 터였다. 그렇다면 굳이 통치력까지 손상해가면서 보호국을 고집할 필요는 없었다.

그렇지만 생각할수록 바보 같은 정적들이었다. 한국이 보호국이 되면서 국권회복을 부르짖던 폭도들이 병합이 되었다고 해서 결코 잠잠해지지는 않을 것이었다. 한국은 보호국이 된 지금 이미 국가의 기능을 상실하고 일본의 수중에 들어왔다. 따라서 보호국이든 식민지든 실제로는 달라지는 게 없었다. 그런데 러시아의 동의하에 한국을 병합하고 식민지로 만들면 만주에 대해선 그만큼 양보를 하고 들어가야 되는 것이었다.

하지만 어쩔 수 없는 일이었다. 한국 병합은 시기의 문제일 뿐 어차피 예정된 것이었다. 따라서, 러시아와 협상을 통해 만주 문제를 일단락 짓고 나서 단행해도 충분했다. 그럼에도 불구하고 한국 병합을 서두르는 것은 정적 야마가타 아리토모[山縣有朋] 등 군부 출신 정치가들의 정치 현안에 대한 편협한 안목과 유연성 부족 탓이었다.

그는 이쯤에서 통감직을 물러나는 게 어떨까 싶었다. 사실 그가 초대 통감을 맡은 것은 그 자신이 한국을 보호국화한 장본인이고 또 적임자가 없었기 때문이지만 처음부터 오래할 생각은 없었다. 일본의 국외진출이 한국에 국한된 게 아니었던 것이다. 게다가 폭도들의 부단한 출몰이 통감으로서의 통치력을 훼손시키는 시빗거리가 된다면 가급적 빨리 그만두는 게 나았다. 통감으로서의 통치력 손상은 그의 정치력과 정치적 위상과도 직결될 수 있는 것이었다.

그러므로 폭도들의 부단한 출현이 원인이긴 하지만 한국통감 사임은 그에게 결코 손해나는 일이 아니었다. 자신이 사임한 후로도 폭도들의 출몰이 계속된다면 그동안 제기되던 통치력 시비가 얼마나 부질없는 것이었던가 하는 것을 입증하게 될 것이고 한국 병합을 서두르는 야마가타의 바람을 승인해주는 대신 본격적으로 만주 문제를 다룰 계기를 마련하게 될 것이기 때문이었다.

그러잖아도 그의 중앙정계 복귀를 꺼려하는 야마가타였다. 야마가타는 그동안 그가 통감으로서 한국에 체류한 채로 본국의 정치에 간섭하는 데에 못마땅해했다. 그렇지만 그가 통치력이 시빗거리가 되고 있음을 빙자해 통감에서 물러나 중앙정계로 복귀한다면 이의를 달 수 없을 터였다.

그렇게 되면 만주 문제는 나의 소관이다. 만주 문제를 해결할 수 있는 사람은 나밖에 없다.

이토는 그렇게 생각했고 또 자부했다. 그런 미묘하고 복잡한 문제는 군부 출신들이 풀어나갈 수 있는 게 아니었다. 그것은 자신뿐만 아니라 텐노도 생각이 같을 거라고 그는 믿었다.

같은 쇼카손주쿠[松下村塾] 출신이었지만 정계에 입문한 이래 이토는 야마가타를 한 번도 맞수라고 생각해 본 적이 없었다. 그동안 자신은 텐노와 함께 정책을 입안하는 자리에 있었고 야마가타는 그것을 단지 수행했을 뿐이었다. 이를테면, 자신이 구상하고 기획한 청국과의 전쟁에 야마가타가 나가 싸운 것처럼. 따라서, 만주 문제도 자신이 우선 크게 밑그림부터 그려야할 터였다.

그는 자신이 애초에 한국 병합을 기정사실로 해놓은 만큼 거기에 따른 자질구레한 문제들은 후임에게 떠넘기고 만주 문제에 새롭게 도전하고 싶었다.

그는 서서히 통감 사임 생각을 굳혔다.

다음날, 1월 2일.

창덕궁에서 신년 하례식이 있었다. 이토는 마차를 타고 경복궁으로 가서 하례식에 참석했다. 그렇지만 일반 백성들과 마찬가지로 궁중과 대신들 역시 음력과세를 하기 때문에 하례식은 그야말로 형식적인 것이었다.

하례식 도중 이토는 그가 자주 애용하는 별실로 총리대신 이완용을 따로 불렀다.

"예, 각하."

이토의 천거로 총리대신이 된 이완용은 방으로 들어서자마자 허리를 급하게 꺾었다.

"자네에게 할 애기가 조금 있네."

이토는 이완용을 자네라고 불렀다. 이 명칭은 비단 이완용에게만 국한된 것은 아니었다. 을사늑약 이전부터 이토는 한국 대신들을 이 호칭으로 불렀다. 당시 일본정부의 특파대사에 불과한 이토가 한국의 대신들을 그렇게 부른 것은 그가 한국과 한국정부를 얼마나 경시하고 있었는지를 단적으로 보여주는 한 예였다.

"하명하십시오, 각하."

"황제 폐하와 함께 순행을 할까 하네."

"순행이라시면……?"

"말 그대로네. 전국을 도는 거지."

"그럼 옛날 진시황이 전국을 돌았던 그런 거 말씀이신지……."

이완용이 아는 체를 했다. 진시황은 천하를 통일한 후 자신의 존재와 위업을 부각시키기 위해 중국 전역을 돌았었다. 그 순행은 그의 일생 동안 몇 차례 행해졌고 그가 죽은 것도 순행 중에서였다.

"그렇다네. 그렇지만 순행은 중국에만 있었던 것은 아니야. 우리 일본에도 있지."

그러나 일본의 순행은 중국의 그것과 목적이 조금 달랐다. 중국의 경우, 천하를 통일한 진시황이 자신의 위업을 천하에 뽐내기 위해서였다면 일본의 순행은 그동안 유명무실했던 천황의 존재를 알리는 데 그 목적이 있었다. 일본은 천황의 순행을 통해 국정을 파악하고 천황과 황실에 대한 존경심과 친근감을 높여 천황의 권위를 확립하고 강화했다.

"그럼 언제부터 시행할 생각이신지……?"

"뭐, 말을 꺼낸 김에 당장 하지."

"하지만 일기가 차가운데 굳이 각하께서 나서실 것까지야……."

엄동설한에 이완용이 걱정하는 것은 건강이 좋지 않은 한국 황제가 아니라 일본인 통감이었다.

"내가 골골노인이기라도 하다는 건가?"

"그런 말씀이 아니라……."

이완용이 급히 허리를 굽히며 머리를 조아렸다.

"그리고 황제 폐하가 이 나라의 현군이 되실 수 있도록 보필하는 게 내 책무네. 그리 될 수만 있다면 이 한 몸 뼈가 가루가 된다 한들 상관없네."

"각하의 그 지극하신 마음에 이 나라 백성 모두가 감읍할 것입니다."

"감읍은 황제 폐하께 하는 것이지. 아무튼 서둘러 폐하를 뵙고 주청드리게."

"예. 곧바로 황제께 각하의 말씀을 전해올리겠습니다. 그런데 각하."

이완용이 별실을 나가려다가 다시 멈춰 서며 주춤거렸다.

"그리고 뭔가?"

"각하의 안전도 고려하시는 게 어떨까 싶습니다만……."

"왜, 한국인들 중에 나를 해하려 하는 사람이라도 있다는 건가?"

"설마 그렇겠습니까. 그러나 혹시라도 불온한 생각을 하는 흉측한 무리들이 있을까 염려가 되어서……."

"나는 한국을 일본처럼 생각하고 문명국으로 발전시키려는 일념밖에 없는 사람이야. 그리고 그것을 신조로 살고 있어. 그런 나를 해하려한다면 그건 잘못된 거야."

"그런 뜻으로 말씀드린 게 아닙니다."

"그리고 나는 황제 폐하를 모시고 가는 사람이네. 그런 나에게 불온한 마음을 가진 사람이 있다면 그건 황제 폐하에 대한 불충이지."

"그래도 만에 하나의 경우를 생각하시고 경호를 철저히 하심이……."

"자네가 그토록 걱정이 된다면 그렇게 하지. 하지만 마음을 놓게. 지금 한국경찰은 전에 없이 아주 유능하니까."

이토가 통감으로 취임한 이래 한국의 경찰은 대부분 일본인으로 교체되었다.

이완용이 별실을 나가자 이토도 잠시 후 경복궁을 떠나 통감부로 돌아왔다. 덕수궁에 들러 태황제에게 새해 인사라도 할까 하는 생각도 했지만 귀찮았다. 태황제 고종은 뒷방 늙은이처럼 이제 힘이 없었고 그는 그런 퇴물 노인에게 관심이 없었다.

통감부로 돌아와 이토는 직원들의 신년 인사를 받았다. 남산 통감부는 경복궁보다는 한층 신년 분위기가 났다. 부통감 소네 아라스케[曾禰荒助]

와 잠시 간단한 현안을 논의한 후 그는 다시 혼자가 되었다. 들뜬 신년 분위기와 달리 그의 심정은 다소 복잡했다.

통감직 사임 쪽으로 생각을 굳히면서도 여전히 마음 한구석은 개운치 않았다. 그의 일본정계 복귀를 꺼리고 있는 아리토모 세력을 생각하면 한국 폭도들의 출몰은 오히려 감사해야 할 일이었다. 하지만 통감으로서 제대로 통치를 못했다는 자괴감은 여전히 남아 있었다.

자신과 통감부가 처음부터 한국 폭도에 대해 과소평가를 한 것이 실수였다. 명성황후 시해 때와 을사늑약 때처럼 폭도들의 저항은 일시적 현상이고 또 힘으로 평정할 수 있을 것으로 보았던 것이다. 그러나 한국 군대해산 이후의 폭도들은 그 전과 달랐다.

그는 한국 군대해산 직전에 증파된 12여단을 시작으로 그동안 4개 중대의 기병대와 2개 연대의 보병을 폭도 진압을 위해 강화했다. 그리고 그 부대들을 포함한 군대와 경찰은 보기에 따라 무자비하달 수 있는 탄압과 살육을 도처에서 감행했다. 그러나 전국에 요원의 불길처럼 번져가는 폭도들의 기세를 꺾기는 힘들었다. 폭도들은 해산된 군인과 유생, 면장과 촌장 등이 이끌고 있었고 지방의 농민들이 가세했다. 농민들은 낮에는 평화로운 모습으로 농사를 짓다가 밤이면 폭도들과 내통해서 함께 행동했다. 따라서, 군경이 합동으로 토벌작전을 벌여 사살한 폭도 중에는 외견상 양민으로 보이는 사람도 많았다. 이런 점들이 왜곡되어 외국 언론을 통해 보도되는 바람에 한국의 일본 군대와 경찰은 가혹하고 난폭하게 양만들을 학살하는 것으로 비쳐졌다. 평화주의자로 자처하는 그는 자신이 국제적 비난의 대상이 될까 두려웠다.

작년 하반기에 들어 홍범도가 주축이 된 폭도들이 어느 정도 와해되고 연해주 폭도들도 패퇴시키긴 했지만 전국적으로는 아직도 크고 작은 폭도의 무리들이 남아 있었다. 그리고 홍범도 무리나 연해주 무리들도 언제 다시 전력을 재정비해서 공격해올지 모를 일이었다. 그가 순행을 결심한 것도 그래서였다.

이토가 처음 순행을 생각한 건 지난여름이었다. 작년 7월 하순 그는 잠시 일본으로 귀환했다. 연해주 폭도들을 퇴각시킨 후 한국 정황을 천황에게 보고하기 위해서였다. 그만큼 연해주 폭도들의 침공은 일본정부도 주목한 사건이었다. 그리고 일본에 유학중인 영친왕英親王을 데리고 8월 3일부터 일본 각지의 견학에 나섰다. 황태자인 영친왕 이은李垠은 전해인 1907년 12월 5일 일본 유학길에 올랐다.

영친왕은 명성황후가 시해된 후 상궁에서 왕비가 된 엄비 사이에서 태어난 태황제 고종의 막내아들로 고종과 명성황후의 소생인 현 황제(순종)의 이복동생이었다. 나이 순서대로라면 고종과 장 상궁 사이에서 태어난, 영친왕보다 20년 연상인 의친왕義親王이 황태자가 되어야했다. 그러나 고종은 영친왕을 편애하여 황태자로 삼았다.

영친왕의 일본 유학은 황제에 대한 태황제의 영향력을 약화시키려는 이토의 생각에서 비롯된 것이었다. 원래 이토는 고종을 일본으로 보내는 방안을 구상했다. 그러나 그것이 여의치 않다고 판단되자 작년 11월 새 황제를 창덕궁에, 태황제를 덕수궁에 격리시켰다. 그리고 황태자의 일본 유학을 추진했던 것이다. 유학을 보내는 이유는 황태자에게 일본의 교육을 받을 기회를 주고 양국의 친선을 도모한다는 것이었지만 실제로는 인질로 삼기 위해서였다. 황태자가 일본에 묶여 있으면 황제는 물론 아직도 도처에 영향력이 작지 않은 태황제를 통제하는 데 더없이 효과적일 것은 불문가지의 일이었다.

영친왕의 유학에 앞서 이토는 황태자의 태자태사太子太師로 이완용은 태자소사太子少師로 임명되었다. 이에 더하여 한국 황실은 이완용을 친왕親王으로 예우키로 했다. 자국 침략의 원흉이자 비천한 하급무사 출신인 이토를 한국 황실은 황족으로 모시겠다는 것이었다.

유학 중인 영친왕을 대동하고 요코스카[橫須賀] 군항, 오사카[大阪] 병기제조소 및 조폐국, 구레 군항, 이츠쿠지마[嚴島] 신사, 휴양지 하코네 등지를 도는 동안 이토는 일본 국민들의 열렬한 환영을 받았다. 영친왕과 나란히 대중 앞에 선 그는 어린 손자를 보살피고 있는 자애로운 할아버지의 모습이었다. 그 모습에서 일본 국민들은 한국통감으로서의 그도 한국인에게 그러할 것이라고 믿게 되었다.

그런 기억이 이토로 하여금 한국에서의 순방을 계획하게 했다. 지난해 내내 폭도들의 출몰과 진압으로 전국의 분위기는 결코 고요하지 않았지만 한국 황제와 더불어 국정을 수행하며 태평한 시대를 열어가는 성실하고 자상한 통감의 모습을 연출하기 위해서였다. 적어도 겉모습으로나마 폭도들 때문에 통감직 수행에 실패하고 그만둔다는 인상은 심어주고 싶지 않았던 것이다.

이토의 명령대로 이완용은 황제로부터 순행 시행에 대한 재가를 받았다. 황제의 조칙은 이토가 말을 꺼낸 지 이틀만인 1월 4일 공포되었다.

> …… 지방의 소란은 아직 안정되지 않고 백성들의 곤란은 끝이 없으니 다친 듯 가슴이 아프다. 더구나 이런 혹한을 만나 백성들의 곤궁함이 더 심해질 것은 뻔한 일이니 어찌 한 시인들 모르는 체하고 나 혼자 편안히 지낼 수 있겠는가. 그래서 단연 분발하고 확고하게 결단하여 새해부터 우선 여러 유사(有司)들을 인솔하고 직접 국내를 순시하면서 지방의 형편을 시찰하고 백성들의 고통을 알아보려고 한다. 짐의 태자태사이며 통감인 이등박문 공작에게 이번 짐의 행차에 특별히 배종할 것을 명하여 지방의 급한 일을 많이 돕게 해서 근본을 공고하게 하고 나라를 편안하게 하여

> 어려운 국면을 속히 구제하려고 애쓰니 너희들 대소 신민은 모두 반드시 이를 알도록 하라.

그리고 사흘 뒤인 1월 7일 이토는 통감부 직원들을 이끌고 황제와 함께 궁정열차에 올랐다. 이 순행에는 궁중, 정부의 원로 대관 백여 명이 모두 금색 찬란한 대례복을 갖추어 입고 이토와 황제를 수행했다.

13 동의단지회

13-1

새해 들어 중근의 움직임은 분주해졌다. 대일 투쟁의 본거지였던 블라디보스토크와 연추가 잠시 향후 진로를 새롭게 모색하고 있는 동안 수청과 추풍을 중심으로 해서 하바로프스크와 그 인근 지역 등 연해주 북부 지방을 새로운 대일 투쟁의 기지로 구축하려는 중근의 구상이 상당한 호응을 얻었기 때문이었다. 그 구상은 그곳 동포들을 대한독립의군에 잠정적으로 편입시켜 대일 투쟁 대열의 외연을 확장하는 동시에 새 세력을 영입한다는 의미가 있었다.

한인들의 마을을 돌면서 자신을 성원해주는 그들을 대할 때마다 중근은 가슴이 뭉클했다. 그들은 조국에서의 삶이 고단하여 러시아로 이주한 사람들이었다. 그리고 러시아 한인들 중에서도 사정이 어려운 농민과 노동자들이 대부분이었다. 그럼에도 불구하고 조국을 생각하고 독립을 위해 몸을 바치려는 것은 그들의 소박한 심성과 무관하지 않았다. 그래서 중근은 그들에게 더욱 애착이 갔다. 낮은 데서 약한 사람들과 더불어 사는 것은 천주의 가르침이자 황해도 신천군 청계동에서부터 중근이 기본적으로 실천해온 삶의 방식이었다. 중근은 여러 지역을 순회하며 때로 교육에 힘쓰고 때로 단체를 조직하면서 바쁜 나날을 보냈다.

하바로프스크와 추풍 등을 순회하고 수청으로 돌아왔을 때 뜻밖의 반가운 손님이 기다리고 있었다. 이강과 백남규였다.

"백 동지!"

백남규는 작년 5월 동의회 창립에 참관 차 와서 알게된 홍범도의 직속 부하였다. 중근은 그달 말에 홍범도 부대를 방문해서 다시 그를 만났다.

"여기 계신다는 소식을 듣고 한번 뵈려던 차 마침 이강 위원님이 안 동지께 가신다며 연추에 들르셨기에 따라 나섰습니다."

"잘 하셨소. 참, 홍 대장님께서 연추에 오셨다는 얘긴 나도 들었소만……."

"예. 최 도헌님 댁에 머물고 계십니다."

"그래, 그동안 어떻게 지냈소?"

"죄송합니다. 안 동지께서 마음을 써주셨는데 연합작전을 성공시키지 못해서……."

"아니오. 그게 어디 백 동지 잘못이오. 중과부적이었던 걸……."

"그렇게 말씀해주시니 고맙습니다. 사실 지난 우리 부대도 지난 7월 삼수, 갑산 쪽으로 진출하려고 했습니다. 연해주 의병대의 동향은 알고 있었으니까요. 그러나 안 동지께서도 짐작하시겠지만 6월 들어 우리 부대의 전력은 바닥이 난 상태였습니다. 물론 무기와 식량 부족이 원인이었지요. 안 동지께서 보내주신 무기만 전달되었어도 사정이 조금 나아졌을지도 모르겠지만. 아무튼, 그래서 우리는 소규모의 부대로 나누어 전투를 벌일 수밖에 없었지요. 그러나, 전과는 전처럼 좋지 못했습니다. 저도 중대장으로서 별도의 부대를 지휘하면서 싸우다가 지난 9월 용원면 홍동에서 일본 군경에 패하고 말았습니다. 그리고 그 길로 연해주로 북상하게 된 겁니다."

"어쨌거나 잘 오셨소. 지금 연해주도 사정이 전과 같진 못하오. 하지만 우리의 독립투쟁이 한순간의 상황에 일희일비할 일이 아니잖소. 다행히 지난번 국내진공의 실패에도 불구하고 블라디보스토크나 연추와 달리 이곳의 의기는 꺾이지 않고 있소. 따라서 지금부터 이곳에서 우리가 해야 할 일은 너무도 많소. 백 동지도 도와주시오."

"안 동지께서 하시는 일이라면 저는 신명을 다 바쳐 돕겠습니다."

"고맙소. 백 동지 같은 분이 흔쾌히 승낙해주시니……."

백남규와 잠시 대화를 나눈 후 중근이 이강에게 물었다.

"그나저나 이 선생께선 어쩐 일이시오? 연락도 없이 갑자기……."

"중요한 일이 있어서 들렀습니다."

"중요한 일요? 그보다 신문은 잘 되고 있소?"

"그건 걱정 없어요. 그보다 오늘 내가 들른 것은……."

이강의 표정이 심각해졌다.

"무슨 일인데 그러시오?"

"이토 문제로……."

"이등박문요?"

이강의 입에서 뜻밖에 이토의 이름이 나오자 중근은 눈을 크게 뜨며 되물었다.

"예. 이토가 순행을 시작했습니다."

"순행이라고요?"

"그렇습니다."

"순행이라니 무슨 순행 말이오?"

"말 그대로 전국을 도는 거지요."

"전국을 돌다니 그놈이 무슨 황제나 된다고?"

이토 히로부미가 대화에 오르자 중근은 순간적으로 감정이 격해지며 적대감과 분노가 솟구쳤다. 직접 만나거나 한 적은 없지만 중근은 지금까지의 행적으로 미루어 이토를 강자에게 비굴하고 약자에게 포악한, 간사하고 교활한 인물의 전형으로 인식하고 있었다. 그런 만큼 이토를 떠올리게 되면 경멸감부터 일었다.

"혼자 도는 것이 아니라 황제와 함께 도는 것입니다. 물론 정부의 주요 인사들을 대동하고요."

"그래요?"

"지난 7일 서울을 출발하여 대구, 부산, 마산, 대구를 경유해서 돌아오는 1차 순행을 13일에 이미 끝냈습니다."

"그게 1차라면 2차 순행도 있다는 것이오?"

"그렇습니다. 이달 말에서 다음 달 초까지로 일정이 잡힌 것으로 파악되고 있습니다."

"황제와 함께 순행에 나선 목적이 뭘까요?"

"글쎄요."

이제까지 조선의 임금은 정조의 화성 행차 등 특별한 경우를 제외하고는 기본적으로 지방 순시를 하지 않았다.

"한국 황제를 위해서 그런 건 아닐 테고……."

"내 생각엔 민심 무마책이 아닌가 싶습니다만……."

"민심 무마요?"

"이토는 통감 부임 이래 전국적으로 발생한 의병운동 때문에 곤경에 빠져 있습니다. 통감으로서 한국을 잘 다스리는 경륜을 보여주려 했지만 의병운동이 끊임없이 계속되자 민심이 뒤숭숭해지고 통치력도 의심받게된 거지요. 그래서 황제를 잘 보필하고 있다는 걸 보여주려는 것 같습니다."

"그래요?"

중근이 고개를 갸웃거리자

"혹시 다른 생각이라도?"

이강이 물었다.

"아니오. 그렇다면 이토는 계속 통감직을 수행할 거라는 얘기가 되는데……."

"그럼 안 대장 동지는 이토가 통감을 그만둘 거라고 보십니까?"

"내 생각은 그렇소."

"어떻게 그런 생각을……?"

"나는 한국 사정은 잘 모르겠소. 그러나 지금 러시아와 일본은 만주를 놓고 신경전을 펼치고 있다는 것은 알고 있소. 그럴 때 러시아와 협상할 만한 일본 쪽의 인물로는 이토밖에 없소. 이토 스스로도 그렇게 자부할 테고……. 따라서 내 생각은 이토가 그 순행으로 어느 정도 체면을 세운 후 일본 정계로 복귀할 것 같다는 것이오."

중근의 말에 이강이 고개를 끄덕였다.

"듣고 보니 안 대장 동지의 말씀도 일리가 있습니다. 아니, 그 말씀이 더 정확할지도 모르겠습니다. 이미 이토는 3년 넘게 통감 자리에 있었으니까요."

"그럼 이 선생도 내 생각에 동의하시는 겁니까?"

"충분히 가능성이 있는 예측이라고 생각됩니다."

그러자 중근이 길게 한숨을 내쉬었다.

"왜 그러십니까. 안 대장 동지?"

"그렇다면 이등이 순행을 나섰다는 건 통감직을 그만둘 때가 얼마 남지 않았다는 얘기 아니오. 그건 다시 말하면 이등을 처단할 기회가 그만큼 줄어든다는 얘기가 되지 않겠소?"

중근의 그 말에 이강은 잠시 침묵했다. 뭔가 어려운 이야기를 쉽게 꺼내지 못하고 망설이는 기색이었다. 이윽고 이강이 다시 입을 열었다.

"안 대장 동지는 이토를 처단해야 한다는 생각이 지금도 확고하십니까?"

"그야 물론이오. 이등은 이미 한 개인이 아니오. 한국에겐 일본의 정치와 군사 등 모든 것을 대표하는 침략의 원흉이오. 게다가 그 자는 지금까지 군대를 동원하여 많은 한국민의 생명을 앗았소. 그리고 지금도 군통수권자인 그 자로 인해 국내 의병들이 계속 죽어가고 있소."

"그렇지요. 한국민에겐 철천지원수지요."

"이등에게 한국 병합은 기정사실이오. 그건 애초에 그 자가 설정해놓은 구도요. 다만 지금은 모양새를 갖추려고 보호국으로 두고 있을 뿐. 따라서 상황이 어떻게 전개되더라도 이등은 처단해야하오. 그것은 민족의 자존심을 세우는 길이기 때문이오."

"안 대장 동지의 생각은 나뿐만 아니라 모두가 공감하는 바입니다. 실제로 그동안에도 방법이 없어 실행하지 못했던 거지요."

"그런데 말이오, 이 선생."

순간 중근의 눈빛이 광채를 띠었다.

"예, 말씀하십시오. 안 대장 동지."

"그동안 방법이 없었다고 했지만 이번 이등의 순행이야말로 좋은 기회가 될 수 있지 않겠소?"

"실은 그렇습니다. 그리고 제가 온 것도 바로 그래서입니다."

"그럼 빠른 시일 내에 중지를 모으고 계획을 짜야하지 않겠소?"

"그런데 문제는 도산 선생이 반대하고 있다는 사실입니다."

"안창호 선생이요?"

중근은 놀라 되물었다. 중근과 함께 군대해산을 목격하면서 일본에 대해 분노했고 독립투쟁을 위해 비밀결사단체인 신민회를 조직하기도 한 안창호야말로 이 절호의 기회를 그냥 흘려보내지 않아야 할 사람이었다. 그런데 그가 반대한다니 중근은 약간 의아한 마음이 되었다.

"그래요."

"이유가 뭔가요?"

"글쎄, 그 진의는 잘 모르겠습니다만 여러 가지로 추측은 해볼 수 있겠지요."

"그보다 우선 궁금한 게 있소. 안창호 선생이 반대했다고 하셨는데 혹시 무슨 일이 있었던 거요?"

중근과 눈을 마주친 이강이 희미하게 고개를 끄덕였다. 그때 전명운이 방으로 들어왔다.

"말씀 나누시는데 제가 있어도 될지……?"

중근과 이강 사이의 심각한 기류를 느꼈는지 전명운이 쭈뼛거리며 물었다.

"아니오. 마침 잘 왔어요. 전 동지도 들어야할 얘길 수도 있으니까. 이쪽으로 오세요."

이강이 전명운을 옆에 앉히고는 나직한 소리로 말을 이었다.

"전 동지도 왔으니 자초지종을 말씀드리지요. 그저께 서울에서 신민회의 한 회원이 블라디보스토크로 왔습니다."

"그래요? 무슨 일로요?"

중근은 뭔가 심각한 일이 있었음을 직감하고 물었다.

"그 회원은 도산 선생이 보낸 사람입니다. 그런데 그 회원 말로는 신민회 회원 중의 한 사람이 이토의 순행 중에 거사를 하려고 했다는 겁니다."

"거사라면……?"

"물론 이토를 제거하려는 거지요."

"그래서요?"

"1차 순행 때 그런 움직임을 미리 감지하고 사전에 막았답니다."

"그래요? 거사를 하려고 했던 사람이 누구요?"

중근의 물음에 이강은 전명운 쪽으로 시선을 옮겼다.

"아마 전 동지도 아는 사람일 거요. 이재명이라고……."

"아, 재명이……!"

전명운은 마치 그리운 이름을 듣는 것처럼 상기된 표정이었다.

"왜, 그 사람에 대해 잘 아시오?"

중근이 물었다.

"알다 뿐입니까. 샌프란시스코에서 무척 가깝게 지냈습니다. 나이는 저보다 몇 살 어렸지만 생각하는 바가 많이 같아서 쉽게 친해졌습니다."

"전 동지보다 어리다면 몇 살쯤 됐소?"

"올해 스물이 됐을 겁니다."

"스물이라. 아주 젊은 친구군요."

"그렇지만 나이에 관계없이 의기가 남다릅니다."

그러자 이강이 이재명에 대한 설명을 했다.

"이재명 군은 나도 잘 알고 있습니다. 이재명 군 역시 여기 전 동지와 마찬가지로 공립회원입니다. 열다섯쯤에 하와이로 이민 와서 이듬해 샌프란시스코에 정착한 후 곧 공립협회에 가입했지요. 그때 도산 선생으로부터 사상적 지도를 받으면서 민족운동에 눈을 뜨기 시작했어요."

"그 친구가 얼마나 열정적인가 하면 재작년 7월 헤이그에서 이준 영감께서 분사하셨다는 소식을 듣고 재미 동포들이 모여 공동회를 개최했을 때 위국헌신하기를 공개적으로 천명하고 10월에 한국으로 돌아왔습니다. 그때 그 친구의 나이 아직 열여덟이었습니다."

전명운이 이재명에 대해 덧붙였다. 재작년 10월이라면 중근은 군대해산을 목격하고 8월에 한국을 떠난 후 간도에 머물고 있을 때였다.

"참으로 대단한 젊은이요."

"한국에 돌아온 후 재명 군은 곧바로 신민회 회원이 되었지요."

이강이 말했다.

"그럼 안창호 선생과는 상당히 잘 아는 사이겠군요. 미국에서부터 한국으로까지 인연이 이어졌으니."

"물론입니다."

"그런데 안창호 선생이 그 친구의 거사를 말렸다는 거지요?"

"그렇습니다."

"왜 그랬을 것 같소?"

얘기는 다시 처음으로 돌아왔다.

"우선은 거사를 해서 성공했을 경우 국내에서의 파장을 우려한 게 아닌가 싶습니다. 가령, 일본의 입장에서 본다면 이토는 한국의 황제보다 더 큰 인물입니다."

"파장이라면 어떤……?"

"헤이그 밀사 사건으로 황제를 퇴위시킨 일본입니다. 만약 이토가 잘못되면 어떤 짓을 할지 모르지 않겠습니까."

"그 말씀은 안창호 선생의 생각입니까, 아니면 이 선생의……?"

"물론 제 생각입니다."

"그렇다면 이등을 제거해선 안 된다는 말씀입니까?"

"그러니까 제 추측이지요. 또 하나는 거사의 성공 여부 때문이 아닌가 싶습니다. 지금 이토는 경찰조직을 장악한 실질적인 한국의 통치자입니다. 따라서 그가 순행에 나선다면 경호가 절대로 허술할 리 없지요. 그런 상황에서 이토를 제거한다는 것은 대단히 어려운 일입니다."

"그럼 이 선생은 어느 쪽 같습니까? 거사 자체를 반대하는 건지 실패의 우려 때문에 반대를 하는 건지……?"

"제 생각엔 둘 다인 것 같습니다."

"둘 다요?"

"그렇습니다. 거사에 성공한다면 아마도 한국은 조기에 병합되고 황실도 궤멸될 겁니다."

"황실이야 지금도 유명무실하잖소. 그리고 안창호 선생은 공화주의자이지 근황파가 아니잖소."

"그렇지만 민인들에겐 밉든 곱든 조선조 5백 년에 대한 애착 같은 게 있습니다. 따라서 그동안 아무리 제 구실을 못해 왔다 하더라도 황실이 사라진다면 그 충격은 이루 말할 수 없을 겁니다."

"그렇긴 하겠지만……."

"그리고 거사에 실패한다면 전국적으로 탄압은 더욱 심해질 겁니다."

"그럼 어떻게 해야한다는 거요?"

중근은 조금 답답한 심정이었다.

"아마 조금 더 기회를 보자는 게 아닐까요?"

"기회를 본다?"

"이를테면, 황제 퇴위와 군대해산이 의병 봉기의 계기가 되었던 것처럼 급격한 정세 변화가 있을 때 결행하는 게 어떨까 하는……."

그 급격한 정세의 변화가 무엇을 의미하는지 중근은 나름대로 짐작했다. 그러나 그때 이토가 한국에 있을지는 의문이었다.

"그러나, 만약에 그때 이등이 없다면요?"

"그건 또 별도의 문제지요. 이토가 한국에 있을지 없을지는 아직 모르는 일이니까요. 그러니까 성공이 보장되지 않는 거사는 당장은 자제하자는 거겠지요."

"그 뜻을 제게 전하라는 얘기였습니까?"

"그런 건 아닌 것 같았습니다. 도산 선생이 신민회 회원을 블라디보스토크로 보낸 것은 곤혹스런 서울의 상황을 원동위원인 제게 알려주기 위해서인 듯싶습니다. 혹시 모르지요. 제게 전해주면 안 대장 동지에게도 전달이 될 거라고 생각했을지는……."

"그래요……."

"그런데 재명 군의 의지가 완전히 꺾이지는 않은 모양입니다. 2차 순행 때 다시 거사를 결행하려는 움직임이 있어서 도산 선생이 고심하고 있다는 얘기도 했거든요."

"예사로운 친구가 아니군요."

"본인도 본인이지만 주변의 비슷한 또래 친구들도 포기를 하지 않고 있는 듯합니다."

"아무튼, 재명이의 의기는 대단하지 않습니까?"

전명운은 이재명이 못내 자랑스러운 듯했다.

"전 동지는 어떻게 생각하시오? 재명 군이 거사하려는 데 대해서……."

이강이 전명운에게 물었다. 그러자 전명운은 약간 주춤했다.

"재명이에 대해선 도산 선생님도 깊은 생각이 있어서 그러셨을 텐데 제가 감히 말을 보탤 수 있겠습니까."

전명운의 태도는 조심스러웠다. 전명운 역시 이재명처럼 샌프란시스코에서 안창호의 가르침을 받은 바 있었다.

"안 동지. 외람되지만 제가 한 말씀 거들어도 될까요?"

잠자코 얘기를 듣고 있던 백남규가 입을 열었다.

"말씀하시오, 백 동지."

"저는 안창호 선생의 생각이 이해가 갑니다."

"그래요?"

"안창호 선생은 긴 안목으로 생각을 하시는 것 같습니다."

"긴 안목이라……."

"아까 이강 선생께서 추측하신 대로 국내에서 거사가 발생하면 그 파장은 커질 수밖에 없습니다. 그보다는 일단 신민회를 활성화시키고 국내외 기지를 연계시켜 장기적인 무력투쟁을 하시려는 게 아닐까 싶습니다. 그리고 무엇보다 국내에서 이등을 제거한다는 것은 현실적으로 무리입니다. 더구나, 이런 얘긴 이재명 씨에겐 실례가 될지 모르겠지만 아직 연치가 적은 사람이 감당하기엔 너무 큰 거사라는 생각도 하셨을 겁니다."

백남규의 그 말에 전명운이 움찔했다. 그 역시 스티븐스의 저격에 실패했던 것이다. 물론 그 실패를 장인환이 만회해주긴 했지만.

"그러나, 언젠가 이등은 누구의 손에 의해서든 처단되어야하오. 그것은 이등 개인에 대한 증오나 적개심 때문이 아니라 그 자가 한국 침략의 원흉이자 동양 평화의 파괴자이기 때문이오. 그런 만큼 이번 기회를 그냥 지나친다는 것은 여러 가지 고려를 감안해도 안타깝고 애석한 일이오."

"그렇다고 방법이 없기야 하겠습니까?"

중근이 낙담하는 빛을 보이자 백남규가 위로했다.

"무슨 다른 방법이 있소?"

"우범선도 일본에서 죗값을 치렀습니다."

"그렇긴 하지요."

명성황후 시해의 핵심인물로 일본에 망명해 있던 우범선은 7년 전 현지에서 고영근에게 피살되었다. 전 만민공동회장 고영근은 오랫동안 기회를 보다가 나라 밖에서 마침내 우범선을 살해하는 데 성공했던 것이다. 중근도 만민공동회 기간 동안 윤치호의 경호를 맡았던 터라 그를 알고 있었다.

"그처럼 한국이 아닌 장소에서 이등을 처단하는 것도 하나의 방법이 되지 않겠습니까."

그러나 그것은 실행하기가 더 요원한 일이었다. 그렇지만 마냥 흘려버릴 이야기는 아닌 듯 모두들 그 얘기에 대해선 아무 말이 없었다.

"그것보다 2차 순행은 이달 하순이라고 했지요?"

중근이 이강을 보며 물었다.

"그렇습니다."

"그 정보는 어떻게 얻게 된 거지요?"

"신민회 회원 중엔 창덕궁과 가까운 사람들이 있습니다. 이토가 그동안 궁녀들을 많이 매수하긴 했지만 배신자만 있는 것은 아니잖겠습니까. 궁 안에도 나라를 걱정하는 궁인들이 제법 되지요."

"당연히 그렇겠지요. 그보다 블라디보스토크와 연추는 어떻습니까?"

그쯤에서 중근이 화제를 돌렸다.

"뭐, 특별한 일은 없습니다. 한인들을 보는 연해주 당국의 눈초리가 좀 더 날카로워졌다는 것밖에는."

"오신 김에 며칠 쉬시지요."

"그럴 처지가 못 된다는 걸 잘 아시면서……."

이강이 중근에게 친근한 웃음을 보냈다.

13-2

1차 순행은 실패로 끝났다.

이토는 그렇게 생각했다.

다른 사람들은 뭐라고 말할지 몰라도 그 자신이 그 사실을 잘 알고 있었다. 지난 1월 7일부터 대구, 부산, 마산, 대구를 거쳐 13일에 귀경한 1차 순행은 당초 예상했던 것보다도 훨씬 기대에 못 미쳤다.

순행의 표면적인 목적은 대한제국 황제가 어렵고 힘든 백성을 직접 살펴보고 위무하는 데 있었다. 그러나 순행 자체를 이토가 기획했듯이 처음부터 황제는 들러리였고 주된 목적은 따로 있었다.

재작년 7월 고종 황제는 을사늑약의 무효를 세계에 알리기 위해 헤이그에 밀사를 파견했다. 그리고 그 일을 문제 삼아 이토는 고종을 강제 퇴위시키고 그 자리에 현 황제를 앉혔다. 그러나 고종이나 현 황제 아무도 참석하지 않은 양위식은 그야말로 유령 양위식이었다. 그리고 서둘러 간단하게 새 황제의 즉위식을 치렀지만 한국인들은 여전히 태황제를 실질적인 황제로 생각하고 있었다. 따라서, 여론은 악화되었고 이어지는 한일신협약과 군대해산으로 민심은 나빠질 대로 나빠졌다.

그 같은 상황에서 이토는 대한제국의 황제는 태황제가 아닌 현 황제라는 사실을 인식시키고 통감부가 대한제국의 보호를 잘 하고 있다는 것을 보여주면 악화된 여론을 어느 정도 누그러뜨릴 수 있을 것으로 판단했다. 그러나 그의 그런 기대는 1차 순행 내내 배반당했다. 경부선 열차를 타고 대구로 내려가는 동안 현지의 경찰들에게 지시를 내렸음에도 불구하고 한국인들은 태극기만 들고 흔들었으며 도착 후에도 황제에게만 환호했을 뿐 그에게는 눈길 한 번 제대로 주지 않았다. 현지인들의 반응은 우려했던 것 이상으로 냉랭했다.

그런 분위기는 부산과 마산을 돌고 다시 대구를 거쳐 서울로 올라오는 동안 시종여일했다. 서울로 돌아온 후 그는 보름을 쉬었다. 나이가 나이인 만큼 피곤했고 마음도 지쳤던 것이다. 그리고 1월 27일 다시 2차 순행에 나섰다.

처음부터 2차 순행 계획이 있었던 건 아니었다. 1차 순행의 결과가 좋으면 다른 지역도 둘러볼 생각을 하긴 했었다. 그러나 그가 2차 순행을 감행하기로 한 건 자존심 때문이었다. 1차 순행에서 소기의 성과를 얻지 못하자 그는 이대로 물러설 수는 없다는 심정으로 다시 순행길에 올랐던 것이다.

그러나 2차 순행지인 서북지역 역시 만만한 곳이 아니었다. 개성, 평양, 정주를 거쳐 신의주에 이르는 동안 그가 받은 것은 얼어붙은 날씨만큼이나 차가운 현지인들의 냉대였다. 그들은 혹한에 통감에 의해 억지로 끌려나온 병약한 황제에겐 열렬히 환호하는 한편 연민과 안타까움의 눈길을 보내긴 했지만 이토에 대해선 적의에 가까운 시선을 쏟아냈다. 자신에 대한 적개심을 그는 피부로 고스란히 느꼈다. 그리고 분노했다. 자신은 미개한 족속들을 개화시켜 문명세계로 인도해주려 하고 있을진대 그들은 은혜를 원수로 갚으려는 것이었다.

그는 끝까지 해보자는 식의 오기가 발동했다. 그리고 신의주에서 다시 남쪽으로 내려가는 동안 예정에도 없던 평안도 선천에서 열차를 멈췄다. 그리고 두 시간 정도 정차를 명했다.

"각하, 무슨 일로……?"

이토를 수행한 경무국장 마츠이 시게루[松井茂]가 어리둥절한 얼굴로 물었다.

"내, 잠시 이곳 사람들을 만나보려 하네."

"위험합니다, 각하."

마츠이가 황급하게 이토를 만류했다.

"위험하긴, 괜찮네."

"그렇지 않습니다, 각하!"

선천역 주변엔 많은 사람들이 운집해 있었다. 원래 정거할 예정이 아니었던 선천이었지만 열차가 지나가는 마을마다 환영을 위해 사람들을 동원해놓았던 것이다. 그러나 그 사람들의 손에 들려 있는 것은 남행 때와 마찬가지로 태극기뿐이었다. 그 점이 이토로 하여금 열차를 멈추게 했는지도 몰랐다.

"걱정하지 말게."

마츠이의 만류에도 불구하고 이토가 자리에서 일어섰다. 이완용과 송병준 등 대례복 차림의 대신들과 통감부 직원들이 따라 일어섰다. 열차에서 내려 밖으로 나온 이토는 황제를 비롯한 일행들을 그 자리에 있게 했다.

"걱정들 말게."

이토는 안절부절못하고 있는 경호책임자 마츠이에게 익살스럽게 눈을 한 번 찡긋하고는 일행에게도 여유만만한 웃음을 지어보였다. 그리고 호위병 하나 없이 고쿠부 쇼타로[國分象太郎] 참여관만 통역으로 데리고 역사 앞으로 나 있는 그리 높지 않은 언덕 쪽으로 발걸음을 옮겼다. 수백 혹은 천이 넘는 사람들이 운집하여 백의白衣의 물결을 이루고 있는 경사면 외곽을 따라 위로 걸어올라간 이토는 몸을 돌려 지극한 눈길로 아래를 내려다보았다. 이 순간 한국엔 황제도 없고 오직 자신만이 존재한다는 생각이 들었다.

이토는 먼저 동양의 현 상황을 설명하고 한일 양국의 역사적 관계와 관련하여 역대 조선의 잘못된 정치를 언급했다. 그리고 지금 한국은 매우 쇠약해져 빈사상태에 있어 일본제국의 힘을 빌리지 않으면 국운을 유지할 수 없는 사유를 열거한 후 일본제국이 보호정치를 실시할 수밖에 없었음을 당당히 역설했다. 이제껏 수도 없이 했던 거지만 그 어느 때보다 심혈을 기울였던 터라 그의 연설엔 박력과 자신감이 가득 차 있었다. 스스로도 자신의 연설이 흡족했던지 이토는 한껏 자애로운 눈길을 만들어 군중에게 고루 던졌다.

그 사이 고쿠부가 재빨리 한국말로 통역을 했다. 그러나 유감스럽게도 군중 쪽에선 아무런 반향이 없었다.

이게 아닌데.

이토는 약간 당황했다. 그리고 살짝 화가 치밀었다.

황제가 옆에 있을 땐 그래도 형식적으로나마 간헐적인 환호성을 보내던 군중이었다. 그러나 이토 혼자 앞으로 나서자 아예 대놓고 무심한 반응을 보이는 것이었다.

이거, 촌것들이라서 너무 어려워 못 알아듣는 건가.

이토는 다시 소리를 높였다.

"만약에 나의 의견에 이의가 있다면 기꺼이 듣겠다. 그리고 나는 그 사람을 계몽하기 위해 그 어떤 가르침도 아끼지 않을 것이다."

상당히 오만한 발언이었지만 이토는 자신이 너무 자상하게 보이지나 않을까 하는 턱없는 우려를 잠시 했다. 그러나 그건 자기만의 생각이고 다른 사람들은 그렇게 여기지 않는 것 같았다. 군중들은 차갑다 못해 살얼음이 얼듯 냉랭한 표정으로 침묵하고 있었다. 천지가 마치 태초의 고요에 싸인 것처럼 사위는 적막했다.

하, 이것들 봐라.

이토는 어이없다는 느낌과 함께 애써 분노의 감정을 추슬렀다. 그리고 지금 자신의 얼굴이 자상함 대신 근엄함으로 바뀌고 있다고 생각하면서 군중을 둘러보았다.

이토의 눈에 군중의 굳은 얼굴들이 줄지어 지나갔다. 그는 계속 근엄한 눈길로 군중을 훑었다. 그러다가 어느 순간 저절로 눈이 풀리며 화들짝 놀랐다. 아니, 가슴이 철렁 내려앉는 것 같았다. 군중 속의 범상하지 않은 눈빛 하나와 마주치면서 순간적으로 엄청난 충격을 받았던 것이다.

저 눈빛은…….

그 눈빛은 군중 속의 수많은 얼굴 중 하나에서 뿜어져 나오는 것이었지만 느낌이 달랐다. 그 눈빛은 부드럽고도 깊었다. 그러면서도 예리한 빛을 쏘아보내며 그를 준엄하게 꾸짖는 것 같았다. 눈빛의 주인공은 서른 살 가량으로 보이는 콧수염을 기른 사내였다.

왜 저 사내의 눈빛이 특별하게 다가오는 것일까.

당황한 가운데서도 이토는 생각했다. 그러고 보니 이유가 없는 것은 아니었다. 한겨울임에도 불구하고 군중 대부분이 흰옷을 입고 있었는데 사내는 검은 색 계통의 외투 차림이었다. 그래서 그는 순간적으로 알아

차렸다.

외지인이다.

그러나 긴 생각을 할 겨를도 없이 이토는 먼저 눈길을 거두었다. 어이없다는 느낌이 든 것은 그다음이었다. 어떤 경우건 자신이 상대로부터 먼저 눈길을 돌린 적이 그의 기억엔 없었던 것이다. 그 사실을 깨닫자 그는 거두었던 눈길을 다시 사내에게로 맞췄다. 여전히 사내는 아까와 똑같은 눈빛으로 그를 바라보고 있었다. 그 눈빛은 강렬하지 않으면서도 위압감이 느껴졌다. 위압감이라니. 그런 생각을 한다는 것 자체가 우스웠다. 더구나 서른 정도밖에 안 돼 보이는 젊은 놈에게서. 그러나 그는 조금 전보다 더 빨리 눈길을 거둘 수밖에 없었다. 바람 탓이었다.

바람이 불어 이토의 눈에서 눈물이 났다. 1월 하순의 북쪽 날씨는 매서웠다. 눈물이 바람에 흔들리면서 시야가 흐려졌다. 그는 몇 차례 눈을 껌벅여 눈물을 털어냈다. 그리고 사내를 찾았다. 이런. 사내는 처음과 하나도 달라지지 않은 모습으로 그를 쳐다보고 있었다. 부드럽고 깊으며 예리하고 위압감이 담긴 눈빛이라니…….

이토는 허물어지듯 눈길을 내리며 허둥지둥 언덕을 내려왔다.

"각하. 저는 간이 다 떨어져 나가는 것 같았습니다."

이토가 역사 앞에 도열해 있는 일행 가까이 가자 마츠이가 앞으로 나서며 가슴을 쓸어내리는 시늉을 했다.

"이 사람, 호들갑은. 내가 어떻게 되기라도 한단 말인가."

이토가 호탕하게 껄껄 웃었다.

"그런 말씀 마십시오. 저 가운데 행여 불측한 흉심을 품고 공작 각하께 위해를 가하려는 놈이 있었다면 권총 한 발, 폭탄 하나로도 큰일이 났을 겁니다."

"큰일이라니. 아무 일도 없었잖나."

"그래도 매사 조심하셔야 합니다."

"그래. 자네의 책임감은 내 인정하지."

"그렇다면 앞으로는 조금 자제를 하심이……."

"허어. 이젠 자네가 나를 아예 옭아매려 하는군."

"죄송합니다, 각하."

마츠이가 황급히 머리를 숙였다.

"공작 각하의 담력에 압도된 저 사람들 모습을 보십시오."

황제를 보필하는 궁내부 서기관 곤도 시로스케[權藤四郎介]가 군중을 가리키며 일행에게 말했다. 이토에 대한 반감으로 침묵하고 있는 군중의 모습이 그에겐 압도된 것으로 보인 모양이었다.

기차에 올라 이토는 자신의 전용칸으로 들어왔다. 곧이어 시의侍醫 고야마[小山] 다다시가 모습을 나타냈다.

"각하. 무슨 변이라도 생기면 어쩌시려고 그렇게 위험한 일을……."

고야마는 짐짓 이토를 꾸짖듯 투정을 부렸다.

"그래서, 실은 몰래 붕대를 준비했지."

조금 전까지 담대한 태도를 보였던 이토도 실은 긴장했던지 장난스럽게 웃었다.

"어쨌거나 아무 일이 없으니 다행입니다."

"고맙네. 내 일이란 게 그렇잖나. 위험하다고 마냥 마다하거나 피할 수 없는……."

이토가 입가에 가벼운 웃음을 담으며 고야마의 어깨를 두드렸다.

하지만 선천역을 출발한 기차가 남쪽으로 달리는 내내 이토의 마음은 밝지 않았다. 2차 순행 역시 아무런 소득이 없었고 1차 순행 때처럼 한국인들의 자신에 대한 반감만 확인했을 뿐이었다. 자신에 대한 한국인들의 마음은 도저히 개선될 수 없어 보였다.

그러나 무엇보다 마음에 걸리는 것은 선천에서 본 사내였다. 선천역에 정거한 것은 이토 자신이 즉흥적으로 명령한 것일 뿐 예정에 없던 일이었다. 따라서 그가 선천역에서 내릴 것을 사전에 알고 의도적으로 기다리고 있었던 것은 아닐 터였다. 그런데도 이쪽의 움직임을 꿰고 있기라도 했던 것처럼 자신을 보는 눈길은 흔들림이 없었다. 그리고 그의 자세는 한결같이 태연자약하고 늠름했다. 차라리 그 눈길에 적의 같은 것이라도 담겨 있었더라면 마음은 오히려 개운했을 터였다.

뭔가 마뜩찮은 그 낭패감은 서울로 돌아와서도 쉽게 사라지지 않았다. 그는 더 이상 한국에서 자신이 할 수 있는 일이 없다는 것을 깨달았다. 그럴 때 그의 선택은 하나뿐이었다.

13-3

2월의 연해주는 한겨울이었다. 내린 눈이 얼어붙으면서 말 그대로 사방천지는 동토로 변했으며 겨울은 점점 더 심연으로 향해가는 것 같았다.

깊어가는 겨울처럼 최재형은 자신의 마음도 한없이 아득한 곳으로 추락하는 느낌이었다. 최근 들어 그의 운신의 폭이 많이 좁아졌기 때문이었다. 따라서 활동도 위축될 수밖에 없었다.

작년 후반기부터 조금씩 심해지기 시작한 연해주 당국의 간섭과 통제는 해가 바뀌자 더욱 노골적으로 강화되었다. 의병 초모에 대한 감시의 눈초리가 삼엄해지면서 훈련은 조심스러웠다. 한국 내 의병활동이 사람들의 반일감정을 고취시키고 연해주 의병의 국내진공이 통감부를 자극하면서 일본이 기회 있을 때마다 페테르부르크에 한인들의 의병활동 금지를 촉구했고 연해주 당국에도 항의를 계속했던 것이다. 사실 그동안 페테르부르크도 거기에 대해 한편으로는 모르는 척, 또 한편으로는 자국에 대한 간섭이라면서 뻗대었지만 한계가 있었다. 그리고 페테르부르크도 묵시적으로 동의했던 한인들의 의병활동에 대해서 이젠 가시적인 입장 표명을 할 때가 되기도 했다. 러일전쟁 후 양국이 서로 냉각기를 가지는 동안엔 한인 의병에 대해선 강 건너 불 보듯이 할 수 있었지만 일본을 향한 적대감을 감추고 만주 분할을 위해 공존과 협력의 분위기를 조성하려는 시점에선 한인들의 무력투쟁에 대한 입장을 분명히 해야 할 수밖에 없었던 것이다.

그런 러시아의 변화의 조짐은 지난 1월 하순 국경행정관 스미르노프를 만났을 때 충분히 감지되었다. 그는 스미르노프를 통해 총기와 탄약을 구입하고자 했다. 그러나 스미르노프는 난색을 표하며 오히려 그에게 자제를 요청했다. 이어 2월 초, 연추 주둔 제6연대 소속 러시아 군인 250명이 의병사무소로 와서 총기와 탄약에 대한 압수 수색을 벌였다. 물론 그것은 요식행위였다. 스미르노프가 미리 일러주었던 것이다. 그래서 사전에 무기와 탄약을 다른 장소로 옮겨놓아 별다른 피해를 입지는 않았다. 그렇지만 그것은 상황이 좋지 않으므로 조심하라는 스미르노프의 간접적인 충고이기도 했다.

그에겐 나름대로 계획이 있었다. 국내진공 후, 2백 명 가량의 대원들을 분산 수용하면서 비밀리에 간단한 훈련을 시키고 있었지만 장차 5백 명 정도의 대원들을 더 모아 홍범도를 대장으로 해서 의병대를 재건하는 것이었다. 물론 연해주 당국의 달라진 분위기로 당장 의병운동을 할 수는 없었지만 언제라도 상황이 되면 의병대가 출동할 수 있도록 준비를 해두고 싶었던 것이다. 무기와 탄약을 구입하려 했던 것도 그때를 위해서였다.

그는 블라디보스토크와 연추 의병대를 재건하고 수청과 추풍 및 하바로프스크를 근거지로 한 새로운 의병대를 만들어 홍범도와 안중근에게 맡겼으면 했다. 그런 생각을 했던 건 홍범도가 일본군과의 전투에서 여러 차례 승리한 역전의 용장이었고 안중근은 그동안 연해주 의병대를 실질적으로 이끌어 온 인물이었기 때문이었다.

최재형이 처한 그런 상황은 중근도 알고 있었다. 지난달 말 국내로 잠입했다가 돌아오는 길에 중근은 연추에 들러 최재형을 만나고 홍범도와도 재회했다. 오랜만에 들른 중근에게 최재형은 러시아 당국의 달라진 태도와 그로 인한 연추의 답답한 실정을 소상히 설명했다.

연추의 사정이 그러했으므로 당분간 최재형이 할 수 있는 것은 없었다. 그저 경색된 상황이 호전되기를 기다릴 뿐. 그러나 그것은 기약 없는 일이었다.

따라서, 이제 기대할 수 있는 것은 중근의 활동뿐이었다. 다행히 수청과 추풍, 하바로프스크 등지에 대한 연해주 당국의 관심은 블라디보스토크나 연추에 비해 상대적으로 소홀했고 그곳 동포들의 중근에 대한 신망은 높았다. 게다가 무력투쟁의 열기도 그대로였다. 그런 만큼 독립투쟁의 새로운 근거지를 마련하고 그 기반을 다지는 일은 이제 중근의 몫이 되었다.

수청으로 돌아온 후 중근은 전명운을 블라디보스토크로 돌려보냈다. 신민회의 원동위원 이강을 돕게 하기 위해서였다. 그리고 나서 다시 각 지역의 동지들과 함께 중국과 접하고 있는 국경지방의 마을들을 돌며 내려왔다. 동포들이 사는 곳이라면 연해주 전역에 산재해 있는 작은 마을

들조차 지나치지 말고 동참시키자는 의도에서였다. 그리고 3월 5일 연추 서쪽, 중국 훈춘으로 가는 길목에 있는 작은 마을 카리[下里]에서 하룻밤을 머물렀다. 김씨 성을 가진 사람의 여관에서 묵으며 중근이 마음먹고 있던 얘기를 꺼냈다.

"지난 몇 달간 나는 여러 동지들과 함께 수청과 추풍은 물론 하바로프스크와 그 인근 지역을 돌았소. 그리고 계속해서 국경 마을을 찾아다니며 앞서거니 뒤서거니 하면서 우리 모두는 이곳까지 왔소. 따라서, 여기 모이신 동지들은 블라디보스토크와 연추를 제외한 연해주를 대표하는 분들이라고 해도 과언이 아니오."

"우리가 이렇게 모여 조국의 독립을 위한 논의를 된 것은 전적으로 안 대장님 덕분입니다."

정원주鄭元柱가 좌중을 둘러보며 동의를 구하듯이 말했다. 서울 출신의 정원주는 5년 전 미국으로 건너가 2년간 회사원으로 일한 특별한 경력의 소유자였다.

"그걸 어떻게 내 덕이라고 할 수 있겠소. 어쨌거나, 모두들 아시다시피 지금 블라디보스토크와 연추는 연해주 당국의 감시가 강화되어 독립투쟁의 본거지로서의 역할을 잠시 보류하고 있소. 그러다 보니 자칫 연해주 전체 한인들의 투쟁의 열기가 식지 않을까 걱정이 되오. 그러나 다행히 다른 지역에선 동지들을 비롯해 많은 사람들이 여전히 투쟁에 대한 일념이 변함이 없다는 사실을 확인했소. 참으로 고맙고도 갸륵한 일이 아닐 수 없소."

"그 역시 안 대장께서 우리를 격려하고 고무하지 않았다면 그런 마음을 드러내지 못했을 겁니다."

백원보白元甫가 정원주를 거들었다. 그는 중근이 천거한 수청 지역의 대동공보 비밀통신원이었다.

“아무튼 좋소. 그래서 이 자리를 빌어 중대한 제안을 하나 하고 싶소.”

“제안이라면……?”

백남규가 그답지 않게 조급증을 보였다.

“이제 동포들의 그 일념이 흔들리지 않고 모두의 가슴속에 영원하도록 기원하는 맹세를 하였으면 하오.”

“어떻게 맹세를 하는 게 좋겠습니까?”

중근과 더불어 수청 지역에 영향력이 큰 김기룡이 물었다. 중근은 대답을 잠시 미룬 채 다른 얘기를 시작했다.

“아시는 분도 있겠지만 지난달 중순 블라디보스토크에서 온 이강 동지를 통해 이재명이란 청년에 대한 얘기를 듣고 나는 감동을 받은 한편으로 무척 부끄러웠소. 스무 살 청년이 그런 생각을 할진대 난 무얼 하고 있나 싶어서요. 지난달 말에 국내로 잠입했던 것도 그래서요.”

“그래, 이등박문은 보셨습니까?”

재산가로 알려져 있는 유치홍柳致弘이 좌중을 대신하여 단도직입적으로 물었다.

“보았습니다.”

“어떻던가요?”

“글쎄요…….”

중근은 잠시 말을 끊고 시선을 허공으로 이동시켰다.

이재명의 소식을 갖고 왔던 이강이 돌아간 후 중근은 한참을 망설이다가 아무래도 이토의 순행 현장을 확인해야겠다는 생각에 몰래 중국을 통해 한국 서북쪽 국경을 넘었다. 장차의 일을 생각하여 이토의 출행 모습을 봐두고 싶었던 것이다. 그래서 처음에는 평양이나 개성쯤에서 기다릴 생각을 했다. 그러나 신의주까지 북상했던 이토가 귀경길에 예정에도 없던 선천에서 하차하는 바람에 마침 그곳에서 하루를 묵을 생각으로 먼저 와 있던 중근은 그를 볼 수 있었다.

"인물 같아 보이긴 하던가요?"

"글쎄요. 외양이야 보잘 것 없었지만 관록 같은 것은 묻어 있지 않겠소. 어쨌거나 하급무사 출신으로서 한 나라의 총리대신을 네 차례나 역임했으니까……."

"느낌이 어땠습니까?"

여전히 유치홍은 이토에 대해 궁금한 모양이었다.

그때 이토를 보며 중근은 슬픈 느낌이 들었다. 단구短軀의 이토는 수염으로 얼굴을 치장했지만 꾀보 같은 인상이 두드러져 보였다. 그런 왜소하고 천하게 생긴 인물에게 태황제 고종이 모욕을 당하고 대소신료들이 전전긍긍하며 백성들이 두려움에 떠는 현실이 서글펐던 것이다.

"지금 한국은 늙은 원숭이 한 마리가 이 강산을 호령하고 있다는 생각이 들었소."

이토를 원숭이에 비유하면서도 중근은 그게 썩 잘못되었다는 생각은 들지 않았다. 정치가로서 세계적인 명성을 얻고 있는 이토였지만 자신이 보기엔 왠지 많은 것을 가장한 위군자僞君子 같았던 것이다. 이를테면, 황제를 위한 순행이라면서도 황제를 비롯한 일행을 내버려둔 채 혼자 군중 앞에 나서서 통치자연하는 것도 그렇고 신변의 위험을 염려하면서도 애써 태연한 척하는 빛이 역력하여 오히려 그의 행동은 부자연스러웠다. 그래서 그를 바라보는 내내 분노보다는 조소의 감정이 앞섰다.

"그러나, 안창호 선생이 염려한다는 얘기도 있었지만 그곳에서 이등을 처단할 수 있는 형편은 못 되었소. 황제께서 계신 자리였기 때문이오."

"예……."

방 안에 모여 있던 사람들이 이해가 된다는 듯 고개를 끄덕였다.

"그렇지만 오늘 이 자리를 빌려 내가 먼저 동지들에게 하나 맹세를 하겠소."

중근이 사람들을 둘러보며 일일이 눈을 맞추었다. 그리고 입을 열어 나직한 소리로 말했다.

"이등은 그동안 한국의 독립을 입에 담으며 실제로는 일본의 강한 힘을 앞세워 동양 평화를 파괴하고 한국을 보호국으로 만들었소. 그리고 총과 칼로써 우리 동포들을 무수히 죽였소. 하여, 이후 나는 대한독립의군 특파대장으로서 동양 평화 파괴와 한국 침탈의 원흉인 이토를 처단할 것을 동지들 앞에서 맹세하오. 그것은 앞으로 우리가 지속적으로 전개해 나갈 독립투쟁의 시작이 될 것이오."

중근이 공식적으로 이토의 처단을 천명하자 잠시 좌중은 무겁고도 엄숙한 분위기에 빠져들었다. 그 침묵을 김기룡이 깼다.

"이토의 처단은 그동안 많은 의로운 분들이 마음을 품어 왔거니와 오늘 안 대장께서 그 중책을 맡으시겠다고 하시니 저는 대신 이완용을 비롯한 을사늑약의 5적과 송병준 등 친일도배들을 처단하겠습니다."

김기룡의 말에 중근이 천천히 고개를 끄덕였다.

"김 동지의 말씀에 감사하오. 여러분의 마음도 김 동지와 같으리라 믿소. 이제 나는 동지들의 그 뜻을 가슴에 품고 용기를 얻으면서 손가락 하나를 잘라 이토를 처단하겠다는 맹세의 증거로 삼고자 하오."

"안 동지, 그게 무슨 말씀이오?"

백남규가 놀란 얼굴로 물었다.

"말씀드린 그대로요. 지금 우리가 잠시 무력투쟁은 미루고 있으나 동포들의 투쟁정신은 그대로 살아 있소. 그리고 나는 그 정신을 이어가기 위해 이등을 처단하려는 것이오. 그 생각을 증거하기 위해 손가락을 자르려니와 각 지역을 대표하는 동지들도 동의하신다면 손가락을 베어 그 피로써 함께 대한독립의 의지를 하늘에 맹세했으면 하오."

그러자 김기룡이 정색을 하며 반박했다.

"그건 안 됩니다. 손가락을 자른다면 우리 모두가 함께 해야할 일, 어찌 혼자만 하신단 말입니까."

"여러분이 고귀한 피를 바치는 것이 내가 손가락 하나를 자르는 것과 다르지 않소. 모두 동포들에게 우리의 결의와 맹세를 천명하는 것일 뿐."

"국권회복과 조국독립을 향한 우리의 염원이 다르지 않다면 안 대장 혼자서 하실 일이 아닙니다."

백원보도 김기룡의 의견에 가세했다. 그러자 김기룡이 다시 나섰다.

"이것은 안 대장 혼자 결정하실 일이 아닙니다. 동지들 개개인의 의견을 물어야합니다."

그것은 중근에 대한 일종의 압박이었다. 그러나 김기룡이 의견을 묻기도 전에 모두가 이구동성으로 손가락을 자르겠다고 나섰다. 중근은 더 이상 고집을 피울 수가 없었다. 그들의 강한 동지애에 마냥 목이 메어올 뿐.

"동지들께서 그러시니 나로선 더 이상 어쩔수 없소. 그저 고맙고 송구할 따름이오."

중근의 말이 끝나자마자 김기룡이 단지斷指를 위한 준비를 했다.

곧 이어 중근과 함께 모인 동지들이 왼손 약지를 잘랐다. 그리고 그 피로써 태극기 앞면에 '대한독립大韓獨立' 이란 네 글자의 한 획씩을 차례대로 써나갔다. 글자를 쓰고 나서 모두 통증을 잊기 위해 보드카를 마셨다. 중근도 5년 만에 부친이 별세하면서 끊었던 술을 마셨다. 이날 모여서 단지한 사람은 중근 외에 김기룡과 정원주, 백남규, 유치홍, 강기순姜起順, 박봉석朴奉錫, 조순은曹順應, 황길병黃吉秉, 김백춘金伯春, 김천화金天化, 강계찬姜計瓚 등 11명이었다.

"오늘 이 일은 독립투쟁의 정신을 잃지 않고 살아가는 고맙고 갸륵한 동포들에게 우리가 함께하고 있다는 사실을 알려 주기 위함이오. 이제 우리는 마음과 몸을 하나로 묶었으니 이 일을 계기로 단체를 결성하는 게 어떻겠소?"

모두 손에 붕대를 감는 것을 기다렸다가 중근이 동지들의 의견을 물었다.

"좋은 생각입니다."

모두들 중근의 생각에 동의했다.

"그럼 단체의 이름은 동의단지회同義斷指會라 칭할까 하오만……?"

"좋습니다."

다시 모두 중근의 제안에 화답했다.

중근은 열 두 개의 손가락을 나무 상자에 넣어 여관마당에 묻었다. 그리고 그 앞에 무릎을 꿇고 별들도 얼어붙은 듯한 차가운 밤하늘을 올려다보며 떨리는 소리로 기원했다.

"오늘 우리 12인은 동의단지회라는 이름으로 함께 모여 더운 피로써 국권회복과 조국독립에 몸과 마음을 바칠 것을 하늘에 맹세하노니 천지신명은 굽어보살피사 모두 일심단체一心單體하여 목적을 이루게 하여주소서."

그리고 돌아서서 동지들의 손을 잡았다.

"이제 우리는 몸도 마음도 하나인 혈맹의 동지가 되었소. 나는 최 도헌님을 뵈러 곧 연추로 가려니와 각자 흩어져 어디서 무엇을 하더라도 우리의 목적을 실현할 수 있도록 최선을 다해주시오. 그리고 힘들고 어려울 때엔 왼손을 들어 손가락을 자른 그 뜻을 생각하며 이겨주시오."

중근의 말에 울음을 참는 사람도 있었고 더러는 격한 감정을 이기지 못해 흐느꼈다.

중근이 각 지역의 대표격인 동지들을 모아 동의단지회를 결성한 것은 국권회복과 조국독립에 대한 강한 의지를 천명하여 국내진공의 패배 이후 위축되어가는 연해주 한인들의 사기를 진작하기 위해서였다. 그리고 자신과 11명의 동지들을 중심으로 소규모의 결사대를 조직하여 투쟁정신을 이어가자는 현실적인 이유도 있었다.

그러나 중근의 동의단지회의 결성이 갖는 가장 중요한 의미는 최재형과 이범윤이 당국의 제약으로 운신의 폭이 줄어든 시점에서 그가 명실상부하게 연해주 의병투쟁의 맹주로 부상했다는 사실이었다.

며칠 후 경과보고를 위해 중근이 연추를 찾았을 때 이미 동의단지회 결성 소식을 전해들은 최재형이 붕대를 감은 그의 왼손을 보고 포효하듯 질책하며 뜨거운 눈물을 흘렸다. 중근으로선 처음 보는 최재형의 눈물이었다.

"안 동지. 이게 대체 무슨 어리석은 짓이오. 내 사정이 불편하여 대원들을 제대로 지원하지 못하는 걸 안 동지도 알잖소?"

"그것 때문이 아닙니다."

2월 들어서 의병대에 대한 최재형의 지원이 대폭 줄어들었다는 사실은 중근도 알고 있었다. 물론 그것은 의병대와 관계를 끊었다는 걸 연해주 당국에 보여주기 위해서였다.

"그럼 독립운동을 하는 데 왜 손가락을 자른단 말이오?"

"나름대로 여러 차례 생각한 끝에 한 일입니다."

"안 동지. 제발 자신을 좀 돌보시오. 당신은 양반가의 자제요. 그런 사람이 연해주로 와서 험하게 지내는 것도 차마 가슴 아프거늘 스스로 귀한 신체를 훼손하다니……."

"나라의 명운이 경각에 달려 있고 모든 백성이 적의 침략에 신음하는 데 양반이 무슨 소용입니까."

"안 동지는 앞으로의 더 큰일을 위해 필요한 사람이고 또 내가 각별히 생각하는 사람 아니오? 그런데 자기 몸이라고 어떻게 함부로 한단 말이오."

최재형의 눈물이 얼굴을 타고 수염까지 흘러내렸다. 그 모습을 지켜보면서 중근이 조용히 말했다.

"도헌님. 저를 생각하고 또 앞으로의 일을 생각하신다면 지금 그 눈물을 아껴두십시오."

"그건 또 무슨 말이오?"

최재형의 눈물로 얼룩진 눈이 휘둥그레졌다. 중근은 대답하지 않았다.

14 돌아온 사람들

14-1

우덕순을 다시 보게된 것은 정말 믿기지 않는 일이었다.

동의단지회 결성 후 각 지역의 동포를 역방歷訪하던 중근은 하바로프스크에 머물고 있었다. 3월이었지만 눈이 녹지 않은 북쪽의 날씨는 여전히 찬 겨울이었다. 그런 속에도 쌓인 눈 위로 내리쬐는 맑고 투명한 햇살이 따사로워보여 중근의 마음은 조금씩 풀리고 있었다.

다시 하바로프스크로 돌아와 며칠 지나지 않았을 때 한 지인의 집에 머물고 있던 중근에게 뜻밖의 손님이 찾아왔다. 놀랍게도 죽은 줄 알았던 우덕순이었다.

"세상에. 이게 누구요!"

반 년 만에 보는 우덕순은 말끔한 차림이었다.

"왜 그렇게 보시오? 저승귀신 모양이 이래서 놀랐소?"

정말 죽은 귀신이라도 보는 듯한 중근에게 우덕순은 농담을 하며 껄껄 웃었다.

"어서 들어갑시다."

중근은 우덕순을 방안으로 들였다.

"도대체 이게 어떻게 된 거요?"

자리를 잡자마자 중근이 물었다.

"아직 할 일이 남았다고 하늘이 살려주신 것 같소."

"연추로 돌아온 후로도 한참 동안 우 동지 소식이 없어 나는 잘못된 줄 알았소. 그래서 추도식까지 열었소."

"나도 그 얘길 들었어요. 그러잖아도 블라디보스토크에서 이강 동지를 만났는데 안 동지처럼 깜짝 놀랍디다."

"블라디보스토크에서 오는 길이오?"

"그렇소."

"참 꿈같은 일이오. 연추에 돌아왔을 때 우 동지가 회령 헌병대로 넘겨졌다는 얘길 들었소. 그래, 가망이 없다고 생각했었소."

"맞소. 나도 회령수비대 본부에서 헌병대로 넘겨진 후 살아남긴 틀렸다고 생각했지요. 그런데 정말 생각지도 못했던 일이 일어났어요."

"어떤……?"

"헌병대 감옥에 갇힌 사람들 중에 김재익 동지가 있었소. 김 동지 말이 나흘째 되던 날인가 내가 고문을 당하고 기절을 했는데 현병대장 부인이 그곳으로 와 자기 남편에게 우리도 군인으로서 남을 억울하게 해서는 안 됩니다, 우리도 저렇게 될지 어떻게 알겠어요, 그러더랍디다."

"그게 정말이오?"

"사실이오. 그리고는 하녀더러 조 미음을 쑤게 해서 내 옆에 갖다 놓게 한 것을 김재익 동지가 떠 먹여주어 내가 깨어났답니다."

"그래서 우리가 일본군과 싸울지언정 일본인이라고 무조건 미워해선 안 된다는 거지요."

"그래요. 그러잖아도 나도 그때 안 동지 생각을 했소."

"내 생각을요?"

"회령 전투 때 자기들도 억지로 끌려왔다는 일본 군인과 장사치들을 안 동지가 풀어주라고 하지 않았소. 그 부인의 호의를 겪고보니 안 동지도 일본인 개인을 미워한 게 아니어서 그랬구나 하는 생각이 들었어요."

"물론 그랬소."

"그리고 다음 날인가 그 헌병대장이 자기 처와 함께 와서 너는 불량자가 아니다, 너를 함흥재판소로 보낼 건데 내가 잘 말해놓았다, 이 모든 게 여기 있는 오카 상의 특별동정 덕분인 줄 알아라, 그러더군요. 그러고 나서 대우가 달라졌어요."

"정말 다행한 일이오."

"그런데 후에 가만히 생각해보니 그때 우리가 회령 영산에서 일본 군인과 장사치를 풀어준 일을 그 부인이 알고 있었던 건 아닌가 싶었어요. 그 소문이 회령 주둔 일본군에게 쫙 퍼졌을 테니까 말이오. 아니면, 그때 풀려난 일본인들 중에 부인과 가까운 사람이 있었거나. 그렇잖다면 그처럼 내게 우호적일 수 있었겠소. 그래, 안 동지가 선견지명이 있었다고 생각했소."

"설령 그렇다 해도 그 부인은 참으로 훌륭한 사람이오. 은혜를 입고도 모른 척하는 사람도 많으니까."

"그건 그렇습니다."

"그래, 그후엔 어떻게 됐소?"

중근의 재촉에 우덕순이 툭 튀어나온 이마를 한 차례 쓸고는 말을 이었다.

“다음 날 회령을 떠나 나흘만엔가 함흥재판소로 들어가 미결수로 있다가 7월 그믐쯤 초심, 8월 초순에 재심을 받았는데 검사가 그 논고에서 사형을 구형했어요. 회령 헌병대장이 잘 말해놓았다고 했지만 소용이 없었던 것 같아요. 그리고 판결언도를 기다리던 중 기회를 보아 김재익 동지와 함께 탈출했지요.”

“어떻게 탈출이 가능했소?”

“그때 함께 갇혀 있던 한국인 죄수가 모두 23명이었는데 내가 나라를 위해 일하다가 사형 구형을 받았다면서 늘 보살펴주었고 탈출도 도와줬소. 그리고 도중에 김재익 동지와도 헤어지고 우여곡절 끝에 원산까지 가게 되었지요. 마침 원산에 아는 사람이 있어 거기서 며칠 유하다가 감시도 피하고 기력도 회복할 겸 강원도 통천군에 있는 고모댁에 가서 겨울을 났어요. 그리고 얼마 전 블라디보스토크로 왔지요.”

“아무튼 참 잘 되었소.”

“안 동지께서 고군분투하고 있다는 소식은 거기서 들었소. 미안하오. 안 동지가 홀로 고생하는데 나만 편히 쉬고 있어서…….”

우덕순이 약지가 잘려나간 중근의 왼손을 잡았다.

“아니오. 우 동지가 살아 돌아왔으니 마음의 짐 하나는 덜었소. 그래, 블라디보스트크에선 어떻게 지내셨소?”

“마침 이강 동지가 대동공보 일을 도와달라고 해서 회계주임을 맡아 보고 있어요.”

“우 동지가 옆에 있으면 이 동지도 든든할 거요. 그나저나 다른 소식은 없소?”

“아니, 있소.”

우덕순이 의기양양하게 대답했다. 마치 그 얘길 하러오기라도 한 듯.

"무슨?"

"미국에서 손님들이 오실 거요."

"그래요?"

"그것도 아주 많은 분들이."

"많은 분들이라면……?"

"이상설 영감과 정재관 총회장, 최정익, 송종호 동지 등 몇 분이 오실 거요."

"정말 이상설 영감이 오신단 말이오?"

"그래요. 그동안 도산 선생을 대신해서 정재관 부회장이 이끌던 샌프란시스코의 공립협회가 지난 2월 1일 하와이의 합성협회와 통합하여 대한인국민회로 새로이 발족됐소. 총회장엔 정재관 동지가 선출되었고요. 그리고 해외기지 건설을 본격화하기 위해 곧 이상설 영감을 모시고 연해주로 오신다 하오."

"이상설 영감께서 오신다는 건 그야말로 희소식이 아닐 수 없소."

"아마 혼자서 분투하고 있는 안 동지껜 큰 도움이 될 거요."

"이를 말이오. 이상설 영감이 계신다면 연해주 전역의 모든 동지들에게 큰 힘이 될 거요."

"그래서 지난해 11월 이미 정재관 동지가 김성무 동지를 보내 해외기지 건설을 위해 적당한 토지를 찾고 있다고 해요."

"그 얘긴 지난번 이강 동지가 왔을 때 나도 들었소. 그러나 이상설 영감께서 직접 오실 줄은 몰랐소."

"아마 오시면 무력투쟁을 위한 해외기지를 건설하고 재작년 국내에서 유림을 중심으로 서울 진공을 위해 추진되었던 13도의군을 결성을 연해주에서 다시 추진하게 될 거요."

"그렇게만 된다면 얼마나 좋겠소."

중근은 말만 들어도 흥분이 되었다. 이상설이 연해주로 와서 13도의군 결성에 나선다면 국내진공 이후 침체 국면에 빠져 있는 의병운동은 새로운 전기를 맞을 수 있을 터였다.

"이상설 영감은 언제쯤 오실 것 같소?"

"4월에 미국을 출발한다고 했으니까 4월 말이나 5월 초쯤이면 오시지 않겠소."

"그래요……. 또 다른 소식은 없소?"

중근은 모처럼 기분이 고무된 채로 우덕순에게 물었다.

"참, 연해주로 넘어오기 전 국내에 있을 때 들은 얘긴데 이등박문이 순행을 마치고 일본으로 가서 아직 안 돌아온 모양이오."

"그래요? 언제 갔는데요?"

"지난달 17일엔가 서울을 떠났다고 들었소."

"그럼 한 달 가까이 돼 가는데……. 전에도 일본 가면 그렇게 오래 있었던가……?"

"글쎄요. 그러잖아도 이 얘길 이강 동지에게 했더니 작년에도 영친왕이 유학길에 오를 때 동행해서 한 달 이상을 있었다고는 합디다. 그리고 통감이 된 후 3년여 동안 열 번도 넘게 갔다고 했소."

"이강 동지는 연해주에 앉아서도 국내 소식을 꿰차고 있군."

"명색이 신문쟁이 아니오. 국내 궁인 중에 신민회와 연결된 사람이 제법 있는 모양이오. 그래서 국내의 웬만한 일은 파악하고 있는 것 같았소."

우덕순이 익살스런 표정을 지으며 살짝 웃었다.

"일본엔 왜 갔을 것 같소?"

"확실히는 모르겠소. 순행을 끝내고 나서 한국 상황을 보고하러 갔을 거라고 이강 동지는 얘기합디다만…….”

“그런데 아직 돌아오지 않았다?”

“왜 그러시오?”

중근이 미간을 좁히며 심각한 표정을 짓자 우덕순이 걱정스레 물었다.

“뭔가 조짐이 이상해서…….”

“이상하다니요?”

“아, 아무 것도 아니요.”

중근은 머리를 흔들며 얼버무렸다.

그러나 중근의 머릿속은 혼란스러웠다.

순행을 마치고 이토가 보고하러 간 한국 상황은 뭘까. 한 달 가까이 혹은 그 이상 일본에 머물면서 처리해야할 일이라면 상당히 중요한 사안일 터였다. 그것은 아무리 생각해봐도 한국 병합에 관한 것이거나 자신의 통감 사임일 가능성이 컸다. 아니면 둘 다일지도 몰랐다.

만약에 이토가 사임을 한다면 그를 처단하는 일은 더욱 복잡해지는 것이었다. 그가 국내에 있을 때 처단한다면 황실의 입장 등 여러 가지 곤란한 일이 생기겠지만 그가 한국을 떠나고 나면 일은 더 어려워질 수밖에 없었다.

그래서 중근의 마음은 뒤숭숭했다.

14-2

일본에 돌아온 지 한 달이 넘었다.

지난달 중순 귀국하여 텐노에게 한국 상황을 보고한 후 이토는 비교적 한가로운 나날을 보냈다. 최근에는 에히메[愛媛] 현縣 도고[道後] 온천에서 며칠 쉬면서 휴식을 취하기도 했다. 한국의 골치 아픈 현안에서 벗어나 일본에 오면 그는 마음이 편했다. 어쨌거나 오래 입은 옷 같은 모국이란 환경이 주는 친숙함 같은 게 있었던 것이다. 그래서 매일매일 평온한 나날의 연속이었다.

그러나, 그것은 어디까지나 표면적인 모습이었고 내부적으로는 그렇지 않았다. 막중한 한국통감의 자리를 한 달 이상이나 비워두고 있다는 것이 바로 그 증거였다. 실제로 그는 휴식을 취하면서 정계의 움직임을 주시하고 있었다. 그는 메이지 정부를 출범시킨 원로이자 총리대신을 네 차례나 역임한 인물이었다. 따라서 각계 요소요소에 심복들이 촘촘히 포진되어 있었고 그들로부터 수시로 상황을 보고받으며 정계의 흐름을 짚었다.

그는 이제 한국에 대해 별 미련이 없었다. 한국 병합은 메이지 정부가 출범할 때부터 모두에게 비공식적으로 합의된 명제였고 그것에 대해 부인하거나 이의를 제기하는 사람은 아무도 없었다. 그동안 병합을 미룬 채 한국을 보호국으로 두려 했던 것은 그것이 만주에 대한 러시아와의 협상에 유리하다고 판단했기 때문이었다. 따라서 한국을 보호국으로 두는 것은 한시적인 조치였다.

그러나 의병 봉기 등 한국인의 저항을 빌미로 정적 야마가타가 한국 병합을 주장한다면 그는 통치력에 손상을 입어가면서까지 통감의 자리를 고수하고 싶지는 않았다. 어차피 한국 병합은 애초에 그가 구상한 것으로 시기의 문제일 뿐 기정사실이었고, 그렇다면 못 이기는 척 합의해 주면서 그 대가를 받아내는 것이었다. 그에게 중요한 것은 만주이지 더 이상 한국은 아니었다.

따라서, 한국을 보호국으로 둔 채로 유리한 고지에서 러시아와 협상하고 싶었지만 병합이 결정된 후라도 그 역할을 다른 사람에게 넘겨주고 싶지는 않았다. 아무리 생각해도 그 일은 자신보다 더 적격자가 없었고 또 그 스스로 그것을 원했던 것이다.

그는 이달 초 외무대신 고무라 주타로[小村壽太郎]가 총리대신 가츠라 타로[桂太郎]와 한국 병합에 대해 논의하고 외무성 정무국장 구라치 데츠키치[倉知鐵吉]에게 '한국 병합에 관한 건'을 기초하라는 지시를 내렸다는 사실을 알고 있었다. 그리고 어제인 3월 30일 고무라가 가츠라에게 그 초안을 제출했다는 사실도. 그들은 그 작업을 하는 동안 이토가 일본에 있다는 사실만으로도 충분히 압박이 될 터였다.

이제 그들은 조만간 자신을 찾아올 것이다.

비록 총리대신 가츠라가 야마가타 계열이고 야마가타도 추밀원의장이지만 그는 개의치 않았다. 그의 뒤엔 모든 현안에 대해 자신에게 자문을 구하는 텐노가 있었던 것이다. 그는 일본에선 내각의 논의에 앞서 텐노와 단 둘이서 러시아와의 전쟁을 결정했고 한국에 있을 때조차 총리와 대신 임명 같은 인사 문제까지도 상신했던 것이다. 그만큼 텐노는 그를 신뢰했고 그와 텐노는 일심동체와 같았던 것이다.

이토의 예상대로 이틀 뒤인 4월 2일 전 조슈[長洲] 번주藩主 모리[毛利] 공작 집에서 열린 가든파티에서 총리대신 가츠라가 다가왔다. 브랜디 잔을 든 채 기분이 좋아 보이는 이토에게 가츠라가 조심스럽게 입을 열었다.

"특별히 상의드릴 게 있습니다. 가까운 시일 내에 찾아뵙고 싶습니다만 언제쯤 시간이 되실는지……."

"10일 낮이라면 비어 있어."

"그럼 그때 고무라와 함께 찾아뵙겠습니다."

약속대로 4월 10일 현 총리대신 가츠라와 외무대신 고무라가 아카사카[赤坂] 구 레이난자카[靈南坂]의 추밀원의장 관저를 방문했다. 그 집은 이토의 사저 같은 것으로 현재 이토는 추밀원의장이 아니었지만 과거 두 차례 역임한 적이 있어 일반적으로 그렇게 불렸다.

이토는 고무라가 내놓은 구라치의 보고서 초안을 천천히 읽었다. 적당한 시기에 대한제국 합병을 단행해 일본제국의 일부로 삼으며 대한제국과 외국과의 조약관계를 소멸시키는 것이 일본제국의 백년대계가 될 것이라는 게 초안의 대체적인 내용이었다.

초안 내용은 그동안 공공연히 얘기가 돼온 것들로 별로 새로울 게 없었다. 초안을 읽은 이토가 별 반응을 보이지 않자 가츠라가 약간 초조한 듯이 말했다.

"일청, 일러 두 전쟁은 한국 문제를 해결하기 위한 것이었습니다. 그러나 3년간의 보호정책에도 불구하고 여전히 해결의 기미는 보이지 않습니다. 각하의 통치하에서도 그렇다면 다른 사람으로선 개선할 방법이 없고 오히려 상황을 더욱 악화시킬 우려마저 있습니다. 따라서, 이쯤에서 아예 병합하는 것도 좋을 듯싶은데 각하의 생각은 어떻습니까?"

"뭐, 이미 작정을 다 해놓고선……."

"중요한 건 각하의 생각이지요."

"내 생각이라……."

"각하의 동의가 있어야 텐노 폐하께 상신도 할 수 있지 않겠습니까."

"그것보다 중요한 건 현실 상황이지."

이토는 짐짓 여유를 부렸다.

"현실 상황은 조금 전에 말씀드린 그대롭니다. 도저히 개선될 여지가 없습니다."

총리대신 가츠라가 살짝 고개를 숙였다.

"글쎄……."

이토는 얼굴을 들어 담배 연기를 내뿜으며 잠시 천장을 바라보았다. 그리고는 말을 이었다.

"뭐, 현실이 그 정도라면 그렇게 하는 수밖에."

순간 가츠라와 고무라는 깜짝 놀랐다. 반대할 줄 알았던 이토가 너무 쉽게 합병안에 동의했기 때문이었다.

"감사합니다, 각하."

가츠라와 고무라는 마치 횡재나 한 듯 동시에 허리를 꺾고서 이토를 향해 깊이 고개를 숙였다. 이토는 지긋한 웃음을 내보이며 속으로 코웃음을 쳤다.

"감사하기는. 그보다 그 전에 나는 통감을 그만두고 싶네."

"예?"

어느 정도 예상한 일이지만 가츠라는 느닷없다는 듯 눈을 크게 떴다.

"자네도 알겠지만 적당한 사람이 없어 내가 통감을 맡은 게 3년 반이 넘어 4년에 가까워오네. 그동안 일본과 한국을 오간 것도 13차례나 돼. 이젠 좀 쉬고 싶네."

이토가 한국통감으로서 13차례나 입국했다는 것은 그만큼 일본 현안에도 소홀하지 않았다는 뜻이었다. 그리고 쉬고 싶다는 것도 이제 한국 문제에 손을 떼고 일본으로 들어오겠다는 속내의 다른 표현임을 가츠라는 모르지 않았다. 그럴 때 이토를 위해 추밀원의장 자리 정도는 마련해야 했다. 물론 가츠라는 자신의 보스인 현 추밀원의장 야마가타의 양해를 구해놓고 있었다. 그리고 이토가 본격적으로 국내 현안에 달려들 것도 어느 정도는 감수해야 했다. 그렇지만 내각은 자신과 보스인 야마가타 계열의 것이었다.

"그럼 후임은……?"

"부통감 소네 아라스케에게 맡기면 되겠지."

이토가 귀찮은 듯 약간 나른한 표정으로 대답했다. 합병이 결정된 한국의 통감은 의미 없는 것이었다. 그 의미 없는 자리에 자신이 머물러 있는 건 오히려 꼴불견일 터였고 더구나 그 상태에서 합병이 된다면 그것은 수모를 당하는 것이나 다름없었다. 따라서, 합병에 동의한 이상 하루라도 빨리 물러나는 게 모양새가 좋았다. 그리고 추밀원의장으로서 국내 현안을 챙기는 게 나았다. 추밀원의장은 일종의 명예직이었지만 현직 총리대신도 함부로 할 수 없는 자리이기도 했다. 게다가 그에게는 텐노가 있었다.

"각하. 대한제국을 병합한 후 총독을 두고 일체의 통치권을 대행하게 하며, 대한제국 황제는 일본의 황족 대우를 해서 텐노와 황태자 다음인 대공大公으로 칭하면 어떻겠습니까?"

이토가 병합을 수락하자 그의 비위를 맞추려는 듯 가츠라가 시시콜콜한 사안까지 의견을 구했다. 그러나 이미 이토는 그런 데 관심이 없었다.

"좋겠지."

"그리고 대한제국의 황족과 대신들은 귀족으로 삼고 작위를 부여해 상당 수준의 세습 재산을 갖게 하는 것은 어떻겠습니까?"

"좋아."

이토가 선선한 태도를 보이자.

"감사합니다, 각하."

"대신……."

다시 허리를 꺾으려는 가츠라를 이토가 제지했다.

"예, 각하."

"외국에서 비판하는 일이 없도록, 그리고 외교적으로 문제가 불거지지 않도록 최대한 신경을 쓰게."

원로답게 이토는 현직 총리대신과 외무대신을 가르치려 들었다.

"충분히 주의하고 있습니다."

가츠라가 아니꼬움을 삼키는 사이 고무라가 대신 대답했다.

"한마디로 각하께서는 보고서 초안에 찬성이란 말씀이지요?"

"이론이 없네."

다시 한 번 확답을 받으려는 가츠라에게 이토가 흔쾌히 대답했다.

이틀 뒤 이토는 텐노를 알현하고 가츠라와 고무라에게 동의한 내용으로 한국 문제를 헌책했다.

14-3

5월 하순 이상설 일행이 블라디보스토크에 도착했다.

이상설이 연해주에 다시 모습을 드러냈다는 건 한 개인의 단순한 입성이 아니었다. 연해주 한인들에게 이상설이란 인물은 보다 특별한 의미를 지니고 있었기 때문이었다.

재작년 이상설은 고종 황제의 밀명을 받고 북간도를 떠나 이준과 함께 헤이그로 가는 길에 블라디보스토크에 들렀다. 그것은 연해주 한인들에겐 전에 없던 큰 사건이었다. 그 전까지 연해주 한인들은 남의 나라에 흘러들어와 살면서 생계유지에 골몰하느라 조국이란 것에 대해 미처 생각해 볼 겨를이 없었다. 그랬던 그들에게 이상설의 방문은 오랫동안 잊고 있던 조국을 다시금 일깨워주었던 것이다.

사실 한국과 국경을 마주하고 있는 가까운 곳에 살면서도 연해주 한인들은 그때까지 한국의 사정에 대해선 어떤 행동을 취하지 못했다. 물론 연해주 한인들은 조국에서의 삶이 어려워 월경한 사람이 대부분이었고 다른 나라에 살고 있는 그들을 위해 한국정부도 신경을 쓰거나 챙겨준 적이 없었다. 그래서 자연 조국의 상황에 대해서 소극적일 수밖에 없었다.

그러나, 조국이 일본의 보호국이 되어 나라의 기능을 상실했다는 사실은 그들도 알고 있었고 같은 민족으로서 아무 것도 하지 못한 점에 대해선 마음이 무거울 수밖에 없었다. 그것은 수만리 떨어진 미국의 동포 사회가 조국의 독립을 위해 나름대로 활발하게 움직이고 있다는 소식을 전해 들으면서 더욱 그랬다. 어려운 사정이야 미국 동포들이라고 해서 연해주 한인들보다 낫지 않을 터였다.

그럴 때 이상설이 방문했던 것이다. 그것도 일본의 보호국이 된 조국의 사정을 세계만방에 알리려고 떠나면서. 따라서, 헤이그 특사의 방문은 블라디보스토크 한인 지도부는 물론 연해주 한인사회 전체에 조국에 대한 자각와 반성의 계기를 마련해주었다. 블라디보스토크 최고 실력자 김학만이 이상설과 이준을 자기 집에 모시고 정순만과 함께 모금활동을 펼쳤던 것도 그래서였다.

그후 헤이그에서 이준이 분사했다는 소식이 전해지면서 연해주 한인사회의 분위기는 전과 달라졌다. 조국의 상황에 비분강개하는 한편으로 독립을 위한 방안을 모색하기 시작한 것이었다. 그때를 즈음해서 러일전쟁에 러시아 군대와 함께 참전했던 이범윤이 중국을 거쳐 군사를 이끌고 들어오고 연해주 한인의 대표자랄 수 있는 최재형이 무력투쟁을 하겠다는 입장을 표명하자 많은 사람들이 몰려들었던 것이다.

그랬던 만큼, 비록 국내진공이 실패로 끝나고 한 차례 무력투쟁의 열기가 지나간 시점이었지만 이상설의 연해주 입성은 사람들에게 다시금 기대를 갖게 하기에 충분했다. 그를 구심점으로 해서 조국독립을 위한 새로운 전기가 마련될 것으로 여겨졌기 때문이었다.

블라디보스토크에 도착한 이상설은 작년 헤이그로 가기 위해 들렀을 때처럼 김학만의 집에 머물면서 한인사회 지도부를 만나 연해주의 사정을 청취하고 향후 대책에 대해 논의했다. 중근이 최재형의 전갈을 받고 블라디보스토크로 와서 이상설을 만난 것은 6월에 들어서면서였다.

"안 동지. 고생이 많다는 얘긴 이강 위원을 통해 들었소. 고맙소."

집주인 김학만과 이강, 정순만 등이 참석한 자리에서 만난 양복 차림의 이상설은 개화 신사 같은 모습이었다. 그러면서도 고결한 선비의 풍모를 간직하고 있었다.

"정사 어른의 존함을 들은 지 오랜데 이렇게 뵙게돼서 영광입니다."

중근이 머리를 깊이 숙이자 이상설도 동시에 정중하게 머리를 숙였다.

"나야말로 여러 사람들로부터 안 동지 얘길 듣고 만나보고 싶었소. 소싯적부터 열혈남아였고 그 기개가 남달라 독립투쟁을 위해 애쓰고 계신다고요."

이상설이 중근에 대한 얘기를 들었다면 자신의 내력을 잘 알고 있는 안창호나 정순만, 이강을 통해서였을 것이다.

열혈남아란 말에 중근은 속으로 웃었다. 중근이 알기로 열혈남아란 오히려 이상설에게 어울리는 말이었다.

3인의 헤이그 밀사 중 정사였던 이상설은 25세에 과거에 급제하여 관직에 오른 지 10년도 안 돼 종2품 궁내부 특진관에 임명될 만큼 고종 임금의 신임을 얻었다. 그는 을사늑약 땐 민영환이 자결했다는 소식을 듣고 종로에 운집한 시민들에게 민족항쟁을 촉구하는 연설을 한 뒤 머리에 돌을 부딪쳐 자결을 시도할 만큼 열혈남아이자 애국심이 투철한 인물이었던 것이다.

이듬해인 1906년 이상설은 고종 황제로부터 만국평화회의 특사 밀명을 받고 이동녕, 정순만 등과 함께 한국을 출발했다가 회의가 취소되자 북간도北間島 연길현延吉縣 용정촌龍井村으로 가서 서전서숙을 설립하였다. 이상설이 숙장인 서전서숙은 이동녕과 정순만이 운영을 맡았으며 교원의 봉급과 교자, 지필묵 등 모든 경비는 이상설이 전액을 부담하였다. 그러다가 연기되었던 만국평화회의가 재작년 다시 개최되자 용정촌을 떠나 헤이그로 가는 길에 블라디보스토크에 들렀던 것이다.

"정사어른께서 연해주에 오신 것은 독립투쟁의 일념을 가슴 깊이 품고 있는 동지들에겐 더없이 큰 힘이 될 것입니다. 앞으로 많이 지도해주십시오."

중근이 다시 머리를 숙였다. 자신보다 9살 가량 연상이었지만 고위 관료를 역임한 바 있는 이상설에게선 두터운 경륜이 느껴졌다.

"아무튼 고맙고 대견하오. 이 어려운 상황에도 동포들에게 독립투쟁의 정신을 심어주고 계신다니……."

단지동의회에 대한 얘기도 들은 듯 이상설이 두 손을 내밀어 중근의 손을 어루만졌다. 중근은 괜시리 콧날이 시큰거렸다.

"아무튼 안 동지는 한번 일을 한다 하면 허투루 하는 법이 없어요."

이상설과는 오랜 친분의 정순만이 싱긋 웃으며 중근을 추켜세웠다.

"그렇습니다. 지난번 국내진공 후로 연해주 동포들에게 독립투쟁의 정신이 그대로 살아 있는 것은 많은 부분 안 대장 동지가 분투한 덕분입니다. 지난 몇 달 동안 안 대장 동지가 연해주 북쪽 지방을 안 돌아다닌 데가 없습니다."
이강이 중근을 보며 안쓰럽고 미안한 표정을 지었다.
"그러잖아도 안 동지 혼자서 고생하는 것 같아 홍범도 대장을 하바로프스크로 보냈습니다."
최재형이 이상설에게 보고하듯 말했다.
"홍 대장님은 언제 떠나셨습니까?"
중근이 최재형에게 물었다.
"2, 3일 됐소. 수청을 들러서 간다고 했으니까 안 동지가 여기 오지 않았다면 만날 수 있었을 텐데……."
"조금 기다렸다가 제가 왔을 때 같이 가면 좋았을 걸요. 아무래도 하바로프스크는 낯설 텐데요."
아마도 블라디보스토크와 연추가 당분간 본격적인 의병투쟁에 돌입할 수 없게 되자 홍범도도 중근처럼 새로운 활동지역을 찾아 나선 듯했다.
"그렇지만 곧 보게될 거요. 정사 어른께서 밀산부로 가셨다가 하바로프스크도 들르실 예정이니까."
"밀산부라면……?"
중근이 되묻자 이상설이 중근과 눈을 맞추며 고개를 끄덕였다.
"그렇소. 그곳에 독립투쟁을 위한 새로운 해외기지를 건설할 생각이오."
이상설이 말하는 밀산부密山府는 러시아와 중국 국경지방 흥개호興凱湖 북쪽의 북만주에 위치한 지역으로 작년 11월 미국에서 정재관이 보낸 김성무가 연해주로 들어와 현지답사를 하고 적당한 토지를 물색해놓고 있었다.
"이번에 노야께서 거금을 쾌척하셔서 예상했던 것보다 훨씬 넓은 땅을 매입할 수 있게 되었어요."

정순만이 블라디보스토크 한인사회의 실력자 김학만에게 살짝 고개를 숙여 보이며 중근에게 말했다.

"우리가 마땅히 해야할 일에 미국 동포들이 먼저 나섰잖소. 부끄럽기 짝이 없소."

김학만이 약간 민망한 듯 애매하게 웃었다.

"물론 미국 동포들의 열정엔 나도 감동했소. 그러나 연해주 동포들의 열정도 결코 뒤지지 않소. 모든 게 자유스러운 미국과 달리 연해주 동포들은 러시아 당국의 여러 제약 속에서 투쟁을 하고 있잖소. 그런 의미에서 노야님의 금번 거금 희사는 참으로 값지다 아니할 수 없소."

이상설이 김학만에게 고마움을 표했다.

헤이그 밀사 사건 이후 이상설은 분사한 이준을 공원묘지에 매장한 뒤 유럽 각국을 순방했다. 유럽에서의 활동은 일찍이 고종으로부터 하명받은 것이었다. 그는 헐버트 박사와 이위종 등과 함께 영국, 프랑스, 독일, 러시아 등 각국을 직접 순방하면서 일제의 침략상을 폭로하고 한국이 동양 평화의 관건임을 주창했다. 그리고 한국의 영세중립화에 대해서도 역설했다. 그 사이 국내에서는 고종이 퇴위하고 새 황제가 즉위한 가운데 일본의 압력 하에 궐석재판을 통해 헤이그 밀사 정사인 그에게는 사형이, 그리고 부사인 이위종과 사망한 이준에게는 종신징역이 선고되었다. 말하자면 그는 사형수의 신분으로 유럽 각국을 순방하며 조국의 독립을 호소한 셈이었다. 그의 활동은 유럽에서 미국으로 이어졌다.

그는 해를 넘기고 작년 2월 영국을 떠나 미국으로 갔다. 그리고 금년 4월까지 머물며 미국 조야에 한국 지원에 관한 호소를 계속하면서 각지의 한국 교포를 결속시키고 조국독립운동의 계기를 만들고자 했다. 작년 8

월 11일에서 15일 사이에 콜로라도 덴버 시에서 개최된 애국동지대표회의 막후 역할을 한 그는 이승만과 함께 연해주의 한인 대표로 참석하기도 했다.

"우리 연해주 한인들이 조국을 생각하게 된 게 재작년 이준 영감과 함께 정사 어른께서 블라디보스토크를 방문해주셨기 때문이지요. 그런 만큼 비통하게 돌아가신 이준 영감을 생각해서라도 연해주 한인들로선 작은 힘이나마 정사 어른께서 하시는 일에 보태야지요."

다소 마음의 빚을 던 듯 김학만의 표정은 밝았다.

밀산부 토지 매입은 작년 미국 동포들이 모금한 3천 달러로 추진되기 시작했다. 그랬는데 김학만이 다시 자금을 보탰다면 그것은 아마도 이상설과의 재작년에 맺은 친분에서 연유했겠지만 그동안 의병투쟁에 한 발 물러나 있었던 데 대한 블라디보스토크 한인사회 지도부의 부담감도 작용했을 것이다.

"뿐만이 아니오. 이번에 밀산부 토지를 구입하게 된 데엔 중국인 정소추 선생의 역할도 상당히 컸소."

정순만이 중근에게 토지 구입 내막을 소개했다.

작년 11월 연해주로 온 김성무가 독립투쟁을 위한 새로운 해외기지를 건설할 곳을 찾자 정순만이 중국인 유력인사 정소추에게 적당한 부지의 물색을 의뢰했다. 그때 정소추가 소개한 게 바로 밀산부였다. 중국 흑룡강성 동부에 있는 우수리강 지류인 목릉穆陵 강[河] 북쪽에 위치한 밀산은 작년에 청국이 밀산부를 설치했지만 여진족의 발상지라 하여 출입을 금하는 봉금封禁지역으로 오랫동안 묶어놔서 버려진 땅이나 다름없었다. 그 땅을 정소추가 직접 나서서 청국 관리들을 움직여 좋은 조건으로 매입하게 되었던 것이다.

"안 동지. 내가 안 동지를 오시라 한 것은 정사 어른을 모시고 함께 밀산부로 가주십사 해서요. 사정이 어떻소?"

최재형이 중근에게 물었다.

"그러겠습니다. 기꺼이 모시겠습니다."

중근이 선선히 대답하자

"바쁘신 분을 번거롭게 하는 건 아닌지 모르겠소."

이상설이 미안한 표정을 지었다.

"아닙니다. 연해주 북쪽 상황을 설명드리고 또 좋은 말씀을 듣는 소중한 기회가 될 겁니다."

그것은 중근의 솔직한 심정이었다.

다음날 이른 아침 중근은 이상설, 이강과 함께 블라디보스토크를 떠났다. 열차로 우수리스크까지 가서 다시 국경을 넘고 수분하綏芬河와 목릉을 경유하여 중국령 밀산부에 도착한 것은 이틀 뒤였다.

밀산부는 듣던 대로 황량한 들판이었지만 초입에는 작은 마을이 형성되어 있었다. 거기서 중근은 이강으로부터 얘기들었던 정재관을 만났다. 전 샌프란시스코 공립협회 부회장으로 지난 2월 새로 결성된 대한인국민회의 북미 총회장으로 선출된 그는 4월에 이상설과 함께 샌프란시스코를 떠났다. 그리고 간도 지역을 둘러보고 밀산부로 와서 이상설을 기다리고 있었던 것이다.

"존함은 익히 들었는데 만나뵙게 돼서 반갑습니다."

중근이 정중하게 인사를 차리자

"저도 이강 원동위원으로부터 안 동지에 대한 말씀을 많이 들었습니다."

정재관도 깍듯이 인사를 했다. 이어 2년 만에 만나는 이강과 정재관이 인사를 교환했다.

중근에게 정재관은 첫인상이 단정하고 재기가 넘치며 영리해보였다. 수더분하고 말과 행동이 약간 느린 이강에 비한다면 상당히 세련되고 행동적인 사람 같았다. 그러면서도 비슷한 나이여서인지 중근은 그에게 처음부터 친근감이 느껴졌다.

네 사람은 근처 음식점에서 간단히 요기를 한 후 말을 구해 타고 밀산부 경내를 둘러보았다. 마을을 벗어나면 동쪽으로 흥개호까지 평원이 끝없이 펼쳐져 있었다. 일행은 러시아와 국경을 이루고 있는 흥개호까지 갔다가 다시 밀산부로 돌아왔다. 러시아어로 항카호, 중국어로 싱카이호로 불리는 흥개호는 북부의 4분의 1이 중국 흑룡강성에, 남부의 4분의 3은 러시아의 연해주(프리모르스키 주)에 속했다. 호수라고 하나 제주도의 3배 정도 되는 넓이에 파도까지 쳐서 흥개호는 육지 속의 바다나 다름없었다.

“십리와의 30필지는 김성무 동지의 명의로 그리고 백포자白泡子의 12필지는 김학만 회장의 명의로 구입을 했습니다.”

말에서 내려 잠시 쉬는 사이 정재관이 토지 매입 상황을 설명하자 이상설이 만족스러운 듯 고개를 끄덕였다.

“참으로 중국인 정 대인이란 분의 안목이 대단한 것 같소. 마치 우리가 원하는 걸 미리 알고 찾아낸 땅 같잖소?”

작년 김성무를 통해 매입할 땅을 물색하면서 몇 가지 사항이 고려되었다. 그 첫째는 농사를 지을 수 있는 곳이라야 했다. 둘째는 일본과 중국 그리고 러시아의 입김을 비교적 덜 받는 지역이었으면 했다. 그리고 셋째는 한인들이 많이 사는 연해주와 간도에서 멀지 않은 곳이어야 했다.

그런데 밀산부는 그 세 조건을 충분히 갖추고 있었던 것이다.

"보시오. 저 들판은 지금은 비록 황무지처럼 보이나 우리 동포들이 개간하면 조, 밀, 콩, 밭벼, 옥수수, 감자 등을 얼마든지 수확할 수 있을 것이오. 용정촌이나 지신허도 처음에는 황폐한 곳 아니었소. 그런데 근면한 우리 동포들이 부지런히 가꾸어 옥토로 만들었잖소."

"그렇습니다, 정사 어른. 정말 이런 땅을 얻게 되리란 건 예상하지 못했습니다."

"그렇소. 농사가 가능한 땅이면서도 듣기로 일제의 지배력이 미치지 않고 중국 중앙정부의 힘도 미약하다니 우리가 찾는 땅으로선 최적지요. 게다가 국경만 넘으면 연해주고 또 간도와도 이어져 있으니 그야말로 금상첨화가 아니겠소."

"그 정 대인이란 분의 영향력이 대단한 것 같습니다. 땅을 매입하는 동안 이곳 지방 관리들이 정 대인의 부탁을 받았다며 자기 일처럼 열심히 도와주었습니다. 청국 관리들이 부패했다는 소리는 들었지만 그처럼 남의 일을 성심껏 해줄 줄은 차마 생각하지 못했습니다."

싼 값에 좋은 땅을 매입하게 되어서인지 정재관의 얼굴은 무척 밝고 활기에 넘쳤다.

"정 소추 대인은 연해주와 만주 지방의 중국인들에겐 상당한 영향력을 미치는 대부호이지요."

이강이 정소추에 대해 설명하자

"어떻게 그런 인물을 우리 편으로 영입했습니까?"

정재관이 물었다.

"그게 다 정순만 위원이니까 가능했지요."

이강이 대답했다.

네 사람은 마을에서 저녁 식사를 마치고 밤이 이슥해서야 숙소로 돌아왔다.

남폿불을 켜놓고 둘러앉았을 때 이상설이 먼저 입을 열었다.

"내년까지 미국과 한국에서 모금을 하면, 지금 매입한 것을 포함해서 3백만 평 가량의 땅을 갖게 될 거요. 난 거기에 한인 마을을 건설하고 한흥동韓興洞이라 할까 하오. 한국부흥, 한인부흥의 뜻으로 말이오. 안 동지께서도 많이 도와주시오."

"그야 이를 말이겠습니까. 그러잖아도 동철철도 공사가 끝난 후 일자리를 잃은 동포들이 연해주 북쪽 지역 전역에 산재해 있습니다. 그들 중 일부는 농토를 가지고 농사를 짓지만 그렇지 못한 사람들은 일용노동자로 근근이 생활하고 있지요. 그런 만큼 그들을 이곳으로 불러 개간을 하면 많은 농토도 생기고 그들도 토지를 얻게 되겠지요."

중근이 고개를 숙여보이며 대답했다.

"바로 그거요. 블라디보스토크나 연추 혹은 용정촌처럼 여기에 또 하나의 한인 마을을 세워 독립투쟁을 위한 기지를 건설하고자 하는 게 내 생각이오. 그래서 학교도 열까 하오."

"항구적인 독립투쟁을 위한 기지라면 용정촌에서처럼 당연히 교육기관도 필요하겠지요."

이상설 자신이 수학책을 만들고 직접 가르치기도 했던 서전서숙은 역사, 지리, 수학, 국제공법, 헌법 등 신학문 교육과 더불어 민족교육을 통해 철두철미한 항일, 애국, 독립사상을 고취하는 데 중점을 두었다. 그래서 이름이 서숙이었지 실상은 독립군 양성소와 다름없었다고 말하는 사람도 있었다.

"참, 안 동지도 국내에서 학교를 운영하셨다고 했지요?"

이상설이 문득 생각난다는 듯 이강에게 물었다.

"그렇습니다. 진남포에서 삼흥학교와 돈의학교를 운영했습니다. 지금은 동생분들이 맡고 있지요."

이강이 대답하자

"참, 안 동지는 말 그대로 문무겸비한 분이십니다."

그동안 잠자코 있던 정재관이 감탄하듯 말했다. 이상설은 지긋한 눈으로 중근을 바라보다가 그저께처럼 다시 두 손으로 중근의 손을 잡았다.

"내 이번에 처음 만났지만 안 동지야말로 진정한 양반가의 인물 같소. 대저 양반이란 호시절에 위세를 부리는 사람이 아니라 위국에 몸을 바치는 사람이오. 명문가의 자제께서 일신의 호사와 안위를 버리고 이 험한 타국 땅에서 조국의 독립을 위해 풍찬노숙을 다반사로 하시니 그저 눈물겹고 존경스럽기 그지없소. 한흥동 건설을 위해서 처음부터 끝까지 안 동지의 도움이 절대적으로 필요하오. 부디 안 동지께선 나를 도와주시오."

"저는 양반이란 의식이 없고 또 개념도 모릅니다. 다만 같은 땅에 태어나서 함께 살아가는 사람들과 더불어 사람답게 살고자 할 뿐입니다. 그를 위해 정사 어른을 모시고 가르침을 받을 수 있다면 저로선 더없는 영광입니다."

"아마 안 대장 동지는 정사 어른의 말씀대로 한흥동 건설엔 가장 적격인 인물일 겁니다. 연해주로 옮겨온 지 2년밖에 되지 않았지만 저와 달리 한 곳에 머무르지 않고 전역을 발로 누비며 독립사상을 설파했으니 도처에 지인들이 넘쳐나고 그들의 사정에도 정통합니다. 원동위원으로서 제가 부끄러울 따름입니다."

이강의 말에 이상설은 두 손으로 잡은 중근의 손을 흔들었다.

"안 동지를 만난 건 행운이오. 자, 앞으로 잘 해봅시다."

"제 소견으로는 이 밀산부에 한흥동을 건설하고 장차 독립투쟁의 기지를 만들기 위해선 홍범도 대장 같은 인물이 큰 역할을 해야 할 듯싶습니다. 저도 나름대로는 수청이나 추풍 지역, 그리고 하바로프스크 인근 지역의 한인들을 제법 알고 있습니다만 홍범도 대장의 경우도 그동안 거느리던 수하들을 두고 연해주로 왔습니다. 한시 바삐 한흥동을 건설하고 또 기지화하기 위해선 그런 사람들을 이주시켜야 하지 않겠습니까."

"물론이오. 그러니까 안 동지도 나와의 인연을 이번 만남으로 그치지 말고 한흥동 건설을 위해 앞으로 계속 도와주시오."

"당연히 그러겠습니다."

"그리고 홍범도 대장에 대해선 나도 많은 얘길 들었는데 공교롭게도 블라디보스토크에 있는 동안 만나지 못했소. 최 도헌 얘기가 연추에서 곧장 하바로프스크로 갔다고 했는데 그저께 안 동지도 들은 대로 이번에 그곳을 둘러볼 예정이오. 그러다 보면 자연스럽게 만날 수 있지 않겠소. 그땐 안 동지께서 한흥동 건설을 위해 도와달라고 잘 좀 말씀해주시오."

"독립투쟁을 위해 한흥동을 건설한다는 사실을 알게 되면 아마도 깜짝 놀라는 한편으로 무척 좋아할 겁니다. 홍 대장이 모름지기 바라는 게 독립투쟁 기지 건설이니까요."

"그래요. 참 고마운 일이오. 내 계획이 이곳에 한흥동을 건설하여 무관학교를 세우고 13도의군을 편성하는 일이오. 다행히 안 동지 같은 분이 국내진공 이후로도 계속해서 연해주 전역에 독립사상을 전파하고 있는 덕분에 그 일은 생각했던 것보다 쉽게 그리고 빨리 실현될 수도 있을 것 같소. 더구나 홍범도 대장 같은 분이 도와준다면 더더욱. 자, 그러니 우리 힘을 냅시다."

이상설이 결의에 찬 어조로 말했다.

잠시 후 네 사람은 잠자리에 들었다.

중근이 잠에서 깨어 일어난 것은 두 시간쯤 지나서였다. 왠지 그는 근년에 들어 숙면을 취하지 못했다. 번잡한 일상에 따른 복잡한 마음 탓인지도 몰랐다. 그는 다른 사람들이 깨지 않게 조심해서 밖으로 빠져나왔다.

바깥은 한 치의 빈틈도 없이 어둠으로 채워져 있었지만 하늘에 빼곡히 박힌 별들은 신의 은총처럼 찬란했다. 그 은총이 느껴져서인지 처음 온 낯선 곳인데도 주변 풍경이 생경하지가 않았다. 그는 집 앞에 놓여 있는 커다란 바위에 앉아 하늘을 올려다보았다. 때마침 밖으로 나온 그를 향해 별들이 일제히 아우성을 지르는 듯했다. 그것은 어떤 계시 같기도 했다. 아늑하고 훈훈한 6월 북만주의 밤기운이 그를 감쌌다. 그 포근함만으로도 그는 외롭지 않았다. 어디에 있건 무슨 일을 하건 그는 자신이 혼자가 아니라는 생각이 들었다.

그는 조국의 독립을 위해 미국에서 온 사람들이 앞으로 헤쳐나가야 할 고난과 역경을 생각하면서 그들을 위해 천주에게 기도를 올렸다. 묵상과 기도는 삶의 원천이었다.

최근 들어 그는 가끔 이상한 느낌에 사로잡히곤 했다. 연유도 알 수 없는 그 느낌은 그를 답답하게도 불안하게도 했다. 일본에 의한 조국의 병합이 가까워오고 있다는 예감 때문일지도 몰랐다. 항구적인 투쟁을 생각하면서도 그럴 땐 어떻게 하나 하는 마음이 없지는 않았다. 그때마다 그는 묵상하고 기도했다. 그러나 그 이상한 느낌은 가시지 않았다. 최근 들어 부쩍 깊은 잠을 자지 못하는 것도 그래서였다.

"안 대장 동지!"

뒤에서 귀에 익은 소리가 들렸다. 이강의 목소리였다.

돌아보니 이강과 정재관이 다가오고 있었다. 중근이 일어섰다.

"왜 주무시지 않고요?"

"안 대장 동지가 곁에 없는데 우리끼리 잘 수 있겠소?"

이강이 농담 속에서 동지애를 드러냈다.

세 사람은 바위에 나란히 걸터앉았다. 눈앞으로 어둠이 끝없이 달려가고 있고 그 위쪽으로 별들이 따라가며 땅과의 경계를 짓고 있었다.

"만주란 추운 곳이란 인식밖에 없었는데 이렇게 훈풍이 감도는 아늑한 밤도 있다는 게 새삼 신기하군요."

정재관이 먼저 입을 열었다. 그가 새삼스럽다는 것은 이곳에 온 지 이미 여러 날 되었기 때문일 터였다.

"원래 이곳은 발해의 땅입니다. 어제 우리가 지나온 수분하 일대를 발해 시대에 추풍이라 불렀답니다. 그리고 지금도 한인들은 그렇게 부르고 있습니다. 중국어로 수이펀허라고 하는 수분하는 추풍에서 유래된 지명이지요."

"아, 그러니까 우리는 옛 선조들이 살던 땅에 와 있는 거군요?"

정재관이 탄성을 올렸다.

"그 땅에 독립투쟁을 위한 기지가 건설된다는 건 참으로 의미 깊은 일입니다."

"저도 그런 생각이 드네요. 그런데 안 동지!"

"예, 말씀하십시오."

"외롭지 않으십니까?"

"외롭다니요?"

"혼자 여러 지역을 순방하노라면 몸도 마음도 지치지 않겠습니까?"

"동포들에게 조국의 독립을 이야기하고 그들의 자녀들에게 조국과 세계의 역사를 가르치는 게 지칠 일이 아니지요."

"허어, 아무튼 안 동지의 그 열정이 존경스럽습니다."

"존경스럽다니요. 천만의 말씀입니다."

"어쨌거나, 이상설 영감의 한흥동 건설을 도와주십시오. 여러모로 생각해봐도 안 동지만한 분이 없습니다."

"물론 그러겠습니다."

"그리고 안 대장 동지. 정재관 동지는 저와 함께 블라디보스토크로 가게 될 거예요. 그렇게 되면 앞으로 밀산부 일은 이상설 영감께서 하시게 돼요. 물론 몇 사람이 영감을 보필하겠지만요. 하지만 이곳 사정을 잘 아는 안 대장 동지께서 많이 도와주셔야 합니다."

"그야 여부가 있겠소."

다음날 이강이 정재관과 함께 먼저 블라디보스토크로 떠났다. 그리고 하루를 더 밀산에 머문 뒤 중근도 이상설과 함께 북행길에 올랐다. 이상설로 하여금 하바로프스크 등지를 돌아보게 하기 위해서였다.

보름가량 하바로프스크 인근 지역을 돌아본 후 중근은 조만간 다시 밀산에 들르겠다는 약속과 함께 우스리스크에서 이상설과 헤어졌다. 그리고 수청으로 돌아왔다. 돌아온 중근에게 이강의 전보가 기다리고 있었다.

일본쪽 전언에 의하면 일주일 전인 6월 14일 이토 히로부미가 한국통감에서 물러나 일본 추밀원의장에 임명되었다는 것이었다.

15 전쟁의 시작

15-1

이토 히로부미가 한국통감을 사임하고 추밀원의장이 되었다.

그 사실이 전해지면서 페테르부르크에는 아연 긴장감이 감돌기 시작했다. 어느 정도 예견했던 일이지만 막상 이토의 한국통감 사임이 현실화되자 러시아 정부 수뇌부로서도 그에 따른 향후 대책이 시급해졌던 것이다. 한국통감을 사임하고 추밀원의장직을 통해 일본 정계에 복귀한 이토의 다음 행보는 무엇일까. 그만큼 이토의 일거수일투족은 페테르부르크로서는 관심사가 아닐 수 없었다.

그동안 연해주에선 한인 의병들이 러시아군과 일본군의 완충 역할을 해왔지만 한인 의병들의 국내진공작전 실패로 그 기세가 수그러든 이상 이제 양측은 어떤 식으로든 대치국면을 피할 수 없었다. 그리고 페테르부르크로서도 더 이상의 한국에 대한 미련을 접고 현안인 만주 문제에 본격적으로 접근해야할 시점이 되었다. 이토가 한국통감을 사임했다는 사실 자체가 단적으로 그것을 시사하는 것이었다.

이토가 한국통감을 사임했다는 것은 일본정부의 한국 병합을 수락했다는 뜻이었다. 따라서 일본이 한국 병합이란 이익을 취함으로써 만주에 대한 발언권이 약화되기 전에 어떤 움직임을 보일 거라는 것은 어느 정도 예상되는 일이었다. 그 움직임은 머지않은 시기에 나타날 것이고 그 중심에 이토가 있을 거라는 사실도. 페테르부르크는 일본 현지 외교관을 통해 일본정부의 동향을 파악하는 한편 이토의 한국통감 사임과 추밀원의장 복귀에 따른 대책 수립을 위해 바쁘게 돌아갔다.

그러나 이토 히로부미의 한국통감 사임과 추밀원의장 복귀로 누구보다 긴장한 건 다름 아닌 이위종이었다.

이제 대한제국은 역사에 종언을 고하는 게 아닌가.

소식을 접하는 순간 이위종은 생각했다.

오랜 시간을 이어온 세계사에서 그동안 얼마나 많은 나라가 일어났다가 스러졌던가. 한국도 그런 나라들 중의 하나가 되진 않을까.

그러나 그렇게 속절없이 소멸하기엔 한국이 가꾸어 온 수천 년 역사는 너무 길었다.

그는 걷잡을 수 없는 세계사의 불가항력적 흐름과 그것을 피할 수 없는 한국의 나약함에 스스로 절망했다.

최근 며칠 사이에 그는 여러 번 부친을 만나 대책을 논의했지만 뾰족한 수가 없었다. 그렇지만 그냥 가만히 있을 수는 없는 노릇이었다. 오늘도 그는 궁으로 들어가 여러 지인들을 만나며 정보를 구했다. 주 러시아 한국 공사관 참서관으로 아버지 밑에서 일했던 그는 러일전쟁 시 극동의 주요 정보를 러시아군에 제공하는 등의 활약으로 스타니슬라브 훈장을 수여받았을 만큼 외무부 쪽에 아는 사람이 많았다. 그러나 듣게 되는 건 모두 불리한 내용들뿐이었다.

노바야 제레브나 체르노레첸스카야 거리 5번지.

그의 부친 이범진이 거주하는 집이었다. 부친의 집은 황제가 사는 여름궁전에서 그리 멀지 않았다. 4년 전인 1905년 여름부터 이범진은 이 집을 영사관을 겸해 쓰고 있었다. 그러나 러시아 황제의 배려로 유지비가 지급되고 있지만 한국은 외교권이 없는 나라였으므로 영사관이라는 말도 사실은 무색했다. 아들 이위종 부부를 내보내고 그동안 이범진은 큰 방이 6개인 나무로 만든 이 집에서 비서와 함께 지내오고 있었다.

이위종은 많이 위축된 심정으로 부친의 집으로 들어섰다.

"무슨 일이 있느냐?"

거실에서 마주 앉자 아들의 어두운 기색을 보며 이범진이 물었다.

"오늘 궁에 들어갔다가 뜻밖의 소식을 들었습니다."

"뜻밖의 소식이라니?"

"체르빈스키가 해임되었답니다."

"친위대의 체르빈스키 말이냐? 너와 생 시르 동기라는……?"

"예."

"폐하의 신임이 두터웠던 것 같던데 어쩌다가……?"

"황태자 전하가 말에서 떨어져 다쳤답니다. 그 일로……."

"황태자 전하가 승마를? 아직 승마를 시작할 나이는 아닌데. 몸도 약하시고."

"황태자 전하가 졸라서 재미 삼아 말을 태웠던 모양입니다. 제겐 유익한 정보원이었는데……."

"그것 참. 다른 새로운 소식 들은 건 있느냐?"

"모르겠습니다. 갖가지 얘기들이 난무하고 있지만 어떤 식으로 가닥이 잡힐지 종잡을 수가 없습니다."

"그렇겠지. 정황이란 게 여러 가지 변수로 하루가 다르게 바뀌니까."
"그러나, 상황이 어떤 식으로 가닥이 잡히더라도 분명한 건……."
이위종이 잠시 말을 끊자
"계속 얘기하거라."
이범진이 재촉했다.
"변하지 않는 건 일본의 한국 병합입니다. 일본의 한국 병합을 기정사실화한 연장선상에서 러시아와 일본은 만주 문제에 접근하려는 거지요. 그러니까 변수는 러시아와 일본 간의 만주에서의 역학구도에 관한 것이지 한국에 관한 것은 아닙니다."
"그래……."
"따라서, 이제 러시아의 관심은 일본을 상대로 만주 문제를 어떻게 정리하느냐 하는 데 있습니다. 러시아의 관심은 오직 그것뿐입니다."
"그 말이 맞다."
이범진이 낙담하듯 길게 한숨을 내쉬었다. 아들의 말은 자신으로서도 충분히 짐작할 수 있는 것이었고 지난 며칠 동안 둘이서 비슷한 얘기를 나누기도 해서 별로 새삼스러울 게 없었다.
"오늘 들은 얘기들 중엔 일본과 어떤 식으로 협상을 해 나가느냐 하는 방법과 절차에 관한 것들이 많았습니다."
"그게 무슨 말이냐?"
"이토가 한국통감을 사임하고 일본 정계에 복귀한 이상 일본이 먼저 만주 문제에 대해 회담 제의를 할 때까지 기다리느냐 아니면 러시아 쪽에서 먼저 제의를 하느냐 하는 거지요."
"그러니까 지난번 협약을 구체화하기 위해 서로 자기 패를 숨기고 누가 먼저 얘기를 꺼내는 게 이로울까를 저울질하고 있다는 말이로군."

"그렇습니다."

러시아와 일본은 재작년 협약을 맺고 러시아는 북만주와 외몽고를, 일본은 한국과 남만주를 서로의 이익권으로 인정했다. 그렇지만 그 협약은 원칙을 확인하는 수준의 것이었고 구체적인 실천사항은 계속 협상을 해야했다. 게다가 변수가 있었다. 미국의 만주진출 계획이 그것이었다. 미국이 철도사업 등을 통해 만주진출 의사를 표명한 것은 러일전쟁 이후 일본이 약속을 어기고 만주에서 통상 상의 문호 폐쇄를 강행한 데 그 원인이 있었다. 따라서 만주에 대한 협상은 미국과의 관계를 어떻게 설정하여 유리한 국면을 확보하느냐 하는 복잡한 문제가 개재되어 있어 단순하지가 않았다.

"그보다 코코프체프는 연해주 문제를 어떻게 풀어나갈 것 같더냐?"

"제가 보기엔 조금 소극적인 것 같습니다. 그리고 그건 다른 각료들도 크게 다르지 않은 듯합니다."

대답을 하면서 이위종은 그것도 바로 로마노프 왕조의 러시아가 저무는 한 단면이라고 생각했다.

"그럼 극동이 위험해지지 않을까?"

"그렇진 않을 겁니다. 일본도 4, 5년 만에 다시 전쟁을 치를 수 있는 형편은 못 될 테니까요. 러시아 이상으로요."

"그럼 페테르부르크의 생각은 뭐 같으냐?"

이범진은 답답한 표정으로 아들을 쳐다보았다. 러시아에 부임한 지 햇수로 10년째. 그동안 약소국의 공사로서 마음고생이 심해서인지 아직 예순이 안 된 그의 얼굴은 피로에 절어 있었다.

"전쟁을 할 마음이 아니라면 유리한 고지를 선점해서 협상을 하려고 하지 않겠습니까. 러시아로선 미국과 손을 잡고 일본을 압박하느냐 아니면 일본과 협력해서 미국을 밀어내느냐 고심하겠지요. 그런 사정은 일본 역시 마찬가지일 테고요."

"그렇겠지."

"극동 방위에 대해선 서로 책임만 전가하면서 국무회의에서 다시 논의하자는 정도입니다. 그러나, 단번에 방위비를 확보하여 극동군에 보내기는 어려울 겁니다. 그보다, 지금 분위기로는 차르께서 코코프체프를 극동에 한번 파견하지 않을까 싶습니다."

"코코프체프를 극동에?"

"예. 직접 가서 일단 블라디보스토크의 방위 실태와 극동 정세를 살펴보라고요."

재무장관 코코프체프는 시베리아 횡단철도 건설의 주역인 비테 이후 니콜라스 2세의 전폭적인 신임을 받고 있는 인물이었다.

"그래……. 코코프체프를 극동에 보낸다……?"

천장을 향해 눈을 준 채 아들의 말을 되뇌이던 이범진이 잠시 후 정색을 하고 아들을 응시했다. 갑자기 그의 두 눈이 광채를 띠었다.

"기회다!"

"예? 기회라니요?"

이위종이 놀라 되물었다.

"만약에 코코프체프가 극동으로 간다면 일본은 그 기회를 놓치지 않을 것이다."

"그렇지요."

이위종도 그제서야 아버지의 말뜻을 헤아린 듯 소리를 높였다.

"내 말은 이등박문이 그곳으로 올 거란 얘기다. 그러니까 일본에게 기회라면 우리에게도 기회가 아니겠느냐."

"그렇습니다, 아버님."

이위종은 부친의 통찰력에 내심 감탄했다. 지난 몇 년간 상심 속에서 심신이 많이 황폐해진 부친이었지만 전체적인 상황을 조망하는 능력은 전날과 크게 다르지 않았던 것이다.

"안중근이라고 했던가, 동의단지회를 결성한 사람이?"

"그렇습니다. 제게도 그런 얘길 했지만 얼마 전 연해주 최 도헌의 전언이 있었습니다. 지난 3월 독립투쟁의 일환으로 이토를 처치하겠다고 맹세했답니다."

"그래, 어쩌면 생각보다 그 기회가 빨리 올 것 같구나."

이범진은 고개를 끄덕이고 나서 벽에 걸린 시계를 올려다보고는 다시 문 쪽으로 눈을 주었다.

"누가 오기로 돼 있습니까?"

"그래. 공교로운 일이군. 이등박문을 처단할 기회를 찾았는데 마침 그 일을 도와줄 사람이 오기로 했으니……."

"그게 누군데요?"

"조금만 기다려라. 잠시 후면 너도 아는 사람이 올 테니……."

감정이 벅차오르는지 갑자기 이범진의 표정이 엄숙해졌다.

이범진의 말대로 30분쯤 지나서 중키에 건장한 체격의 한 사내가 비서의 안내를 받으며 거실로 들어와 선 채로 꾸벅 절을 했다.

"늦었습니다, 공사 어른. 주위의 이목을 피하느라 야심한 시각을 택했습니다."

"그래, 잘 왔네. 앉게나."

이범진이 사내에게 앞자리에 앉기를 권했다.

사내는 조도선曺道先으로 이위종도 본 적이 있는 인물이었다.

함경남도 홍원 태생으로 농가에서 자란 조도선은 1894년 2월, 스물세 살의 나이에 동학란에 참가했다가 관헌에게 쫓겨 해로로 블라디보스토크로 도망쳤다. 그후 망명 생활 15년 동안 광부, 부두 노동자, 통역 등 여러 직업을 전전했다. 그가 페테르부르크를 찾은 것은 이범진이 러시아 공사로 부임한 지 2년가량 지난 7년 전쯤이었다. 일정한 거처 없이 러시아 전역을 떠돌아다니던 그가 능숙한 러시아어 구사를 내세우며 공사관에서 일하고 싶어했던 것이다. 그는 허드렛일이라도 좋다고 했다. 8년 정도 떠돌이 생활을 하는 동안 어디엔가 정착할 생각이 들었던 모양이었다. 그러나, 이범진은 첫눈에 그가 공사관 직원으로는 적합한 인물이 아니라는 판단을 했다. 하지만 그냥 돌려보낼 마음은 없었다. 비록 교육을 받진 못했지만 과묵한데다가 심지가 꿋꿋하고 속이 깊어 보여 쓰일 데가 있을 듯싶었던 것이다.

이범진은 조도선을 며칠 머무르게 하면서 궁리하다가 그에게 약간의 돈을 주었다. 그리고 극동 지역에 거주하면서 현지 상황을 전해주는 정보원 역할을 맡겼다. 그의 러시아어 구사 능력과 진중한 성격을 높이 샀던 것이다. 주러 한국 공사관의 참서관이던 이위종이 그를 본 것도 그때였다.

그후 그는 야쿠츠크, 이르쿠츠크 등지에서 통역 생활을 비롯한 여러 가지 일을 하는 한편으로 이범진의 개인 정보원 역할을 충실히 수행해 왔다. 4년 전엔 젊은 러시아 여성과 결혼하여 세탁업을 하고 있었다.

"이건 인삼차입니다. 중국에서 재배한 것이라 조선 것 같진 않지만 그래도 들어보십시오."

조도선이 자그마한 선물 꾸러미를 이범진 앞에 내 놓았다.

"그래, 고맙네. 그나저나 자넨 이제 거의 러시아 사람이 다 된 것 같네."

이범진이 조도선을 바라보며 가볍게 미소를 지었다. 머리를 단정하게 뒤로 빗어 넘긴 38세의 조도선은 이목구비의 윤곽이 뚜렷하고 콧수염이 짙어서인지 이범진의 말마따나 러시아인의 분위기가 물씬 풍겼다.

"러시아에서 얼마를 살았든 저는 조선 사람입니다."

조도선이 다소 무뚝뚝하게 대답했다.

이범진은 비서를 시켜 조도선이 가지고 온 인삼차를 끓이게 해서 한 잔씩 마셨다.

"아무튼 어려운 걸음을 했네. 이르쿠츠크에서 오는 길인가?"

"그렇습니다. 연락을 받고 곧 기차를 탔습니다. 그런데 급히 저를 찾으신 연유가 무엇인지……."

"지금도 세탁업 일을 하고 있나?"

"아닙니다. 세탁일은 전망이 없어 얼마 전에 그만 두고 지금은 다른 일거리를 찾고 있습니다. 그래서 블라디보스토크를 다녀오기도 했습니다. 그쪽이 아무래도 이르쿠츠크보다는 일자리가 많을 것 같아서……."

"블라디보스토크를 다녀온 적이 있다고?"

이범진이 표정을 달리하며 되물었다.

"예, 공사 어른."

"그럼 혹시 안중근이란 이름을 들어 봤나?"

"의병활동을 한 사람 말이지요?"

"알고 있군."

"그 사람은 그곳에서 꽤 유명한 인물입니다."

"그래?"

"국내진공 때 후퇴하지 않고 끝까지 남아 싸웠던 사람이랍니다. 그래서 대단한 인물이라는 얘기들이 많았습니다. 지금도 독립투쟁을 위해 활발히 활동한다는 말을 들었습니다."

"그런가……."

이범진이 고개를 끄덕이고 나서 단도직입적으로 말했다.

"그 사람을 도와주게."

"어떻게……."

조도선이 약간 얼떨떨한 표정을 짓자 이위종이 이범진 대신 나섰다.

"아직은 아무 것도 명확한 게 없어 자세한 말씀은 못 드리겠습니만 그분을 만나면 해야 할 일이 무엇인지 차츰 알게 될 겁니다. 그러니 우선 그을 한번 만나 보시지요."

"그러겠습니다. 그런데 그분이 어디 계시는지?"

"아마도 지금쯤 중국령 밀산부에 계실 겁니다. 이상설 영감의 한흥동 건설을 돕고 계시다고 들었으니까요."

"밀산부라면 추풍 쪽이군요?"

"그렇습니다. 아마 러시아령 포브라니치나야와 중국령 수분하를 오가며 그곳을 중심으로 활동하고 계실 겁니다."

포브라니치나야와 수분하는 러시아와 중국 국경이 양분하고 있는 같은 지역이었다. 그곳을 포함한 인근 지역을 통틀어 한인들은 추풍이라고 불렀다.

"코코프체프의 행선지는 어디가 될까?"

이범진이 아들에게 물었다.

"제 생각으로는 블라디보스토크와 하얼빈이 유력합니다."

"어떻게 그런 생각을 하느냐?"

"만약 극동의 방위 실태를 점검하려고 간다면 블라디보스토크가 되지 않겠습니까. 그러나, 북만주나 몽골의 현안을 챙기려면 하얼빈이 될 수도 있습니다. 따라서, 어쩌면 하얼빈을 거쳐 블라디보스토크로 갈 수도 있겠지요."

"그래. 네 생각에 일리가 있다."

이범진이 아들의 의견에 동의하고 나서 조도선 쪽으로 고개를 돌렸다.

"자넨 하얼빈에 가본 적이 있나?"

"전에 잠시 살았던 적이 있습니다."

"그럼 하얼빈이 낯설진 않겠군."

"그런 편입니다."

"하얼빈 한인 회장이 누구지?"

"김성백이란 사람입니다. 건축업을 하고 있습니다."

이범진이 잠시 생각에 잠겼다가 다시 입을 열었다.

"처음 자네를 부른 것은 밀산부에서 이상설 영감과 안중근이란 사람을 도우라고 하기 위해서였네. 그러나 나중에 하얼빈으로 가야될지도 모르겠네. 그렇게 되면 내가 비용은 대어 줌세."

"비용 말씀은 마십시오. 그러잖아도 하얼빈이 신흥도시라 블라디보스토크보다 경기도 괜찮을 것 같아서 옮겨볼 생각을 하고 있었습니다."

"그런가. 그렇다면 잘 됐네. 아무튼 우선은 안중근이란 사람부터 만나보게."

"예, 그러겠습니다. 공사 어른."

조도선이 조금 긴장한 얼굴로 이범진[4]을 향해 고개를 숙였다.

---

4) 이범진은 일본의 한국 병합으로 상심하던 끝에 1911년 1월 26일 거주하던 집에서 천정 전등에 목을 매고 자결했다. 그가 남긴 유서는 러시아 황제, 한국 고종황제, 그리고 아들 이기종 앞으로 된 3통이었다. 자결하기 4일 전 그는 장례회사를 찾아가 자신의 장례비용을 맡기고 경찰서장에게 자신의 죽음이 온전한 자의에 의한 것이라는 서안을 보냈다. 그는 안중근의 가족에게도 약간의 돈을 남겼다.

15-2

"이게 누군가?"

남우수리 지방 국경행정관 부관실로 들어서는 사내를 보며 이브게니아는 화들짝 놀랐다.

"잘 있었나, 이브게니아."

"체르빈스키!"

사내는 황제 친위대 시종무관 체르빈스키 대위였다.

"오랜만이네."

"그런데 어쩐 일인가? 휴가라도……?"

체르빈스키는 군복 대신 사복 차림이었다.

"아니, 해임되었네."

이브게니아가 권하는 의자에 앉으며 체르빈스키가 피식 웃었다.

"무슨 소리야?"

"그렇게 되었네."

"그렇게 되다니, 어쩌다가?"

"황태자가 말을 타다 다쳤네. 하도 조르는 바람에 태웠던 건데……."

"그렇다고 해임이야?"

"폐하께서 워낙 아끼시는 황태자라……."

이브게니아는 체르빈스키의 말을 그대로 믿을 수가 없었다. 다른 처벌도 아닌 해임이라니. 그가 아는 체르빈스키는 정치적 성향이 강한 친구였다. 더구나 귀족에다가 아버지는 전직 장관이었다. 그런 체르빈스키가 그렇게 간단히 해임이라니.

"그래서?"

"마음이 울적해서 극동지방이라도 한번 둘러볼까 하고 나선 거네. 그

참에 오랜만에 자네도 만나볼 겸."

"나야 반갑지만 도무지 뭐가 뭔지……."

이브게니아가 고개를 설레설레 저었다.

"그래, 어떤가. 여기 생활은?"

"여기야 그저 그렇지, 뭐. 페테르부르크처럼 늘 긴장하며 살지 않아도 되는 시골이니까."

"그래도 골치 아픈 일이 많을 텐데?"

"작년엔 한인들이 국경을 넘어가서 일본군과 한바탕 하느라 시끄러웠지만 이젠 잠잠해졌어."

"그래? 그럼 이젠 끝난 건가?"

"뭐, 완전히 마음을 접진 않았겠지만 당분간은 작년 같은 군사행동은 하지 못할 거야. 힘을 많이 소진했으니까."

"우리로선 완충 역할을 하던 우군을 잃었군."

"그런 셈이지."

"그럼 지금 한인들 동향은 어때?"

"여전히 일부에선 자금을 모으고 창의활동을 하는 모양인데 아마 장기적인 투쟁을 피하려 할 것 같아."

"그럴 수밖에 없겠지."

그때 이브게니아가 갑자기 생각난 듯 물었다.

"참, 페테르부르크에서 이쪽으로 누가 올 것 같다는 얘길 들었는데 사실인가?"

체르빈스키가 이브게니아를 쳐다보았다.

"누구한테 들었나?"

"여기 사령관이 얼마 전 그런 소릴 하면서 들은 게 없냐며 내게 묻더군. 페테르부르크에서 고위인사가 뜨면 여기서도 신경 써야 할 일이 많거든."

"실은 그런 움직임이 있어. 이곳 한인부대가 궤멸되었으니까 만주 문제에 대한 일본과의 협상에 앞서 우리 전력을 점검할 필요가 생긴 거지. 연초에 이곳 총독 운테르베르게르가 극동 방위력이 허약하다고 우는 소리도 했고."

"그럼 누가 올까?"

"아마도 코코프체프가 올 것 같아. 지금 황제로부터 가장 신임을 받고 있는 자니까. 그렇게 되면 일본도 움직이겠지."

"일본이 움직인다?"

"그동안 일본은 본격적으로 만주 얘기를 하고 싶어했으니까 그 기회를 놓치려 하지 않을 거야."

"그러니까 코코프체프가 극동에 오는 것을 기회로 자연스럽게 접촉할 거라는 거지?"

"시골구석에 산다면서 자네도 귀신이 다 됐군."

의자에 등을 기대고 한 팔을 등받이에 걸친 채로 체르빈스키가 쿡쿡 웃었다. 그 모습만으로는 전혀 해임된 장교 같지가 않았다.

"칭찬으로 듣겠네. 그럼 일본에선 누가 그 역할을 맡을 것 같아?"

"글쎄, 이토 히로부미 정도?"

"이토 히로부미?"

"일본에서 그런 일을 할 수 있는 인물은 이토밖에 없어."

"올까?"

"십중팔구. 본인도 희망할 테니까."

"그럴까?"

"일본의 경우 천황은 어떤 면에선 이토의 허수아비라 할 수 있어. 지난번 우리와의 전쟁 때도 천황은 마지막 순간까지 주저하다가 이토가 동의하자 공격 명령을 내렸을 정도로. 아마 만주 문제도 이토가 아니면 안 된다고 생각할 거야. 이토 자신도 마찬가질 거고. 그래서 한국통감을 사임하고 일본으로 돌아갔던 거겠지."

"글쎄……."

"왜 다른 생각이 있나?"

이브게니아가 고개를 갸웃거리자 체르빈스키가 뜻밖이라는 얼굴을 했다.

"혹시 자기 꾀에 자기가 넘어가는 꼴은 아닐까?"

"무슨 소리야?"

"어쩌면 천황이 이토가 자신을 데리고 논다는 생각을 하진 않을까? 아니면 몸집이 너무 비대해진 신하가 버거울 수도……."

"뭐, 그럴 수도 있겠지. 그렇다고 치고 자기 꾀에 넘어간다는 것은 무슨 의미지?"

"위험할 수도 있는 일이니까."

"위험하다는 건?"

체르빈스키의 두 눈동자가 살짝 흔들렸다.

"사방이 다 적일 테니까."

"한인 무장세력을 두고 하는 얘긴 아닌가?"

"물론 그들도 포함되겠지. 여기 한인들 중에도 이토를 벼르는 사람들이 꽤 있으니까. 게다가 중국, 러시아 모두 우호적일 순 없지, 이토에겐."

"그러니까 천황이 이토를 그런 사지로 보낸다는 건가?"

"이토의 자리는 야마가타 무리들과는 한 차원 높은 곳에 있지, 늘."

"또 하나의 태양이란 말이지, 천황과 더불어. 그래서 천황이?"

"아니면 야마가타 같은 일본 내 이토의 반대세력일 수도."

"과연 문학도다운 발상이군."

체르빈스키가 흰 이를 드러내며 쾌활하게 웃었다.

"그래, 어디로 돌 생각인가?"

이브게니아가 물었다.

"그야 극동까지 왔으면 당연히 블라디보스토크부터 가봐야겠지."

"그렇담 미하일로프란 사람을 한번 만나보지. 한인들이 발행하는 대동공보란 신문사의 발행명의인이니까 그들의 동향을 들을 수 있을 거야."

"시간이 되면……."

이브게니아가 슬쩍 정보를 흘렸지만 체르빈스키는 별 관심이 없다는 듯 건성으로 대꾸했다. 그러나, 이브게니아는 왠지 체르빈스키의 그런 태도가 위장하고 있는 것처럼 보였고 뭔가 특별한 임무를 갖고 온 것은 아닐까 하는 느낌이 들었다. 따라서 해임당했다는 얘기도 사실이 아닐 것 같았다. 이브게니아는 화제를 돌렸다.

"참, 세르게예비치란 친구는 잘 있나?

"요즘 조금 저조한 상태지. 연해주 한인들의 무장투쟁은 실패했고 그곳 상황도 한국에 별로 유리하지 않게 돌아가고 있으니까."

체르빈스키가 표정의 변화 없이 무덤덤하게 대답했다. 이브게니아는 총명하고 패기 넘치던 세르게예비치의 모습을 떠올리며 안타까운 마음이 되었다.

15-3

10월 10일, 블라디보스토크 한인거류지 469호 대동공보사 전무실.

이날 7명의 인사가 모였다. 참석자는 유진률, 정재관, 윤일병尹日炳과 이강, 정순만, 우덕순 그리고 중근이었다.

"아직 자세한 내용은 알 수 없지만 이등박문이 만주로 오는 것은 틀림없는 사실 같소. 오늘 이렇게 모여주십사 한 것은 이 상황에서 우리가 어떤 대처를 해야 할지 논의하고자 해서요."

회의실 가득 긴장감이 도는 가운데 먼저 운을 뗀 것은 발행인 유진률이었다. 그러나 참석자 모두 회의의 목적을 이미 알고 있었다.

"당연히 이등박문을 격살해야지요. 그러잖아도 그놈이 일본으로 돌아가는 바람에 분통이 터졌는데 하늘이 우리를 위해 천재일우의 기회를 주신 게 아니고 뭐겠소."

직선적인 성격의 정순만이 거침없이 말했다. 그 말에 아무도 대꾸하지 않았다. 반대해서가 아니라 모인 목적 자체가 그것임을 모두 알고 있었던 것이다.

"문제는 누가 그 일을 맡느냐 하는 것이오."

한참 침묵이 이어진 뒤에 정재관이 조심스레 입을 열었다. 지난 6월 밀산부를 떠난 이래 정재관은 이강과 함께 블라디보스토크에서 신민회 외곽단체인 재러 대한인국민회를 조직하고 대동공보 기자와 미국에서 발행인으로 있던 신한민보의 통신원을 겸하고 있었다.

그러자 회의실은 다시 무거운 침묵이 흘렀다. 이토를 처단해야 한다는 것은 누구든 다투어 동의할 당위였지만 그 일은 아무나 할 수 있는 일이 아니었다. 지략과 담력, 그리고 뛰어난 사격술이 요구되는 일인 만큼.

그러나, 회의를 시작하기 전부터 그 답은 벌써 정해진 거나 다름없었다. 그리고 일제히 침묵했지만 모두 그 답을 알고 있었다. 그럼에도 불구하고 침묵할 수밖에 없는 것은 그 일이 목숨을 걸어야 하는 위험한 것이기 때문이었다.

"제가 하겠습니다."

다시 침묵을 깬 건 역시 중근이었다. 모두의 시선이 중근에게 쏠렸다. 엄숙한 표정으로 중근이 말을 이었다.

"그 일은 제가 적임잡니다. 이미 지난 3월에 저는 이등박문을 처단하기로 동지들과 손가락을 잘라 하늘에 맹세한 바 있습니다. 그리고 얼마 전 조도선 동지로부터 이등박문이 만주에 올 거라는 얘길 들었습니다. 저는 그때 천명에 제게 주어졌다고 생각했습니다."

지난 6월부터 중근은 밀산부에서 한흥동을 건설하는 이상설을 돕는 한편으로 연추에 대동공보 지국을 설치하고 두 지역을 중심으로 활동하고 있었다. 그러던 중 얼마 전 조도선이 밀산부로 페테르부르크의 소식을 가져와 이토의 만주 방문 사실을 알게 되었다. 그래서 서둘러 블라디보스토크로 온 것이었다.

"안 대장이 적임자란 걸 왜 모르겠소. 그러나 작년 국내진공 때도 안 대장은 목숨을 버릴 작정으로 싸웠소. 그런데 또다시 목숨을 걸어야 하는 일에 안 대장을 보낸다는 것은 너무 가혹한 일이오."

중근을 바라보는 이강의 목소리가 심하게 떨렸다.

"아닙니다. 국가의 안위를 걱정하는(國家安危勞心焦思) 것이 어찌 저만의 마음이겠습니까. 우리 모두의 한결같은 것이지요. 그리고 나라 위해 몸 바침은 군인의 본분(爲國獻身軍人本分)이고요. 저는 위태로움을 보면 목숨을 바쳐야 하는(見危授命) 군인입니다. 제게 맡겨주십시오."

"그러나 안 대장은 장차 대한의군을 이끌어가야할 분이오."

"그건 나중의 일이오. 오늘 눈앞의 적을 두고 후일을 얘기할 순 없습니다."

중근이 확고부동한 태도를 보이자 더 이상 아무도 이의를 제기하지 못했다. 이강뿐만 아니라 이미 모두들 알고 있었던 것이다. 그 일을 제대로 수행할 수 있는 사람은 중근밖에 없다는 사실을. 그때 우덕순이 나섰다.

"제가 안 동지를 돕겠습니다."

"우 동지가요?"

중근이 반문하자

"우린 역전의 용사 아니오. 죽어도 같이 죽고 살아도 같이 살아야지요. 그리고 이 일은 혼자 감당하기가 쉽지 않아요."

우덕순이 장난스럽게 싱긋 웃으며 대답했다.

"그건 우 동지 말씀이 맞는 것 같소. 이 일에 적임자가 안 동지임엔 틀림없지만 만일의 경우도 대비하는 게 좋을 듯하오."

정재관이 우덕순의 생각에 동감을 표시했다. 작년 미국에서 전명운이 스티븐스를 저격할 때 실패했던 사실을 의식하고 있는 것 같았다. 전명운은 장인환의 형이 확정되면서 7월에 다시 미국으로 떠났다.

"나도 같은 생각이오. 현지의 상황이 어떨지는 아직 모르겠지만 그 일을 수행하기엔 여러 가지로 어려움이 따를 것이오. 따라서 서로 협조를 하며 진행하는 게 옳을 듯하오."

유진률도 정재관과 같은 의견을 피력했다.

"그러지요. 저로선 우 동지가 함께 해준다면 더 이상 바랄 나위가 없습니다."

중근이 우덕순을 바라보며 고개를 끄덕였다.

"이제부터 우리가 할 일은 가능한 한 빠른 시일 내에 이등박문의 방문 일정과 경로를 확인하는 것이오."

유진률이 좌중을 둘러보며 말하자 윤일병이 나섰다.

"저도 이곳 러시아군 쪽에 알아보겠습니다. 그리고 페테르부르크 쪽의 정보도 수시로 수집하겠습니다. 그러나 이등박문의 일정이나 경로는 출발에 임박해서야 발표할 것입니다. 러시아나 일본 모두."

페테르부르크에 유학했고 현재 블라디보스토크 러시아군 헌병대 통역이자 대동공보 번역담당 기자인 윤일병은 유능한 정보통이었다.

"그럼 저는 그동안 연추에 다녀오겠습니다."

중근이 곁에 앉은 정순만과 이강에게 나지막이 말했다.

16 돌아오지 않는다

16-1

69세의 추밀원의장 이토 히로부미가 만주 시찰을 위해 오이소 역에서 하행열차에 오른 것은 10월 14일 오후 5시 20분이었다. 시모노세키[下關]행 급행열차는 보통 오이소역을 그냥 통과하지만 먼 길을 떠나는 원로 정치인을 위해 이날 특별히 정차했다.

프록코트에 중산모자中山帽子를 쓴 이토는 만면에 희색을 띤 채 전송차 역에 나온 사람들과 일일이 인사를 나눴다. 전송객은 체신장관 겸 철도원 총재 고토 신페이[後藤新平], 해군대장 가바야마 스케노리[樺山資紀], 사위이자 궁중 어용御用 담당 스에마츠 겐초[末松謙澄]와 오이소 촌장을 비롯한 자치회 회원 등 모두 백 명이 넘었다.

"각하. 원행에 노고가 크시겠습니다."

이토가 열차 승강구에 이르자 전송행렬의 맨 앞에 서 있던 고토가 허리를 꺾으며 깊이 고개를 숙였다.

만주철도[滿鐵] 초대 총재였던 고토 신페이는 작년 7월 제2차 가츠라

타로 내각에 체신부장관으로 처음 입각한 후 만철 감독권이 신설된 철도원으로 이관되자 총재를 겸하고 있었다. 따라서 지금도 고토는 만철의 최고 책임자였다.

"노고라니. 난 그저 가벼운 여행을 하는 기분인데……."

이토가 짐짓 여유를 부리며 고토에게 손을 내밀었다. .

"각하. 사전 교섭에서 빠트린 사항은 없습니다. 그리고 금번 각하의 여행 목적에 대해선 아무에게도 얘기하지 않았습니다."

두 손으로 이토의 손을 잡은 채 고토가 말했다.

"잘했네. 아무튼 코코프체프와는 피차 칙허를 받은 사람끼리니까 허심탄회하게 얘기를 나누어 자네의 기대에 부응토록 하겠네."

"감사합니다, 각하!"

"난 이번 여행을 내 생애 최후의 봉사로 여기네."

그 말은 그만큼 이번 여행의 임무를 중하게 여기고 있다는 뜻이었다.

"최후의 봉사라니요. 아직 할 일이 태산 같으신데……."

"이 사람! 내가 만년 청춘인 줄 아는가?"

"아직 어떤 일엔 저희들보다 나으시단 소문이……."

여전히 이토의 손을 잡은 채 고토가 은밀함을 드러내는 표정을 지었다. 고토는 독일에 유학을 하고 돌아온 의사 출신의 관료였다.

"허어, 정말 그렇게 생각한다면 계속 노구를 채찍질할 일거리를 주게."

"그야 여부가 있겠습니까, 각하!"

"고맙네."

이토가 만면에 웃음을 띤 채 고토가 두 손으로 감싸고 있는 손을 힘차게 흔들었다.

"잘 다녀오십시오, 각하."

다시 깊숙이 허리를 꺾는 고토의 어깨를 가볍게 친 후 이토는 돌아서서 열차 트랩을 밟았다.

이미 열차에는 이토를 수행하기 위하여 추밀원의장 비서관 후루야 히사츠나[古谷久綱], 궁내장관 비서관 모리 야스치로[蔘泰二郎], 만철비서역장 다츠이 요리미츠[龍龍居頼], 도쿄 주재 청국공사관 정영방鄭永邦 등이 신바시[新橋]역에서부터 타고 있었다.

“여러분! 새해에 다시 만나 함께 술을 듭시다.”

열차에 올라선 이토가 승강구에 서서 플랫폼에 모여 있는 전송객들에게 우렁찬 소리로 힘차게 외쳤다. 그러자 전송객들이 일제히 환호성을 올렸다.

“이토 공작각하 만세! 추밀원의장 각하 만세!”

그 환호성을 뒤로 하고 열차는 오이소를 출발했다.

열차가 오이소역을 벗어나고 잠시 이토는 말없이 창밖 풍경을 바라보았다. 정치 일선에서 물러난 후 다시 대임을 맡게 된 감개 때문인지 아니면 추념에 젖어드는 탓인지 그의 표정은 조금 전과는 달리 많이 가라앉아 있었다. 그러다가 열차가 하코네를 통과할 때 시 한 수를 지었다.

秋晩辭家上遠程　가을이 깊어 집을 나와 먼 여정에 오르다
車窓談盡聽蟲聲　차창에서 벌레 소리가 들리네
明朝渤海波千尺　내일 아침 발해의 파도는 천 척
欲弔忠魂是此行　충혼들을 위로하러 간다

평범한 시였다. 그러나, 이토와 마주 앉은 모리는 약간 불길한 느낌을 받았다. 10월 중순이지만 아직 늦가을이라고 하기엔 일렀다. 그런데 이토는 일반으로 사용하는 ‘만추晩秋’ 대신 ‘추만秋晩’이란 말을 썼다. 그

럴 때 '추만'은 '늦가을'이라기보다 '가을이 깊어'라고 이해해야 옳았다. 가을이 깊었다니. 아직 창밖 하코네의 산풍경엔 푸르름이 남아 있었다. 더욱 마음에 걸리는 것은 집을 떠난다는 표현에 쓴 '사가辭家'라는 단어였다. 통상적으로 자신의 집을 떠나는 데 사가란 표현은 사용하지 않았다. 사가란 남의 집을 방문했다가 자기 집으로 돌아갈 때 사용하는 단어였다. 그렇다면 이토는 남의 집을 떠나 자기 집으로 간다는 것이다. 그것은 듣기에 따라선, 자기 집으로 가서 다시는 돌아오지 않겠다는 느낌을 줄 수도 있었다. 오이소를 두고 달리 자기집이라니.

모리는 여행의 출발부터 뭔가 불길한 조짐을 느꼈다.

모리의 직감은 틀리지 않았다.

내색하지 않았지만 오이소를 출발하면서 이토는 애매한 불안감 같은 것을 조금씩 느끼고 있었다. 특별한 이유는 없었다. 정말 오랜만에, 그리고 칠순을 바라보는 나이에 외유를 하게 되어서인지도 몰랐다.

그러나, 사소한 생각들이 어느 순간부터 마음 한 구석을 파고들고 있었다. 이를테면 고토의 태도도 그랬다. 오이소에서 자신을 배웅하는 고토는 시종일관 깍듯하고 쾌활했다. 마치 가까운 마을 장터의 서커스 구경 가는 어른을 배웅하는 것처럼. 그러나, 자신은 막중한 임무를 띠고 수천 리 먼 길을 떠나는 것이었다. 그것도 위험의 소지가 전혀 없달 수 없는. 그런데도 고토에게서 우려의 기색은 찾아보기 어려웠다. 그것은 어떤 면에서 부자연스러운 것이었고 그래서 마음에 걸렸다.

사실, 이번 만주행을 처음 입에 담은 게 다름 아닌 고토였다. 그리고 실질적으로 추진한 것도. 고토가 이토에게 만주행을 처음 꺼낸 것은 1년 전이었다. 통감이던 이토가 작년 8월 잠시 귀국했을 때 고토가 뜬금없는 말을 했다. 대한제국 통감을 사임하고 만주 문제를 위해 나서시는 게 어떻겠냐고. 그 일을 할 수 있는 분이 각하밖에 없다면서. 이토로선 자신의 위상을 다시 한 번 부각시킬 수 있는 솔깃한 얘기였지만 당장 통감을 사임하기가 어려워 그냥 흘려듣고 말았다. 그랬는데 통감을 사임하고 돌아오자 고토가 다시 그 문제를 끄집어냈다. 그리고 8월부터 두 달 가까이 직접 러시아 측과 사전 협상을 벌였던 것이다.

그렇더라도 조심하시라는 말 한마디 정도는 있었어야…….

떠나기 며칠 전 국제신문협회모임에 초청되어 연설할 때 한 영국 기자가 물었다. 과거의 위험했던 상황을 떠올릴 때가 있느냐고. 이번 만주행이 위험한 여행일 수도 있지 않느냐는 의미였다. 그 질문에 이토는 자신은 덤으로 살고 있으며 국가를 위해선 언제든 죽을 수 있다고 대답했다. 물론 실현되지 않을 일이기에 한껏 객기를 부려본 것이었다. 그렇지만 영국 기자가 느끼는 위험을 고토는 모르고 있다는 건가.

고토는 자신의 사람이 아니었다. 아니, 따지고 보면 정치권의 모든 사람들이 마찬가지였다. 자신은 정치권을 내려다보며 늘 그 위에 있었던 것이다.

그런 생각에 이어 또 하나의 생각이 이토의 뇌리를 비집고 들어왔다. 닷새 전인 9일, 만주 시찰에 대한 칙허를 받기 위해 텐노를 알현했을 때도 그랬다. 그때 텐노 역시 이토의 수고를 치하했을 뿐 고토처럼 안위에 대한 우려는 일체 하지 않았다.

기우일까.

이토는 고개를 갸웃거렸다. 텐노[天皇] 제制를 창안한 사람이 바로 자신이었다. 순간 불안감에 무게를 더하는 이상한 느낌 하나가 살며시 고개를 들었다. 잊고 있었던 얼굴 하나가 불현듯 떠올랐던 것이다. 그것도 아주 분명하게.

이토는 가슴이 덜컥 내려앉는 기분이었다. 그 얼굴은 지난 겨울 한국 통감으로서 순행하던 중 평안도 선천에서 보았던 사내의 것이었다. 그 사내를 기억했던 건 눈빛 때문이었다. 콧수염을 기른 검은 외투 차림의 사내는 마치 자신을 향해 준열하게 꾸짖는 듯한 눈빛을 쏘아보내고 있었다. 그때 자신이 사내의 눈빛에서 느낀 것은 어이없게도 위압감이었다.

나이가 들면 어린애처럼 겁이 많아지는 건가.

전에 없이 소심해진 자신을 비웃기라도 하듯 이토는 세차게 머리를 흔들었다.

그러나 시모노세키에 도착하여 순반로[春帆樓]에서 하룻밤을 묵으며 사람들을 만나는 동안 이토는 서서히 불안감에서 벗어나기 시작했다. 순반로는 하급무사 시절 추억이 많이 남아 있는 곳이자 청일전쟁 후 청국 이홍장李鴻章과 담판을 벌였던 곳이기도 했다.

이토를 싣고 16일 낮 모지[門司] 항을 떠난 오사카 상선 데츠레이마루[鐵嶺丸]가 대련大連 항에 도착한 것은 18일 정오였다. 대련항은 러시아와의 전쟁에서 승리한 대가로 2년 전인 1906년 9월 일본이 양도받은 자유무역항으로 특산물인 콩과 석탄 등의 지하자원이 각국에 출하되고 있었다. 그때 함께 양도받은 남만주철도의 본사도 대련에 있었다. 활기를 띠고 있는 대련 부두의 모습을 보면서 이토는 흡족한 기분이 되었다.

19일 저녁 대련시에서 이토를 환영하는 관민연합환영회가 열렸다. 환영회는 일찍이 대련에선 한 번도 없었던 성대한 것이었다. 일본인, 중국인, 유럽인 등 3백여 명을 상대로 한 연설에서 이토는 만주 방문의 목적을 철저히 감추었다.

이토는 자신의 만주 방문이 전적으로 개인적인 유람임을 전제한 후 청국과 일본, 러시아가 함께 협력해야 만주의 평화적인 발전을 기대할 수 있다는 원론적인 얘기를 했다. 물론 만주 평화에 한국을 제외시킨 건 다분히 의도적이었다. 그러나, 이토의 만주 시찰 일정 중에 러시아 재경부 장관 코코프체프와 하얼빈에서 회담을 하기로 한 계획이 잡혀 있다는 사실은 이때 이미 대련에선 널리 알려져 있었다.

"글쎄요. 기왕 여행길에 올랐으니 만나서 서로를 위한 얘기를 나누는 것도 나쁘진 않겠지요. 하지만 이번 만주 여행은 본인의 오래된 염원이었소. 예전부터 만주 철도를 타보고 싶었거든. 그래서 지금도 소풍가는 아이처럼 가슴이 두근거리오."

코코프체프와 회담을 하는 이유를 묻는 기자의 질문에 이토는 쾌활하게 웃으며 딴청을 했다.

그러나 비록 정치 일선에서 물러났다고 하지만 이토 같은 대정치가가 개인적인 여행을 한다는 것은 믿을 수 없는 얘기였고 실제로 모종의 정치적 목적이 있는 것으로 추측되었다. 그것은 어렵게 생각할 필요도 없이 만주에 대한 이권을 놓고 러시아와 일본이 어떻게 조율하느냐 하는 것일 터였다. 그리고 뒤늦게 문호개방과 기회균등을 주장하며 만주에 뛰어들려는 미국과 유럽에 어떻게 효과적으로 대처하느냐는 것도. 하지만, 그것보다 더 설득력 있게 대두되는 추측은 한국 병합에 따른 러시아측의 양해를 구하는 데 더 큰 목적이 있다는 것이었다.

16-2

"아저씨 최고!"

중근의 총에서 발사된 탄환이 거푸 표적지의 중앙을 정확하게 관통하자 올가가 아버지의 곁에 서서 손뼉을 치며 탄성을 올렸다. 올해 다섯 살인 올가 페트로브나는 최재형의 다섯째 딸이자 막내딸이었다.

최재형의 저택 인근의 언덕은 지난번 일본과의 전쟁 때 러시아군이 사격장으로 이용하던 곳이었다. 지난주 블라디보스토크에서 연추로 돌아온 이래 중근은 틈이 나면 가끔 이곳으로 와서 사격연습을 했다. 한 번 표적지를 보면 눈을 감고도 다시 맞출 수 있는 중근이었다.

"안 동지의 솜씨는 언제 봐도 신출귀몰의 경지요."

최재형이 딸의 손을 잡고 다가왔다.

"어떻게 나오셨습니까?"

최재형의 저택 지하실에는 따로 사격연습을 할 만한 공간이 있었다. 그동안 중근은 벽 앞에 사람 모형 세 개를 세워놓고 집중적으로 연습을 했지만 가끔씩 이렇게 나오는 것은 큰일을 앞두고 마음이 무거웠기 때문이었다.

"안 동지가 보이지 않길래……."

"아저씨. 꿩 사냥 또 안 가?"

올가가 중근을 올려다보며 물었다. 그저께 최재형과 사냥을 갈 때 데리고 갔었는데 재미를 붙인 모양이었다.

"당연히 가야지."

"그럼 언제?"

"조금 후에. 아저씨가 어딜 잠시 다녀와야 되거든."

"어딜?"

"해삼위海蔘威에. 올 때 우리 꼬마 아가씨 선물 사가지고 올게."

"야! 신난다!"

소리를 지르는 올가를 최재형이 입가에 미소를 머금은 채 내려다보았다.

"그만 돌아갑시다. 집사람이 저녁을 준비하는 모양이오."

"그러지요."

최재형이 올가를 먼저 말에 태웠다. 중근도 자신이 타고온 말에 올라탔다.

최재형의 아내 엘레나 페트로브나가 차린 저녁은 성찬이었다. 아마도 마지막 식사가 될지도 모른다고 생각한 듯했다. 중근은 최재형 부부와 함께 저녁을 들었다. 엘레나는 식사 도중 중근에게 애처로운 눈길을 보내면서도 내내 말이 없었다. 그런 엘레나를 보면서 중근은 도리어 미안한 마음이 되었다.

"그래, 내일 떠날 생각이오?"

식사 후 방을 옮겼을 때 최재형이 물었다.

"예. 새벽에 포시에트로 가서 배를 탈까 합니다."

연추에서 12킬로미터 떨어진 포시에트에서 블라디보스토크까진 배로 9시간 거리였다.

"이등은 언제쯤 도착한답디까?"

"25일 전후가 될 것 같은데 아직 확실치 않습니다."

최재형이 고개를 끄덕이다가 착잡한 표정을 짓고 있는 중근에게 다시 물었다.

"혹시 무슨 문제라도 있는 거요?"

"그렇진 않습니다만……."

중근이 말꼬리를 흐렸다.

"말씀해보시오. 혹시라도 내가 도와줄 수 있는 일이라면……."

"아닙니다. 이등이 한국에 있을 때 처단할 걸 그랬다는 생각이 들어서……."

"그땐 황제 폐하와 동행이었다고 했잖소?"

"그렇지만 그때 이등은 군인과 다름없었지요. 군대 지휘권을 갖고 있었으니까요."

"그런데요?"

"지금은 군인 신분이 아니잖습니까."

그제야 최재형은 중근의 말뜻을 알아차린 듯했다. 중근은 군인으로서 전쟁을 하려는 것이다.

"그러나 지금도 이등은 군인들을 대신해서 전쟁을 하러 가는 거요. 그러니까 군인과 다를 바 뭐 있겠소."

"그렇긴 합니다만……. 그래서 제가 하려는 일을 천주께서 용서해주시길 기도하고 있습니다."

"민족의 안녕과 세상의 평화를 위한 일일진대 당연히 용서하시리라 믿소. 아 참! 정대호 씨가 한국으로 들어간 모양이오."

문득 생각난 듯 최재형이 화제를 돌렸다.

"그렇습니까."

"낮에 수분하에서 사람이 왔는데 정대호 씨가 며칠 전에 떠났다는 얘길 전해주었소."

"부끄럽습니다."

"무슨 소릴 하는 거요. 너무도 당연한 일을 가지고."

최재형이 나무라듯 살짝 언성을 높였다.

지난 6월 밀산부에서 잠시 수분하로 나왔을 때 중근은 정대호를 만났다. 정대호와는 진남포에서부터 알고 지내던 사이였다. 진남포에서 청국

무역사무소 직원으로 있던 정대호는 작년 6월 홀로 수분하 세관원으로 옮겨와 근무하고 있었다. 그때 정대호가 중근에게 진남포에 있는 가족들을 불러들이기를 강력히 권했다. 정대호는 의병운동에 대해 회의적인 시각을 갖고 있는 현실적인 친구였지만 중근의 활동을 만류하지는 않았다. 대신 가족들을 곁에 둬야 마음이 편하지 않겠냐고 했다. 기본적으로 중근에 대한 애정이 있었던 것이다. 하지만 중근은 받아들이지 않았다. 작년, 국내진공을 앞두고 강기삼의 권고를 거부했을 때와 같은 이유였다. 열사는 가족을 생각하지 않는다.

그런데 지난번, 밀산부에 들른 조도선으로부터 이토가 러시아에 올지도 모른다는 정보를 들은 후로 마음이 흔들렸다. 거사 후 가족의 안위가 걱정될 수밖에 없었던 것이다. 그러던 차 정대호가 자기 가족들을 데리러 진남포로 간다면서 다시 중근을 설득했다. 중근은 결국 정대호의 충고를 따르기로 했다.

"그러니까 조만간 가족분들이 도착할 듯하오."

"예……."

"진남포에서 배를 탄다면 대련에서 만철로 올 가능성이 크오. 그렇더라도 이곳에 들르지 않겠소?"

그러나 그때 자신은 이미 하얼빈으로 떠나고 없을 것이다. 중근은 갑자기 아내 아려와 두 아들 분도, 준생에 대한 미안한 감정이 솟구쳐 눈시울이 뜨거워졌다. 마음과 달리 자신은 좋은 남편과 아비가 못 되었던 것이다.

"부탁드리겠습니다."

중근이 고개를 숙이자.

"안 동지의 가족분들이라면 내게도 남이 아니잖소."

최재형이 짐짓 서운하다는 듯이 중근을 바라보았다.

“고맙습니다.”

다시 한 번 고개를 숙여 보인 중근이 벽 한쪽에 놓여 있는 책상 쪽으로 다가가 잠시 마음을 가다듬고는 지필묵으로 글씨를 썼다.

“무슨 글이오?”

뒤에서 최재형이 중근이 글씨를 내려다 보았다.

風蕭蕭兮 易水寒　바람 소슬하여 역수가 찬데
壯士一去兮 不復還　장사 한 번 가면 돌아오지 않는다

“설마 돌아오지 않겠다는 거요? 아니지요?”

최재형의 두 눈이 휘둥그레졌다. 글은 중국 전국시대 자객 형가의 시였다.

“그 정도의 각오는 해야잖겠습니까.”

그냥 한번 써 봤다는 듯이 중근이 대답했다.

“그래요. 각오만 그렇게 하시오.”

“물론입니다.”

“안 동지라면 거사는 틀림없이 성공할 것이오. 그리고 하얼빈이 중국 영토지만 러시아의 조차지이기도 하니까 거사에 성공하면 중국이나 러시아의 재판정에 서게 될 거요.”

“저도 그렇게 예상하고 있습니다.”

“그리고 얼마가 될지 모르겠지만 수감생활을 하게 될 거요. 그렇지만 러시아나 중국은 내심으론 안 동지의 거사에 그다지 분노하지 않을 듯싶소. 따라서, 작년 스티븐스 사건에서도 보았지만 재판 역시 우리의 승리로 끝날 것이오.”

희망을 말하듯 최재형이 가라앉은 어조로 천천히 말했다.

"알고 있습니다."

그러나 거사에 성공하면 중근은 목숨을 부지할 생각이 없었다. 그것은 전명운이 말했던 '하지상' 즉, 킬러의 삶일 뿐이었다. 대신 죽기 전에 거사의 목적을 세계만방에 고하고 싶었다. 그리고 그것은 가능할 것 같았다. 금방 사형당하진 않을 테니까.

"안 동지. 우리가 만난 지가 얼마나 됐소?"

최재형이 지긋한 눈으로 중근을 바라보며 물었다.

"꼭 2년이 됐습니다. 연해주로 온 게 재작년 늦가을이니까요."

"그렇지요? 그런데도 안 동지와 참 많은 일을 했소. 그래서 난 안 동지를 한평생 알고 지내온 것 같소."

"저도 그렇습니다."

"그러나 앞으로 우리가 해야할 일은 더 많을 거요. 우리가 살아가야 할 날들이 더 많은 만큼."

"예……."

"그리고 우리 올가도 다시 봐야하지 않겠소."

감정을 드러내지 않으려는 듯 최재형이 애써 무심한 모습을 보였다.

"예, 도헌님."

"자, 내일 일찍 출발해야 할 테니 그만 쉬시오."

최재형이 중근의 두 손을 잡고 어루만지다가 돌아섰다.

중근은 최재형이 나간 문을 바라보며 한참을 그대로 서 있었다.

16-3

10월 21일 오전 8시 블라디보스토크역.

날은 이미 밝았지만 공기는 차가웠다. 그러나 그 차가운 공기가 선잠으로 인해 무거운 중근의 머릿속을 맑게 했다. 중근은 바다 쪽에서 실려온 소금기 섞인 공기를 폐부 깊숙이 들이마셨다.

어제 연추에서 최재형과 작별하고 저녁 무렵 블라디보스토크에 도착한 중근은 이치권의 집에서 묵었다. 그리고 밤늦게까지 우덕순, 이강, 유진률 등과 함께 최종 회합을 가졌다.

유진률이 집으로 돌아간 후에도 세 사람은 쉽게 잠들지 못했다. 중근과 우덕순에게는 어쩌면 블라디보스토크에서 보내는 생애 마지막 밤일 수도 있었다. 그리고 막중한 임무를 부여받고 위험한 여정에 오르는 지기와 함께하는 밤이 이강에게도 심상할 수가 없었다. 그래서 세 사람 모두 자리에 들고서도 누운 채로 이런 저런 얘기를 나누다가 거의 새벽이 되어서야 겨우 잠시 눈을 붙일 수 있었다.

광장을 걸어서 역사 구내로 들어가자 유진률이 먼저 와서 기다리고 있었다.

"유 선생님!"

"안 동지."

유진률이 중근 일행을 보며 다가왔다. 그의 손엔 두툼한 보따리가 들려 있었다.

"잘 주무셨소?"

유진률이 중근에게 인사를 건넸다.

"예, 그냥……."

어차피 잠을 설쳤을 것을 알 터라 중근은 애매하게 대답했다.

"미리 말씀을 드렸는데도 정순만 동지하고 정재관 동지 등 몇 분이 굳이 나오시려고 해서 내가 극구 말렸소."

"잘 하셨습니다."

어젯밤에도 했던 얘기였다. 출발부터 공연히 소란을 떨어 의심을 살 필요는 없었다. 그래서 어젯밤에도 네 사람만 모였던 것이다.

"이건?"

이강이 유진률의 손에 들린 보따리를 보며 물었다.

"아 참, 이것은……. 실은 이것 때문에 어젯밤 끝까지 함께하지 못했소."

유진률이 보따리를 풀자 검정색 두루스케 두 벌이 나왔다. 두루스케는 짧은 외투 비슷한 옷이었다. 질 좋은 모직으로 된 두루스케는 한눈에도 값나가 보였다.

"그쪽은 여기보다 훨씬 춥소."

중근은 유진률의 그런 마음씀에 새삼스럽게 콧날이 시큰해졌다.

중근의 하얼빈행이 결정되자 대동공보사 발행인 유진률이 주도적으로 지원을 담당했다. 거사 자금 마련은 물론이고 우덕순과 조도선을 위해 중근이 이위종으로부터 받아 소지하고 있는 권총과 같은 기종인 7연발 브라우닝 2정을 구해준 것도 그였다.

유진률이 손수 중근과 우덕순에게 두루스케를 입혀주었다.

"고맙습니다. 덕분에 하얼빈의 추위가 놀라 달아나겠습니다."

"귀한 손님을 맞으러 가는데 입성을 차려야 예의 아니겠소."

중근의 농을 유진률도 농으로 받았다. 귀한 손님이란 물론 이토를 의미했다. 대동공보 운영 외에 회원 3백 명의 블라디보스토크 청년회를 이끌고 있기도 한 43세의 유진률은 평소 조직적으로 일을 해서인지 늘 여유가 있었다.

"하얼빈에 도착하면 이발도 하시고요."

이강이 두 사람의 농 주고받기에 가담했다.

"그러지요. 새 옷으로 단장했으니 당연히 머리도 다듬어야겠지요."

말수 적은 우덕순도 모처럼 농을 보탰다.

"두 신사분 덕분에 하얼빈이 훤해지겠네요."

이강의 말에 모두 허리를 젖히며 소리 나게 웃었다.

그러나 중근은 이강의 그 말이 농담만은 아니라는 걸 알고 있었다. 새 옷에 텁수룩한 머리는 부자연스러워 남의 눈에 띌 수 있다는 암시였다. 그만큼 이강은 세심한 데가 있었다.

"그리고 어제 말씀드린 대로 사진도 찍으시고요."

"명심하겠습니다."

대답을 하며 중근은 이강과 의미 있는 눈빛을 교환했다.

중근이 연추에 가 있는 동안 이강은 거사를 위한 모든 계획을 세우고 거기에 따른 구체적인 준비를 세심하게 끝냈다. 순박하고 온화한 성격이면서도 이강은 매사 꼼꼼했다.

"우리에게 안 동지와 우 동지 같은 분이 계신다는 게 얼마나 다행인지 모르겠소."

유진률이 두 손으로 중근과 우덕순의 손을 잡았다.

"우리는 군인입니다. 군인은 당연히 전쟁터로 가야지요."

중근의 낮고 울림이 있는 목소리엔 자신감이 넘쳤다.

"일기당천의 대한독립의군 참모중장이 가시니 든든하기 그지없소."

"기대에 어긋나지 않도록 하겠습니다."

"두 분 모두 부디 몸조심 하시오."

유진률이 중근에 이어 우덕순을 천천히 포옹했다. 포옹을 풀자 조금 전까지의 가장된 활기는 사라지고 숙연함과 비장함이 네 사람 사이로 무겁게 내려앉았다.

“자, 이제 두 분은 들어가십시오.”

중근이 목례를 하자

“타는 데까지 배웅하겠소.”

유진률이 함께 플랫폼으로 나가려고 했다.

“아닙니다. 여기서 헤어지는 게 좋겠습니다.”

중근이 간곡한 눈빛으로 사양했다. 그러자 담담하게 떠나려는 중근의 심중을 헤아린 듯 유진률이 고개를 끄덕였다. 그때 유진률 뒤에 서 있던 이강이 급기야 참고 있던 눈물을 뿌렸다.

“아! 두 분 동지가 삼천리 강산을 등에 지고 가는구려.”

그 눈물이, 그리고 울음소리가 가슴을 적시며 파고들어와 중근은 얼른 몸을 돌렸다. 그리고 플랫폼을 향해 성큼성큼 걸어나갔다.

8시 50분에 출발하는 열차는 정시에 역을 떠났다. 블라디보스토크에서 하얼빈까지는 778킬로미터, 대략 하루 반이 소요되는 거리였다. 열차가 떠나면서 중근은 심호흡을 했다. 드디어 먼 여정이 시작되는 것이었다. 그러나 그 먼 여정이란 단순히 하얼빈까지의 거리만을 의미하는 것이 아니었다. 그것은 독립을 위한 투쟁의 길고도 장엄한 도정道程임을 중근은 알고 있었다. 그리고 이제 비로소 그 시발점을 향해 달려가고 있다는 것도.

역을 출발한 열차가 블라디보스토크를 벗어나 북쪽을 향해 올라가는 동안 중근은 한참을 창밖을 바라보고 있었다. 낯설지 않은, 그동안 창의 유세를 하느라 연해주 전역을 누비면서 수도 없이 보았던 풍경들이 처음 보는 것들처럼 새삼스럽게 생경하게 느껴졌다.

지난 겨울 이 특사가 떠날 때도 그랬을까.

그때 이위종도 다시 못 볼 풍경들을 마음에 담아 두려는 듯 한동안 창에서 눈을 떼지 못하고 있었다. 조도선의 전언에 의하면 페테르부르크의 이위종은 일본의 한국 병합이 예상되는 가운데 돌파구를 찾고자 노심초사하면서 동분서주하고 있다고 했다. 언제 다시 만날 날이 있을까. 명석한 인상의 이위종을 떠올리자 그를 향한 그리움도 덩달아 피어올랐다.

옆자리에 앉은 우덕순도 출발 때부터 줄곧 눈을 감고 있었다. 수행해야 할 임무의 크기와 의미가 말할 수 없는 중압감으로 작용하고 있기 때문일지도 몰랐다. 그것에서 벗어나려면 한참의 시간이 필요할 터였다.

블라디보스토크에서 우편열차 3등칸을 탔던 중근은 열차가 우스리스크에 도착하자 우덕순과 함께 2등칸으로 자리를 옮겼다. 수분하에서 잠시 열차를 내려 밖으로 나가야하는데 그럴 경우 2등칸의 검문검색이 비교적 허술했기 때문이었다.

우스리스크에서 시베리아 철도를 버리고 동청철도로 방향을 튼 열차는 곧장 서쪽으로 내달리기 시작했다. 우스리스크에서 수분하까지는 120킬로미터. 열차는 오후 늦게야 도착할 것이었다. 중근은 어젯밤 설쳤던 잠을 보충할 양으로 등받이에 몸을 뉘고 눈을 감았다.

열차가 수분하에 도착한 것은 오후 9시 반경이었다. 석탄과 물을 공급받기 위해 열차는 수분하에서 한 시간 가량 정차하게 돼 있었다. 그 사이 볼일을 볼 생각으로 중근은 우덕순을 남겨두고 열차에서 내렸다. 2등칸에서 내려 별도의 개찰구를 통과한 중근은 역에 붙어 있는 세관숙소로 갔다. 세관에서 일하는 정대호가 한국으로 떠났다는 것은 최재형으로부터 들어 알고 있었지만 혹시 그 사이 무슨 소식이 온 건 없을까 싶어서였다. 그러나 빈집을 지키고 있던 중국인은 정대호가 며칠 뒤에나 올 것 같다는 말만 했다.

그 길로 중근은 곧바로 역 앞 마을에 있는 유경집의 집을 찾았다. 작년 가을 정대호로부터 소개받은 바 있는 유경집은 한의사였다.

"이게 누구신가, 안 선생 아니시오?"

약국으로 들어서는 중근을 유경집이 반가운 얼굴로 맞았다. 유경집은 작년에 추풍 쪽 의병들을 지원했었고 중근이 국내진공 실패 후 연해주 북쪽 지방을 돌 때에도 많은 도움을 준 사람이었다.

"별고 없으셨지요?"

"그저 그렇소만. 그보다 어떻게 먼 걸음을 하셨소?"

"가족이 하얼빈으로 오기로 돼 있습니다. 그래서 마중하러 하얼빈으로 가는 길입니다."

정대호 못지않게 유경집도 중근에게 가족을 불러들이라고 여러 차례 충고를 했었다.

"그래요?"

"그 일로 정대호 씨가 한국으로 들어갔습니다."

"그랬군요. 잘 생각하셨소."

그러나 말은 그렇게 하면서도 유경집은 중근의 얘기를 곧이곧대로 믿는 것 같지는 않았다. 이토 히로부미가 하얼빈을 방문할지도 모른다는 소문이 퍼져 있는 시점이었다. 따라서, 블라디보스토크에서 어떤 움직임이 있을 거라는 예상은 어렵지 않았다. 그런 만큼 중근의 하얼빈행이 전적으로 우연일 수 없다는 것 정도는 금방 간파가 됐을 터였다.

"하얼빈에 도착하면 김성백 씨를 찾아가시오."

아니나 다를까, 유경집이 에두르지 않고 속마음을 드러냈다.

"한민회 회장 말씀이지요? 봄에 만나 뵀던?"

지난 겨울 연해주 전역을 돌던 중 중근은 수분하에서 한의원을 운영하는 김성백을 만난 바 있었다.

"그렇소. 나한테는 사돈지간이 될 사람이오. 내 여식 안나가 김성백 씨 넷째 동생 성기 씨와 약혼한 사이오."

"아, 그렇습니까."

"그리고 김성백 씨 여동생이 얼마 전부터 내게 와서 입원 치료 중이오. 여동생 안부도 전할 겸 안 선생께서 가시면 반가워할 거요."

"잘 됐습니다."

중근이 고개를 끄덕였다. 그러나, 유경집의 권유가 아니라 하더라도 어차피 김성백은 만나게 될 사람이었다.

블라디보스토크를 떠나기 전 이미 이강은 중근에게 맡긴, 대동공보 하얼빈 통신원 김형재에게 보내는 서신을 통해 김성백과 더불어 한인 유지 중의 한 사람인 김성옥과 접촉하도록 부탁해놓았던 것이다. 따라서, 김형재나 김성옥을 만나면 자연스럽게 김성백과 연결될 터였다.

"그보다 오늘 어르신께 들른 건 하얼빈에서 가족을 만날 때까지 안내를 해줄 수 있는 사람을 부탁드릴까 해서입니다. 제가 아무래도 러시아어가 서툴러서요."

중근이 방문 목적을 둘러댔지만 누구에게라도 참말로 들리지 않을 소리였다. 기껏 가족을 마중하러 가는데 안내인이라니. 그러나 유경집은 곧이듣는 척했다.

"그거라면 마침 잘 되었소. 그러잖아도 하얼빈에 약재를 사러 이들을 보낼 참이었소."

"동하 말씀입니까?"

"그렇소. 그 아이가 어려도 러시아 말은 곧잘 한다오. 데리고 가시면 도움이 될 거요."

"그렇게 해주신다면 더 할 나위 없이 고맙겠습니다."

중근은 유경엽의 겉으로 드러내지 않으면서도 속 깊은 배려가 놀라울 수밖에 없었다. 사실 유동하를 염두에 두고서 수분하에 내렸던 것이다.

"대신 아직 철이 없는 나이니까 큰일에는 참여시키지 않으시는 게 좋겠소. 오히려 일을 그르칠 수도 있으니까 말이오."

유경집이 가까이 다가와 중근이 겨우 들을 수 있을 정도로 낮은 소리로 말했다. 중근은 유경집이 자신에게 보여주는 신뢰에 가슴이 찡했다.

"어르신 말씀대로 하겠습니다."

그러자 유경엽은 중근의 주머니에 한 묶음의 지폐 뭉치를 재빨리 찔러 넣고는 아들을 불러 채비를 시켰다.

열차로 돌아와 중근은 우덕순에게 유동하를 소개했다. 열차는 다시 하얼빈을 향해 출발했다. 오후 10시 34분에 수분하에서 출발한 열차가 546킬로미터를 달려 하얼빈에 도착한 것은 다음날인 22일 오후 9시 15분경이었다.

16-4

비슷한 시각 하얼빈 모처의 한 중국인 가옥.

정소추는 하얼빈 치안을 담당하는 경찰서장 장철張鐵과 시내에서 사진관을 운영하고 있는 라열羅烈과 함께 머리를 맞대고 있었다.

"전보는 받았소?"

"예. 어제 아침에 떠났다는 전보를 오늘 아침에 받았습니다."

정소추의 물음에 막 도착한 라열이 채 숨을 고르지도 못하고 대답했다.

"그렇다면 지금쯤 기차에서 내렸을지도 모르겠군."

"그러잖아도 역으로 사람을 보냈었는데 조금 전 돌아와 하는 말이 그들로 보이는 사람들이 역에서 내려 레스나야 쪽으로 떠났다고 합니다. 그런데 두 사람이 아니고 세 사람이라던데요?"

"세 사람?"

정소추가 눈을 살짝 치떴다.

"예, 대인. 분명히 세 사람이라고 했습니다."

"중간에 합류한 사람이라도 있는 건가? 아무튼 레스나야 쪽으로 갔다면 정순만 씨가 보낸 사람이 맞을 거요."

정소추가 고개를 갸웃거리다가 말했다.

"정순만이라면……? 혹시 간도 지방에서 왕창동이란 이름으로 활동하던 사람 아닙니까?"

"그렇소."

"그 사람이라면 저도 들은 적이 있습니다. 제 주변에 그쪽에서 살다 온 사람이 있는데 한인들과 친했다면서 그 이름을 얘기한 적이 있습니다. 아주 활동적인 사람이라면서……."

"그래요? 거 참, 어떤 식으로든 연결이 되는군."

"그러게요."

라열이 조금 상기된 표정으로 씨익 웃었다.

"지금 도착한 그 사람들은 작년 연해주 쪽 국경에서 일본군과 싸웠던 사람들이오."

"그렇습니까?"

"우리가 못했던 투쟁을 벌인 거지."

"아, 예……."

정소추는 블라디보스토크에서 정순만과 이강을 만나고 나서 중근 일행보다 며칠 앞서 하얼빈으로 왔다.

"라 사장!"

"예, 대인!"

정소추가 부르자 라열이 황급히 허리를 굽혔다.

"그 사람들이 조금 전 도착했다면 내일 모레 사이에 사진관으로 올 거요."

"분부하신 대로 만반의 준비를 해놓겠습니다."

라열이 다시 머리를 숙이고 정소추의 다음 말을 기다렸다.

"그럼 그렇게 알고 있겠소. 그리고 장 서장!"

"예, 대인."

경찰서장이 허리를 곧추세웠다.

"역 주변의 경비는 누가 하오?"

"예. 전체적으로는 우리 청국 경찰과 군대가 합니다. 물론 러시아 군대도 부분적으로 배치가 되긴 하지만……."

"그렇지요?"

엄연히 하얼빈은 청국 영토였다. 따라서, 청국 영토를 청국 경찰이 경비하는 건 너무도 당연했다. 그런데도 러시아가 군대를 주둔시킨 건 동청철도를 건설하면서 하얼빈을 조차했기 때문이었다. 그 조차 약관에 철도선을 보호하기 위해 1킬로미터 당 15명의 러시아 수비병을 배치할 수 있도록 되어 있었던 것이다. 그러나 하얼빈의 전체적인 치안은 청국 소관이었다.

"지금 경비는 어떻게 진행되고 있소?"

"그러잖아도 회담 당사국인 러시아 측의 동청철도 장관 하르바트 장군과 일본 측의 가와카미 하얼빈 영사가 논의를 했다고 합니다. 그런데 지나친 검문검색 등 과도한 경비는 자제했으면 한다는 얘기가 일본 측에서 있었답니다. 자국 환영객들에게 비표를 나눠줄 예정이니까 따로 발급한다든가 하지 말라면서요."

"그래요?"

정소추가 눈을 동그랗게 떴다.

"그리고 일본 영사관에서 제게도 같은 부탁을 했습니다."

"우리로선 나쁜 일이 아니지만 일본은 왜 그럴까?"

"이토의 의중이 반영된 것 같습니다. 자신을 환영하러 나오는 일본인들을 불편하게 해서는 안 된다는 거겠지요."

"흐흠. 그럴 수도 있겠군."

정소추가 천천히 고개를 끄덕이다가 다시 물었다.

"혹시 일본 쪽에서 경호가 붙는다는 소린 못 들었소? 이를테면 관동도독부 소속 군대를 데리고 온다든가 하는……."

"그런 소린 못 들었습니다만 아마 그러진 않을 겁니다. 그건 관례도 아니고요."

"하긴 이토도 남의 나라를 방문하면서 제 나라 군대를 끌고 올 만큼 무식한 인간은 아닐 테지. 더구나 그렇게 해서 청국을 자극할 이유도 없고……."

러시아와 담합해서 만주를 갈라먹으려고 오는 이토가 요란을 떨어 땅 주인 청국의 심기를 상하게 하지는 않을 터였다.

"장 서장, 그리고 나 사장. 두 분 잘 들으시오."

갑자기 정소추의 표정이 심각해졌다.

"예, 말씀하십시오."

두 사람이 동시에 긴장한 얼굴로 대답했다.

"이토가 대련서부터 시종일관 개인적인 만주 유람을 하는 거라고 연막을 피우고 있지만 하얼빈에 오는 목적은 분명하오. 첫째는 기정사실화된 한국 병합을 러시아에게 공식적으로 승인케 하는 것이고 두 번째는 만주에서의 이익을 러시아와 나누어 가지려는 것이오. 그리고 세 번째는 힘을 합쳐 미국을 견제하면서 청국의 반발을 약화시키려는 것이오."

"대인의 말씀이 지당합니다."

경찰서장이 고개를 숙이며 동조했다.

"그러나, 여기서 우리는 이토의 만주 방문 의미를 다시 한 번 깊이 생각해 봐야 할 것이오."

정소추는 일단 말을 끊고 두 사람을 번갈아 쳐다보면서 물었다.

"이토의 궁극적인 목적이 뭐겠소?"

두 사람은 아무 대답도 하지 않았다.

"그것은 본격적으로 중국 침략을 시작하려는 것이오. 십수 년 전 일본은 러시아의 위세에 눌려 한국의 원산 이남의 이익권이라도 인정해달라고 했소. 물론 러시아는 거절했지만. 그러다가 4년 전 러시아와 전쟁을 치른 후 지금은 한국을 차지하고 만주까지 양분하는 걸 고착화하려 하고 있소. 그러나 일본의 야욕은 거기에 그치지 않고 러시아가 쇠미의 기미를 보일 경우 만주 전역을 손에 넣은 후 중원까지 넘보려할 것이오. 내가 이토의 하얼빈 방문이 중국 침략의 시작이란 것도 그래서요."

"옳으신 말씀입니다."

경찰서장이 침울한 표정으로 조심스럽게 한숨을 내쉬었다.

"그러나 그동안 우리 중국인들은 그저 지켜만 보고 있었소. 작년 한국인들이 국경에서 일본과 싸울 때에도. 그리고 러시아와 만주를 나눠 가지려고 이토가 오고 있는 지금까지도."

"부끄럽습니다."

경찰서장이 머리를 숙이며 가라앉은 소리로 말했다. 정소추가 고개를 저었다.

"아니오. 그게 어디 장 서장이 미안해 할 일이겠소. 나를 포함한 우리 중국인 전체가 자성할 문제지요."

"예, 대인……."

"14년 전 일본과의 전쟁 때 힘 한 번 못 써보고 패한 후로 우리 중국인들은 극심한 무력감에 빠져 있소. 내가 작년 한국인들의 의병투쟁에서 감명받은 바 있거니와 이번 거사를 남 일처럼 여기지 않는 것도 그래서요. 한국인들의 이번 거사가 우리에게 소중한 각성의 계기가 되리라 싶어서요."

"대인의 깊으신 뜻을 충분히 새기겠습니다."

경찰서장이 거듭 머리를 조아렸다.

"그래서 부탁이오. 행여 한국인들의 움직임이 사전에 발각되지 않게 잘 좀 살펴주시오."

"대인의 말씀을 기꺼이 따르겠습니다. 역 구내는 주로 청국 군대와 러시아 군대가 나눠 맡겠지만 안팎으로 우리 경찰이 깔릴 겁니다. 따라서, 최대한 문제가 없도록 하겠습니다."

"대신 은밀히 해주시오."

"그야 여부가 있겠습니까."

설핏 안도의 표정을 짓던 정소추가 다시 물었다.

"그런데 이토가 도착하면 사열식은 확실히 하는 거요?"

"예. 결정되었습니다. 이토의 도착 환영행사는 러시아가 주관합니다.

그런데 러시아 측으로부터 요청이 왔습니다. 사열식에 우리 군대를 참가시켜 달라고요."

"그렇다면 확실하겠군. 그런데 일본도 동의했소?"

"글쎄, 그것까진 자세히 모르겠습니다만 공식적인 통보는 하지 않은 걸로 알고 있습니다."

"그래요?"

정소추의 얼굴에 알 듯 모를 듯한 미소가 스쳐 지나갔다.

"라 사장!"

정소추가 나열에게 고개를 돌렸다.

"예, 대인."

"환영식장엔 라 사장 말고 다른 사람들도 나가겠지요?"

"예. 일본과 러시아 쪽에서도 여러 명의 사진사와 영화 촬영기사가 나갈 겁니다."

"그렇다면 라 사장도 자연스럽게 행동을 취할 수 있겠군?"

"그렇습니다."

"그렇더라도 그저께도 얘기했지만 절대로 먼저 나서지는 마시오. 그 사람이 실패하지 않는 한."

"명심하고 있습니다."

"그러나 아마도 그런 일은 없을 거요. 그 사람은 실패하지 않을 테니까. 내가 라 사장을 못 믿어서가 아니라 사격에 관한 한 타의 추종을 불허하는 그 사람이 성공할 가능성이 월등히 높기 때문이오."

"예……."

정소추는 블라디보스토크에서 한인 의병 희생자 추도식이 열렸던 날 밤, 평소 과묵했던 중근이 열변을 토하던 모습을 떠올렸다. 그러자 자연

비감한 마음이 되었다.

"대인, 왜 그러십니까?"

정소추의 표정이 심란한 빛으로 바뀌는 걸 보며 경찰서장이 걱정스럽게 물었다.

"아, 아니오. 그 사람을 생각하니 안타까운 마음이 들어서……."

"어떤 사람입니까?"

"생각이 넓고 깊은 사람이오. 작년에 군인으로 싸웠지만 오히려 출중한 경세가라 할 수 있소. 앞으로도 동양 평화를 위해 많은 일을 할 수 있는……. 그런 그를 오래 볼 수 없을 것 같아 마음이 아프오."

정소추의 두 눈에 슬픔이 일렁거렸다.

16-5

23일 아침, 중근은 일찍 잠에서 깨었다.

어젯밤 하얼빈 도착하여 마차를 타고 역에서 3킬로미터쯤 떨어진 부두구埠頭區 레스나야 거리에 있는 김성백의 집을 찾았을 때 주인은 출타 중이었다. 그런데도 안주인은 중근 일행에게 새로 밥을 지어 내오는 등 따뜻하게 맞아주었다. 물론 일행 중에 사돈 청년이 있어서 그랬을 수도 있겠지만 중근이 보기에 평소에도 많은 사람들이 드나들어 그런 일에 익숙한 듯했다.

유경집이 말했던 대로 늦게 집으로 돌아온 김성백은 중근을 보자 반색을 했다. 그는 유경집의 한의원에서 처음 만났을 때부터 중근에 대해 호감을 갖고 있었다. 그리고 독립운동을 하는 사람인지도 알았다. 그런 만큼 이 시점에 중근이 하얼빈에 온 이유를 굳이 묻지 않았다. 어쩌면 이강과 연락이 되고 있는 김성옥이나 김형재를 통해 이미 듣고 있을지도 몰랐다.

함경북도 종성 출신의 김성백은 중근과 비슷한 삼십대 초반으로, 일찍 러시아로 넘어와 건설업으로 기반을 잡은 후 재작년 하얼빈에 정착했다. 그리고 작년 이강이 김형재, 탁공규 등을 파견하여 설립한 하얼빈 공립회의 후신 한민회의 회장을 맡아 한인들의 구심점 역할을 하고 있었다. 중근과 우덕순은 김성백과 이심전심 서로 말을 아끼는 가운데 그동안 살아온 얘기들을 나누며 시간을 보냈다. 김성백은 두 사람을 위해 방을 하나 내주었다.

중근이 자리에서 일어나자 우덕순도 따라 일어났다. 그 역시 깊은 잠을 자지 못한 듯했다. 두 사람이 방을 나왔을 때 아무도 없는 거실에 신문이 와 있었다. 중근이 신문을 펼쳤다.

"이보시오, 우 동지. 신문에 기사가 났소."

"그렇군요."

우덕순도 중근이 펼쳐든 신문을 확인했다.

23일자 중국어 조간신문 원동보遠遼報에 실린 기사는 이토가 동청철도 총국의 특별열차로 25일 오후 11시에 장춘長春의 관성자寬城子역을 출발하여 러시아 재무장관 코코프체프가 기다리고 있는 하얼빈으로 온다는 것이었다. 관성자역은 장춘 근교의 역이었다. 그를 위해 페테르부르크를 떠난 코코프체프도 24일 하얼빈에 미리 도착한다고 했다.

두 사람은 집을 나와 북쪽으로 잠시 걸었다. 그러자 곧 이 도시에 하나밖에 없다는 하얼빈 공원이 나타났다. 공원을 산책하는 동안 두 사람은 각자 상념에 잠긴 채 별로 말을 하지 않았다. 그리고 송화강변을 따라 걷다가 다시 김성백의 집으로 돌아왔다.

김성백과 아침 식사를 하고 있을 때 김형재가 찾아왔다. 대동공보 통신원 김형재는 김성백과 김성옥이 운영하는 동흥학교에서 한인 아이들을 가르치고 있었다. 중근과 우덕순은 유동하를 데리고 김형재와 함께 밖으로 나와 얼마 떨어지지 않은 곳에 위치한 김성옥의 집으로 갔다. 조도선이 두 사람과 합류하기 위하여 김성옥의 집에 머물고 있었던 것이다.

김성옥의 집에서 조도선을 만난 중근은 앞으로 있을 거사에 대한 얘기를 나누며 시간을 보내다가 점심 식사를 마친 후 우덕순, 유동하와 함께 시내로 나섰다. 조도선은 저녁에 김성백의 집에서 다시 보기로 했다. 그리고 유동하가 안내하는 대로 시내를 둘러보다 이발관에 들러 머리를 다듬은 후 중앙대가中央大街에 있는 사진관을 찾았다.

중근이 자신과 일행을 소개하자 마흔쯤 돼 보이는 사장 라열이 반갑게 맞았다. 그리고 막 이발을 해서 깔끔한 세 사람을 나란히 세우고 사진을 찍었다. 사진관 주인 라열은 큰 눈이 조금 튀어나오고 입술도 두툼해서 투박한 인상이었지만 정소추의 신뢰에 값할 정도로 맡은 일은 잘할 것 같은 느낌이 들었다. 그러나 그에게 일을 맡길 경우가 있어서는 안 된다고, 그리고 없을 거라고 중근은 생각했다.

라열과 내밀한 시선을 주고받으며 사진관을 나온 중근은 시간이 남은 김에 어젯밤 도착했던 하얼빈역으로 가보기로 했다. 이토가 도착하려면 날수로 아직 사흘 남았지만 어쩌면 지금쯤부턴 경비가 강화되고 있을지도 모른다고 생각되었기 때문이었다. 그러잖더라도 거사 장소를 미리 봐두는 건 나쁘지 않을 터였다. 그러나, 세 명이 한꺼번에 역 주변을 어슬렁거리면 수상하게 보일 것 같아 우덕순과 유동하는 미리 김성백의 집으로 돌려보냈다. 특히 유동하는 그의 부친 유경집과 약속했던 대로 더 이상 일에 참여시키지 않을 생각이었다.

우려했던 대로 역 주변은 경비가 시작된 듯했다. 역에 이르는 길목마다 청국 순사들이 드문드문 서 있고 역 광장에는 두세 명씩 무리를 지어 오가는 러시아 병사와 청국 병사들이 눈에 띄었다. 아마도 내일과 모레, 그리고 환영행사가 있을 글피 아침은 경비가 더 강화될 게 뻔했다.

중근은 역사 안으로 들어가 분위기를 살폈다. 역사 안 대합실에도 몇 명의 러시아 병사가 군데군데 서 있는 게 보였다. 중근은 인근 역 열차 시간표를 확인하고 나서 김성백의 집으로 돌아왔다.

저녁 식사 후 중근은 우덕순, 조도선과 숙의를 했다. 거사 당일 경비가 삼엄하여 혹시라도 뜻을 이룰 수 없을 경우를 대비하여 이토가 출발하는 관성자역부터 하얼빈 인근 역까지 모두 거사 장소로 다시 검토해보기 위해서였다. 그러나 관성자역은 관동도독부가 경비를 할 것으로 예상되어 처음부터 고려 대상에서 제외되었다. 결국 두 번째 후보지는 하얼빈과 관성자 구간의 상하행선이 교차하는 채가구蔡家溝역으로 의견이 모아졌다. 동철철도는 단선이라 특별편성열차라도 우편열차나 화물열차와 엇갈릴 때엔 잠시 정차할 수밖에 없으리라 판단되었던 것이다.

결코 실패해선 안 된다. 어떻게든 성공해야한다.

중근은 속으로 다시 한 번 결의를 다졌다. 그리고 성공을 다짐하며 시 한 수를 적었다.

> 장부가 세상에 처함이여 그 뜻이 크도다
> 때가 영웅을 지음이여 영웅이 때를 지으리오
> 천하를 웅시함이여 어느 날에 업을 이룰고
> 동풍이 점점 참이여 장사의 의기가 뜨겁도다
> 분개히 한 번 감이여 반드시 목적을 이루리로다
> 쥐도적 이등이여 어찌 즐겨 목숨을 비길고
> 어찌 이에 이를 줄을 헤아렸으리오 사세가 고연하도다

동포 동포여 속히 대업을 이룰지어다
만세 만세여 대한 독립이로다
만세 만세여 대한 동포로다

丈夫處世兮 其志大矣
時造英雄兮 英雄造時
雄視天下兮 何日成業
東風漸寒兮 壯士義烈
憤慨一去兮 必成目的
鼠竊伊藤兮 豈肯比命
豈度至此兮 事勢固然
同胞同胞兮 速成大業
萬歲萬歲兮 大韓獨立
萬歲萬歲兮 大韓同胞

「장부가丈夫歌」였다. 중근의 시에 우덕순이 「거의가擧義歌」로 화답했다. 시는 내일 대동공보사로 보낼 생각이었다.

이튿날 세 사람은 하얼빈역에서 80여 킬로미터 떨어져 있는 채가구로 떠났다. 오전 9시에 하얼빈역을 떠난 열차는 3시간을 달려 정오 무렵에 채가구에 닿았다. 그러나 채가구역의 경비 상황도 전혀 허술하지 않았다. 역무원 외에 수십 명의 청국 순사와 러시아 헌병들이 역 안팎으로 촘촘히 경비를 하고 있었던 것이다. 아니나 다를까. 중근 일행이 개찰구를 빠져나오자 러시아 헌병 네 명이 다가왔다. 그리고 지휘자로 보이는 헌병이 검문을 했다. 다행히 조도선이 서툰 러시아어로 가족들을 마중하러 왔다고 둘러대어 겨우 위기를 모면했다. 그렇지만 중근에게 러시아 헌병의 검문은 조금 형식적으로 보였다. 일본과의 전쟁에서 패한 이래 러시아군의 기강은 급속도로 해이해졌던 것이다. 그래서 그 헌병에게서도 러시아 제국의 쇠락이 느껴졌다.

하지만 상황은 여전히 좋지 않았다. 작은 역이라서 그런지 주변엔 여관 같은 마땅한 숙소가 없었던 것이다. 일행은 할 수 없이 역사 반지하층의 구멍가게에 딸린 방에서 숙박을 하기로 했다. 그날 밤 중근은 하얼빈에서 관성자로 향하는 특별열차를 확인했다. 이토를 싣고 올 열차였다.

그러나, 거듭 생각을 한 끝에 중근은 자신만이라도 다음 날 하얼빈으로 돌아가기로 마음을 바꿨다. 경비가 허술할 것으로 예상하고 온 채가구였지만 상황은 그리 좋은 편이 아니었고 설령 특별열차가 잠시 정거할 경우에도 이토가 바람을 쐴 양으로 밖으로 내릴지는 미지수였다. 그렇다면 경비가 더욱 강화된다 해도 하얼빈 쪽에서 기회를 보는 게 나을 것 같아서였다. 그리고 한곳에 모여 있기보다 분산해서 기회를 보는 게 여러모로 실패의 확률도 적을 터였다.

중근이 자신의 생각을 피력하자 우덕순과 조도선이 동의했다. 중근은 이튿날인 25일 정오 열차로 다시 하얼빈을 향해 떠났다.

채가구역을 떠난 열차는 오후 3시에 하얼빈역에 도착했다. 어제와 마찬가지로 소요 시간은 3시간이었다.

예상했던 대로, 내일 아침 이토가 온다고 해서인지 러시아와 청국 군인들이 일정한 간격으로 서 있는 역 주변은 경비가 철통같아 보였다. 그런 사정은 역 구내도 마찬가지였다.

개찰구를 통과한 중근은 역 대합실로 들어서서 내부구조를 찬찬히 훑어보았다. 대합실 한쪽에 차를 마실 만한 찻집이 보였다. 찻집은 플랫폼에 연해 있었다.

중근은 찻집으로 들어갔다. 찻집에서는 플랫폼이 한눈에 들어왔다. 창가 자리에 앉아 차를 마시면서 중근은 막 열차가 들어오고 있는 플랫폼을 한참 바라보았다. 그동안에도 머릿속은 내일 일로 여러 생각들이 수시로 교차했다.

그때 이상한 느낌에 중근은 고개를 돌렸다. 출입구 쪽 자리에 앉은 남자 하나가 이쪽을 향해 심상찮은 눈길을 주고 있었다. 중근은 흠칫했다. 분명히 무심코 던진 눈길은 아니었다.

혹시나 나를 알고 있는 사람은 아닐까. 아니면 나의 행동이나 외양이 수상해보였거나.

그러나 서른을 조금 넘어보이는 남자는 중근이 시선을 던지자 곧 고개를 돌렸다. 그렇지만 무슨 생각을 하는지 남자의 표정은 심각했다. 중근은 서둘러 일어서 찻집을 나왔다.

역에서 제홍교 쪽으로 걷는 동안 중근은 자주 뒤를 돌아다보았다. 다행히 자신을 뒤따르는 사람은 없었다. 6년 전인 1903년 동청철도가 개통되면서 들어선 하얼빈역은 규모는 작지만 아담한 러시아식 건물이었다. 역사 앞으로는 정원이 있고 그 사이 중앙과 좌우로 마차길이 나 있었다. 정원 주변은 술집과 식당을 겸한 여인숙촌이었다.

중근은 나무로 된 제홍교齊虹橋에 멈춰 서서 하얼빈역을 내려다보며 거사계획을 가다듬었다. 하얼빈역은 제홍교에서 동북쪽으로 5백미터 지점에 있었다. 거사 장소는 플랫폼이 좋을 것 같았다.

생각들을 정리하며 중근은 다시 신흥도시 하얼빈의 거리를 걸었다. 하얼빈의 인구는 5만, 그중 한인은 260여 명 정도 된다고 했다. 그들은 대부분 철도공사에 종사하다가 그대로 눌러앉은 사람들이었다.

그런 중에도 중근은 역 찻집에서 본 남자가 이상하게 자꾸 마음에 걸렸다. 그러다가 어떤 기억 하나가 떠올라 깜짝 놀랐다.

혹시 그 청년? 전날 명성황후 인산일 때 보았던……. 설마…….

그날 자신을 향하던 그 청년의 눈길이 예사로운 건 아니었지만 별로 마음에 두지 않았었다. 그리고, 인상이 비슷하긴 해도 남자가 12년 전의 그 청년이라고는 차마 확신할 수 없었다. 그 청년의 정확한 인상을 되살려내기엔 그날의 기억은 시간적으로도 거리적으로도 너무 떨어져 있었다.

16-6

24일 만철이 경영하는 무순撫順 탄갱炭坑을 시찰한 이토는 봉천에서 밤을 보낸 후 다음 날 장춘으로 향했다.

봉천을 출발하면서부터 차 안에서 이토는 내내 시를 짓는 데 몰두했다. 그러나 열심히 퇴고를 거듭했지만 이상하게도 완성하지 못했다. 오이소를 떠나면서 심란해 했던 이토는 시모노세키에서부터 본격적인 여행이 시작되면서 예전의 활기를 되찾아 대련, 여순, 무순, 봉천 등을 경유하는 동안 여러 편의 시를 썼다. 그런데 장춘을 향해가면서부터는 더 이상 시를 짓지 못하고 끙끙거리고 있었다. 목적지인 하얼빈이 가까워졌다는 사실 때문일지도 몰랐다.

그런 이토를 지켜보던 모리가 다른 칸으로 가서 다나카를 불렀다.

"예, 선생님. 찾으셨다고요?"

남만주철도 수석이사 다나카 세이지로는 이토가 하얼빈에서 코코프체프와 회담할 때 통역을 맡기로 돼 있었다.

"다나카 씨는 하얼빈에 가보신 적이 있소?"

"물론 사업차 여러 번 갔었지요. 굉장히 추운 곳이라서 무순탄 판매지로서 유력한 시장입니다. 그런데 왜 그러시는지요?"

다나카는 모리의 어두운 표정을 보며 물었다.

모리 야스지로. 일찍이 수재로 이름난 모리는 18세에 태정관太政官에 올랐다. 호는 가이난[槐南]. 한시 작가로 유명했고 한시 저서도 많았다. 그리고 이토가 사사받고 있는 한시 선생이기도 했다.

"하얼빈에 도착할 때가 얼마 안 남아서인지 공작 각하께서 마음이 무거우신 것 같아서……."

다나카는 이토의 심중을 헤아릴 수 있을 것 같았다. 공식적으로는 개인적 여행이라고 했지만 하얼빈에 가까워올수록 은밀히 감추고 있는 임무의 무게로 중압감이 엄습해 올 터였다.

"이것 보시오."

모리가 다나카 앞에 종이 한 장을 내 놓았다.

"이게 뭡니까?"

"각하께서 봉천에서 지으신 시요."

萬里平原南滿洲　만리 평원 남만주
風光濶遠一天秋　풍광은 광활원대한데 가을이 천하에 걸려 있네
當年戰跡留餘憤　전쟁의 흔적에는 아직도 분노가 남아 있어
更使行人牽暗愁　또다시 여행자에게 어두운 근심으로 다가오네

역시 평범한 시였다. 시인으로서의 이토의 한계를 드러낼 수밖에 없는. 그렇지만 시의 평범함 때문에 이토가 폄하될 이유는 없었다. 이토는 정치가이지 시인이 아니었다.

"그런데 이 시가 왜요?"

"불길한 느낌이 들어서요. 어두운 근심[暗愁]이란 말이 맘에 걸려요."

"글쎄요. 여행길에 오르면 누구나 조금씩은 감상적이 되지 않습니까."

"그런데 말이오."

여전히 모리는 어두운 표정을 풀지 못했다.

"무슨 일이 있습니까?"

"봉천을 떠나면서부터는 아예 시가 안 되시는 모양이오."

"예……."

순간 다나카는 조금 우스운 생각이 들었다. 이토가 시가 잘 되지 않아 전전긍긍한다는 모리의 말에 문득 몇 년 전 읽었던 『쿠오바디스』란 소설의 한 장면이 떠올랐던 것이다. 폴란드의 작가 헨리크 시엔키에비치의 대표적 장편소설인 『쿠오바디스』는 10여 년 전에 발표된 작품으로 1세기 로마에서의 고대적 세계관과 그리스도교 신앙의 투쟁이라는 역사적 대사건이 배경이었다. 그런데 그 소설이 흥미를 끄는 요소 중의 하나는 전대미문의 폭군 네로의 뜻밖의 행동 때문이었다. 절대권력을 쥔 무소불위의 네로가 때로 유약한 시인행세를 하였던 것이다. 그는 자주 시가 지어지지 않는다며 창작의 산고를 앓는 모습을 보여서 총신 페트로니우스의 비웃음을 사고 경멸의 대상이 되곤 했다.

아마도 가진 권력의 총량이라면 이토도 네로에 크게 모자라지는 않을 것이다. 그런 그가 창작의 고통으로 힘들어한다는 얘길 듣자 다나카는 자신도 모르게 새어나오는 웃음을 애써 삼켰다. 에도 시대부터 웬만한 무사들은 때와 장소를 가리지 않고 시를 짓는 것을 멋으로 알았고 이토 역시 그의 상전 다카스키 신사쿠[高杉晋作]가 그랬듯 젊을 때부터 서툴지만 한시를 지었다. 그러나 하급무사에 머물렀던 이토가 무사로서 다카스키에 비견될 수 없었던 것처럼 그의 시도 마찬가지로 시인임을 자처한 다카스키에 견주기는 무리한 일이었다. 그런 이토가 시가 잘 되지 않아 힘들어한다는 게 조금 우스꽝스럽게 생각이 되어 다나카는 그 모습을 한 번 보고 싶었다.

"그쪽 치안은 어떻소?"

모리가 물었다. 다나카는 그 질문이 모리가 자신을 보자고 한 핵심임을 짐작했다.

"시장 개방을 한 지 얼마 되지 않아 썩 괜찮다고 할 순 없습니다만……."

"그렇지요? 몇 년 전에 내 지인 한 사람도 조선인에게 미행당하다가 습격당한 적이 있었소. 지금은 한국통감부에 원한을 품은 자들이 더 많을 게 아니오?"

"그런 자들이 없지는 않겠지요."

"러시아의 경호를 믿을 수 있겠소?"

"공작 각하 같은 귀빈에 대한 경호를 감히 소홀하게야 하겠습니까?"

"우리 쪽에서 호위대를 파견했으면 좋았을걸."

"실은 그러잖아도 관동도독부로 하여금 하얼빈에 호위대를 보내게 하자는 얘기가 있었습니다만 각하께서 부정적이셨습니다. 이번 순방이 개인 자격으로 만주를 유람하는 것으로 돼 있는데 호위대를 보낸다는 게 적절치 못하다면서요. 저도 각하의 생각에 동의합니다."

"그럼 어쩐다?"

"러시아에 맡길 수밖에요."

다나카의 대답에 모리의 얼굴은 더욱 어두워졌다.

"그래서 저 개인적으로 사람을 보내놨습니다."

"그래요?"

"며칠 전에 유능한 부하직원 한 사람을 하얼빈으로 보내 경비에 미비한 점이 없는지를 살피라고 했습니다."

"그거 잘했소. 과연 다나카 수석이사요!"

갑자기 모리가 환한 표정을 지었다.

그러나 이날 내내 이토는 여전히 시를 짓지 못했다.

17 하얼빈의 아침

17-1

장춘의 관성자역에서부터 이토 일행은 러시아가 관할하는 동청철도 열차를 타야 했다.

장춘에서 하얼빈으로 향하는 이토의 모습은 한 나라 제왕의 행차와 다름없었다. 아니, 그 이상이었다. 러시아 측이 제공한 특별열차는 호화롭기 이를 데 없었다. 모두 6량으로 편성된 특별열차는 귀빈칸과 응접실이 따로 연결되어 있었다. 귀빈칸에는 두꺼운 양탄자가 깔리고 안락의자와 집필용 책상, 자유롭게 움직일 수 있는 독서용 램프 등이 비치되어 있었다. 응접칸에도 고급 테이블과 소파는 물론 술을 마실 수 있는 바까지 갖춰 놓았다. 열차를 끄는 기관차는 막 제작한 최신형이었다. 러시아가 이토 일행에게 이처럼 특별열차를 선뜻 내어준 데에는 회담을 앞두고 기선을 잡기 위한 은근한 과시의 뜻도 포함되어 있었다.

이토를 태운 특별열차는 10월 25일 밤 11시 관성자역을 출발하여 이튿날 오전 9시 정각에 하얼빈역에 도착할 예정이었다. 장춘에서 237킬로미터 거리의 하얼빈까지는 급행열차로 10시간 남짓 걸렸다. 이토의 회담상대인 코코프체프 러시아 재무장관은 이에 앞서 동청철도 민정부장 아파나셰프 소장을 비롯하여 영업과장, 호경護境 군단 군무장軍務長, 헌병대위 등을 장춘까지 보내 이토를 수행하도록 했다.

이토는 열차가 출발하자마자 러시아 측 수행원들과 식당 칸에서 30여 분간 음료를 들면서 담소를 나누고 자리로 돌아와 카와카미 요시히코[川上俊彦] 하얼빈 총영사로부터 만주 상황을 보고받았다. 그러다가 자정을 넘기고 새벽 1시에 자리에 들었으나 좀처럼 잠을 이루지 못했다.

어렵게 잠들었던 이토가 일어난 것은 오전 8시경이었다. 자리에서 빠져나온 이토는 무로타[實田]를 불러 밖이 추우니 두꺼운 옷으로 갈아입는 게 좋을 것 같다는 말을 했다. 10월 하순인데도 열차 밖은 이미 수은주가 영하 5도를 가리키고 있었다.

열차는 예정보다 빨리 달려 하얼빈에 가까워짐에 따라 시간 조정을 위해 서행하기 시작해서 거의 흔들리지 않았다. 천천히 세수를 한 이토가 사적인 여행에 어울리는 예복인 프록코트를 입었을 때 열차는 하얼빈역 구내로 들어서고 있었다.

열차가 멈추자 플랫폼에 도열해 있는 러시아 의장대의 모습이 귀빈칸 차창으로 들어왔다. 벽면의 큰 시계 바늘이 정각 9시를 가리키고 있었다. 곧이어 코코프체프 러시아 재무장관이 벤틀 동청철도 부총재와 함께 귀빈칸으로 올라왔다. 코코프체프는 이틀 전 하얼빈에 도착하여 이토의 환영준비를 점검하고 있었다.

악수를 나누며 간단한 인사를 한 두 사람은 소파에 앉아 마주보며 의례적인 얘기들을 나누었다. 코코프체프는 프랑스어로 말하고 남만주철도 이사 다나카 세이지로가 통역했다.

화제는 서로 전쟁을 치른 사이인 양국의 화해에 대한 의례적인 덕담에서 시작하여 만주 지역의 철도 문제, 만주에 진출하려는 미국에 대처하기 위한 기본적인 협력 문제 등으로 가볍게 이어졌다. 코코프체프와의 대담은 20여 분 가량 계속되었다. 웬만큼 접대성 대화를 진행했다고 생각했는지 코코프체프가 몸을 약간 앞으로 내밀며 이토에게 말했다.

"각하의 고견은 자리를 달리 해서 천천히 더 듣도록 하지요. 오늘 각하를 모시게 된 기쁨에 외람되게 부탁의 말씀을 올릴까 합니다. 제가 러시아 철도수비대 명예군단장으로 있는바 플랫폼에 정렬해 있는 의장대를 열병해 주시면 더없는 영광이겠습니다."

미리 합의된 일정에 사열 행사는 없었다. 이에 이토는 정장을 입지 않았다며 일단 사양했다. 그러나 코코프체프는 뜻을 굽히지 않고 거듭 사열을 요청했다. 이토는 하는 수 없이 그의 뜻에 응할 수밖에 없었다.

이토 일행은 9시 25분쯤 열차에서 내려 사열에 들어갔다. 의장대는 귀빈칸의 정면에 자리하고 있었다. 그리고 열차를 향해서 왼쪽으로 각국 영사들과 일본 거류민단 대표들이 줄을 서 있었다. 공식 경비는 청국 군대가 맡았다.

이토는 그의 오른쪽에서 안내하는 코코프체프와 함께 걸으며 그가 소개하는 요인들과 목례를 하고 악수를 나누었다. 그리고 나카무라 제코[中村是公] 만철 총재, 가와카미 도시히코 하얼빈 주재 총영사, 다나카 만철 이사, 모리 비서관, 무로타 귀족원의원 등이 그 뒤를 따랐다. 사열은 각국 영사단을 마지막으로 되돌아가게 되어 있었다. 이토는 하얼빈 시장 베르그와 인사를 마친 다음 다시 뒤로 발길을 돌렸다. 따라서 코코프체프는 이토의 왼쪽에 서서 걷게 되었고 오른쪽은 의장대로 바뀌었다. 각국 영사들과 현지 거류 일본인 그리고 일본상사 지점장들과는 뒤에 따로 간담회 시간이 예정되어 있어서 플랫폼 행사는 얼마 걸리지 않았다.

사열이 거의 끝나고 이토를 가까이서 보려고 앞으로 몰려나왔던 현지 거류 일본인들이 막 제자리로 돌아가고 있었고 이토는 다시 러시아 의장대 앞을 지나기 직전이었다.

그때, 이토 뒤를 따르고 있던 가와카미와 다나카, 무로타와 모리는 의장대 뒤에서 앞으로 나오는 한 사나이를 보았다. 우전방 5, 6미터쯤 떨어진 거리에 멈춰선 사나이는 오른손에 피스톨을 들고 오른발을 내밀며 몸을 앞으로 약간 기울였다.

17-2

26일.

중근은 새벽 일찍 잠에서 깼다. 며칠 동안 잠을 설쳤지만 짧은 시간에도 숙면을 한 탓인지 몸이 가벼웠다. 유진률이 선물한 두루스케를 입은 중근은 모자를 눌러쓰고 권총을 호주머니에 넣었다.

그리고는 무릎을 꿇고 성호로부터 시작돼 성호로 끝나는, 매일 아침저녁으로 드리는 기도를 올렸다. 단 하나의 잡념도 끼어들 여지가 없는 순백의 순간에 한 줄기 불기둥 같은 강렬한 의지가 하늘에 닿아 있었다.

중근이 하얼빈역에 도착한 것은 오전 7시경이었다. 역사 앞에는 러시아 군인들이 정렬해 있고 이토가 탄 열차의 도착 예정시간이 한참 남았는데도 역사 안팎으로 출영객들이 들어차 혼잡했다. 역 구내 한쪽에선 러시아 장관과 군인들이 이토를 환영하는 의식을 준비하는지 부산한 움직임을 보이고 있었다. 역사 안 전체를 러시아 헌병과 청국 군인들이 물샐틈 없이 경비하고 있었지만 자신을 검문하지도 지켜보지도 않아 중근은 일단 안도했다. 아마 출영 나온 일본사람쯤으로 생각했는지도 몰랐다.

시간이 많이 남았으므로 중근은 찻집으로 들어갔다. 어제 일차 플랫폼 전경을 살펴보았지만 오늘 다시 한 번 살펴보면서 최종적으로 계획을 점검하고 싶었다.

어제와 달리 찻집엔 자리마다 손님들이 가득 차 있었다. 아마도 미리 나와 이토가 도착하기를 기다리는 일본인인 듯싶었다. 당연히 창가엔 빈 자리가 없었다. 일단 찻집에서 저격하는 것은 포기해야할 것 같았다. 중근은 잠시 창가에 서서 플랫폼을 바라보았다.

플랫폼에는 이토의 열차가 도착할 철로 방향으로 좌측에서부터 우측으로 일본인 유지, 러시아 관헌 및 각국 영사단, 청국 군대, 러시아 각부 대장, 일본 거류민단, 러시아 의장대, 군악대 등이 각기 무리를 지어 도열해 있었다. 어디쯤이 좋을까. 중근은 이토를 저격할 지점을 탐색했다. 생각되기로는 아무래도 일본 거류민단에 섞여 들어가는 것이 제일 나을 듯싶었다. 지금도 많은 사람들이 모여 있지만 이토가 도착할 시간이 가까워지면 찻집에 있는 사람들까지 몰려들 것이었다. 그렇게 되면 더욱 혼잡해질 터였다. 그 틈에 섞여 들어가는 것은 그리 어려운 일이 아닐 것 같았다.

그러나, 그 전에 확인해야 할 게 있었다. 사진사 라열의 준비 사항이었다. 라열은 중근 자신의 거사가 실패했을 경우 다음 행동에 들어가기로 돼 있었다. 그저께 24일 사진관에 들러 만났을 때 중근은 미리 세워놓은 계획을 그에게 설명한 후 충분한 검토를 마쳤다. 중근이 이강과 함께 블라디보스토크에서 세웠던 계획은 중근의 이토 저격이 실패하면 라열로 하여금 다시 저격을 하게 하는 것이었다. 그를 위해 라열은 이토의 도착을 촬영하는 사진사로 가장하여 환영식장에 들어간 후 적당한 장소에 삼각대가 부착된 사진기를 세우고 기다리기로 했다. 그리고 중근이 실패하면 사진기의 햇빛 차단막 속에 숨겨둔 권총으로 저격하는 것이었다.

평상심을 유지하기 위해 차오르는 감정을 애써 다스리면서 중근은 눈으로는 라열을 찾았다. 실패하리란 생각을 하지 않았으므로 라열이 나타나지 않아도 무방했다. 그러나 라열은 반드시 오리라 믿었다. 라열은 정소추를 대신하는 사람이었다. 그러므로 중근이 라열이 나타나기를 바라는 것은 오늘의 거사가 한국인만이 아닌 아시아인 전체의 간절한 소망을 담은 것임을 다시금 확인하고 싶었기 때문이었다. 아직 시간이 많이 남았으므로 초조해하지 말자고 중근은 자신을 다독였다.

플랫폼 전경을 배회하던 중근의 눈길이 어느 순간 많은 사람들이 모여 다소 어수선한 일본 거류민단 쪽에 멈췄다. 중근의 시야에 라열의 모습이 들어왔다. 라열은 삼각대를 한쪽 팔에 얹은 채 느리지도 빠르지도 않은 걸음으로 일본 거류민단 후미를 걸어 들어오고 있었다. 태평스럽게까지 느껴지는 모습으로만 봐선 도대체 사진기 안에 권총이 있기나 한 걸까 싶을 정도였다. 8시 5분.

그러나, 그런 라열의 모습을 보자 중근은 오히려 이토를 저격하려는 의지가 불타올랐다. 이토를 다른 사람에게 맡기지 않을 것이다. 외투 안쪽 양복 호주머니에 넣어둔 권총을 겉에서 가만히 쓰다듬으며 중근은 속으로 되뇌었다.

실패하지 않는다, 절대로.

자신은 전명운이 아니었다. 전명운처럼 총기의 초보자가 아니었다. 열너덧 살 소년 시절부터 산으로 들로 말을 달리며 나는 새, 뛰는 짐승 할 것 없이 다 백발백중시켰던 자신이었다. 그리고 연추의 산야와 한국 국경을 오가며 수도 없이 사격을 한 세월이 있었다. 따라서, 마음대로 움직일 수 있는 수족처럼 총은 자신의 몸의 일부였으며 눈을 감고 돌아서서도 표적을 맞추는 건 어렵지 않았다. 그런 만큼 실패란 있을 수 없었다.

그런데, 언젠가부터 중근은 몸으로 전해져오는 이상한 느낌을 감지하면서 스스로 의아해하고 있었다. 그래서 옆으로 살짝 고개를 돌렸다. 서른이 채 안 된 듯한 한 젊은 외국인이 중근 자신처럼 아까부터 창을 통해 플랫폼을 내려다보고 있었던 것이다. 처음에는 단순히 출영 나온 사람으로 생각했었다. 그러나 러시아인으로 보이는 젊은이의 모습이 왠지 범상치가 않았다. 무릎 아래까지 내려오는 긴 코트 양쪽 호주머니에 시종 손을 넣은 채 젊은이는 한시도 플랫폼에서 눈을 떼지 않고 있었던 것이다. 자신의 생각이 틀리지 않는다면 젊은이는 현재 군인이거나 군인이었던 사람이고 코트 안엔 뜻밖의 물건이 들어 있을 듯했다.

중근은 가만히 그 외국인 젊은이 주변으로 시선을 옮겼다. 그러다가 화들짝 놀랐다. 외국인 젊은이 뒤쪽의 의자에 앉은 한 남자가 그를 주시하고 있었던 것이다. 따라서 젊은 외국인뿐만 아니라 중근 자신도 그 남자에게 뒤를 주고 있었던 셈이었다. 순간 중근은 자신도 모르게 식은땀이 흘렀다. 동시에 뭔가 일이 엉클어지는 게 아닌가 하는 위기감이 엄습해왔다. 남자는 어제 이곳 찻집에서 보았던, 이상하게 마음에 걸리던 바로 그 사람이었다.

잠시 생각을 정리하다가 중근은 서둘러 찻집을 빠져나왔다. 남자가 주시하고 있는 대상이 자신과 그 외국인 젊은이라면 이쪽에서 한시라도 빨리 모습을 감추는 게 상책이었다.

대합실을 가로질러 역사를 벗어나면서 중근은 살짝 뒤를 돌아다보았다. 다행히 남자가 따라오는 기미는 없었다. 어쩌면 젊은 외국인에게 발목이 잡혔기 때문일지도 몰랐다. 그렇다면 정말 잘 된 일이었다.

중근은 한곳에 머물지 않고 역사 주변을 돌아다니며 시간을 보냈다. 시간이 더디게 흘러갔다. 얼마나 지났을까. 이윽고 제홍교 쪽에서 요란한 기적소리를 울리며 열차가 들어오는 게 보였다. 9시가 거의 다 된 시각이었다. 열차는 채가구역에 정차하지 않았던 모양이었다. 아니면 정차했더라도 우덕순과 조도선이 목적을 이룰 기회가 없었거나.

중근은 서둘러 역사 안으로 들어갔다. 이미 많은 사람들이 플랫폼에 몰려 있었지만 기적소리에 뒤늦게 출구로 향하는 사람들도 적지 않았다. 중근은 그 사람들 틈에 섞여 빠른 걸음으로 플랫폼으로 향하는 출구를 통과했다. 아무도 자신을 주목하는 사람은 없었다.

열차는 정확하게 9시에 정차했다. 동시에 군악대의 경쾌하고 우렁찬 주악이 시작되고 병정들이 일제히 열차를 향해 경례를 올렸다. 곧바로 플랫폼 정중앙에서 손님을 기다리고 있던 코코프체프를 비롯한 몇몇 사람이 열차로 올라갔다.

중근은 일본 거류민단 사람들 속으로 비집고 들어갔다. 군악대의 주악소리가 귀를 찢을 듯이 사방을 진동시켰다. 사람들은 오직 이토가 언제 나오나 열차 귀빈칸 승강구 쪽으로 시선을 모으고 있었다. 중근은 사람들 사이를 왕래하며 라열을 찾았다. 라열은 일본 거류민단 앞쪽 일본인 대표들 옆에 사진기를 세우고 있었다.

코코프체프 일행이 열차 귀빈칸으로 올라간 지도 꽤 되었는데 좀처럼 이토는 모습을 드러내지 않았다. 중근은 한 번 크게 심호흡을 하면서 마음을 가다듬었다. 이상하게 떨리지 않았고 긴장되지도 않았다. 이토의 개인적인 죽음보다 그 개인으로 인해 죽어간 더 많은 사람들에 대한 슬픔이 가슴을 메웠다. 따라서 미안함도 죄의식도 없었다. 그런 생각에 빠져들자 순간 요란하던 군악대 주악도 잦아들고 사위는 정적에 묻힌 듯했다. 일종의 환각 같은 현상이었겠지만 모든 풍경이 물러나면서 멀어져 보였다. 그리고 중근은 혼자 서 있는 듯한 느낌이었다.

이윽고 코코프체프가 열차에서 내려오는 모습이 보였다. 그리고 그 뒤에서 작달막한 노인이 모습을 드러냈다.

그래, 저 자였지.

지난 겨울 선천에서 일차 확인한 바 있지만 제3국에서 다시 이토를 보게 되니 느낌이 새로웠다.

열차에서 내려선 이토가 코코프체프의 안내로 정면에 서 있던 요인들과 악수를 나누었다. 그리고 우측으로 몸을 돌려 코코프체프와 나란히 앞으로 걸어나가기 시작했다. 러시아인 두세 명과 일본인 7, 8명이 그 뒤를 따랐다.

맨 끝에 자리한 각국 영사단들과 잠시 인사를 나눈 후 이토가 돌아섰다. 공식적인 사열은 끝난 것 같았다. 아까와는 달리 조금 자연스런 걸음으로 이토는 다시 코코프체프와 함께 중앙쪽으로 걸어왔다.

이토 일행이 거의 중앙에 다다랐을 때 중근은 사람들을 제치고 앞으로 나아갔다. 그리고 사진기 햇빛 차단막에 손을 넣고 있는 라열을 스치며 러시아 의장대를 지나 다가오고 있는 이토 행렬을 향해 섰다. 7, 8미터 전방 약간 좌측에서 이토가 천천히 걸어오고 있었다. 가까이서 보는 이토는 작년 선천에서보다 더욱 보잘 것 없었다.

이 사나이였던가.

고작 백 60센티미터 정도밖에 안 되는 작은 키에 통통한 체격. 모자 밑으로 드러난 얼굴은 흰 수염에 가려져 있었다. 그 모습은 여전히 우스꽝스러웠고 살찐 늙은 원숭이를 연상시켰다.

이 늙은이가 일본과 한국을 호령하고 세계를 움직인 인물이었던가.

순간적으로 중근과 시선이 얽힌 이토의 두 눈이 두려움으로 흔들렸다. 중근은 약간 실망스러웠다. 그래서 수년 동안 벼르고 별렀던 대상을 앞에 두고서 오히려 맥이 빠지는 기분이었다.

중근은 침착하게 오른손으로 외투 속 양복 호주머니에서 권총을 꺼냈다. 이토가 걸어오고 있는 지면이 비스듬한 경사로 낮았고 또 이토의 키가 작았다. 총의 반동을 감안해서 일반적으로 표적보다 낮게 겨냥하는 게 사격의 기본이지만 이토의 경우 좀 더 총구를 아래로 내려야 했다. 중근은 팔을 뻗어 이토 어깨와 허리 사이를 겨냥했다.

이제 탄두가 십자가형으로 패어 있는 십자절목 탄환은 정확히 이토의 옆구리에 가 박힐 터였다. 그러면 이토는 별 고통 없이 숨을 거두게 될 것이다. 십자절목 탄환은 인체에 닿는 즉시 연과 니켈로 만들어진 탄환을 파열하는 촉진 기능을 가지고 있어 창상을 확산시켜 치명상을 입히게 돼 있었다.

중근은 부드럽게 방아쇠를 당겼다. 이어 세 발의 총성이 울려퍼지는 것과 동시에 이토가 쓰러졌다. 중근의 브라우닝 권총은 한 번 방아쇠를 당기면 일정한 간격으로 자동발사가 되게 돼 있었다. 다시 세 발이 더 발사된 후 중근은 방아쇠를 당기고 있던 손가락을 풀었다.

이토는 술에 몹시 취한 사람처럼 비틀거리며 뭔가 의지할 것을 찾는 듯이 손을 젓다가 쓰러졌다. 그 뒤에도 총성은 세 차례 계속되었다. 이토의 뒤를 따르던 가와카미, 모리, 다나카 등 세 명도 몸이 앞으로 구부러졌다. 모든 일이 눈 깜빡할 사이에 벌어졌다. 이토보다 조금 앞서 걷던 코코프체프가 뒤를 돌아보고 오른손을 내밀어 이토를 부축하려고 했다.

그때야 뒤를 따라가던 무로다, 나카무라 등이 달려와 이토를 일으켜 세웠다.

이토가 맨 끝에 있는 외교단으로 가서 몇 명과 악수를 나누고 되돌아서서 다시 군대 앞을 지날 때 뒤에서 수행하고 있던 다나카는 짧은 외투를 입은 사람 하나가 뛰쳐나와 피스톨을 발사하는 것을 보았다. 이토가 쓰러지는 것을 보고 앞으로 달려가다가 넘어지는 순간 발꿈치에 통증이 왔다. 자신도 맞았다고 깨달으면서도 아픔도 느끼지 못한 채 경황없이 주위를 둘러보는데 5, 6미터 앞에 서 있는 사나이가 눈에 들어왔다. 사나이의 표표하고 의연한 모습은 인격의 고매함을 그대로 드러내고 있어 참으로 자신의 생애를 통틀어 보아온 것 중에서 최고의 아름다운 자태였다. 사나이가 이토를 향해 던지고 있는 눈길에는 뭐라고 형언할 수 없는 청량감 같은 게 깃들어 있었다. 순간 다나카는 '이 자는 예사 사람이 아니다' 라는 생각이 들었다. 묘한 얘기지만, 다나카는 총에 맞은 아픔보다도 몸 전체로 전해져 오는 전율과 함께 사나이의 눈빛에 온통 정신을 빼앗기고 있었다. 사건 현장에서 사나이를 보았던 것은 겨우 2, 3분에 불과했겠지만 그 짧은 순간에도 다나카는 그의 비범함이 느껴지는 눈빛에 완전히 감복하고 말았다.

왼쪽팔을 관통당한 모리는 공포로 혼비백산하며 이토에게 다가가기 위해 고개를 쳐들었다. 그 순간 사나이의 모습이 눈에 들어왔다. 모리의 눈에 비친 사나이는 무서운 표정을 짓고 있었다.

코레아 우라!
코레아 우라!
코레아 우라!

순식간에 일어난 참극으로 환영식장은 아수라장을 방불케 했고 모두가 정신없이 우왕좌왕하는데 의장대쪽에서 우렁찬 소리가 터져 나와 군중의 시선을 끌었다. '코레아 우라' 란 '한국 만세' 란 뜻이었다.

러시아 의장병들은 곧 자기들의 대열 옆에서 권총을 들고 있는 사나이를 목격했다.

"야포네쓰 야폰차(일본 사람이 일본 사람을)……?"

의장병들 사이에서 웅성거림이 일었다. 사나이가 일본인 거류민단 쪽에서 나온 것이 분명했으므로 일본인으로 추측되었던 것이다.

하얼빈역 찻집 창가에 서서 체르빈스키는 허탈한 심정으로 플랫폼을 바라보고 있었다. 방금 전에 눈앞에서 일어났던 일임에도, 그리고 아직도 그로 인한 플랫폼에서의 혼란은 채 사그라지지 않았는데도 불구하고 너무도 순식간의 일이어서 모든 게 비현실적으로 느껴졌다. 그래서인지 그의 눈앞엔 이토가 도착하기 전의 플랫폼 풍경이 환영처럼 겹쳐졌다. 이토는 일본과의 전쟁에서 러시아가 패전한 이래 수년간 그가 별러온 인물이었다. 이토가 만주를 방문한다는 소식을 듣고 황제 친위대 장교로 있던 그는 해임으로 위장하여 전역했다. 황제 친위대에 근무하는 동안 그는 황제의 마음을 읽었다. 아니, 친위대 장교 대부분의 마음도 황제와 다르지 않았다. 친위대에 근무하는 동안, 혈우병을 앓고 있는 황태자 알렉세이의 군사교육 스승이었던 그는 황제로부터 두터운 사랑과 신임을 받았다. 그랬던 만큼 다른 장교들보다 황제에 대한 충성심이 더욱 각별했던 것은 당연한 일이었다.

이브게니아는 뭐라고 할까. 한국인이 대신 거사에 성공했으니 오히려 더 잘된 거라고 하지 않을까.

이브게니아는 연해주 국경지대에서 근무하고 있는 사관학교 동기생으로 전역 후 하얼빈으로 가는 길에 만났었다. 그때 이브게니아가 말했다. 한국인 중에도 이번에 이토를 노리는 사람이 있다고. 한국인 신문인 대동공보의 발행명의인 미하일로프로부터 얻은 정보라고 했다. 그러나 그가 보기에 이브게니아부터가 미하일로프와 공모하고 있는 것 같았다.

그 말을 들은 때문이 아니었어도 그는 조금 전 플랫폼에서 거사한 사나이가 이브게니아가 말했던 그 한국인이라는 걸 짐작했다. 찻집에서 맞닥뜨린 사나이의 눈빛이 딱히 뭐라고 설명할 수 없지만 유달리 형형했던 것이다.

그러나 도무지 움직일 수 없었던 것은 자신을 감시하고 있는 일본인으로 보이는 남자 때문이었다. 아니, 선수를 빼앗겼기 때문에 그럴 수가 없었다. 선수를 빼앗겼다는 것을 뒤늦게 깨달은 것은 사나이가 찻집을 나간 직후였다. 자신이 거사하려면 사나이보다 먼저 자리를 떴어야 했다. 그 점에서 그 사나이는 자신보다 머리 회전이 빨랐다.

이왕 선수를 빼앗겼으므로 그는 차라리 그 자리에 그냥 있기로 했다. 그래야 사나이를 위해 남자의 발을 묶을 수가 있었던 것이다.

사나이가 나가자 뒤에 있던 남자가 옆으로 다가와서 창 앞에 섰다. 둘은 서로를 의식하며 찻집 안의 손님들이 모두 빠져나간 뒤에도 나란히 서서 플랫폼을 지켜보았다.

그러나 플랫폼에서 총성이 울리자 남자는 그를 버려두고 허둥지둥 밖으로 뛰쳐나갔다.

허망한 가운데서도 그는 위안이 되었다. 사나이의 거사가 성공한 것 같았던 것이다.

그는 마음속으로 소리 없이 외쳤다.

황제 폐하 만세!

니콜라이 2세 만세!

"다나카 이사님!"

급히 찻집을 뛰쳐나온 만철 관리부 과장 다카하시 마사오는 출구를 지나 플랫폼으로 달려갔다. 그런 중에도 그는 자신의 선택에 대해 생각했다.

한국인 남자와 러시아 남자 둘 다 수상한 데가 있었다. 그렇다면, 한국인 남자가 먼저 찻집을 빠져나갈 때 따라갔어야 옳았다. 그로나 그러지 못했던 것은 창가에 남아 있는 러시아 남자 때문이었다.

아니, 솔직히 말하자면, 세 번째로 조우하는 한국인 남자를 막을 수가 없었던 것이다. 그것은 12년 전 명성황후 인산에서 처음 남자와 맞닥뜨렸던 기억 때문이었다.

12년 전인 1897년 일본에서 한국으로 나온 그는 그해 11월 21일 명성황후의 장지에서 그 남자를 보았다. 그리고 그 남자의 그윽하고도 깊은, 슬픈 듯하면서도 위엄이 있는 눈빛에 압도되고 위축되는 자신을 느꼈다. 이후, 한국에서 보낸 몇 년과 중국 대련으로 옮겨와 만철에 근무하는 동안 무시로 그 남자의 눈빛이 떠오르곤 했다. 그 까닭을 알 수 없었지만 어쩌면 알 것 같기도 했다.

이토 공작의 방문에 대비해서 하얼빈역 주변의 치안상태를 점검하라는 다나카 이사의 명령을 받고 이곳에 온 것은 일주일 전이었다. 그는 매일같이 역에 나와 상황을 살폈다. 그러다가 어제 오후 놀랍게도 그 남자를 다시 보게 된 것이었다. 12년이란 세월이 흘렀고 수염을 기르고 있었지만 그는 그 남자를 어렵지 않게 알아볼 수 있었다. 그의 기억 속에서 익숙한 눈빛을 그 남자에게서 보았던 것이다.

우연이라기엔 너무 절묘한 그 만남에서 다카하시는 어떤 예감을 했다. 그리고 다시 오늘 그 사내의 얼굴을 보며 확신을 굳혔다. 그러므로 선택은 자신의 몫이었다. 그리고 그는 러시아 남자를 선택했다.

남자가 플랫폼을 향해 서둘러 달려나갈 때 다카하시는 생각했다. 절대로 그를 막을 수 없다고. 그리고 막아서는 안 된다고.

발에 부상을 입은 만철 이사 다나카는 바닥에 엎드렸던 몸을 막 일으키고 있었다. 다카하시가 다가가 다나카를 부축했다.

"다나카 이사님!"

"오, 다카하시 과장!"

"괜찮으십니까, 이사님?"

"난 괜찮아. 공작 각하께선……?"

다나카를 일으켜 세우며 고개를 들다가 다카하시는 저만치에서 러시아 장교들에게 체포되고 있는 한국인 사내와 눈이 마주쳤다. 다카하시를 내려다보고 있는 그의 두 눈은 슬픔에 잠긴 듯했지만 너무 고요하고 평화로워보였다.

저격을 당한 이토는 집중적으로 총탄을 맞은 듯 손을 내민 코코프체프에게 기대며 쓰러졌다. 뒤따라 온 무로다, 나카무라 등이 이토를 일으켜 세웠다. 그리고 코코프체프가 인도하는 대로 이토를 열차의 응접칸으로 옮기고 중앙의 큰 테이블에 담요를 겹쳐 깔아 즉석 침대를 만든 후 눕혔다. 주치의 고야마가 거류민 대표단에 있던 일본인 의사, 러시아인 의사 등과 함께 응급처치를 위해 이토의 옷을 벗겼다. 이토의 오른쪽 가슴과 복부에서 선혈이 흘러내리고 있었다. 세 발의 총탄이 들어간 구멍은 있어도 빠져나온 구멍은 없었다. 러시아 의사와 일본 의사 둘이서 부랴부랴 상처 부위에 약솜을 대고 정신을 차리게 하려고 이토의 입에 브랜디를 부었다. 그 사이 고야마는 이토의 맥을 짚고 캠퍼(Kamfer) 주사를 놓았다. 이토는 아무런 움직임을 보이지 않았다. 이미 치료는 무의미했다.

"거의 즉사했습니다."

고야마가 망연자실한 표정으로 중얼거렸다.

이토는 자신을 쏜 자가 누구인지 알지 못한 채 절명했다.

피격 후 의식을 회복하지 못한 채 명부冥府의 깊은 골짜기로 떨어지던 이토의 눈앞에 알 수 없는 수많은 얼굴들이 명멸했다. 그러나 그중에 단 하나의 얼굴은 기억할 수 있었다. 하급무사였던 젊은 시절, 자신의 오해로 죽인 하나와 지로[塙次郎]였다.

| 에필로그 |

일본국의 추밀원의장 이토 히로부미가 대한독립의군 참모중장 안중근의 저격으로 피살된 것은 1909년 10월 26일 오전 10시경이었다.

그의 죽음은 절명에 가까웠다. 그래서 죽음에 임하면서 따로 남긴 말은 없었다.

하지만, 그의 죽음의 순간에 대해선 다른 기술도 없지 않다. 그에 따르면, 저격당한 순간 이토가 한 첫마디는 '당했다' 였다.

당했다.

그러나 이 말은 이토가 평소 무의식적으로 얼마나 피습의 위협에 시달렸는지를 반증하는 것일 뿐이다. 다시 말해, 평생 이토는 적을 만들었고 늘 그들을 두려워하고 있었다는 뜻이다. 실제로 그는 하얼빈으로 가기 위해 오이소를 떠나면서 두 자루의 단도와 칼이 든 지팡이를 휴대했었다.

그가 남겼다는 마지막 말도 그렇다. 그는 자신을 쏜 자가 한국인임을 전해 듣고 '바보 같은 놈' 이라고 말했다고 한다.

이 말을 그대로 받아들이기엔 여러 가지 모순이 있다. 먼저 이토는 자신이 총을 맞고 죽어야할 사람이 아니라고 생각했다는 뜻인데 앞서 말한 대로 그는 생전에 많은 적을 만들었고 숱한 사람을 죽음으로 내몰았다. 즉, 온전하게 죽기엔 지은 죄가 많았다.

그리고 자신을 저격한 안중근의 행동이 어리석은 것으로 오히려 일본에 의한 한국 병합만 재촉하게 되었다는 뜻이다. 그렇지만 이토가 만주 여행을 한 목적 중 가장 큰 것이 일본의 한국 병합에 대한 러시아의 양해를 구하는 것이었다. 따라서, 일본의 한국 병합은 기정사실이었고 안중근이 이토를 죽였기 때문에 그것이 앞당겨진 것은 아니었다.

많은 사람들에게 이토가 온건파로 알려져 있다는 것도 재고를 필요로 한다. 이 역시 사실과 다르기 때문이다. 생전에 이토는 두 차례 큰 전쟁을 치렀다. 청일전쟁과 러일전쟁이 그것으로 두 전쟁 모두 동양의 근대사에 막대한 영향을 미쳤다. 그중 청일전쟁은 그가 총리대신에 있을 때 직접 일으킨 전쟁이었고 러시아와의 전쟁을 미룬 것은 다만 힘을 기를 시간을 벌기 위해서였다. 말하자면, 그가 온건했던 건 스스로 약세를 느꼈을 때뿐이었다. 그는 강자에겐 온건했고 약자에겐 강경했다. 그래서 한국의 고종 황제에게까지도 고압적으로 굴었다.

그러나, 그의 사망 소식이 전해졌을 때 한국의 태황제 고종은 엄비와 함께 통분 통곡했다. 이날 태황제는 말했다.

– 이토를 잃은 것으로 동양의 인재를 잃었다. 우리나라에 이토는 충실 정의로 임했고, 뼈를 백두산에 묻고 한국의 문명 발달에 힘쓰겠다고 공공연하게 말했다. 이토를 죽인 흉한이 한국인이라 그저 부끄럽다.

물론 그것은 고종의 진심일 수 없었다. 뒤의 일이지만 고종은 암암리에 안중근의 구명 운동을 추진했다.

러시아 황제 니콜라이 2세는 이토가 죽었다는, 그것도 자국이 준비한 환영행사장에서 암살되었다는 충격적인 보고를 들었음에도 일기에는 한

줄도 적지 않았다. 니콜라이 2세는 매일같이 일기를 쓰던 인물이었다. 따라서, 니콜라이 2세에게 이토는 증오의 대상조차 되지 못했다. 니콜라이 2세의 무관심은 이토를 경멸스러운 존재로 여겼기 때문은 아닐까.

그러나 일본은 이토의 죽음의 의미에 손질을 가하고 싶어했던 것 같다. 그래서 안중근의 거사를 개인적 원한에 의한 소행쯤으로 몰고가려 했다. 그에 대해 안중근은 자신의 행위가 이토에 대한 사소한 원한에서가 아니라 한국의 독립을 향한 소망과 의지를 전하고 싶어서였음을 공판 과정에서 명백히 밝혔다.

한국 병합을 강행하려는 일본은 이토를 사망케 한 사람의 국적이 한국이라는 사실에조차 불리함을 느꼈는지 다른 국적의 저격자가 있지 않을까 하는 의문을 제기하기도 했다. 그렇지만 그것은 사실이 아니거니와 그 의문은 무의미한 것이었다. 중요한 것은 이토의 면전에서 한국의 안중근이 총을 뽑았고 이토는 죽었다는 사실이었다. 거기에 또 다른 진실이나 의미가 있을 수 없다. 진실은 너무 간단하다. 안중근은 한국인이었고 일본의 한국 병합에 항거하는 증거로써 침략자의 심장을 쏘았던 것이다.

그럼에도 불구하고 귀족원 의원 무로타 등은 처음 한 발을 맞고 몸이 흔들리던 이토에게 안중근 같은 사격의 초보자가 연속해서 두 발을 명중시킬 리 없다고 주장했다. 그리고 역사 건물 2층의 식당에서 아래를 내려다보고 프랑스 기마총으로 쏜 자가 있다고도. 그러나 무로타에게는 유감스럽게도 안중근은 사격의 초보자가 아니라 명인이었으며 하얼빈역사는 겉으로는 2층이지만 내부는 1층이었다. 따라서 2층 식당 같은 것은 아예 없었다.

그보다 주목해야 할 것은 공판 과정에서의 안중근의 진술과 쓰다만 미완의 「동양평화론」을 통해 드러나는 그의 세계역사에 대한 해박한 지식과 당대의 상황에 대한 깊은 인식이다. 그것은 그가 단순히 킬러가 아니었음을 웅변적으로 시사한다. 요컨대, 안중근의 행위는 즉흥적인 것이 아니라 깊은 성찰을 통해 이루어진 것이라는 사실이다.

안중근이 짧은 생애에서 자신의 소망을 모두 이루었는지는 알 수 없다. 그렇지만 분명하게 말할 수 있는 것들이 있다. 사형을 언도 받은 날부터 사형을 당하기까지 5개월 동안 그가 보여준 죄수답지 않은 의연한 모습도 그 하나이다. 그것은 그가 독실한 천주교 신자였고 양반 신분으로서 일찍부터 평민들과 삶의 아픔을 함께 나누어왔기에 가능했을 것이다. 감옥의 간수들까지도 확인한 그의 고매한 인격도 거기에서 연유한다고 보인다.

사형을 언도받고 상고를 포기한 채 수감생활을 하는 동안 그는 많은 휘호와 몇 장의 사진을 남겼다. 많은 휘호들은 저마다 그것을 소유한 사람들이 그를 존경하는 기억의 증표가 되었거니와 몇 장의 사진은 우리에게 뜻밖의 발견으로써 감동을 준다. 사진 속에서 우리를 바라보는 그의 눈빛 때문이다. 평소에도 그랬을 것처럼 그 눈빛은 슬프면서도 한없이 맑고, 깊으면서도 지극히 따뜻하다. 그 눈빛 속에는 사랑과 평화가 담겨 있다. 우리가 살아가면서 두고두고 보듬어야할.

아, 안중근.

| 작가의 말 |

안중근에 대해 본격적인 관심을 갖게 된 것은 2004년 10월 3일 밤이었다. 저녁 식사 후 동네를 산책하던 중 어떤 각성 하나와 맞닥뜨렸던 것이다. 그것은 안이하고 통속적인 내 삶에 대한 자성이었다. 그 순간 문득 떠오른 게 안중근의 얼굴이었다.

그 후 7, 8년간 줄곧 안중근을 생각하면서 살았다. 그 동안 안중근의 눈빛은 한시도 떠나지 않고 늘 내 머리 속에 남아 있었다.

보는 이에 따라 다르겠지만 나는 그 눈빛에서 사랑과 평화를 염원하고 갈망하는 그의 마음을 읽었다. 그윽하고도 슬픈, 그러면서도 따뜻한 그 눈빛은 끝없이 기도하면서 자기희생으로써 모든 것을 대속하려는 구도자의 그것과 닮아 있었다.

민초들과 아픔을 함께 나누며 노블레스 오브리제를 몸소 실천한 양반가의 후예이자 교육을 통해 민족 계몽을 꿈꾼 선각자로서, 그리고 독립운동가로서 안중근은 질풍노도의 삶을 살았으되 그의 생애를 시종일관한 것은 타자에의 사랑을 통한 평화 구현이라는 당대의 시대정신이었다. 그리고 그것은 그의 주변에서 동시대를 살았던 많은 사람들에게도 한결같은 것이었다.

안중근의 생애가 일반적으로 알려진 대로 영웅의 일대기에서 발견되는 신화적 요소를 많이 내포하고 있지만 가장 낮은 데서 소박한 삶에 천착하려는 모습에 더 큰 의미를 두려했던 것도 그래서이다.

오늘의 시대가 보듬어야 할 시대정신과 우리가 더불어 나아가야 할 삶의 방향제시라는 측면에서 그와 그의 시대를 탐색하는 작업은 백 년이 지난 지금에도 여전히 유효한 것으로 여겨진다.

한 시기, 그에 대한 관심이 봇물처럼 터졌다가 수그러든 시점에서 다시금 이야기를 보태는 우매함을 헤아려준 푸른사상에 감사드린다. 그리고 편집부 식구들에게도 고마운 마음을 전한다.

2012. 2

김 제 철

눈빛

인쇄 2012년 2월 25일 | 발행 2012년 3월 3일

지은이 · 김제철
펴낸이 · 한봉숙
펴낸곳 · 푸른사상사
주간 · 맹문재 | 편집 · 지순이 | 마케팅 · 박강태

등록 제2-2876호
주소 서울시 중구 초동 42번지 아시아미디어타워 502호
대표전화 02) 2268-8706(7) | 팩시밀리 02) 2268-8708
이메일 prun21c@yahoo.co.kr / prun21c@hanmail.net
홈페이지 www.prun21c.com

ISBN 978-89-5640-895-8 03810
값 17,000원

e-CIP 홈페이지(http://www.nl.go.kr/cip.php)에서 이용하실 수 있습니다.
(CIP제어번호 : CIP2012000750)